KB237462

프로테우스의 탈주

우찬제 비평집
프로테우스의 탈주 — 접속 시대의 상상력

펴 낸 날 2010년 3월 31일
지 은 이 우찬제
펴 낸 이 홍정선 김수영
펴 낸 곳 ㈜문학과지성사
등록번호 제10-918호(1993. 12. 16)
주　　소 121-840 서울 마포구 서교동 395-2
전　　화 02)338-7224
팩　　스 02)323-4180(편집)　02)338-7221(영업)
전자우편 moonji@moonji.com
홈페이지 www.moonji.com

ⓒ 우찬제, 2010. Printed in Seoul, Korea

ISBN 978-89-320-2043-3

＊ 지은이는 2004년 한국문화예술진흥원이 지원한 창작지원금을 수혜했습니다.

:: 우찬제 비평집

프로테우스의 탈주

—접속 시대의 상상력

문학과지성사
2010

'프로테우스의 탈주'를 위하여

그리스 신화에서 프로테우스는 바다의 딸림 신이다. 매우 지혜로운 원로이면서도 변화무쌍하게 변신하는 모습을 보인다. 강의 요정 퀴레네가 전하는 바에 따르면 참으로 슬기로운 신이어서 과거와 현재와 미래를 손바닥 들여다보듯 한다. 그래서 강의 요정들은 이 프로테우스 신을 존경한다고 한다. 프로테우스는 지혜로운 신이지만, 그 지혜를 결코 쉽사리 전하지 않는다. 퀴레네의 말도 그렇고 프로테우스의 딸 에이도티아도 그 점을 분명하게 환기한다. 호메로스의 『오디세이아』에서도 프로테우스의 변화무쌍한 모습을 실감할 수 있다. 트로이 진쟁의 영웅 오디세우스는 트로이 목마 계략을 통해 승리한 이후에도 10년 동안 고향 이타카로 돌아가지 못한다. 지혜로운 영웅 오디세우스로서도 자신이 왜 고향으로 돌아가지 못하는지 그 까닭을 알 수 없다. 그런 오디세우스에게 프로테우스의 딸 에이도테아는 아버지를 만날 것을 권유한다. 그러면서 프로테우스가 쉽게 천기를 누설하지 않으며 변신에 매우 능하므로, 그를 꼭 잡고 늘어져야 한다고 알려준다. 에이도테아가 알려준 비법에 따라 오디세우스는 잠자는 프로테우스에게 접근하여 붙잡아 꽉 묶는다. 그러자 무엇으로든 변신할 수 있는 프로테우스는 변화무쌍하게 몸을 바꾼다. 크고 사나운 사자에서 표범, 용으로 변신하는가 하면 나무로 변하기도 하고, 때로는 물로 흐르는가 하면, 불기둥으로 변신하여 오디세우스를 위협한다. 그 변신의 탈주가 참으로 어지간하다. 프로테우스의 탈주가 너무 거세고 도도하여 자칫 오디세우스도 그를 놓칠 위기에 처하기도 한다. 그러나 에이도테아의 주의를 환기하며 물고 늘어진 결과, 결국은 자신이 고향으로 돌아가지 못하는 이유와 고향으로 돌아갈 수 있는 지혜로운 방법을 듣게 된다. 오디세우스의 귀환은 그렇게 이루어진다.

물론 변신 이야기는 프로테우스에서 그치는 것이 아니다. 그리스 신화뿐만 아니라 우리의 주몽 신화 등 동서고금의 신화나 설화에서 변신담은 무궁무진한 문화 콘텐츠의 창고다. 그중에서 프로테우스 이야기는 가장 인상적인 변신담에 속한다. 그래서일까. 밥 킨이나 도널드 캠멜, 존 그레이슨과 잭 루이스 감독 등이 같은 이름으로 인상적인 프로테우스 영화들을 만들었다. 그들은 대개 그리스 신화에서 보여주었던 프로테우스의 변신술을, 유전공학을 비롯한 현대의 과학적 지식과 현란한 컴퓨터그래픽 기술로 재현했다. 그런가 하면 데이비드 린치 감독의 「코끼리 사나이」라는 영화에서는 그리스 신화와는 다른 맥락에서 '프로테우스 증후군'을 다루기도 했다. 19세기 빅토리아 시대 영국에 실존했던 인물 조셉 메릭의 일생을 바탕으로 만든 논픽션 영화였다. '코끼리 사나이'로 불렸던 조셉 메릭은 매우 기형적인 모습을 보여 인간 정체성에 대한 여러 생각거리를 제공한다. 그 후 독일 소아과 의사인 비데 등에 의해 '프로테우스 증후군Proteus Syndrome'이의학적 질환으로 보고되기도 했다. 이는 원인을 분명하게 밝힐 수 없지만 세포의 일부분에만 영양이 공급되어 기형적인 몸의 변형을 유발하는 희귀 질환을 말한다. 신화에서의 프로테우스는 다양한 변신과 역동적 탈주를 보이지만, 현대의 질환으로서의 프로테우스 증후군은 상당히 퇴행적이고 일방향에 갇힌 변신이라는 점에서 의미론적으로 확연하게 구분된다.

21세기 과학기술혁명 시대의 문화적 문학적 경향을 성찰하는 과정에서 나는 불현듯 신화에서 보이는 프로테우스의 탈주에서 현대적 희귀 질환으로서의 프로테우스 증후군에 이르기까지 일련의 프로테우스 현상들을 떠올렸다. 특히 미국의 사회학자 제러미 리프킨이 '접속의 시대'의 사회적 현상을 조명한 것을 상기하면서, 이 접속 시대의 문학적 상상력과 스타일을 프로테우스 현상과 관련하여 비평적으로 정리해볼 수 있겠다는 생각을 했다. 확실히 우리 시대의 작가들은 역동적인 프로테우스의 탈주를 보인다. 특히 인터넷을 통한 전 지구적 정보화가 진행된 이후 문학의 생소재는 몸의 직접 체험보다는 접속을 통한 간접 체험에서 찾아지고, 그 접속 공간에서 새로운 상상력의 씨앗이 활달하게 움트는 경우가 많다. 그리고 그런 상상력과 스타일이 이전과는 다른 2000년대 문학의 새로운 미학을 형성한다고 말해도 크게 틀리지 않을 터이다. 새로운 삶의 숨결을 새로운 서사 리듬으로 포착하는 역동적인 접속과 탈주의 지점이야말로 새로운 문학의 방향타를 날카롭게 암시하기 때문이다.

그리하여 나는 가능하면 2000년대 젊은 문학의 표정을 '프로테우스의 탈주'라는 화제로 접근하여 비평하고자 했다. 그 몇몇 징후적인 현상들을 정리하고 개별 작가들의 두드러진 특성까지 해명할 수 있기를 소망했다. 그 과정에서 나는 프로테우스의 딸 에이도테아가 일러준 지혜를 떠올렸다. 프로테우스를 꽉 붙잡고 늘어져야 한다는 메시지 말이다. 그러나 유감스럽게도 나의 비평적 사슬은 때때로 헐거웠다. 오디세우스가 보였던 영웅적 지혜가 늘 나와 함께하지는 못했던 것이다. 때로는 대상 텍스트가 나의 사슬을 풀고 다른 방향으로 탈주했다. 한편으로 안타깝고 한편으로 즐거운 일이다. 나의 비평적 한계를 떠올리게 하는 것은 안타깝지만, 나의 비평적 프리즘을 넘어 새로운 탈주를 보이는 텍스트의 활력이야말로 이 접속 시대의 역동적 문화 자산일 것이라는 점을 생각하면 즐겁다. 아울러 나는 이 접속 시대의 문학이 보이는 프로테우스의 탈주가 미학적으로 늘 긍정적인 결과만을 산출하는 것은 아니라는 사실을 당연히 고백해야만 한다. 신화에서의 프로테우스와는 달리 영화 「코끼리 사나이」에서처럼 '프로테우스 증후군'을 벗어나지 못한 채, 어설프게 닫힌 경우들도 결코 적지 않은 까닭이다. 예의 증후군에 갇힌 문학은 결코 진정한 의미에서 프로테우스의 탈주를 알지 못한다. 그래서 우리 시대의 프로테우스들과 함께 소망한다. 접속의 그물에 갇히지 말고 부단히 탈주하자. 역동적인 '프로테우스의 탈주'야말로 새로운 미학의 지평을 알게 한다.

2010년 3월
우찬제

제1부 접속하는 프로테우스

접속하는 프로테우스의 경험과 상상력

1. 풍경과 아스피린

샘물이나 강, 폭포 그림을 보는 것이 열병 환자한테 큰 효험이 있다는 얘기가 있다. 혹은 한밤중에 잠들지 못하는 사람이 머릿속에 샘물을 그려보면 잠이 찾아온다는 말도 자주 듣는다. 마인드 컨트롤과 관련해서 자주 거론되는 이런 이야기는 서구의 경우 피렌체 르네상스의 거물이었던 건축가 레오네 바티스타 알베르티에서 비롯되었다. 합리적 인문주의의 이상을 견지하려고 했던 15세기 사람들로부터 나온 얘기여서 아이러니컬하기도 하다. 동양으로 치면 이리저리 자유롭게 노닐면서 마음과 몸의 평화를 얻는다는 오래된 소요유(逍遙遊)의 정서와 흡사하다.

열이 오른 환자에게 전망 좋은 바다 풍경이 더 유효한지, 아니면 아스피린 한 알이 더 유효한지에 대해서는 입장에 따라 달리 말할 수 있겠다. 혹자는 아스피린도 먹고 좋은 바다 풍경도 보면 금상첨화가 아니겠냐고 말할지도 모른다. 어떤 경우든 우리는 이른바 이미지라고 부르는 것에 대해 주목하게 된다. 동서고금을 막론하고 인간은 이미지에 의해 좌우되는 경우가 많았다. 인간의 눈과 시선, 그리고 대상의 응시 사이에서 교류하는 시각적 무의식이 인간과 예술의 역사를 형성해왔다고 해도 과언이 아니다. 동굴벽화에서 디지털 이미지 문명의 현주소까지 일별해보면 쉽게 알 수 있는 일이다.[1]

"신은 시골을 만들었으며, 인간은 도시를 만들었다"라는 F. E. J. 코페의 말을 패러디하여 시인 이갑수는 "신(神)은 시골을 만들었고/ 인간은 도시를 건설했다.// 신(神)은 망했다"[2]고 노래한 적이 있다. 이를 다시 이렇게 패러디해보면 어떨까. "신은 형상을 만들었고/ 인간은 이미지를 만들었다.// 신은 망했다"라고. 지금, 이미지는 확실히 세상의 주인공이 되었다. 인간이 만든 이미지는 그 스스로 확대재생산 시스템을 갖추어 자가발전하는 경향을 보인다. 온갖 이미지들의 거품 속에서 애초에 이미지를 만들기 시작했던 인간마저도 그 거품 안에 갇혀버리는 형국이 비일비재하다. 굳이 프랑스의 사회학자 보드리야르의 말을 빌리지 않는다 하더라도, 이미지의 기호 가치가 최상의 가치가 되어버린 요즘 실제를 넘어선 시뮬레이션의 위력은 차고 넘친다.

문화 예술이나 패션, 상품의 브랜드 등에서 현저하던 시뮬레이션의 위력은 정치 분야에서도 예외가 아니다. 숨막히는 접전 끝에 마무리된 지난 대선 과정에서 그것은 역력했다. 좀 거칠게 말하자면, 2002년 대선의 승리는 이미지의 승리가 아니었을까. 특히 인터넷 접속을 중

---

1) 레지스 드브레, 『이미지의 삶과 죽음』, 정진국 옮김, 시각과 언어, 1994, pp. 9~13 참조.
2) 이갑수, 『신(神)은 망했다』, 민음사, 1991, p. 11.

심으로 한 이미지 증식과 자가발전 혹은 확대재생산 전략에서 승자 쪽은 매우 민첩했다. 상대적으로 옛 선거방식에서 많이 벗어나지 못했던 쪽에서 가장 많이 실패한 것은 역시 이미지 정치였다. 이미지에 의해 승패가 좌우되었다는 것은 새로운 정치 세대가 이전 세대에 비해 상대적으로 이미지 중심의 감각적 실존을 하는 경향과도 관련된다. 새로운 세대들이 딱딱하고 차가운 느낌보다는 물렁물렁하고 따스한 느낌, 권위적인 이미지보다는 탈권위적인 이미지, 수직적인 느낌보다는 수평적인 느낌을 감각적으로 선택했다고 보이기도 한다. 아울러 그것은 TV와 인터넷이라는 이미지 생산 네트워크에 의해 새롭게 질서화된 감각이기도 하다. 특히 인터넷 접속을 통한 새로운 정치 공동체의 출현 양상을 우리는 놀랍도록 목도할 수 있었다. 선거 전날 늦은 밤에 벌어진 지지 철회 사태 이후 선거 당일 마감 시간 전까지 인터넷과 휴대폰의 접속 양상은 그 절정을 보여준 사례가 아닐 수 없다. 아울러 선거 승리 이후에도 이미지의 확대재생산 사태는 계속되었는데, 그것은 이전의 구습을 되풀이하는 양상이란 느낌이 없지 않아 그다지 새로운 경험은 아니었다.

이런 사태를 놓고 우려의 목소리도 적지 않았다. 우려하는 사람들은 이미지만으로 정치의 처음과 끝이 모조리 채워질 수는 없다는 원론적인 측면에서 지적한다. 이미지를 현실에서 실천하여 실제화하는 구체가 요구되는 것이 바로 정치라는 얘기다. 그러나 이 점에 대해서는 이미지에 매료되고 몰입했던 사람들도 별 이견이 없을 터이다. 합리적인 이성의 척도로 볼 때, 풍경도 좋지만 아스피린도 중요하기 때문이다. 이미지에 걸맞거나 이미지보다 더 좋은 실제를 소망하는 것, 요컨대 이미지의 창조적이면서도 실질적인 생산성을 희망하는 것은 인지상정이다.

2. 접속하는 프로테우스와 존재 지향의 삶

인터넷 접속과 이미지 정치, 혹은 디지털 정치 공동체의 새로운 출현 양상은 변화하는 사회와 인간 존재론에 대한 새로운 성찰을 요구한다. 두루 아는 대로 『소유냐 존재냐』에서 에리히 프롬은 인간의 생존 양식을 두 가지로 구별한 바 있다. '소유의 양식'과 '존재의 양식'이 바로 그것이다. 현대 자본주의 사회의 주도적인 양식인 소유의 양식은 물질적 소유나 권력 추구 또는 일상생활에서의 탐욕, 시기, 질투, 폭력 등에서 생겨난다. 이런 삶의 태도에서 현대의 모든 해악들이 파생된다고 프롬은 진단했다. 핵무기의 위협이나 생태계 파괴 등의 문제도 바로 이와 관련된다는 것이다. 또한 소유의 양식은 주체와 객체를 각각 사물화하기 때문에 사람 사이의 진정한 관계는 사라지고 죽은 관계만 횡행할 것이라고 말하면서, 존재의 양식으로 전환해야 인류가 대파국을 면할 것이라고 프롬은 강조했다. 존재의 양식은 소비주의적 성향을 넘어선 진정한 창조적 삶과 기쁨을 공유하는 상호 간의 이해에 기초를 둔 것이다. 인류가 생존을 계속하며 평화와 안녕을 되찾는 길은 우리 인간성의 구조를 '소유 지향'에서 '존재 지향'으로 전환시키는 길밖에 없다고 강조한 프롬의 『소유냐 존재냐』가 출판된 것은 1976년의 일이었다. 아직 세계가 정보화의 물결에 휩쓸리기 이전의 일이었던 셈이다. 그로부터 4반세기밖에 지나지 않았지만, 많은 것들이 빠르게 변화된 가운데, 이제 우리는 프롬과는 다른 맥락에서 소유의 종말을 진단하는 새로운 목소리를 듣게 되었다. 제러미 리프킨[3]의 『소유의 종말』이 바로 그것이다.

이 책에서 리프킨은 세계의 최근 변화 양상을 구조적으로 성찰하면서 이제 더 이상 소유는 필요치 않다고 예단한다. 접속access의 시대가 오고 있기 때문이다. 이 접속의 시대에는 물리적 시장에서 네트워크로, 소유에서 접속으로 이동이 활발해진다. 물질적 재산의 가치가 떨어지고 지적 상징적 재산의 가치가 부상할 뿐만 아니라 인간관계도 점점 상품화된다. 산업 자본주의 시대가 지나고 문화 자본주의 시대가 급격하게 진행된다. 이런 시대에는 인간 사회에 대한 근본적 통념도 바뀔 수밖에 없다는 것이 리프킨의 생각이다.[4]

접속의 시대는 정보화 시대가 대체된 것이다. 리프킨이 보기에 정

---

3) 미국 워튼 경영대학원 교수인 리프킨은 지난 20세기 말에 우리에게도 잘 알려진 저명한 사회비평가이다. 경제, 노동, 사회, 환경, 유전공학 등 다양한 방면에 걸친 저작 활동으로 세계적 반향을 얻고 있다. 특히 국내에도 번역 소개된 바 있는 『노동의 종말』(1995)의 반향은 대단했다. '정보화 사회는 인간을 노동에서 해방시켜 보다 많은 여가 시간을 제공하는 유토피아가 될 것인가, 아니면 소수의 첨단 기술자와 다수의 영구 실업자가 갈등을 빚는 디스토피아가 될 것인가?'라는 문제 제기를 바탕으로 과학 기술의 변화가 경제와 사회에 미치는 영향을 분석한 역작인 『노동의 종말』은 노동 시간 삭감을 위한 사회-노동 운동의 기폭제 역할을 했다. 또 생명 공학의 획기적 발달로 자연 상태의 실질적 위협이 가시화되는 한편 생명 조작으로 말미암아 열등 유전자를 가진 종들은 모두 청소될지도 모른다는 불안감이 가중되는 현실을 날카롭게 진단한 『바이오테크 시대』(1998) 역시 생명공학 연구가 가져올 수 있는 문제를 예각적으로 제기하여 사회적 경각심을 불러일으켰다.

4) "시장에서 네트워크로, 소유에서 접속으로 이동이 일어나고 물적 재산이 찬밥 대우를 받고 지적 재산이 부상하고 인간 관계가 점점 상품화되면서, 재산의 교환이 경제의 일차 기능이었던 시대로부터 경험 자체가 완전한 상품으로 떠오르는 새로운 시대로 넘어가고 있다. 〔……〕 산업 자본주의를 딛고 올라선 문화 자본주의는 이미 인간 사회에 대한 우리의 근본적 통념을 수없이 뒤흔들어 놓고 있다. 재산 관계, 시장 교환, 물질 축적에 바탕을 둔 과거의 제도는 서서히 허물어지고, 문화가 가장 중요한 상품 자원이 되고 시간

보는 인터넷이라는 부분적 세계를 전체 세계로 확대 적용한 개념이지
만, 접속은 인터넷은 물론 자동차, 주택, 전자제품, 공장, 체인점 같
은 다양한 실물 영역에서도 일관되게 발견되는 포괄적 조류이다. 접
속은 일시적으로 사용하는 권리이다. 이전처럼 사람들이 항구적으로
소유하려 하기보다는 실제로 사용하는 것을 중시하게 된다는 것이다.
무엇보다 변화와 혁신이 빠르게 진행되고 있기 때문에, 그리고 비용
이나 책임 등 여러 면에서 어떤 실물이라도 소유하는 것이 오히려 불
리하게 된다. 가령 자동차 한 대를 비싸게 사서 소유하는 것보다는
임차하여 새로운 모델이 나올 때마다 갈아타는 것이 경제적으로는 물
론 변화와 혁신의 경험에 유리하다는 것이다. 이미 많은 기업에서 접
속을 위한 마케팅 전략을 추구하고 있는 것을 우리도 잘 알고 있다.

　모든 것이 서비스화될 수 있다. 상품 교환에 바탕을 둔 자본주의
체제는 다양한 경험 영역에 접속하는 데 바탕을 둔 체제로 변하고 있
다. 계약 관계는 좀더 복잡하고 다양하게 될 것이며, 인간의 모든 관
계나 경험은 상품화될 수도 있다. 즉 돈만 지불하면 어떤 종류의 경
험이라도 할 수 있다는 것이다. 흔히 '닷컴' 세대라 불리는 새로운 세
대들은 사이버스페이스 안의 다각적인 네트워크들에 접속하면서 여
러 상품들을 자연스럽게 구매하고, 또 새로운 많은 경험들을 순간적
으로 혹은 휘발적으로 하고 있다. 이런 접속의 경험은 기존의 편집증
적 문화를 붕괴시키는 데 크게 기여할 것이다. 들뢰즈의 사유를 따라
아사다 아키라는 "사람들은 편집증 문화의 붕괴 이후에는 황량한 사

과 관심이 가장 귀중한 소유물이 되고 개개인의 삶이 궁극적으로는 하나의 시장이 되어
버리는 시대가 도래하고 있다."(제러미 리프킨, 『소유의 종말』, 이희재 옮김, 민음사,
2001, pp. 19~20.)

막만이 남는다고 말한다. 그러나 그 사막이야말로 스키조 키즈 schizo-kids에게는 가장 좋은 놀이터"[5]라고 지적한 바 있다. 닷컴 세대의 스키조 키즈는 전자 밀실, 혹은 시인 이원의 비유대로라면 '전자 사막' 속에서 나르키소스적인 경험을 할 수도 있고, 사방으로 도망치는 분열증적인 탈주를 감행할 수도 있다. 물론 다국적 기업의 교활한 그물망이 펼쳐놓은 제도적 권력에서마저도 자유롭게 탈주할 수 있는가 하는 문제는 유보적이다. 어쨌든 리프킨은 접속의 시대의 새로운 닷컴 세대 혹은 새로운 인간형에 대해 이런 성찰을 보인다.

접속의 시대는 새로운 유형의 인간을 몰고 온다. 바다의 신이자 변화 무쌍한 모습을 가졌던 그리스 신화의 프로테우스처럼 새로운 〈프로테우스〉 세대의 젊은이들은 전자 상거래와 사이버스페이스 세계에서 이루어지는 사업에 아무런 거부감이 없으며 그 속에서 펼쳐지는 사교 활동에도 적극적으로 참여한다. 그들은 문화 경제를 구성하는 수많은 시뮬레이션 세계에 척척 적응한다. 그들에게 익숙한 세계는 이념적 세계가 아니라 연극적 세계이다. 그들의 의식은 노동 정신보다는 유희 정신에 기울어 있다. 그들에게 접속은 이미 생활의 일부가 되었다. 재산도 중요하지만 연결된다는 것이 훨씬 더 중요하다. 21세기의 인간은 관심을 공유하는 사람들로 이루어진 네트워크의 교점이라는 의식으로 살아갈 것이고, 다윈이 말한 적자생존의 경쟁이 치열하게 벌어지는 세계에서 자율적으로 살아가는 주체라고 스스로를 생각할 것이다. 그들이 생각하는 개인적 자유의 의미는 소유권이라든지 남들의 간섭에서

---

5) 아사다 아키라, 『도주론』, 문아영 옮김, 민음사, 1999, p. 15.

벗어나는 능력과는 점점 거리가 멀어질 것이다. 대신 상호 관계의 그 물망에 포함될 수 있는 권리로서의 의미가 점점 부각될 것이다. 그들은 접속의 시대를 살아가는 첫번째 세대이다.[6]

이 새로운 세대의 활달한 탈주는 썩 매력적일 수 있다. 분열증적 유희 정신에 바탕을 둔 새로운 자율적 주체들의 활달한 탈주는 현실에서 도망쳐 안과 밖이 따로 없는 클라인 씨의 병의 세계를 구현할 수 있을지도 모른다는 생각을 하게 한다. 리프킨에 따르면 21세기의 주역으로 등장할 이 새로운 세대의 인간형은, 산업 시대를 살았던 부모 이전 세대와는 종자부터 완전히 다른 이 새로운 인간형은, 이를테면 "사이버스페이스의 가상 세계 안에서 자기 몫의 인생을 즐기고 네트워크 경제가 돌아가는 이치를 잘 알고 물건을 쌓아두는 데는 관심이 없지만 흥미롭고 신나는 체험에는 관심이 많고 온라인 세계와 오프라인 세계를 자유자재로 넘나들 수 있고 가짜든 진짜든 눈앞에 펼쳐지는 새로운 현실에 자신의 인격을 재빨리 적응시킬 수"[7] 있다는 것이다. 이 세대에 대한 구체적이고 일목요연한 기술을 조금 더 참조해보기로 하자.

물건은 온라인으로 구입하고 소프트웨어는 으레 공짜려니 여기지만 추가 서비스와 업그레이드에는 당연히 돈을 내야 하는 것이라고 생각한다. 7초 안에 할 말을 모두 해야 하는 세상에서 살아가고 정보에 즉각 접속하여 인출하는 데 익숙하고 하나에 오래 집중하지 못하며 성찰

---

6) 제러미 리프킨, 앞의 책, p. 22.
7) 앞의 책, p. 274.

적이기보다는 찰나적이다. 자신은 노동자가 아니라 경기자라고 생각하고 근면하다는 말보다는 창조적이라는 말을 들을 때 더 뿌듯해한다. 임시직에 익숙하고 과제 해결을 중심으로 편성된 조직을 자연스럽게 받아들인다. 부모 세대처럼 단단히 뿌리 박은 삶보다는 아주 유연하고 순간적인 삶을 추구한다. 이념적이기보다는 심리적이고 글자보다는 이미지로 생각하는 쪽이다. 작문 실력은 떨어질지 모르지만 전자 데이터를 처리하는 실력은 한 수 위다. 분석적이기보다는 감정적이다. 디즈니월드와 클럽 메드를 '진짜'라고 생각하고 쇼핑몰을 공공의 광장으로 여기며 소비자 주권 운동이 민주주의의 전부라고 믿는다. 친구들과 어울리는 시간만큼이나 많은 시간을 텔레비전, 영화, 사이버스페이스에 나오는 허구적 인물과 어울리는 데 쏟아 붓는다. 심지어는 이런 허구적 인물의 성격과 경험에 대해서 친구들과 진지한 대화를 나눌 만큼 이들에게 허구 세계는 현실 세계의 일부로 굳건히 자리 잡았다. 이들 세계는 경계가 불확실하고 유동적이다. 하이퍼텍스트, 웹 사이트 링크, 피드백 고리와 함께 자란 이들은 현실을 직선적이고 객관적으로 받아들이지 않는다. 현실이라는 것은 시스템을 통해 나와 함께 돌아가는 것이라는 발상에 익숙하다. 실제로 어디에 사는지는 알지 못하고 또 관심조차 없지만 가상 주소로 얼마든지 이메일을 보낼 수 있다. 세계는 하나의 무대이며 삶은 공연의 연속이라고 생각한다. 인생의 단계 단계마다 새로운 생활양식을 과감히 받아들이면서 자기를 끊임없이 바꾸어나간다. 이 변화무쌍한 남녀를 끌어당기는 것은 역사가 아니라 스타일과 패션이다. 실험을 두려워하지 않고 혁신을 도모한다. 정신없이 바뀌는 이들의 생활공간에 습속, 관행, 전통이 들어설 여지는 없다.[8]

　주석적인 설명의 필요도 없이, 성찰적/찰나적, 이념적/심리적, 지속적/순간적, 문자/이미지, 분석적/감정적 등의 대립항들에서 주저없이 후자를 택하는 이 새로운 세대의 활달한 탈주는 매우 탄력적이고 역동적이다. 많이 거론되었던 바와 마찬가지로 편집증형과 분열증형은 적분/미분, 통합/차이화, 축적/도박, 정주/탈주, 중심/주변, 다수/소수, 길들여짐/야성, 내부의 사고/외부의 사고, 전체/무한, 기하학의 정신/섬세의 정신, 이성애자/동성애자, 축축한/건조한, 사랑의 포로/사막의 사랑, 순종/잡종, 계급제도/무정부주의 등의 대립항들로 대조된다.[9] 이 대립항들과 리프킨의 대립항들은 매우 흡사하다. 그리고 그것들은 접속 시대의 인간 행위와 의식의 양상을 가늠해볼 좋은 참조의 틀이 될 수 있다고 생각한다. 물론 이 대립항들 또한 얼마든지 전복될 수 있다. 대립의 반동보다는 다양하고 촘촘한 차이의 스펙트럼 속에서 오히려 새로운 탈주가 가능할 것이기 때문이다. 혹은 그 미세한 차이들의 긴장과 자장 속에서 현실과 인간 행동이 구성될 것이기 때문이다. 이런 생각을 바탕으로 리프킨을 참조하면서 몇 가지 질문을 던져본다.

　먼저 접속하는 프로테우스들에게 세계와 인간을 이해하는 참조의 틀은 있는가? 접속하는 현실이 수시로 변할 수 있는 휘발성의 현실이라면 일관성 있는 참조의 틀은 없는 것이 아닐까. 물론 여기서 편집증적으로 고정된 일관성을 지닌 참조의 틀을 얘기하는 것은 아니다. 아울러 이들에게 있어서 인간관계의 경험은 어떠한가. 현실에서 타인

---

8) 앞의 책, pp. 274~276.
9) 아사다 아키라, 앞의 책, p. 13 참조.

을 만나고 사랑하고 싸우고 하는 경험이 인터넷에서의 접속의 경험과 질적인 차이를 지닐 수 있을 것인가. 나아가 타인에 대한 윤리적 경험과 행동은 또 어떤 참조의 틀을 통해서 할 수 있을 것인가. 또 "상품화된 문화 체험에 점점 무게 중심이 놓이는 지구 네트워크 경제에서 문명의 생명수라 할 수 있는 풍요로운 문화적 다양성을 지키고 끌어올릴 수 있는 지속 가능한 방법"[10]을 찾아야 하는 정치적 과제를 이 접속하는 프로테우스들은 어떻게 해결할 것인가. 더 심각한 문제들도 떠오른다. 우리가 예상할 수 있듯이 접속의 시대에는 두 부류의 인간들이 있을 수 있다. 접속하는 인간과 접속하지 않는 인간을 생각해볼 수 있고, 접속할 수 있는 인간과 접속할 수 없는 인간을 상정할 수 있다. 앞의 구분은 존재론적 가치의 문제와 관련되기에 좀더 심각한 논의의 여지가 있거니와, 뒤의 경우 비단 세대 차이를 넘어선 경제적 사회적 격차에 의해, 또는 접속의 소망과는 달리 접속의 능력 부재로 접속할 수 없는 인간들의 소외 문제를 우리는 외면할 수 없는 것이다. 리프킨의 보고에 따르면 "세계 인구의 1/5은 사이버스페이스를 넘나들고 접속 관계를 즐기는 반면, 나머지 인구는 물질적으로 쪼들리는 생활"을 하며 생존을 위한 몸부림을 하고 있는 것이 엄연한 지구 현실이다. "세계 인구의 절반 이상이 아직까지 단 한번도 전화를 걸어본 경험이 없다"[11]는 보고는 더욱 놀랍다.

이런저런 문제들에도 불구하고 "현실 공간에서 가상 공간으로, 산업 자본주의에서 문화 자본주의로, 소유에서 접속으로 이동하는 거대한 조류"[12]를 거스르기는 어려울 것 같다. 그래서 "사람들은 접속이

---

10) 제러미 리프킨, 앞의 책, p. 21.
11) 앞의 책, p. 24.

란 말을 들으면 가능성과 기회로 가득 찬 완전히 새로운 세계로 들어가는 구멍을 연상한다. 접속은 전진과 개인의 자아 실현을 약속하는 입장권이 되었고 몇 세대 전의 민주주의라는 말처럼 막강한 힘을 발휘하게 되었다. 그것은 울림이 큰 말, 정치적으로 대단히 의미심장한 말이 되었다"[13]는 지적은 수긍되는 바가 많다. 물론 접속의 조류나 변화하는 현실의 특성에 대한 수긍이다. 가치 평가 문제와는 별개로 말이다. 과연 접속이 가능성과 기회의 구멍일지 혼돈의 블랙홀일지 판단하려면 앞서 지적한 문제들을 포함한 여러 문제들이 더 검토되어야 한다.

이 지점에서 다시 에리히 프롬이 생각난다. 리프킨이 말하는 접속의 시대의 삶의 양식이 단지 소유를 하지 않거나 줄일 뿐이지, 프롬이 거론했던 소유 지향의 삶과 그다지 달라 보이지 않기 때문이다. 어쩌면, 편집증적 맹목인지 모르겠으나, 오히려 더 과격한 형태의 상품 사회인지도 모르겠다. 이런 접속의 시대가 안고 있는 여러 문제점들에 대한 대안의 하나로 리프킨은 지리적 공간에 근거한 문화적 다양성을 지키면서 인류 문명을 유지해나가야 한다고 말한다. 일리 있는 생각이긴 하지만 그가 예견한 가공할 만한 상품 사회, 그 접속의 시대의 문제점에 대해서는 더 많이 궁리해야 한다. 소유의 종말은 문제의 종말이 아니다. 접속의 시대, 그 가공할 상품 사회에서도 존재 지향의 삶은 가능한가. 그밖에 여러 가혹한 질문들이 지금, 우리 앞에 던져져 있다. 자, 무엇에, 어떻게, 접속하겠는가?

---

12) 앞의 책, p. 25.
13) 앞의 책, p. 26.

3. 접속의 시대의 경험과 상상력

확실히 접속의 시대 혹은 접속이란 말은 새로운 시대를 표상하는 매우 문제적인 메타포처럼 보인다. 특히 사이버스페이스에서 접속의 양상은 실제 현실에서의 경험에 비해 매우 빠르고 변화무쌍하며 자유롭다. 이렇듯 새로운 시대의 접속이라는 새로운 에피스테메는 경제관과 세계관을 새롭게 사유하게 함은 물론 문학에서 경험과 상상력의 문제에 대해서도 새로운 성찰과 고민을 하게 한다. 가령 우리 문학에서 경험의 발현과 변화 추이를 거칠게나마 이렇게 정리해볼 수 있다.

먼저 원(原)체험 중심의 공감의 상상력이 주류를 형성했던 시기가 있었다. 물론 이는 근대 리얼리즘 이후 중심 줄기를 형성했던 흐름이다. 1920년대 김동인·현진건·염상섭·최서해 등에서 1970년대의 이청준·김원일·조세희·황석영, 1980년대의 이문열·임철우·방현석 등에 이르기까지, 오랫동안 많은 작가들이 재현한 경험은 주로 원체험에 근거한 것이었다. 이 경우 원체험이란 상상력의 고향이었고, 또 동시대 문학담당층과 소통 과정에서 함께 나누어 가질 수 있는 공감대의 바탕이었다. 가령 가난이나 허기, 전쟁의 상흔과 고통, 노동의 소외 등의 원체험은 당대 공통의 경험이었으며, 집단 무의식을 자극하는 울림의 텃밭이었다. 그것은 또한 진실 탐문의 가치를 담보할 수 있는 산문정신의 탐문 대상으로서 손색이 없었다. 이 시절 상상력의 문제는 경험의 공질성을 바탕으로 차이의 서사적 형상화에 있었다고 할 수 있다. 그러나 사회 현실이 복잡하고 빠르게 변하면서, 그리고 다원화되면서 경험은 포스트모던 풍으로 파편화되기 시작했고, 그만큼 집단 무의식을 울리는 경험의 공질성은 축소되거나 소진될 수밖에 없는 상황이 도래한다.

　그래서 이른바 문화 체험 중심의 타자의 상상력이 우세종이 된다. 이 변화에 대해서는 이미 1990년대 초반에 지적한 바 있거니와,[14] 1990년대 들어 복거일·최수철·장정일·하재봉·구효서·주인석·박일문·이인화 등 많은 작가들이 발상법의 원천으로서 실제 경험보다는 문화 경험을 중시했던 것이다. 더 정확히 말한다면, 각종 문화 텍스트에 기대게 되었다고 할 수 있다. 이것은 작가들의 경험의 폭이나 질과 깊은 상관성을 갖는다. 이전의 작가들만큼 구심력을 행사할 수 있는 원체험을 지니지 못한 까닭에, 이 시절의 새로운 작가들은 경험의 원심력적 확산을 끊임없이 도모해야 했다. 그들은 원심력적 확산을 위해 각종 문화 체험을 하며 부유했다. 그들에게 구심력적 원체험이 미약했다는 것은, 그들로 하여금 유목민의 형상을 하게 만들었다. 그들은 결코 정주민일 수 없었다. 유목민으로 이리저리 떠돌면서 문화 체험을 넓히면서 자신의 상상력을 점화시켰다. 그러므로 그들이 현실을 살며 관찰하고 인식하며 소설을 쓴다고 할 때, 그들에게 현실이란 실재가 아니며 차라리 허구적인 문화였던 셈이다. 요컨대 현실적인 경험이나 실재하는 사건에서 발원된 것이 아니라, 읽고 보고 감상한 책·영화·비디오·연극·음악·미술 등의 허구적인 텍스트를 바탕으로 상상력을 추동시키고 사건을 만들며 인물을 형상화하는 '허구의 허구' 텍스트, 1차 텍스트를 전제하지 않고는 형성될 수 없는 이 2차 텍스트를 나는 그때 '문화형성소설'이라 불렀거니와, 각종 문화 텍스

---

14) 졸고, 「소설 1990년대, 그 동향과 전망」, 『욕망의 시학』, 문학과지성사, 1993, pp. 396~399 참조.

트를 바탕으로 '내파외합'의 글쓰기에 의해 형성된 이 문화형성소설이야말로, 비평적 가치평가의 여부와 상관없이, 1990년대 소설의 주종목이었던 것이다.

그러니까 1990년대 작가들에게 있어서 타자는 이중적이었다. 하나는 원체험을 바탕으로 소설을 썼던 이전의 선배 작가들이 한 줄기 초극의 타자였다면, 다른 하나는 그들이 경험하고 향유했던 온갖 문화 텍스트들의 저자들이 한편으로는 상상력을 자극하면서 다른 한편에서 영향에 대한 불안을 제공하는 모순된 타자였던 셈이다. 물론 이런 문화 체험은 단순히 에피소드 형태에서 구조적 상징의 형태에 이르기까지 작품에 따라 다양하게 펼쳐진 것이 사실이다. 그런데 이런 문화 체험들의 다양한 서사화 결과 기둥 줄거리가 희미해지고, 연결되지 않는 스펙터클들 혹은 이미지들의 파편적 조합 형태의 이야기들이 많아졌다. 스펙터클이나 이미지들이 헤게모니를 쥔 것처럼 보이는 가운데, 인간들 사이의 사회적 관계는 모호해지거나 무화되는 경향을 보였던 것이다. 특히 문화 경험자의 주체 상실 위기 상황에서 '물질화된 이데올로기'[15]라는 넓은 의미에서의 스펙터클들에 침식되는 경향마저 있었다.

스펙터클들의 위력이 커지면 그만큼 이미지의 은유성은 증폭되고 서사의 환유성은 증감된다. 그럴 때 접속 중심의 노마드적 상상력이 확산된다. 1990년대 후반 이후 21세기 들어 접속의 경험과 상상력은 다각적인 방식으로 각개 약진하고 있다. 『호출』과 『나는 나를 파괴할 권리가 있다』의 김영하, 『믿거나말거나 박물지』와 『목화밭 엽기전』

---

15) 얀 시레, 「기 드보르Guy Debord, 세기의 책략가」, 정과리 옮김, 『문학과사회』 2002년 봄호, 문학과지성사, p. 386.

의 백민석, 『이상, 이상, 이상』과 『나를 훔쳐라』의 박성원, 『게임 오버』의 김설, 『꾿빠이, 이상』과 『내가 아직 아이였을 때』의 김연수, 『나의 자줏빛 소파』와 『우리는 만난 적이 있다』의 조경란, 『이바나』와 『동물원 킨트』의 배수아, 「낭만적 사랑과 사회」의 정이현, 『달 항아리 속 금동 물고기』의 방현희, 『그녀는 조용히 살고 있다』의 이해경, 「마왕의 기원」의 김원보 등 여러 작가들의 작품들에서 접속의 경험은 서사적 단초가 된다. 접속의 경험이 전경화될 때 서사의 구체적 형태와 양상도 얼마든지 변형될 수 있다. 우선 비선형 다층 공간 서사 형태가 두드러진다. 주지하다시피 컴퓨터는 여러 창window을 통해 몇 개의 프로그램을 동시에 작동시키는데, 마찬가지로 접속의 소설 텍스트도 흔히 복수의 플롯 선으로 전개된다. 같은 시간에 다른 공간에서 벌어지는 수많은 시퀀스들과 복합적으로 접속하는 방식, 혹은 여러 가지로 갈라지고 융합되는 다양한 이야기 줄기들과 파편적으로 접속하는 방식들이 관심을 끈다. 인물이 접속하는 창의 은유가 소설 독서에서 중요해진다.[16) 아울러 서사적 몰핑[17) 기법 또한 빈번하게

---

16) 창의 은유는 담화가 어떻게 동시적 과정의 길을 유지하는가, 교차하는 운명의 뒤엉킨 매듭을 어떻게 풀어가는가, 인물의 공간적 이동을 어떻게 처리하는가, 장면의 이동과 전환을 어떻게 처리하는가, 하는 등의 서사 전략을 해명하는 데 많은 시사점을 제공한다. Marie-Laure Ryan, "Cyberage Narratology: Computers, Metaphor, and Narrative", D. Herman ed., *Narratoligies: New Perspectives on Narrative Analysis*(Ohio State UP., 1997), p. 126 참조.

17) 몰핑morphing은 시각적 변형 효과로 알려진 컴퓨터 그래픽 용어다. 한 이미지를 다른 이미지로 바꾸는 기술, 몇 개의 프레임을 통해 처음의 이미지를 점차적으로 바꾸는 몰핑은 특히 환상 서사의 서사 효과를 밝히는 데 유효한 기제로 논의된다. 시각 영역의 개념을 언어 서사에서 사용할 때 자연히 은유적 치환이 뒤따르게 마련이다. 라이언은 그 네 가지 형태로 시각적인 형상과 연관된 점진적 변형, 정신적 혹은 존재론적 특성과 연관된 점진적 변형, 개체들의 상징적 변형, 서술 양식과 서술자의 정체성과 연관된 순수하게 기법적인 성격의 변형 등을 거론한 바 있다. 서사 이론에서 특히 주목되는 마지

사용된다. 이런 몰핑을 통해 연결되지 않는 스펙터클이나 이미지들도 유희정신을 바탕으로 과격하게 짝짓기를 하는 경우도 있으며, 성공적인 경우는 상상력의 새로운 탈주를 알게 한다. 어쨌거나 접속의 경험이 서사의 밑바탕이 될 때 시각 중심의 공간적 상상력이 우세할 수밖에 없으며, 접속의 경험은 종종 일회적인 휘발성으로 결과하는 경우도 많다. 접속의 경험과 스펙터클의 광경은 때때로 산뜻하고 때때로 도발적이지만, 경험의 질적 깊이 혹은 경험의 진실이란 측면에서는 의심받는다. 디지털 사이버 공간이 아닌 일상 공간에 접속하는 경우라고 하더라도 대개 이들 소설에서 인물들의 접속은 일상생활 혹은 사회적 실재에 가 닿지 않는 경우가 많다.

요컨대 최근 소설에서 보이는 접속하는 프로테우스들은 상상력의 신세계를 향해 경쾌하게, 유희적으로, 무한 탈주하고 있다. 때때로 그들은 접속의 블랙홀 속에 웅크리고 있는 나르키소스처럼 보이기도 하고, 접속한 구멍/공간 속에서 그리고 또다른 구멍/공간을 접속하면서 끊임없이 탈주하는 스키조 키즈처럼 보이기도 한다. 그러나 이 접속 시대의 프로테우스들이 마냥 자유롭게 무한 탈주할 수 있는 것은 아니지 싶다. 그들의 탈주는 때때로 혼돈의 늪에 빠질 수 있으며, '나 홀로' 탈주로에서 고독한 상상적 변신을 수행해야 하는 경우도 많을 것이다. 탈주로는 무한히 열려 있되, 심하게 엉클어진 실타래의 형상일 수도 있다. 또한 어떤 접속 경로에서는 타인이나 공동체와 소통하기 어려울 수도 있다. 이 때문에 이들 접속의 경험은 함께 나누기 애

막 네번째에 대해서는 다시 피서술자의 변형, 서술자의 저자로의 변형 내지 반대의 경우, 인물에서 개체화되지 않은 3인칭 서술자로의 서술자의 변형 등 셋으로 나누어 논의했다. 마리 로르 라이언, 앞의 글, pp. 131~134 참조.

매한 경우가 많다. 혼자의 경험이 만인의 경험이 되고, 만인의 경험이 혼자의 경험이 되는 상상적 호환은 원활하게 전개되지 않는다. 우리 시대의 접속하는 프로테우스들은 끊임없이 접속하지만, 그 접속을 통해 인간관계 혹은 사회적 관계의 총체를 결코 알지 못한다. 그래서 더욱더 접속하고자 하는지도 모른다. 고독하기에 함께 공생하기를 원해 접속하지만, 접속을 통해 공생을 시도해도 고독의 기운은 결코 가시지 않는다. 지독하게도 고독한 공생의 배리에 시달려야 한다. 최근 우리 문학에서 보이는 접속의 경험과 상상력의 고민은 바로 이것이다. 그러나 앞으로 당분간 접속하는 프로테우스들은 이런 불우함을 온갖 추문 속에서 견뎌야 할 것으로 보인다. 혼돈스런 불우성을 잘 견디면서 문화적 다양성을 바탕으로 한 인간 이해의 열린 접속을 계속해나갈 필요가 있다. 접속을 통해 경험한 풍경이 아스피린이 될 수 있도록, 즉 사회적 실재와 인간 이해의 새로운 참조틀을 발견할 수 있도록 끊임없이 접속을 열어가야 한다. 새롭게 창출된 접속의 서사 미학이, 접속의 시대를 반성적으로 성찰하고 거스르면서 존재 지향의 삶에 기여하는 쪽으로 작용할 수 있도록 지혜를 모아야 할 때이다.

접속 시대의 사회와 탈(脫)사회

1. 접속 시대의 의식과 감성

앞의 글「접속하는 프로테우스의 경험과 상상력」에서 우리는 제러미 리프킨의『소유의 종말』을 중심으로 접속 시대의 새로운 특성에 대해 주목한 바 있다. 접속의 시대의 새로운 닷컴 세대 혹은 새로운 인간형에 대한 리프킨의 관심은 비단 그만의 소견에서 그칠 성격이 아니다. 그의 관찰에 따르면 접속 시대의 새로운 젊은이들은 전자 상거래와 사이버스페이스 세계에서 이루어지는 사업에 아무런 거부감이 없으며 그 속에서 펼쳐지는 사교 활동에도 적극적으로 참여한다. 이렇게 탄력적이고 역동적인 새로운 세대를, 리프킨은 변화무쌍했던 그리스 신화의 프로테우스를 닮은 새로운 '프로테우스 세대'로 호명한다. 새로운 문화 경제를 구성하는 수많은 시뮬레이션 세계에 척척 적응하는 그들에게, 이념적 세계는 익숙하지 않다. 그들에게 익숙한 세계는 연극적 세계다. 그들의 의식은 노동 정신보다는 유희 정신에 입각해 있기에 활달하다. 유희하는 그들에게 접속은 이미 생활의 일부다. 재산이나 소유보다는 접속되고 연결된다는 것이 훨씬 더 중요하다. 관심을 공유하는 사람들로 이루어진 네트워크의 교점이라는 의식으로 살아갈 것이라는 점에서, 그들은 새로운 21세기적 인간형이다. 다윈이 말한 적자생존의 경쟁이 치열하게 벌어지는 세계에서도 자율적으로 살아가는 주체라고 스스로를 생각할 것이다. 상호 관계의 그물망에 접속되고 포함될 수 있는 권리에 대해 우선적으로 생각하는 그들이야말로 접속의 시대를 살아가는 첫번째 세대가 될 것이라고 리프킨은 진단한다.[1]

앞에서 살펴본바 접속 시대의 새로운 풍경과 특성들은 이제 이상한 나라의 이야기가 결코 아니다. 지금, 여기서 활달하게 펼쳐지고 있는 사회이고 현실이다. 접속 시대의 새로운 세대들은 구세대들과는 다른 방식으로 사회를 만들고 해체하고 또 재구축한다. 그들의 사회는 결코 확정된 영토를 지니지 않는다. 언제나 탈영토화되고 재영토화된다. 이전에는 경제적 하부구조가 의식이나 문화의 영역에 상당한 영향력을 행사했던 것이 사실이지만—굳이 소박한 경제결정론을 추종하는 입장이 아니라 하더라도—이제 주요 변수로서 하부구조의 영향력은 분산적인 것이 되고 말았다. 우리가 살피고자 하는 새로운 세대들의 최근 소설들, 그러니까 김경욱·이기호·김중혁의 소설들은 접속 세대의 사회학적 상상력의 풍경을 가늠케 하는 몇몇 핵심적인 특성들을 제공한다. 그들은 근대적 의미에서 사회 속의 개인을 문제 삼지 않는다. 영토화되고 확정된 사회로부터 자유롭게 유희적으로 탈주

---

1) 제러미 리프킨, 『소유의 종말』, 민음사, 2001, p. 22 참조.

하는 그들의 상상력은 한껏 탈사회적인 자유를 구가하면서, 또 다른 인공 사회의 상상력을 창조한다. 그런 상상력이 요즘의 사회와 문학에 던지는 의미는 무엇일까?

2. 접속에의 희열과 차단에의 불안: 김경욱

김경욱의 인상적인 단편 「베티를 만나러 가다」는 '에덴의 동쪽'이라는 영화 매니아들의 대화방 안팎에서 벌어지는 이야기다. '아비(阿飛)'라는 아이디를 사용하는 주인공이 있다. '아비'는 그가 제일 좋아하는 영화 「아비정전(阿飛正傳)」의 주인공 이름이기도 하다. "나는 누군가와, 그 무엇과 연결되어야만 한다"[2]고 그는 생각한다. 물론 인터넷 대화방에서의 연결이고 접속이다. 가상공간에서의 접속의 감각은 그의 실존의 텃밭이다. 그는 순전히 베티와 연결되기 위해 대화방에 접속한다. 여기서 베티는 영화 「베티 블루」를 가장 좋아하는 익명의 대화방 이용자의 아이디다. 대화방에 접속하여 베티와 영화를 중심으로 한 이런저런 얘기를 주고받지만 "그는 베티가 누구인지 전혀 알지 못한다"(p. 16). 여자인지 남자인지, 나이와 사는 곳, 하는 일 등에 관한 정보는 전혀 알지 못한 채 다만 "장 자크 베넥스의 〈베티 블루〉가 가장 좋아하는 영화이고 베아트리체 달을 닮고 싶어 한다는 것, 브루스 윌리스나 리차드 기어가 나오는 영화들을 싫어하고 최근에 가장 감동적이었던 영화는 〈스모크〉였다는 것"(p. 17) 따위만을

---

2) 『베티를 만나러 가다』, 문학동네, 1999, p. 15.

알고 있을 따름이다. 그러면서도 그는 베티를 만나기 위해 부단히 대화방에 접속한다.

두루 알다시피 인터넷 대화방은 가면무도회보다 더 철저한 가면을 쓴 이용자들이 익명으로 활동하는 공간이다. 그들은 자기 고유의 이름으로 존재하지 않고 아이디라는 가면을 쓰고 존재한다. 현실의 자아와는 다른 자아로 그 대화방에서 가면무도회를 벌인다. 이와 같이 대화방에서 가면을 쓴 채 또 다른 얼굴로 실존하는 것을 탈존(脫存, Ek-sistence)의 한 형태로 부를 수 있을는지 모르겠다.[3] 가령 가상의 대화방에서 그들은 실존 세계의 진리치에 얽매이지 않고 자유롭게 탈주한다. "그 어느 누구도 다른 사람의 맨얼굴을 들여다보려 하거나 보고 싶어하지도 않는"(p. 19) 가상공간이 형성하는 "완벽한 익명성"(p. 19)이 그런 여건을 제공하는 것이다. 주인공에 따르면 완벽한 익명성은 '에덴의 동쪽'을 떠받치고 있는 중요한 하나의 기둥이다. 거기를 출입할 때마다 "다락방에 누워 있는 듯한 안도감을"(p. 19) 느낀다고 했다. 동시에 또 하나의 기둥으로 "야릇한 긴장감"을 제시한다. 그것은 단지 "자신의 익명성이 침해당할지도 모른다는 불안에서" 온 것만은 아니었다. "그것은 세계와 접속되었다고 느껴지는 순간의 희열과 동시에 다시 세계로부터 떨어져나갈지도 모른다는 불안이 다이너마이트처럼 장착된 긴장감이라고 할 수 있을 것이다"(p. 20).

이 대목에서 접속에의 희열과 차단에의 불안이 형성하는 긴장감을 주목한 것이 썩 이채롭다. 이 긴장감이야말로 김경욱의 소설적 상상력의 원천처럼 보이는 까닭이다. 인터넷을 기축으로 한 가상 세계나

---

3) 하이데거는 1929년 프라이부르크 대학 총장 취임 연설을 통해 '실존'을 'Existence'와는 또 다른 'Ek-sistence', 즉 스스로를 초탈한다는 말로 표현한 바 있다.

영화, 텔레비전 등 대중적 허구 문화 세계에 접속하여 새로운 존재의 감각을 체험하고 그 감각적 실존을 통해 새로운 실존, 그러니까 탈존을 꿈꾸는 것이야말로 김경욱 소설의 핵심이다. 버추얼 리얼리티의 가상성과 잠재성으로 리얼리티를 반성케 하고 새로운 리얼리티를 구축하는 것, 실재를 모방한 허구보다는 허구를 모방하는 또 다른 실재의 허구 세계로 과감하게 탈주하는 것, 그것을 통해 독자들로 하여금 세계 인식의 새로운 관점을 안내하는 것, 이런 국면들을 김경욱의 소설은 함축한다. 『베티를 만나러 가다』(1999) 뿐만 아니라 그 이후 『누가 커트 코베인을 죽였는가』(2003), 『장국영이 죽었다고?』(2005)에 이르는 김경욱의 세계는 바로 이런 관점에서 이해 가능하다. 네번째 소설집인 『장국영이 죽었다고?』이후에 김경욱은 새로운 모색을 시도하고 있음에도 불구하고, 접속의 상상력이라는 기축은 여전히 유지하고 있는 것처럼 보인다.

「공중관람차 타는 여자」(『문학사상』 2005년 11월호), 「위험한 독서」(『문학동네』 2005년 가을호)에서 허구적 현실과 사회를 구성하는 것은 책과 텔레비전의 세계이다. 「공중관람차 타는 여자」의 주인공 수진은 결혼 전 자신에게 구애하는 남자들을 오디세우스의 귀환과 페넬로페의 옷감 짜기 이야기로 시험한 적이 있다. 셰익스피어의 『베니스의 상인』에서 지혜로운 여성 포샤는 세 개의 상자 시험에서 성공적으로 배우자를 구했지만, 수진은 사정이 그렇지 못했다. 번번이 남성들을 물리칠 수 있었지만, 딸꾹질 때문에 대답을 들을 수 없었던 남자와 사랑도 없는 결혼을 하게 된다. 그녀가 사랑 없는 결혼을 했다는 것을 확인시켜준 것은 텔레비전이었다. 텔레비전 인터뷰를 통해 한 신인감독의 인터뷰를 보고 그가 만든 영화 「첫사랑의 비용」을 보면서 그녀의 사랑은 다른 자리에 있었음을 절감하게 된다. 그리고 그와의 사랑이 이루어질 수 없었던 이유가, 둘 사이의 구체적이고 물리적인 관계에서 비롯된 것이 아니라 그녀가 잘못 적어 보낸 릴케의 시 구절에 있었음을 떠올린다. 그녀가 암송했던 릴케의 「엄숙한 시간」의 마지막 구절을 잘못 적어 보낸 탓에, 그 부끄러움 때문에, 부끄러움이 환상적으로 증폭되는 바람에 더 이상 그를 만날 수 없었던 것이다. 이런 이야기를 통해 김경욱이 전하고자 하는 메시지는 다른 것이 아니다. 문화에의 접속이 실존에 선행한다는 것. 문화 접속을 통한 환상이 현실을 바꾸고 사회적 관계도 변화시킬 수 있다는 것. 가령 이런 문장이 주목된다. "환상이 현실을 재단하고 현실이 환상을 부추기는 이 도시에서 어떤 자는 환상을 충족시키기 위해 살인을 저지르기도 하고 어떤 자는 살인을 면하기 위해 환상에 몰두하기도 한다. 환상 자체는 위험하지 않다. 위험한 것은 환상에 결박된 인간이다."[4] 환상에의 접속을 통해 환상에 결박된 인간의 실존과 의식을 반성케 하는 것, 이 지점에 김경욱 소설의 특성이 있다.

　「위험한 독서」에서도 사정은 비슷하다. 독서치료사인 주인공과 피상담자인 그녀(당신으로 지칭되는)와의 관계는 전적으로 책의 세계에 접속함으로써 이루어진다. 독서치료사라는 인물 설정에서부터 이미 그런 관계를 한정한 셈인데, 가령 밀란 쿤데라의 『참을 수 없는 존재의 가벼움』, 다자이 오사무의 『인간실격』과 『사양』, 아니 에르노의 『아버지의 자리』 등등의 세계에 상호 접속하면서 그들은 상담자와 피상담자 관계로 이루어진 사회를 형성한다. 그런데 그들은 마지막 상

---

4) 김경욱, 「공중관람차 타는 여자」, 『문학사상』 2005년 11월호, 문학사상사, p. 125.

담을 마친 후 술을 마시고 육체적인 관계를 맺게 되면서 사회적인 관계로부터 벗어난다. 그녀가 종적을 감춘 것이다. 사회적인 관계로부터 벗어나 탈사회화된 그녀를 다시 만나게 되는 것은 인터넷에서 그녀의 블로그를 통해서이다. 실제의 사회적 관계는 참으로 무겁고 위험할 수 있는 반면, 접속을 통한 탈사회 혹은 탈사회화된 사회에서 좀더 자유로운 존재의 공간을 마련할 수 있다는 접속 시대의 역설을 흥미롭게 보여주는 작품이다. 「게임의 규칙」(『현대문학』 2006년 1월호)은 텔레비전을 매개로 한 접속 시대의 존재론을 환기하는 텍스트이다. 비상한 문자 해득력과 암산 능력을 지녔던 영재가 차츰 세속도시에서 범속하게 자라다가 마침내 텔레비전의 세계에 포획되고 마는 이야기를 담고 있다.

이처럼 김경욱의 접속의 상상력은 단지 1차적 사회와 현실을 반영한 것이 아니고, 현실과 허구/문화의 복잡한 상호작용을 반영한 결과다. 그가 재현하는 사회는 문화와 환상 및 허구의 복잡한 작용에 의해 탈사회화되면서 재사회화된 2차의 인공 사회다. 그러기에 그의 소설에서 보이는 사회학적 상상력은 중층의 인식 과정을 요청한다. 이런 성격은 그의 소설 스타일이 결코 단순하지 않고, 플롯이 때때로 풀리지 않는다는 측면과도 상관된다. 그의 소설은 작가가 독자에게 이야기를 일방적으로 전달하기를 거절한다. 대신 무수히 많은 틈들에 독자들이 적극적으로 개입하여 능동적 동기화로 채우고자 할 때 새로운 가능 세계possible world를 향해 탈주하게 된다. 독자의 수동적 접속을 거부한다는 점은 김경욱이 보이는 접속의 상상력의 또 다른 특징이다. 독자와의 상호 수행적 대화를 통해 새로운 텍스트는 역동적으로 창출된다. 그만큼 문학의 사회적 수사학적 성격도 새로운 지평을 알게 된다.

3. 가상현실에의 접속과 이데올로기 비판: 이기호

이기호 역시 기존의 이야기 영토에서 벗어나기나, 기존의 이야기 영토의 변두리거나 속해 있지 않았던 영토의 이야기를 끌어들이기 전략을 구사한다. 이 탈영토화와 재영토화 전략을 위해 작가는 종종 합의된 리얼리티로부터 과감하게 탈주하여 새로운 지점에서 2차 세계를 구축한다. 상상적 2차 세계에서 새로운 내적 리얼리티를 갖춰 기존의 1차 세계에 대한 전복과 해체 효과를 노린다. 다른 얘기가 아니다. 작가 이기호는 종종 기성의 리얼리티로부터 벗어난 자리에서 새로운 서사의 동인 혹은 사건의 발단을 찾는다는 것이다. 비록 그것이 좀 우스꽝스럽고 엉성해 보이더라도 새로운 발단의 계기나 서사 작인(作因)을 구축하여 거기에서 비롯되는 상상의 물꼬를 쫓아가는 모습을 우리는 그의 소설에서 종종 확인하게 된다. 이기호 소설의 서술자나 시점자들은 대개 '삐딱하게 보기'의 주인공들이기 십상이다. 삐딱하게 세상과 사회를 조망하는 인물들을 또 다른 삐딱한 시선으로 바라보는 자들이다. 때때로 과장되게 왜곡되고 희화화된 이미지를 우리에게 보여주는 것도 그 때문이다. 나아가 그와 같은 삐딱한 응시를 통해 환상적 가정법의 세계에 접속하기도 한다. 첫 소설집 『최순덕성령충만기』(2004)에 수록되어 있는 「백미러 사나이─사물이 눈에 보이는 것보다 가까이 있음」, 「머리칼 전언」, 「옆에서 본 저 고백은─고백시대」, 「햄릿 포에버」, 「발밑으로 사라진 사람들」 등 여러 소설에서 이미 그 사태를 확인할 수 있거니와, 이후의 작품들에서도 비슷한 양상을 보인다.

이미 「간첩이 다녀가셨다」에서 웃음을 통한 국가 이데올로기나 분단 상황 비판의 담론을 제출한 바 있던 이기호는 「누구나 손쉽게 만들어 먹을 수 있는 가정식 야채볶음흙」(『문예중앙』 2005년 봄호; 이하 「야채볶음흙」으로 약칭함), 「수인(囚人)」(『문학동네』 2005년 여름호) 등에서 더욱 흥미로운 이야기를 선사한다. 무엇보다 흙을 먹고 산다는 도발적이고 전복적인 상상력이 돋보이는 「야채볶음흙」에서 주인공이 흙을 먹고 살게 된 사연은 이러하다. 직업군인이었던 아버지는 전쟁을 염려한 나머지 집에 가족 피신용 벙커를 만들고 가족과 함께 대피 훈련도 한다. 1983년 미그기 귀순 사건 때 지방여행 중이던 아버지는 전화로 아들에게 지침을 내린다. 지하 벙커에 들어가 아버지가 열어주기 전까지는 절대로 밖으로 나오지 말라고 말이다. 그런데 아버지는 그날 어머니와 함께 교통사고로 사망하여 벙커 문을 열어줄 수 없게 된다. 그럼에도 아들은 6개월 동안이나 줄곧 지하실에서 기다린다. 절대로 밖으로 나가면 안 된다고 생각한 주인공은 너무나도 배가 고픈 나머지 흙을 먹기에 이른다. 처음에는 힘들었지만 이내 적응을 하게 되어 흙이 아닌 다른 음식을 멀리할 정도까지 된다. 이에 벙커를 나온 후에도 그는 계속 흙만 파먹고 산다. 너무 흙을 판나머지 집의 지반이 약화되어 붕괴 위험이 있자 파주 근교의 한적한 시골 마을로 이사를 하게 된다. 거기서 만난 명희라는 시각 장애인 아이에게 주인공은 '초록색 음식'이라고 속여 흙을 먹게 하고, 아예 지하에서 명희와 함께 흙만 파먹으며 지낸다. 나중에 이들은 집으로부터 8킬로미터쯤 떨어진 비무장지대 근처에서 땅굴 탐사를 하던 굴

착기에 의해 발견된다고 이야기된다. 아마도 1970년대나 1980년대의 민방공/위훈련에서 착안한 듯 보이는 이 소설은 과장된 전제와 허풍으로 대피 소동을 벌였던 분단 상황과 이데올로기를 조롱한다. 작가의 조롱과 야유는 거기서 그치지 않는다. 주인공은 "지상에 올라와 흙을 먹다 보니, 세상살이라는 것이, 그게 참 우습게만 여겨졌"[5]다고 말하는데, 구체적으로 보자면 이렇다.

> 세상 사람들 모두가 열심히 일을 하고, 아껴 쓰고, 공부하는 것은 결론적으로 다 '밥' 때문이잖아요. 굶지 않기 위해, 남들보다 더 많은 밥을 사두기 위해, 보다 질 좋은 밥을 사먹기 위해, 그렇게 살인적인 노동을 감내하는 것이잖아요. 밥은 한정되어 있고 사람들은 끊임없이 밥을 탐하니까요. 한데, 그 밥이 주위에 무한정 널려 있다면, 그냥 삽으로 대충 몇 번 파헤쳐 다 해결할 수 있다면, 그러면 그 모든 노동들은 다 무의미한 게 되어버리잖아요. 너 그렇게 공부 안 하면 나중에 굶어 죽는다, 그렇게 게으르면 평생 고생하면서 산다, 뭐 이런 말들이 우습게만 여겨지는 거죠. 괜찮아요. 전 그냥 흙 파먹고 살래요. 이런 여유가 없는 것이죠. (pp. 217~18)

인간 사회의 문제의 근원에서 '밥'을 지목하고, 그 밥의 문제에 얽매여 사는 인간 세계에 대한 위트 섞인 조롱이자 야유라 할 수 있다. 물론 그 밥의 문제를 어설프게 희석시키고자 하는 말은 분명히 아닐 것이다. 그보다는 엉뚱하게 우스꽝스런 얘기를 하는 듯 보이지만, 이

---

5) 이기호, 「누구나 손쉽게 만들어 먹을 수 있는 가정식 야채볶음흙」, 『문예중앙』 2005년 봄호, 랜덤하우스 중앙, p. 217.

기호는 그 웃음을 통해 사회학적 상상력의 비수를 들이대는 데도 예각적인 감각을 가지고 있는 작가라는 점을 환기하는 대목이 아닐까 싶다. 점입가경이다. "우리가 그동안 흙을 먹지 못했던 것은, 누군가가 우리의 노동력을 갈취하기 위해, 우리의 공포를 조장하기 위해, 우리의 뇌를 세뇌시킨 정교한 음모일지도 모릅니다. 세상 모든 사람들이 일하지 않고 흙만 먹는 꼴을 못 보는 사람들이 말입니다. 치과 의사? 골재 채취업자? 그도 아니면 미국 대통령?"(p. 218). 이렇듯 자본주의와 신제국주의 질서까지 슬쩍 비트는 그의 말장난은 참으로 어지간한 사회학적 상상력의 소산이 아닐 수 없겠다.

「야채볶음흙」의 주인공도 굴을 파들어갔거니와 「수인」의 주인공 역시 굴을 파는 신세가 된다. 장편소설 한 권을 상자한 바 있는 소설가인 주인공은 외할머니가 돌아가신 다음에 대관령 근처 태기산 중턱에 있는 화전민의 폐가에 들어가 두문불출 소설만 쓴다. 그런데 두 달이 지날 무렵 남부지방에 있던 원자력 발전소 두 곳이 폭발하는 바람에 온 나라가 쑥대밭이 된다. 정부도 무너지고, 휴전선도 무너지고, 완고했던 분단체제도 일거에 무너졌다고 가정법에 과장법을 보태어 능청맞게 얘기한다. 사정이 이 지경이 되자 유엔 등 국제기구에서는 한반도에 살던 사람들을 소개하여 전 세계로 보내기로 한다. 열한 달 만에 세상에 나와 화들짝 놀란 주인공은 한반도를 탈출하기 위해 어쩔 수 없이 심판관 앞에 서게 된다. 그런데 자신의 존재를 입증할 방법이 없다. 주민등록증도 없고 다른 공문서도 없는 상태다. 오로지 소설가였다는 것뿐인데, 이를 증거하기 위해서는 교보문고에서 판매되던 소설책이 필요하다. 심판관은 그 책만 가지고 오면 프랑스로 보내주겠다고 약속한다. 그러나 교보문고는 이미 방사능 오염으로 인해 시멘트 콘크리트로 막혀버린 상태다. 그럼에도 그는 자신의 존재를 입증하기 위해 곡괭이질을 하면서 콘크리트를 뚫고 굴을 파들어간다. 이런 이야기임에도 불구하고 「수인」은 결코 환경 생태소설이라는 한정된 맥락에서 읽히지 않는다. 그보다는 정치소설이나 예술가소설, 혹은 실존주의 소설에 가깝다. 원자력 사고 이후 국민들의 반응들, 이를테면 "사람들은 이미 그들 마음속에 있던 정부를 깨끗하게 지워버린 상태"[6]라는 진술이나 "사고가 일어난 지 일 주일 만에 휴전선이 뚫렸다. 사람들은 철책이나 이데올로기 따위는 안중에도 없다는 듯 철원과 파주, 화진포를 거쳐 북으로 넘어갔다. 〔……〕 오십 년 이상 지속되어왔던 분단체제는 방사능으로 인해 아주 자연스럽게, 너무나 허무하게, 허물어지고 말았다. 남쪽 정부도, 북쪽 정부도, 그 누구도 그들의 발걸음을 멈춰 세우진 못했다"(pp. 296~97)는 서술, 혹은 많은 사람들이 "고국을 향해 침을 뱉으며" 떠났다는 얘기 등을 중점적으로 보면 분명히 국가주의와 이데올로기를 비판하는 정치소설이 된다. 그런가 하면 한 소설가로서 자기 존재를 입증하고자 하는 주인공의 개인적이고 예외적인 노력을 중심으로 읽으면 예술가소설처럼 보이기도 하고, 콘크리트를 힘겹게 파들어가지만 그럼에도 자신의 존재를 입증할 수 없고 다만 피투성이와도 같은 피투성(被投性)의 존재로서 수인처럼 형벌을 받고 있을 따름이라고 생각하면 실존주의 소설이 되기도 한다. 어떤 코드로 읽든 간에 그 사회적 환기력은 어지간한 편이다.

이미 첫 소설집 『최순덕성령충만기』에 수록된 「옆에서 본 저 고백

---

6) 이기호, 「수인(囚人)」, 『문학동네』 2005년 여름호, 문학동네, p. 296.

은」, 「햄릿 포에버」, 「백미러 사나이」 등 세 편에서 이기호는 서로 다른 '이시봉' 이야기를 한 적이 있다. 삐딱하게 보는 작가 이기호의 왜상(歪像)의 은유의 파편각에 따라 앵벌이가 되기도 하고, 소년원 출신으로 본드를 흡입하는 배우가 되는가 하면, 뒤통수에 눈이 달린 대학생이 되기도 한다. 같은 이름으로 불리는 그들은 작가의 욕망과 응시의 분열상을 알게 하는 다중 자아들인지도 모른다. 어쨌든 이시봉은 이기호 창작법에서 일종의 브랜드 캐릭터에 값한다 하겠다. 과연 이기호의 주인공 이시봉은 거듭 다르게 혹은 비슷하게 거듭난다. 「아무 의미 없어요」(『한국문학』 2005년 여름호)에서 이시봉은 공사판 노무자다. 가까스로 기회를 얻어 현장에서 일하던 그는 공사 중인 건물 안에서 소변을 보다가 건축주 여인에 의해 해고당하고 만다. 홧김에 반일당으로 받은 3만 원으로 술을 마시고 밤늦게 한적한 국도를 타고 귀가하던 중, 갑자기 일당을 벌충한답시고 도로표지판 다섯 개를 무단으로 절단하여 자신의 봉고에 싣고 가다가 교통사고를 내게 된다. 굴절 경사로 주의 표지판을 그가 절단해 없애버렸기 때문에 아무런 예고도 받을 수 없었던 앞 차가 중앙분리대를 들이받고 비스듬하게 널브러져 있었는데, 그가 그 차를 받은 것이다. 도망치려 했지만 이내 뒤에서 오던 차가 또 자기 차를 들이받는 바람에 진퇴유곡에 빠지게 된다. 뒤늦게 자책감에 빠진 그는 자기 봉고에서 표지판 하나를 꺼내 그것이 있던 자리에 다시 세우려 하나 여의치 않자 스스로 그것을 붙들고 서 있다가 마침내 표지판처럼 굳어지고 만다는 얘기다. 그런데 그가 붙들고 서 있는 표지판은 굴절 경사로 주의 표지판이 아닌 회전형 교차로 주의 표지판이었던 것이다. 이 또한 퍽 황당한 이야기가 아닐 수 없는데, 희화화되고는 있지만 이 시대 하층민들의 애환과 비극상을 웃음을 동반하는 위트로, 그것도 판소리 어투에 맞추어 펼치고 있는 소설이다.

이렇게 이기호의 여러 소설들에서는 주체도 강등되고 대상도 강등되는 상호 강등의 시소게임이 연출된다. 이를 통해서 작가는 자연스럽게 억압 없는 웃음을 이끌어내는데, 웃으면서도 나름대로 세상의 겉과 속 혹은 그 사이에 대해 반성적 사고를 지닐 수 있게 한다. 엉뚱하게 보이기도 하면서 나름의 설득력과 호소력을 얻는 것은 그 때문이다. 무겁게 이야기하면 한없이 무거워질 수밖에 없는 사회적 경제적 정치적 이데올로기적 이야기들을 이기호는 아주 가볍게 펼치고 있다. 가볍게 하고는 있지만 그 사회적 환기력이 어지간하기에 그의 소설이야말로 문학당의설에 근접한 형태인지도 모르겠다. 재미있는 그의 소설을 읽다 보면 나중에는 쓴 약을 소화해야 하는 깊은 숨을 들이쉬어야 하는 까닭이다. 그런 면에서 그의 소설은 사회에서 비롯되었으되 거기에서 자유롭게 탈주하여 탈사회적인 환상이나 가정법의 몽중보행을 벌이다가 결국은 사회적인 메시지를 심화 환산하는 데 기여하는 이야기 스타일을 지니고 있다 하겠다.

4. 접속 시대의 혼성 감각과 관음의 사회학: 김중혁

김중혁은 귀가 예민한 작가인 것처럼 보인다. 그에게 있어 감각의 최전선은 귀다. 물론 눈으로 세상과 인간을 관찰하기도 하겠지만, 정작 문제적인 서사 상황을 구성할 때면 눈을 가리고 귀에만 감각을 집중시키는 것이 아닐까 하는 짐작이 든다. 「펭귄뉴스」(『문학과사회』

2000년 겨울호)로 등단했을 때부터 그랬다. 일상의 감각을 전복하는 비트의 세계를 전위적으로 다룬 등단작의 도입부에 이런 문장이 있다. "나는 지금 조용히 텔레비전 앞에 앉아 있다. 텔레비전은 눈을 감은 채 조용히 나를 응시하고 있다. 〔……〕 켜지지 않은 텔레비전 앞에 앉아 있으면 늘 어떤 긴장감이 느껴진다."[7] 주인공은 눈으로 텔레비전을 보는 것을 좋아하지 않는다. 대신 귀로 라디오를 듣는다. 라디오를 들으며 디제이의 목소리에서 이상한 리듬을 느끼고 "그녀의 목소리를 조금 더 가깝게 듣고 싶어" 한다. "그녀의 목소리에는 정말 교묘한 비트가 숨어 있다"(p. 1551)는 것을 들을 수 있는 귀를 가진 까닭에 문제적 서사 상황에 돌입하게 된다. 그의 접속 감각은 남다르다.

「無用之物 博物館」(『한국문학』 2004년 겨울호) 역시 귀로 소리를 본 것을 쓴 관음(觀音)의 소설이다. 주인공은 디자이너이다. 두말할 필요도 없이 눈의 감각, 즉 시각을 전경화해야 할 인물이다. 그는 축소 지향의 감각을 중시하는 '레스몰 디자인(LesSmall Design)' 사무실을 운영한다. 그 사무실에 인터넷 라디오 방송국의 프로듀서인 메이비가 찾아오면서 사건은 발단된다. 그가 의뢰한 라디오 디자인을 수락하는 결정적인 이유는 사업상의 목적보다는 그의 "목소리 때문"이다. 메이비 또한 라디오를 좋아하는 인물인데, 묘하게 호소력 넘치는 목소리를 지녔다. 주인공이 텔레비전으로 본 프로야구 실황보다 더 실감나게 라디오로 들은 것을 '묘사'할 줄 아는 귀와 목소리를 지녔다. 이에 주인공은 "묘사도 묘사지만 무엇보다 그의 목소리가 너무

---

7) 김중혁, 「펭귄뉴스」, 『문학과사회』 2000년 겨울호, 문학과지성사, p. 1542.

멋졌다"고 생각한다. 그런 목소리를 지닌 메이비는 시각장애인용 인터넷 라디오에서 자원봉사로 디제이를 하기도 한다. 이 소설의 압권은 주인공이 메이비의 방송을 듣는 장면이다. '무용지물 박물관'이라는 제목의 방송에서 메이비의 목소리는 이렇게 말한다. "인간이 눈으로 볼 수 있는 색은 아주 적은 수에 불과하다고 합니다. 눈은 말이죠, 느낌을 단순화하려는 경향이 있어서 미묘한 색을 아주 단순하게 축소해서 본대요. 정말 게으른 녀석이죠?" 비틀즈의 「옐로 서브마린」을 좋아하지만 그 노래를 들으면서 노란색이 어떤 색인지 궁금하다며 신청한 한 시각장애인의 사연을 소개하면서 전해준 목소리다. 그러면서 메이비는 잠수함을 '무용지물 박물관'에 소장하기로 결정했다고 말하고, 차근차근 잠수함을 묘사하는 목소리를 들려준다. 눈에 가 닿는 묘사가 아니라 귀로 열리는 묘사라서 퍽 이채롭다. 주인공은 귀로 메이비의 잠수함 묘사를 들으면서 "내 눈앞의 캄캄한 어둠 속에서 잠수함이 조금씩 움직이고 있었"다고 고백한다. 목소리로 시각장애인의 눈을 열어주고 있다는 것, 이 관음의 묘사야말로 안과의사가 임상적으로 수행할 수 없는 문학 상상력의 경지가 아닐까. 시각 중심의 영상문화에 비해서 확실한 비교우위를 지닐 뿐만 아니라, 문학 상상력의 본령에 값하는 감각의 뿌리가 아닐까. 눈을 감고 사물을 그리는 것, 그러면서 "눈을 뜨고 있을 때는 시야가 굉장히 좁지만 눈을 감으면 공간은 끝없이 넓어진다"는 역설적 혼성 감각을 체험하는 것, 바로 이것이야말로 문학의 오래된 미래가 아닐 것인가.

　「자동피아노」(『문학과사회』 2005년 겨울호)와 「비닐광시대」(『세계의 문학』 2005년 겨울호) 역시 관음의 서사에 속한다. 「자동피아노」는 피아니스트인 주인공과 영화음악 작곡가인 비토 제네베제 사이의 소리의 교감기이다. "음악은 생성되는 것이 아니라 소멸되는 것"[8]이라고 생각하는 비토와, 음악은 관객과 소통하며 예술적으로 생산되는 것이라고 생각하는 주인공 사이의 심리적이고 심미적인 거리가 전화를 사이에 두고 좁혀지는 과정의 이야기를 담고 있다. 이런 과정에서 예술을 규범적이고 상업적인 퍼포먼스로부터 건져내고, 예술가에게 귀속되는 예술적 소유의 양태를 해체하려는 의도를 보인다. 특히 비토의 의식과 행위를 통해서 "공이 이루어져도 그 이룬 공 위에 자리 잡지 않는다"(功成而弗居)는 노자의 『도덕경』의 메시지를 양의 동서를 넘나들며 확인하게 되는 것은 인상적이다. 음악의 최저낙원에서 인류의 황홀경의 집단무의식을 발견하려 하는 김중혁의 의도는 「비닐광시대」에서도 발견된다. "음악을 알면 뭐 해? 음악을 느끼지는 않고, 그걸 잘라서 써먹을 생각만 하는데……"[9]라고 말하는 사내의 광기 어린 행동을 통해 '써먹을 생각만' 했던 디제이는 황홀한 비트를 느낀다. 이런 이야기를 통해 작가는 비트 없는 평범한 리듬, 지루하고 권태로운 리듬으로 타락한 접속 시대의 문화 예술 상황을 폭넓게 비판한다. 접속의 네트워크에 의해 은폐되고 억압된 시원적 소리를 복원하는 일, 인공 사회/ 인공 자연/ 인공 예술을 넘어 다시 말해 인공적인 리듬을 전복하면서 비트로 충일한 소리의 최저낙원으로, 그 집단무의식의 심연으로 잠수하는 일, 그것이야말로 김중혁의 상상적 지향이 아닐까 싶다.

이에 그는 더욱 심원한 인류학적 탐색의 여정을 마다하지 않는다. 「에스키모, 여기가 끝이야」(『작가세계』 2005년 가을호)에서 펼치는

---

8) 김중혁, 「자동피아노」, 『문학과사회』 2005년 겨울호, 문학과지성사, p. 44.
9) 김중혁, 「비닐광시대」, 『세계의 문학』 2005년 겨울호, 민음사, p. 70.

'지도의 기억'이 바로 그것이다. 옛 선인들은 "달이나 별을 보지 않고
서는 누구도 자기 위치가 어디쯤인지를 알 수 없다"[10]고 생각했을 것
이다. 그러나 루카치가 설파했듯이 별을 보고도 길을 찾아갈 수 없는
시대에는 어쩌란 말인가. 그래서 사람들은 인공의 지도를 만들었을
것이다. 그러나 지도를 보고도 길을 잃는 경우가 많다. 이토록 허물
많은 세상, 오차와 오류가 범람하는 시대에 에스키모의 지도는 시사
하는 바가 자못 크다고 작가는 말한다.

> 이것은 눈으로 보는 지도가 아닙니다. 이것은 상상하는 지도입니다.
> 손가락을 나무 지도의 틈새에 넣은 다음 그 굴곡을 느껴야 합니다. 그
> 굴곡을 느낀 다음에는 깜깜한 어둠 속에서 해안선의 굴곡을 상상해야
> 합니다. 촉각과 상상력이 완벽하게 일치해야만 당신은 당신의 길을 찾
> 을 수 있을 것입니다. (p. 233)

눈으로 보는 지도가 아니라 상상하는 지도라고 했다. 왜 그런가.
그 지도를 만든 에스키모들이 눈을 감고 만든 지도인 까닭이다. 눈을
감은 채 "해변에 부딪히는 파도 소리에 귀를 기울"이고, "자신의 기억
을 모두 동원"한다. 이렇게 "소리와 기억으로 지도를 만들지만 그들이
제작한 지도는 항공 사진으로 제작한 지도와 거의 차이가 없"다. "에
스키모들은 언제나 자신들이 어디에 있는지를 잘 알고 있"(p. 234)다
는 정보를 추가한다. 물론 서술자는 이 정보의 신빙성에 대해 일정한
유보를 달고 있지만, 기억과 소리만으로 지도를 만든다는 사실에 대

---

10) 김중혁, 「에스키모, 여기가 끝이야」, 『작가세계』 2005년 가을호, 세계사, p. 233.

해서는 놀라움을 표시한다. 그러니까 문제는 기억과 소리다. 그것은 타락한 사회에서 인간이 인간다움을 훼손당하기 이전의 상태, 그러니까 순수 원형질의 상태요 유년기적 고향의 특성을 함축하고 있는 어떤 것으로 해석될 수 있다. 「발명가 이눅 씨의 설계도」(『현대문학』 2005년 10월호)에서 에스키모들 중 존경받는 샤먼 이누크의 삽화나 발명가 이눅 씨의 이야기 또한 원형적 기억의 재현 문제와 관련된다. 이눅 씨의 경우 '미래의 발명'이든 '미리 발명'이든 발명은 전혀 새로운 필요에 부응하는 것이 아니라, 인류의 집단무의식 속에 각인되어 있는, 그러나 현상적으로 부재한 어떤 것을 드러내는 작업에 속한다.

그러니까 김중혁의 경우 접속 시대의 한복판을 관통하면서 혹은 접속의 사회적 풍경을 가로지르면서 접속 현상의 심연으로 잠수하는 탈사회적 상상력을 보인다. 그 특유의 관음의 사회학은 차라리 인류학적 상상력이나 고고학적 기억의 문제에 가깝다. 그것은 접속의 시대와 접속하는 사회에 대한 반성적 성찰의 일환이며, 그런 점에서 접속 시대의 산문정신을 효과적으로 구현하고 있는 것으로 보인다. 특히 세속적인 영상과 부황한 이미지 문화에 대한 비판적 인식은 각별한 눈길을 끈다.

5. 접속 시대의 사회학적 상상력을 위하여

접속 시대의 사회학적 상상력은 동시대의 문제적인 사회 풍경을 예각적으로 관찰하고 드러내면서도 그것을 반성적으로 성찰하게 한다. 그들이 다루는 인물들은 주로, 앞에서 살펴본바 성찰적/찰나적, 이념적/심리적, 지속적/순간적, 문자/이미지, 분석적/감정적 등의 대립항에서 후자 쪽의 의식과 감성을 보이지만, 그런 인물들의 행위와 사건들을 엮는 과정에서 작가들은 대립항 모두를 반성적으로 성찰하게 하는 서사를 구상하고 실천한다.

김경욱은 접속 시대의 문화와 환상 속으로 침윤해 들어가서 환상을 통한 환상 거두기의 서사 전략을 수행한다. 환상의 심연에서 존재의 참 가치를 새롭게 발견할 수 있기를 그는 소망한다. 이는 정당하고 진실한 사회적 관계는 가능한가 라고 거듭 질문하는 서사적 심층의 문제의식에서 비롯된 것이다. 그는 죽임의 관계가 아닌 살림의 관계의 가능성을 접속 시대의 풍경을 통해 탐문하는 작가다. 이기호는 접속 시대의 부박한 관계를 조롱하는 이야기를 즐긴다. 과장된 가정법의 세계를 나름대로 구축하면서 타락한 사회, 고착된 현실에 대한 경쾌한 야유의 서사를 펼친다. 그 과정에서 허위적인 이데올로기와 영토화된 사회의식은 비판된다. 접속의 시대를 삐딱하게 조망하면서 삐딱한 이야기의 미학적 사회적 가치를 지향한다. 김중혁은 접속 시대의 혼성 감각으로 예외성의 세계 혹은 시원성의 세계를 동경한다. 접속 시대의 풍경을 배경으로 하여 예술, 그 중에서도 특히 음악의 세계를 탐문하면서 시원적 소리 가치에 대한 집단무의식에 서사의 초점을 맞춘다. 이기호가 탈사회적인 이야기를 통해 사회적인 가치를 환기한다면, 김중혁은 사회 문화적인 이야기를 통해 탈사회적인 가치를 지향한다. 이를 위해 시각을 뒤로 하고 혹은 시각을 가로질러 청각과 촉각에 감각을 집중한다.

우리와 동행한 세 작가 이외에도 접속 시대의 사회적 풍경을 잘 드러내는 작가들은 얼마든지 많다. 동시대의 많은 작가들은 접속 시대의 유희 본능에 동참하면서도 거기서 빠져나와 반성적 성찰을 시도하면서 사회적 문제의식을 드러낸다. 노희준의 소설집 제목처럼 '너는 감염되었다'라고 경고하거나 '우리는 감염되었다'라고 성찰을 유도하는 것이다. 물론 찰나적인 의식이나 행위의 파편들이 많기 때문에 때때로 그 성찰적인 반성의 지대를 재구축하는 자리에서 독자들의 몫이 중요하게 작용할 수도 있다. 어쨌거나 사회적 관계를 교란하고 단자화하는 경향을 보이는 접속의 시대에 사회학적 상상력의 모색과 그 깊이는 우리 소설에 새로운 방향성을 제공할 수 있을 것으로 본다. 사회학적 상상력과 탈사회학적 상상력이 상호작용하면서, 사회와 인간의 심연에서 급변하는 현상들에 이르기까지 다채로운 스펙트럼을 보이는 다각적인 이야기들이, 우리의 문학 공간을 새롭게 혁신해나갈 수 있기를 바란다.

접속 시대의 최소주의 서사

1. 20대, '수사학이 선인 세대'?

젊은 작가 한유주는 「그리고 음악」에서 "우리의 세대는 수사학이 선인 세대야. 우리는 아무 것도 가진 것이 없는 세대지"라고 적는다. 또 쓴다. "우리의 과거는 전파로 얼룩져 있고 그러므로 우리는 어떠한 반성도 회의도 추억도 갖지 못한다. 텔레비전의 화면은 한 가지 전파만을 송신하고, 그마저도 뒷면을 갖고 있지 않으므로, 우리에게는 영혼이 없다. 오직 전파만이 영혼의 속도로 직진하고 있을 뿐이다. 그것이 우리의 야만이다." 동시대의 언어 현실과 문화에 극도로 절망하고 있는 작가이기에, 여기서 수사학은 소극적이고 부정적인 개념으로 쓰인다. 진실이나 실재에 가 닿지 않는 위장과 허위적인 말들, 겉치레만 그럴듯한 치장된 말들을 선으로 치부하는 세대라고 자기 시대에 대한 비판적이고 자조적인 성찰을 보인다. 일방향적인 소통을 강요하는 텔레비전 전파에 속절없이 속박된 나머지 반성적 영혼을 지니지 못한 세대로서 야만적인 삶을 살고 있음에 절망한다. 한유주는 이런 야만적인 삶과 문화에 혀를 내두른다. 야만적인 세계는 그 내두른 혀조차 위협한다. 이야기마저 제대로 하지 못하게 협박한다. 이에 작가는 그런 세계를 혐오한 나머지 제대로 이야기를 나누고 싶어 하지 않는다.

물론 한유주는 매우 극단적이고 특이한 사례에 속한다. 세계 인식과 소설 스타일 양면에서 오로지 그녀만이 보일 수 있는 풍경을 제시하는 작가이긴 하지만, 적어도 그녀의 진술에서 최근 20대 작가들의 동향을 확인해볼 수 있는 여러 실마리를 마련하는 것은 그리 어려운 일이 아니다. 지난 1980년대를 넘기고 포스트모더니즘 경향과 더불어 전개된 1990년대 소설에서부터 수사학의 시대는 열렸던 것 같다. 그럼에도 그 시절에는 1980년대적 실재에의 강박이 위대한 유산(?)처럼 남아 있어서 실재와 수사 사이에서 덜 자유로웠던 것이 사실이다. 그러다가 2000년대 이후 더욱 자유롭고 파격적인 탈주가 이루어졌다. 그 누가 실재의 사막이라 조롱하고 야유하더라도 실재로부터의 자유로운 탈주는 매우 경쾌하게 진행되었다. 이런 경향은 새로운 창작 세대가 더욱 젊어지면서 자연스러운 변화처럼 보이기도 했다. 생물학적인 나이와 문학적인 나이나 감각이 꼭 비례하는 것은 아니라 하더라도, 어떤 문학 세대든 그 최전위에 선 작가들이 자기 세대만이 보일 수 있는 상상력과 감각으로 기성의 문학을 전복적으로 넘어서려는 경향을 보이는 것은 매우 자연스러운 일이기 때문이다.

그런 면에서 최근 우리 작가들 중에서 1970년대 후반과 1980년대에 태어난 한유주와 김애란, 김미월 등 20대 작가들의 텍스트들은 우리의 주목에 값한다. 윤대녕과 신경숙의 세대와도 다르고, 김영하와

조경란·하성란·한강의 세대와도 다르며, 천운영이나 정이현의 세대
와도 다른 새로운 세대 감각을 보이기 때문이다. 물론 예의 다름이란
닮음을 수반한 것이겠지만, 다름을 중심으로 이들의 새로운 가능성을
확인해보는 것은 우리 소설의 최근 동향을 점검하는 데 의미 있는 작
업이 될 수 있을 것으로 생각한다. 미리 앞질러 말하자면 그들의 소
설은 접속의 시대의 문화 지형에서 생산된 텍스트다. 점차로 소설에
서 이야기가 축소되는 경향을 보이다 못해 최소주의 서사를 지향하는
것처럼 보인다. 아울러 1990년대에 이남호가 당시의 소설 경향으로
은유의 천국과 환유의 지옥을 지목한 바 있는데, 그런 경향을 극단적
으로 밀어붙이는 특질을 보인다. 과연 그런가.

2. 접속과 경험, 그리고 기억

　"경험은 초라했고 그래서 가진 것이 없었다"(「지옥은 어디일까」)
라는 한유주의 문장에서부터 시작해보자. 이전의 작가들도 그런 생각
을 했을 터이다. 사실 우리의 경험은 얼마나 초라했던가. 식민지 현
실과 전쟁의 체험, 그리고 보릿고개와 군부 독재의 체험은 얼마나 가
혹했던가. 그 시절, 누가 무엇을 가질 수 있었던가. 그래서 가령 이
청준은 허기와 억압에의 환멸 때문에 부끄러워했고, 김원일이나 이문
열 역시 남로당이었던 아비 때문에 고통스러웠다. 심지어 1990년대
작가 김소진은 '아비는 남로당이었다'라고 선배 작가들처럼 내세울
것조차 없는 자신의 처지, 즉 고작 '아비는 개흘레꾼이었다'라는 사실
때문에 부끄러워했다. 누구에게나, 그가 시대와 존재에 예민한 작가

라면 "경험은 초라했고 그래서 가진 것이 없었다"라고 여겼을 법하다. 그런데 한유주는 하다못해 '아비는 개흘레꾼이었다'라고도 얘기할 수 없음을 절감한다. 세계와 존재의 실감을 빼앗긴 세대이기 때문일까. 그들에게 실감이란 구체적인 경험에서 계기되지 않는다. 가령 김애란의 「달려라 아비」에서 아비는 주인공의 잉태 소식을 듣고 도망간 인물로 이야기된다. 그러니까 실제의 아비 체험은 전무한 셈이다. 그러니 '아비는 나를 버리고 달아났다'라고 선언하기도 좀 뭣하다. 그럴 가치도 느끼지 않는다. 김미월의 경우 바람피우는 아비(「황사주의보」)가 거론되지만, 어머니에 의해 거론만 될 뿐, 주인공인 딸에게 관여적인 아버지가 아니다. 김애란의 「그녀가 잠 못드는 이유가 있다」의 아버지는 일정 기간 동안 딸과 함께 살기도 하지만, 그 역시 의식적 차원에서는 딸에게 관여적 존재가 되지 못한다. 한유주의 경우에 사정은 극단적으로 험하다. 아버지도 없고 가족도 없다. 「죽음에 이르는 병」이 다소 예외적이긴 하지만, 그것마저도 있는 가족 지우기의 서사다. 아버지나 가족 경험만 그런 게 아니다. 이웃과 집단, 사회적 경험 역시 자신만의 것으로 내세울 어떤 것도 발견하지 못한다. 그래서 그들은 "가진 것이 없"다고 생각하는지 모른다.

실제 현실에서의 경험이 비루하다고 생각하는, 아니 실제로 비루한 경험 속에서 그러구러 살아가는 그들에게 경험의 새로운 패턴은 미디어를 통한 가상 세계와의 접속이다. 혹은 그렇게 접속한 세계에서의 유희다. 접속을 통해 그들은 일상의 비루함을 보상받으려 하기도 한다. 김미월의 「너클」에 나오는 피시방 대목을 보자.

따지고 보면 피시방만큼 남의 눈으로부터 자유로운 곳도 드물었다.

이곳에 오는 사람들은 모니터 밖의 세상에는, 칸막이 너머의 인간에게
는 관심을 가질 여유도 이유도 없었다. 네트워크 세상에서 그들은 저
마다 왕이고 전사(戰士)며 공주이자 요정이었다. 악의 무리를 응징하
고 제국을 건설하고 이웃나라 왕자들의 구혼도 받아주어야 했다. 할
일이 너무 많았으므로 남에게 신경 쓸 겨를이 없었다. 타인에 대한 무
관심이 당연한 것으로 간주되는 이 피시방 특유의 생리는 나와 잘 맞
았다. (김미월, 「너클」 p. 12)

네크워크에 접속한 세대는 모니터 밖의 세상과 인간에 대해 관심을
가질 이유도 여유도 없다고 했다. 그 가상 세계의 환영에서 그들은
자유롭게 욕망을 발산한다. "돈으로 성별을 바꿀 수 있고 수명도 늘
릴 수 있"는 그 세계 역시 "자본의 논리에 철저히 지배된다는 점에
서" 현실의 세계와 다를 바가 없다는 사실을 인식하기도 하지만, 그
럼에도 그 세계에서 더 즐기기를 욕망한다. 「너클」의 주인공이 신시
아를 최고 레벨까지 올려놓고도 결말을 유예하는 것은 접속이 차단된
이후의 현실 세계에서의 불안을 견디기 어렵기 때문이다. 그들에게
접속은 희열이고 차단은 불안이다. 접속에의 희열을 배가하기 위해
주인공은 현실의 돈을 사용하기도 한다. 가상이 현실에 보완 요소로
작용하는 것이 아니라, 실제 현실이 가상 세계에 헌신한다. 그럴수록
현실은 실재의 사막으로 전락한다. 실제의 관계는 차단된다. 이렇게
인간과 사회관계가 차단되고 단독자로서 자유롭게 접속에의 탈주를
벌인다고 해서, 그들 개인의 고유성이 보장되는 것도 아니다. 가상의
네트워크 시스템은 엄청난 권력으로 개인을 지배하고 등가화하려는
경향을 보이기 때문이다. 그들이 순간적으로 느끼는 접속에의 희열은

단지 네트워크 기계 부품의 부분 작용에 불과하다. 그렇다는 것을 한유주는 더욱 예리하게 인식한다. 피시방이 아니라 텔레비전이지만, 미디어 사회에서 개인의 존재 방식과 감각의 풍경을 제대로 환기한다.

2001년 9월 11일……, 우리는 새로운 광경을 목도한다. 미디어란 얼마나 재빠른가? 세상에서 가장 거대한 첫번째 빌딩이 무너지고, 몇 분 지나지 않아 세상에서 가장 거대한 두번째 빌딩이 무너지기도 전에, 무슨 일이 벌어지고 또 곪고 있는지 알아차리기도 전에, 카메라는 이미 그곳에 당도해 있다. 장면은 0과 1로 전환되어 잠시 대기권 밖을 떠돌다가, 곧바로 세계 곳곳의 안테나로 흡수된다. 전광판, 텔레비전, 갑작스런 호외. 우리의 세대는 너무나 공시적이다. 고통을 느끼기 위한 순간의 여유도 만들어내지 못한다. 사람들은 거지의 바구니에 동전을 떨어뜨리듯 무심한 시선으로 그 장면을 본다. 장면은 간결하고, 아무런 부연도 하지 않는다. 장면은 감각 너머에 있다. 그것이 우리의 야만이다. (한유주, 「그리고 음악」 pp. 118~19)

21세기 초반의 국제정치질서에서 가장 극적이고 상징적인 사건이었던 9·11사태를 한유주는 미디어의 정치학으로 성찰한다. 특히 현재의 미디어나 네트워크 상황에서 "우리의 세대는 너무나 공시적이다"라는 전언을 이끌어낸 것은 의미심장하다. 차별화된 단독자를 가장한 공시적 등질화 집단의 무반성적 혹은 속절없는 삶에 대한 환멸의 표지다. 이와 같은 미디어 현실이기에 "세계는 같은 시간에, 같은 내용의 꿈을 꾸기 시작했다"(「그리고 음악」)고 한유주는 직관한다. 미디어 전체주의로 인해 개인은 더욱 왜소화된다. "내 기억들은 전파를 타고 왔으므로, 세계는 14인치 텔레비전 화면 하나로 축소되어 있었다. 흑과 백으로 명멸하는 세계는 나를 어두운 방 한구석으로 밀어낼 뿐이었다"(「그리고 음악」). 첨단 문명의 이기처럼 보이는 미디어에 의해 개인의 야만은 역설적으로 증폭된다.

이 세대의 문화적 아이콘으로 피시방, 텔레비전이 언급되었거니와 편의점 역시 그러하다. 네크워크나 미디어에의 접속 말고 그들에게 중요한 경험이란 곧 편의점이었던 것이다. 특히 김애란에게 있어서 편의점은 매우 중요한 아이콘이다. "내가 편의점에 갈 때마다 어떤 안심이 드는 건, 편의점에 감으로써 물건이 아니라 일상을 구매하게 된다는 생각 때문인지도 모르겠다. 비닐봉지를 흔들며 귀가할 때 나는 궁핍한 자취생도, 적적한 독거녀도 무엇도 아닌 평범한 소비자이자 서울시민이 된다"(「나는 편의점에 간다」). 그러니까 네트워크에의 접속으로 인해 단절된 관계망을 편의점을 통해 보충하고 싶은 욕망의 소산인 셈인데, 그 또한 수상쩍긴 마찬가지다. 균질화되고 자동화된 편의점의 공간 배치와 인간관계는 주인공에게 관계 속에서의 자기 정립 욕망을 실패하도록 만들기 때문이다. 갑작스런 일로 자기 집 열쇠를 부탁하려 했던 주인공에게 편의점 청년이 보인 반응이 그것을 잘 나타낸다. 평소에 매번 같은 물건을 사가기 때문에 카운터 청년이 자기의 많은 것을 알고 있을 것이라고 우려했던 그녀였는데, 막상 "저, 이 근처 사는…… 항상 제주 삼다수랑, 디스플러스랑 사갔었는데……"라며 자기 신원을 알아봐줄 것을 요청했으나 돌아온 대답은 매우 썰렁했다. "손님, 죄송하지만 삼다수나 디스는 어느 분이나 사가시는데요." 이런 군중 속의 고독 혹은 익명성의 소외 양상을 한유주는 이렇게 표현한다. "익명은 언제나 거대했고, 그래서 사람들은 거리낌 없이 제 이름을 문질러 지우고는 익명의 바다에 투신했다. 바다 안에는 온갖 환희와 환영과 환각이……"(「암송」).

이런 편의점의 세계는 포스트잇의 세계와 통한다. 원래 강력한 접착제를 만들려고 했던 사람들이 있었다. 한번 붙이면 떨어지지 않는 그런 접착제. 그런데 실험 결과는 실패였다. 잠시 붙어 있다가 곧 떨어지곤 했다. 실패였지만 실험진은 발상을 전환한다. 떨어지지 않는 접착제도 필요하지만 떨어졌다가 붙었다가 하는 탈착제도 필요하지 않을까 생각한 것이다. 그래서 만든 것이 포스트잇이라는 말이 있다. 지속적이기보다는 순간적이고 찰나적인, 또는 탈착적인 관계를 환기하는 데 포스트잇만큼 적절한 아이콘도 없을 것이다. 김애란의 「종이 물고기」에서 포스트잇에 썼던 자기 소설을 재생할 수 없게 된 것은 그 같은 특성 때문이기도 하다. 어쨌거나 그들이 처한 세계는, 한유주의 표현을 빌면, "포스트잇과 대용량 하드디스크의 세계"(「죽음의 푸가」)이다. 거기서는 접속에의 희열도 불안을 가중시키고, 개인성을 보장받지 못한다. 그러기에 이렇다하게 내세울 경험이 있을 수 없으며, 경험이 없으므로 기억도 서사의 원동력이 되지 못한다. 소설을 일러 기억의 서사라고 했을 때, 그것은 경험의 재현 기제로서 기억의 기능을 강조한 말일 터이다. 다시 말하지만 경험이 없어 기억이 없으므로, 그들은 상상이나 몽상의 순수 원형질에서 서사의 질료를 찾아야 하는 고통을 감당하면서 자유를 구가할 수 있다. 가령 "모든 소설의 제목은 잃어버린 시간을 찾아서가 될 수 있다는 문장을 되풀이해 읽는다. 잃어버린 시간을 찾아서. 나에게도 그런 시간이 있을까. 나는 알 수 없다. 잃어버린 시간을 찾아서. 불가능하다"(「그리고 음악」) 같은 부분에서 명료하듯, 한유주의 소설에서 끊임없이 실제 경험을 밀어내고 실재의 사막에서 몽중 보행하는 것도 이 때문이다. (단 김미월은 부분적으로 예외적인 경향을 보인다. 「서울 동굴 가이드」나 「(주)해피데이」 같은 소설에서 어린 시절의 트라우마를 재현하고 있기 때문이다. 그러나 그 재현 방식도 예전의 오정희나 신경숙이 보였던 방식에 비해 덜 관여적이다.) 김애란의 소설에서 '생각한다'나 '상상한다' 같은 술어들이 많이 등장하는 이유도 같은 맥락에서 이해할 수 있다. 어떤 소설을 펼치더라도 그 예들은 무수히 많다.

그는 내가 어떤 인간인가에 대해 자주 상상한다. (「영원한 화자」)

그는 가끔 세상에서 가장 근사한 공간을 상상한다. (「종이 물고기」)

그녀는 아버지의 반응을 상상했다. (「그녀가 잠 못 드는 이유가 있다」)

나는 방문 뒤로 얼른 숨어버리는 그녀들의 반쪽 혹은 삼분의 일의 얼굴을 상상했다. (「노크하지 않는 집」)

나는 내가 어떤 인간인가에 대해 자주 생각하는 사람이다. (「영원한 화자」)

그녀는 종종 '서른이 되기 전에 모든 증인들을 죽여버리고 싶다'고 생각하며 괴로워하곤 한다. (「그녀가 잠 못 드는 이유가 있다」)

아버지는 자신이 이 땅에 태어난 진짜 이유를 생각한다. (「누가 해변에서 함부로 불꽃놀이를 하는가」)

소설이 기본적으로 상상의 소산이고 생각의 결실일 터이므로, 그런 술어가 많은 것이 어쩌면 자연스럽게 보일 수도 있겠다. 그러나 그같은 술어를 전경화한다는 것은 곧 실제 경험 내지 실제 사건의 제시로부터 거리가 있는 이야기라는 점을 암시하기에 특징적인 것이다. 그것은 어쩌면 파울 첼란의 「죽음의 푸가」에서 한유주가 가져온 대로 "우리는 허공에 무덤을 판다"의 세계에 가까운 어떤 것일 터이다.

3. 견딜 수 없는 존재의 무거움과 가벼움

파울 첼란은 "우리는 허공에 무덤을 판다. 거기서는 사람이 갇히지 않는다"라는 진술을 「죽음의 푸가」에서 반복적으로 제시했다. 땅의 현실이 오죽했으면 그랬으랴. 쇼스타코비치의 교향곡 4번 1악장이나 11번 2악장이나 닐센의 교향곡 5번, 혹은 말러의 교향곡 9번 3악장처럼 죽음 앞에서 몸부림치는 '죽음의 푸가'의 세계에 한유주는 불행하게도 매우 익숙한 편이다. 한유주의 서사적 자아는 "전방위적 사건, 동시다발적으로 일어나는 죽음으로 가득 찬 세계"(「베를린·북극·꿈」)와 속절없이 대면한다. "잘못된 가정과 올바른 오해와 잘못된 희망"으로 가득한 그 세계에서 사람들은 불안과 공포, 분노, 절망, 질투, 슬픔, 죽음 따위의 징후들에 갇혀 있다. 「죽음의 푸가」에서는 이렇게 표현된다. "푸른 줄무늬 물고기들이 하나 둘씩 노란 별을 떼어냈다. 그러자 암흑이 찾아왔고, 비린 물내음이 어디선가 끊임없이 풍겨왔다. 확성기를 타고 둔탁한 자음의 명령들이 흘러나왔다. 신이 사라진 자리에 태양이 빛나고 있었다. 시린 햇빛 아래 곳곳마다 숨어 있는 어둠, 아득한 어둠의 덩어리들…… 한낮에도 유령은 사라지지 않았고, 살아남은 그를 저주했다.” 또는 갑자기 텅 비어버린 세계의 적요 속에서 주체는 사라지며, “자꾸만 내 삶이 위협받고 있다는 생각”(「그리고 음악」) 때문에 불안은 가중된다. 그러니 이런 명제의 제출은 차라리 자연스럽다. “우리는 상처 입은 자들이다.”(「베를린·북극·꿈」) 또 “꿈은 어느 누구에 의해 저격되었는지 좀처럼 찾아오지 않”(「지옥은 어디일까」)는다. 그들에게 죽음은 쉽게 다가오고, 삶은 한갓 우연처럼 존재한다. 겨우 존재하는 자들마저 죽음에로 이르는 질병에 걸려 있기 일쑤다. 그러기에 그들은 제대로 된 전언을 생산하거나 전달할 수 없다. 이런 사태를 작가는 매우 예리하게 포착한다. “언제나 전쟁은 잘못된 전언으로 시작한다. 그리고 어제, 사람들은 자신 안에 전쟁터를 일군다. 오늘, 그 모든 전쟁들은 바깥으로 터져 나온다. 내일, 크고 작은, 모든 전쟁들은, 마침내 하나의 전쟁이 된다”(「베를린·북극·꿈」).

잘못된 전쟁 상태와 잘못된 전언 상황의 악순환을 직관하는 작가의 눈은 참으로 어지간하다. 세상과 말의 현실에 대한 도저한 인식의 결과가 아닐 수 없다. “언제나 잘못 전해진 이야기들이 문제였다”고 강력하게 문제 제기하는 작가이기에 그 나름대로 제대로 전해질 수 있는 이야기의 생산에 골몰할 수밖에 없다. 그러나 그것은 결코 쉽게 마련될 수 없다. 이에 작가는 세상의 단애(斷崖)에서 이야기의 벼랑에 도전한다. 등단작 「달로」에서라면 세상의 끝은 달이고, 「죽음에 이르는 병」이나 「죽음의 푸가」에서라면 죽음이고, 「베를린·북극·꿈」

에서라면 북극이며, 「지옥은 어디일까」에서라면 지옥이다. 대개 예의 세상의 끝으로 가는 여정은 나와 너/그, 혹은 우리가 동행한다. 흔히 동행이란 말은 참으로 포근하고 안정적인 것으로 받아들여진다. 그러나 한유주의 소설에서 동행은 언제나 파탄으로 귀결된다. 「달로」에서 동행자 '그'는 달을 향해 장대높이뛰기를 하다가 강에 빠져 죽는다. 「죽음에 이르는 병」에서 '환희'는 죽음의 상태로 동행한다. 「베를린·북극·꿈」에서 '당신'(너)은 홀연 사라진다. 「그리고 음악」에서 환영과의 동행 역시 환영처럼, 거짓말처럼 사라지고 만다. 동행자를 잃은 채 홀로 남은 자가 동행의 기억이나 환영을 죽음처럼 반추하며 상상하는 방식이 한유주 소설의 기본 패턴이다. 이때 먼저 사라졌거나 죽은 동행자는 단지 남이 아니라 나의 다른 존재이기도 하다. 그야말로 나의 환영이다. 한유주의 서사적 자아는 처절하게 자기를 잃은 영혼들이다.

　「베를린·북극·꿈」에서 우리는 1인칭의 독특한 변형태로 복수 인칭을 접한다. '나는'과 더불어 '우리는'이 함께 주어부를 형성한다. 물론 '우리는'에 '나는'과 '너는'이 함축된다. 이 복수 인칭을 통해 동행의 소망은 형태론적이면서도 심리적으로 강렬하게 환기된다. 또한 동행에의 집단무의식을 짐작케 한다. 그러나 '우리는'은 절망적 현실에서 '나는'과 '너는'으로 분열될 수밖에 없고, '너는' 사라지고 '나' 또한 소멸 여행을 단행한다. "테러범에서 집시로" 후퇴한 "우리"의 카드는 한 장, 한 장 버려진다. 결혼, 전언, 적군, 슬픔, 희망 등등의 카드가 버려지는 장면을 작가는 매우 특별한 방식으로 묘사한다. 이 카드 버리기를 포함해 반복 강박처럼 되풀이되는 "고래들이 자살한다"는 문장 등 여러 곳에서 우리는 작가의 독특한 은유 전략을 확인한다. 그런 은유는 절망적 세계로부터의 탈주라는 의미론과 더불어 꿈의 기제와 호응한다. 탈현실의 소망이나 은유가 꿈꾸기와 연결된다는 것이다. 그러니까 「베를린·북극·꿈」은 현실의 지도에 그려진 여행기가 아니다. 묵시록적 꿈 내용을 은유의 전략으로 농축한 시적인 이야기다. 그러면서 전쟁을 야기하는 잘못된 전언이 아닌, 평화를 위한 진정한 전언을 꿈꾼다.

여러모로 한유주는 참을 수 없는 존재의 무거움 때문에 고통스러울 것으로 짐작된다. 「그리고 음악」의 주인공은 "싸움터에서 밥을 먹고 살인자들 틈에 눕고 되는 대로 사랑을 한다"라는 브레히트의 시 구절이나, 아우슈비츠 이후에도 서정시를 쓰는 것은 야만이라고 한 말들을 떠올리면서, "나는 그들의 야만적인 시대를 지금 다시 본다. 그러나 나를 둘러싼 세계는 야만적이지 않다. 나는 자꾸만 살아남는다. 그것이 나의 삶을 위협한다. 살아남음으로써 깨닫게 되는 감정은 다름 아닌 수치스러움이다. 그 수치스러운 감정이 계속해서 깨어 있게 한다. 치욕과 망각으로 점철된 삶"이라고 중얼거린다. 브레히트도 그랬지만 한유주의 경우도 살아남은 자의 무거운 슬픔이 심원하다. 「죽음에 이르는 병」이나 「그리고 음악」에서도 마찬가지다.

한유주가 무거운 존재에 더 무겁게 접근하는 데 비해 김애란은 무거운 현실이나 존재일지라도 가볍고 경쾌하게 접근하려는 태도를 보인다. "실패한 농담들의 쓰레기장, 감기 걸린 영웅들의 사물함, 진심을 위한 뱃지가게"(「종이 물고기」) 따위를 상상하는 김애란의 발상법은 매우 발랄하다. 말하자면 그녀는 실패한 농담들의 쓰레기장을 즐겁게 뒤지면서 썩 그럴듯하게 성공한 농담을 만들고 싶어 하고, 감기 걸린 영웅들의 사물함을 들춰내면서 위선과 허위에 가득 찬 기성의 권력들을 재치 있게 비틀고 싶어 한다. 물론 어떤 경우에도 그녀의 소설에는 유머가 함축되어 있다. 「달려라 아비」에 등장하는 어머니는 농담으로 주인공을 키운 인물이다. 우울에 빠진 자식의 뒷덜미를 "재치의 두 손가락을 이용해 가뿐히 잡아올리곤 했"던 그 어머니처럼, 김애란은 재치의 열 손가락으로 소설을 친다. 「달려라 아비」의 주인공은 어머니로부터 농담과 더불어 그보다 더 큰 유산도 물려받았다고 얘기한다. "어머니가 내게 물려준 가장 큰 유산은 자신을 연민하지 않는 법이었다. 어머니는 내게 미안해하지도, 나를 가여워하지도 않았다. 그래서 나는 어머니가 고마웠다. 나는 알고 있었다. 내게 '괜찮냐'고 물어보는 사람들이 정말로 물어오는 것은 자신의 안부라는 것을. 어머니와 나는 구원도 이해도 아니나 입석표처럼 당당한 관계였다."

농담과 당당함으로 김애란은 세상과 이야기 세계를 자유롭게 가로지른다. 그녀에게 이야기의 바깥은 없어 보인다. 한유주가 "말할 수 없는 문장들이 있었고, 말해져서는 안 되는 문장들이 있었다"(「지옥은 어디일까」)며 "나는 아무 말도 하지 못한다"(「그리고 음악」)고 무겁게 침묵하는 형상이라면, 김애란은 가볍게 "말을 줍고 다니는 사람"이다. "나는 말을 줍고 다니는 사람, 나는 나의 수집가, 나는 나를 찌푸린 눈으로 보는 나에게 가장 버르장머리없는 사람이다. 그리하여 나는 내가 어떤 인간인가를 말해주는 사람들의 이야기를 듣느라 호프집에서 오줌보를 붙든 채 상체를 기울이는 사람이다. 나는 스스로 조금은 특별하다고 생각하는 사람, 그래서 내 앞사람이나 옆사람도 스스로를 특별하다고 생각할지 모른다는 사실에 불쾌해지는 사람이다"(「영원한 화자」). 그녀는 그렇게 수집한 말들을 조금은 특별하게 그러나 가볍게 엮어내 소설을 쓴다. 그래서 소통의 불가능성과 오해의 문제를 비롯한 무거운 주제들도 가볍게 환기하면서 가볍지만은 않은 생각을 유도하는 문체를 길어낸다.

김미월은 존재의 무거움과 가벼움 사이의 상호작용을 모색한다. 그녀에게 세상은 그다지 심각한 곳도 아니고 묵시록적인 곳도 아니며 그렇다고 살 만한 곳은 더욱이 아니다. 현존 세상을 과장되게 비틀거나 위악적으로 조작하지도 않는다. 물론 김미월도 동세대의 작가들처럼 자신에 대한 근본적인 관심을 보이기도 한다. 한유주는 세계는 왜 이토록 야만적인가? 라는 질문도 많이 던졌지만 "나는 누구일까?" 혹은 "나는 어디로 갔을까"(「암송」)라는 질문을 많이 했다. 김애란은 더욱 표나게 자기에 대한 관심을 진술한다. "나는 내가 어떤 인간인가에 대해 자주 상상한다. 나는 나에게서 당신만큼 멀리 떨어져 있으니 내가 아무리 나라고 해도 나를 상상해야만 하는 사람이다. 나는 내가 상상하는 사람, 그러나 그것이 내 모습인 것이 이상하여 자꾸만 당신의 상상을 빌려오는 사람이다."(「영원한 화자」) 나를 이해하기 위해서 남의 상상을 빌려오기까지 할 정도로 나에 대한 관심이 지대하다. 물론 근원적인 자기 이해에 대한 갈망은 비단 작가뿐만 아니라 모든 사람들에게 공통적인 것이다. 특징적인 것은 김애란이 그것을 때때로 전경화한다는 사실이다. 그런 점에서 김미월은 다르다. 그녀는 남을 위해서 자기 상상을 빌려주는 역할을 하면서 작가로서 첫 출발을 했다.

2004년 『세계일보』 신춘문예 당선작인 「정원에 길을 묻다」의 주인공은 인터넷 해결사 사이트를 통해 남의 글을 대필해주는 사람이다. "남의 이름으로 글을 쓰는 일은 즐겁다"고 말하는 그녀는 글 바깥에서도 "인터넷이 연결된 컴퓨터와 무협지가 가득 꽂힌 책장이" 있기에

"나는 충분히 강하다"고 말한다. 물론 전체 맥락에서 아이러니로 읽히기도 하지만, 그것이 아이러니라면 존재의 무거움을 가볍게 돌파하는 기지로 해석되어야 할 것이다. 어쨌든 남을 위해 자기 상상을 빌려주는 그녀는 "거울을 거의 보지 않는다. 의심스럽기 때문이다. 거울 속에 비친 사람이 정말 나인지 어떻게 확인할 수 있는가. 〔……〕보라, 나는 너무 행복한데 거울 속에 비친 여자는 조금도 행복해 보이지 않는다"라고 중얼거린다. 바로 이 거울의 아이러니야말로 김미월 창작론의 기본 문법이 아닐까 싶다. 이 소설에서 주인공은 사실 그다지 행복한 실존을 누리지 못한다. 무엇보다 그녀는 제대로 된 사랑 한 번 받아보지 못했다. "이름도 모르는 아빠, 이름만 기억나는 엄마는 내게 그런 사랑을 주지 않았다. 어느 누구도. 나 또한 누구에게도 그런 사랑을 준 적이 없었다." 이토록 사랑을 받지도 주지도 못한 사람이 어찌 행복할 수 있겠는가. 사랑의 교환 공간을 결코 확보할 수 없었던 그녀가 그 교두보로 옥상 정원을 만든다는 것이 이 소설의 기본 줄거리다. "내가 나에게 사랑을 베풀고, 내가 나에게 사랑을 받"기 위한 매개 공간으로 그녀는 "황량한 시멘트 바닥 위에" 정원을 만들게 된 것이다. 이 매개를 통해 일단 자기로부터 소외된 자기를 위무하고 세계로 나아가는 출구를 마련하고자 한 것이 아닐까 싶다. 그렇다는 것은 "내 속의 이야기를 남에게 하지 않은 지가" 오래된 사람이 바로 그녀이기 때문이다. 이런 그녀의 태도는 이후에도 김미월 소설의 저변에 일관되게 흐른다.

「서울 동굴 가이드」에서 김미월은 동굴 가이드인 작중 주인공의 의식을 빌어 "동굴을 통과하고 나면 들어왔던 곳과는 다른, 새로운 어딘가가 나오리라 기대하는 것일까"라고 질문한다. 관객들이 나와 보니 들어왔던 곳과 같아서 실망하는 것을 본 다음이다. 아마도 누구나 그런 기대를 할 것이다. 그러나 그 기대는 늘 배반을 경험하기 일쑤다. 그러기에 그녀는 "지금의 꿈은, 그저 평범하게 사는 것이다. 길을 잃지 않고, 예상할 수 있는 일들만을 겪으면서 무난하게 사는 것"이라며 자위한다. 왜냐하면 세상이란 동굴은 길을 잃기 쉬운 곳이기 때문이다. 그래서 "누가 정답을 가르쳐주는 사람이, 길을 안내해주는 사람이 있으면 좋겠다고 나는 생각했다"는 소망이 담긴 문장으로 소설이 끝난다. 그러니 소설이 끝나도 길은 새로 출발되는 격이 된다. 삶의 길을 안내해줄 '인생 동굴 가이드'가 없는 탓이다. 세상에서 사람들은 자주 '황사주의보'에 시달려야 하며, '해피데이'란 현진건의 「운수좋은 날」보다 더한 아이러니에 불과하기 때문이다. 다만 김미월은 그런 세상에서 자기 소설이 희미하나마 '인생 동굴 가이드' 역할을 할 수 있기를 소망하는 것 같다. 그러기에 그녀의 소설이 턱없이 가볍게만 보이지 않는 것이다. 또 동시대의 다른 작가들과는 달리 현상과 증후의 이면과 원인을 과거의 경험과 사건에서 찾으려 한다는 점에서 가볍지 않다. 이전 서사에서 이어온 자양분을 모조리 거부한 것은 아니라는 점을 확인케 한다. 그러나 증후를 대면하는 의식이나 해결을 위한 노력 등에서는 결코 무거운 느낌을 보이지 않는다. 가볍게 무거운 짐을 걸머지는 아이러니의 지혜를 갖춘 서사를 김미월은 탐문한다.

4. 문학 언어의 동향과 최소주의 서사의 향방

다시, 그들은 정녕 수사학의 세대인가. 한유주가 그렇게 말했었다. "우리 세대는 수사학이 선인 세대다. 수사를 제외하면 우리에게 대체 무엇이 남을까? 우리에게 언어는 다만 치장일 뿐이다. 치장된 언어는 윤리적으로 거짓말보다 더 나쁘다. 그러므로 우리는 옳지 않다. 가상의 세대에 걸맞은 가상의 언어—우리는 닥치는 법을 배워야 한다. 나는 두 입술을 맞물린다. 그러나 이 텅빈 상태가 사라지지는 않는다. 거부. 무엇에 대한? 우리는 레토릭으로 무장된 세대다"(「그리고 음악」). 반복하여 말하지만 한유주는 타락한 수사학의 시대에 절망하고 그 문화를 아파하면서 작가가 된 자이다. 그러므로 그녀의 소설은 현존 세상과 인간, 말과 이야기 문화에 대한 강력한 항의의 서사로 받아들여진다. 너무나 쉽게 말하고 아무렇지도 않게 치장하거나 소비해버리는 말 문화, 흔한 이야기를 편한 스타일로 아무 고민 없이 전달하려는 수사 혹은 이야기 문화의 속악함에 작가가 적의를 느끼고 있기 때문일 터이다. 세상과 인간이 폐허처럼 절망적인 상황에서, 편하게 말과 이야기를 주고받을 수 있다는 것은 죽음보다 더한 절망일 것으로 그녀는 생각한다. 이런 절망 때문에 작가는 희소성의 스타일로 희소성의 서사 가치를 추구하는 게 아닐까 싶다. 여러 면에서 한유주의 소설은 최소주의 서사다. 사태에 가장 적절한 언어로 말하자는 것, 절대로 허황하게 치장하지 말하는 것, 그러면서 이야기 가치도 포장하지 말자는 것 등을 그녀의 최소주의는 함축한다. 「그리고 음악」에 나오는 환영의 경우처럼 그녀는 "언어에 대한 결벽"증을 지니고 있는 듯 보인다. "일방적인 전언들, 돌아서는 순간 대부분 증발해 버리고 마는 덧없는 것들"을 혐오한다. 그리고 "우리는 함구해야 하지. 완전한 이해, 완전한 묘사는 불가능하니까"라고 다짐한다. 그럼에도 자꾸 말하려 하는 것을 '야만'으로 단죄한다. 또 한유주는 목이 졸려 숨이 넘어가는 그 순간에도 "문어체로 사고"(「죽음에 이르는 병」)하는 경향을 보일 정도다. 자기 세대의 나날의 삶에서 범람하는 일상 언어들을 무분별하게 자동적으로 옮겨놓는 경향이 많은 시절에 이와 같은 문학 언어에 대한 인식은 매우 각별한 것이 아닐 수 없다. 그녀의 묘사는 물론 소설 전체가 낯선 것은 이런 문학 언어 때문이다. 그녀는 자신만의 문학 언어를 통해 영화와 음악이 이르지 못하는 세계에 도전한다. 그런 면에서 그녀야말로 묘사를 바탕으로 한 진정한 수사학의 시대를 열어갈 수 있는 작가다.

김애란의 소설은 요약되지 않거나 요약을 요구하지 않는다. 파편적이고 장면적인 에피소드들이 빠른 속도로 탈주하기 때문이다. 대부분의 소설에서 김애란은 단락과 단락 사이에 휴지 공간으로 한 줄씩을 비우고 있다. 이 여백이 각 장면의 틀인 셈이다. 그 틀과 틀은 단속(斷續)적이다. 독자가 상상력으로 연결하여 채워도 좋고, 또 그러지 않아도 좋은 듯 보인다. 어쩌면 '개그콘서트'나 '웃찾사' 같은 구성인지 모르겠다. 구성만이 아니라 그녀의 발상이나 상상 또한, 비평가 유종호의 지적처럼, 개그적인 것에서 비롯된 것일지도 모르겠다. 어쨌든 김애란은 유머 감각을 가지고 재미있게 이야기할 수 있는 재주를 지닌 작가다. 난해하여 결코 풀리지 않는 플롯을 그녀는 거부한다. "그녀는 사람들이 A를 그냥 A라고 말하지 왜 C라고 말한 뒤 상대방이 A라고 들어주길 바라는지 이해할 수 없었다"(「그녀가 잠 못 드는 이유가 있다」). 때때로 그녀의 소설은 묘사의 경제와 묘사의 부족 사이를 오가는 듯 보이기도 한다. 그러나「종이 물고기」같은 인상적인 작품에서 보이는 포스트잇 묘사는 결코 그녀가 묘사의 부족을 드러내는 작가가 아님을 입증한다. 재미있는 이야기를 경쾌하게 전개하기 때문에 김애란 소설의 가독성은 매우 높은 편이다. 그러나 "삶의 콘텐츠보다 삶의 각주가 커져버린 상항을 정확하게 묘파"하는 김애란의 소설은 "에피소드의 퀼트"로 보인다는 정여울의 지적처럼, 그녀는 결코 무겁거나 큰 이야기를 하지 않는다. 의미심장한 서사 가치보다는 활달하게 즐기며, 웃음을 통한 사소한 성찰을 유도한다는 측면에서 김애란의 소설 역시 최소주의 소설 경향에 속한다. 한유주와는 대조적으로 김애란은 자기 세대의 친숙한 일상 언어를 그대로 가져오면서도 텍스트 내적 구성에서 문학적 효과를 발할 수 있는 문체적 의장에 신경을 쓰고 있는 작가이다. 김애란의 소설은 유머와 일상 언어의 수사학의 전위이다.

　김미월은 접속 세대로서 자기 세대의 경험과 의식을 공유하면서도 전통적 서사 관습이나 가치에서 재발견할 수 있는 에너지를 나름대로 활용하여 새로운 서사적 지평을 열어나가려는 경향을 보인다. 이미 살펴본 것처럼 20대 자기 세대와 공유하는 지점은 접속 시대의 젊은 이들의 풍경이다. 그리고 그것에 대한 반성적 성찰이다. 그 과정에서 김애란은 증후의 현장성을 극화하고, 한유주는 증후의 심층 심리적 국면을 파고들었다면, 김미월은 증후를 인식하기 위해 그 원인을 밝히고자 과거와 시간과의 대화를 시도한다. 김애란과 한유주에게 과거는 없거나 있다고 하더라도 비관여적인 어떤 것이다. 그러나 김미월 소설에서 과거는 관여적인 서사 구성 요소로서 전통적인 지위를 유지하게 된다. 시간의 대화를 통한 인과관계 분석은 그녀의 소설에 설득력을 보태는 작용을 한다. 이런 경향은 1990년대 소설 이후 작가들이 애써 과거와의 단절을 시도함으로써 서사적 설득력을 약화시켰던 양상에 대한 반성의 결과로 보이기도 한다. 앞에서 말한 대로 그녀가 존재의 무거움과 가벼움의 상호작용을 모색하는 것도 그녀 나름의 서사적 설득력을 추구하기 위해서이다. 그러한 설득력을 위해 김미월은 소설 문장도 군더더기 없이 정확하게 쓴다. 그러나 1980년대까지의 소설에서 보였던 과거와의 시간적 대화와는 다른 양상을 보인다. 예전처럼 현재의 구체적인 전신으로서 과거사에서 현재의 문제를 해결하려는 적극적인 지혜를 찾는 데 강박적이지 않기 때문이다. 그 시절의 무거운 서사 의식과는 일단 거리를 두고 있다. 그렇다는 것은 가볍게 무거운 짐을 걸머지는 아이러니의 서사 전략으로 최소주의 서사를 지향한다는 점에서 확인된다. 아이러니와 설득력의 수사학으로 김미월은 탈주한다. 묘사든, 유머나 일상 언어든, 아이러니나 설득력이든 20대 젊은 작가들의 새로운 소설적 탈주가 독자적으로 혹은 대화적으로, 우리 문학의 새로운 지평을 활달하게 열어나갈 수 있기를 기대한다.

제2부 **접속 프리즘**

접속 시대의 그물과 유령의 존재론
―김영하의 『빛의 제국』

1. 거대 서사의 미시 서사화를 위한 '접속 놀이'

흥미로운 놀이 충동으로 이야기를 구성하는 작가 김영하가 신작 장편 『빛의 제국』(문학동네, 2006)을 펴냈다. 이번에도 '남파 고정 간첩'이란 흥미로운 소재로 '놀고' 있다. 소재 자체만으로는 분단 상황을 강력하게 환기하는 무거운 소재임에도 불구하고, 그는 가능하면 가볍게 접근하여, 거대 서사를 미시 서사화하는 허구적 놀이를 수행한다. 다른 자리에서도 언급한 바 있지만, "자유와 반역의 재능을 헌납당했고 대신 생존의 굴욕만을 넘겨받"(「흡혈귀」)은 것으로 여겨지는 거세당한 현실에서, 김영하는 자유로운 놀이 충동으로 그 거세 공포와 불안을 넘어서려 시도하는 작가다. 그의 놀이 충동은 종종 죽음, 소멸, 허무의 쾌락으로 질주한다. 그런 쾌락은 주체의 나르시시즘적 욕망 속에 함축되어 있다. 그 쾌락의 표현은 외부로 향하는 사디즘과 내부로 향하는 마조히즘의 상호작용에 의해 더 격렬하다. 김영하의 인물들은 대개 어떤 근원적인 심리적 공허의 경험을 가지고 있으며, 그 경험을 바탕으로 환각을 체험한다. 주체의 위기, 존재의 위기 감각을 뚜렷이 드러내는 그들은 소비 사회와 포스트모던한 징후들이 구성한 새로운 심리적 복합체들이다. 김영하는 능란하게 허구적인 여건을 조성하면서 흥미로운 인물의 성격을 창조하고, 새로운 서술 프로그램을 만들어 새로운 텍스트를 직조하려고 해왔다.

『빛의 제국』에서도 작가의 그런 서사 감각이 일정하게 반영되어 있다. 20년 넘게 고정간첩으로 살아온 주인공에게 어느 날 아침, 귀환하라는 명령이 하달된다. 시간은 채 하루도 남지 않았다. 이 하루 동안 귀환을 준비하면서 주인공이 자신의 40년 생을 정리하는 이야기들이 시간대별로 진행된다. 이야기의 다채로움을 위해서 작가는 주인공 김기영, 그의 아내 장마리, 딸 현미, 그를 쫓는 정보원 박철수 등 네 인물을 서로 다른 초점자로 제시하면서 소설을 엮어나간다(아쉽게도 그 의도와는 달리 이와 같은 담화 전략은 서사적 효과를 충분히 거두고 있다고 보기는 어렵다). 1차적으로 분단 상황과 관련된 첨예한 소재임에도 불구하고, 작가는 그것을 민족모순이라는 거대 담론으로 엮어가지 않고, 개인의 일상적 존재론으로 밀고 나간다. 일찍이 최인훈은 1960년에 평판작 『광장』에서 남북의 체제와 정면 대결하다 자살하게 되는 이명준의 운명과 맞씨름한 적이 있다. 그로부터 46년. 이명준이 고뇌하던 광장과 밀실이 허허롭게 조화를 이루고 사랑으로 새로운 존재의 지평이 열리는 그런 세상은 도래하지 않았다. 어쩌면 이명준이 그렇게 자살한 것이 잘한 일인지도 모른다. 이러구러 살았더라도 세상은 그에게 못 볼 꼴만 선사했을지도 모르는 형국이니까 말이다. 이런 사태를 김영하는 예리하게 간파한다. 거대 서사로 체제와 대결할 일이 아니다, 자신의 체험이나 정보도 그렇고 스타일로 봐서도 그럴 수 없거니와 이 시대가 그런 무거운 이야기를 요구하지도 않는다, 그러니 차라리 내 식으로 나만의 상상적 네트워크를 통해 가볍게 놀아보는 거다, 그렇게 생각했을 것으로 보인다. 그러니까 김영하가 잘 아는 이야기, 예컨대 동시대의 소비사회적 풍경이나 남한 자본주의의 타락상, 80년대 운동권 혹은 이른바 386세대의 타락상 등을 다채로운 에피소드로 엮어내면서 이야기의 흥미를 도모하고자 했던 것으로 짐작된다.

사실 북한에서 태어나 한국전쟁 중에 월남하기 전까지 북한에서 산 체험을 했던 최인훈에게도 남북한 현실을 동시에 정면에서 다루기는 쉬운 일이 아니었다. 1960년에 발표된 『광장』의 경우 북한 이야기보다는 남한 이야기가 주를 이룬 것만 보더라도 알 수 있는 일이다. 하물며 분단 반세기를 넘긴 남한 사회에서만 생활한 김영하임에랴. 비록 그가 탈북자들로부터 북한에 관한 정보를 얻었다고는 하나, 정보와 체험 혹은 체험에 근거한 기억은 다른 것이다. 그렇다는 것은 이 소설에서도 김기영이 코엑스몰에서 미행을 따돌리는 장면과 북한 생활을 회고하는 장면의 묘사 부분만 보더라도 금방 확인할 수 있다. 코엑스몰 장면의 역동적인 실감을 북한 장면에서는 도저히 맛볼 수 없다. 이런 사정 때문에 작가는 접속 시대의 수사학에 접속한다. 주지하다시피 접속 사회는 저 유명한 데카르트의 코기토 명제를 전복하면서 탈주하는 사회다. 더 이상 "나는 생각한다. 고로 존재한다"일 수 없다. 대신 "나는 접속한다. 고로 존재한다"로 대체된다. 찰나적으로 무수히 교체되는 네트워크의 그물에 접속할 때마다 존재가 달라질 수 있다. 『빛의 제국』의 이야기 역시 서사적 계기에 의한 필연성이나 인과관계 따위가 중시되지 않는데, 그런 까닭은 접속 시대의 상상적 소산이기 때문이다. 대개의 인물들은 우연한 접속에 의해 운명이 달라진다. 결코 주체가 생각하는 대로, 혹은 이성적으로 행동하거나 사고할 수 없다. 그들은 접속의 그물을 떠도는 유령의 존재들처럼 보인다. 이 소설이 매우 다채로운 에피소드들의 단속(斷續)으로 이루어진 까닭도 거기서 찾을 수밖에 없다. 소설 창작 방법론의 측면에서도 작가는 네트워크에의 접속을 통해 확인할 수 있는 많은 정보들을 활달한 에피소드로 변환하여 이야기를 꾸민다. 많은 영화, 책, 음악, 미술에 관한 접속 정보들이 생체험이나 기억을 대신한다.

『광장』에서 『화두』에 이르기까지 최인훈이 으뜸되는 서사의 과제로 다루었던 주제의 하나는 '자기 운명의 주인'이 되는 삶이었다. 다시 말해 최인훈의 문학적 고집 중의 하나가 자기 운명에의 의지였던 것이다. 코기토 철학 시대의 상상적 의지에 값한다. 그러나 접속 시대의 소설가 김영하는 '자기 운명의 주인' 담론에 대해, 그 허무의 정체를 일찌감치 간파하고 미리 냉소를 보낸 작가다. 이에 그는 자기 운명의 주인으로 살지 못하는 소비 자본주의 사회의 일상을, 그 파편들을, 놀이 충동으로 서사화한다. "생각한 대로 살지 않으면 사는 대로 생각하게 될 것"(p. 200)이라는 폴 발레리의 시구를 원용하면서, 사는 대로 생각하는 사람의 이야기, 혹은 그 존재론을 그리게 된 것은 그런 까닭이다. 여기에 하나가 더 보태진다. 이 소설의 표제로 차용된 벨기에 출신의 초현실주의 화가 르네 마그리트의 「빛의 제국」이 바로 그것이다. 너무나도 화사한 대낮의 하늘 아래 밤거리가 제시된다. 집 앞에는 가스등이 켜져 있고, 창문에서는 램프의 불빛이 은은하게 비친다. 집 전체와 나무들은 온통 칠흑 같은 어둠에 갇혀 있다.

도대체 낮인가, 밤인가. 하늘과 집의 이 기묘한 모순 혹은 배리, 이 위반의 연관관계를 어떻게 해석해야 할 것인가. 확실히 낮과 밤이라는 모순된 감각을 한 시점으로 관찰한 마그리트의 시선은 웅숭깊다. 이 이질 혼성적 화합물이야말로 주관과 객관이 험악하게 일그러진 현대성의 두드러진 징표가 아닐 것인가. 김영하의 주인공이 거주하는 공간도 이와 다르지 않다. 북한에서 남한으로 이식된 그는 아내에게조차 자신의 정체를 숨겨야 할 정도로 분열된 존재 조건 속에서 산다. 모든 것은 거짓이고, 주위 사람들과는 다른 시간과 공간에 갇혀 살아간다. 이를 있으면서도 없고, 없으면서도 있는 유령의 존재론이라고 부르면 어떨까. 앞에서 언급한바 접속의 그물을 떠도는 유령의 존재론과 겹쳐놓으면, 김영하가 신작 장편에서 그리고자 했던 바를 우리는 어느 정도 추적할 수 있게 된다. 어떤 경우에도 자기 존재를 전면적으로 긍정할 수 없는 불안하고 불길한 실존의 풍경, 그것이야말로 『빛의 제국』의 중핵적인 내면풍경이다.

2. 분단 모순의 일상화, 혹은 일상의 분열증

소설 『빛의 제국』에서 사건의 핵심적 발단은 "3월 16일 밤 세시, 좌표 3674828에서 접선하라"(p. 75)는 명령에 접속하게 되면서부터다. 이 명령을 접수한 김기영은 증거 인멸을 위해 자신의 컴퓨터를 분해해 하드 디스크를 제거한 다음 책상을 정리한다. 서가에서 그는 "책으로 가득한 세상에서 벽으로 둘러싸인 세상으로 가야 하는 것임을"(p. 76) 깨달으며 사이먼 싱의 『페르마의 마지막 정리』를 뽑아든다. 이어 "이천여 곡의 음원 파일이 저장된 아이포드 MP3 플레이어"도 챙기면서 이런 생각에 잠긴다.

> 이렇게 많은 곡을 채워넣느라 얼마나 많은 시간이 걸렸는데, 그는 그 세월을 잠깐 반추하였다. 처음 내려왔을 때는 그도 테이프로 음악을 들었었다. 음반가게의 벽을 이쑤시개 하나 들어갈 틈 없이 빼곡히 채운 시디와 테이프에 기가 죽었다. 세상에 그렇게 많은 음악이 동시에 존재할 수 있다는 게 믿어지지 않았다. 그는 **행진곡의 나라**에서 온 사람이었다. **그가 떠나온 나라에서 음악은 혼자 즐기는 것이 아니라 함께 부르는 것이었고, 스피커에서 온 거리로 울려퍼지는 것이었다.** 그가 남으로 내려오자마자 가장 먼저 산 전자제품은 일제 소니 워크맨이었다. 거기에 테이프를 넣어 조용필과 이문세, 그리고 비틀스를 들었다. 그중에서도 뒤늦게 접한 비틀스가 그의 영혼을 흔들어놓았다. 아무도 없는 자기만의 방에서 워크맨으로 〈헤이 주드〉나 〈미셸〉을 듣는 것, 금지된 것을 혼자 맛본다는 것, 그것이야말로 평양에서는 누리지 못했던 새로운 즐거움이었다. (pp. 76~77, 진한 강조는 인용자에 의함.)

이미 남한에서 20년 이상 생활한 인물이고, 또 남한 생활을 정리해야 하는 처지의 인물이라는 사정을 고려하더라도, 인용하면서 강조한 부분을 보면, 서술자가 북한에 대해서는 추상적인 이해를, 남한에 대해서는 구체적인 이해를 보인다는 사실을 확인하게 된다. 이와 같은 이해 방식은 소설 전편에서 비슷하게 나타나는데, 그것은 애초에 작가가 남북의 현실을 전면적이거나 대조적으로 이해하려 하지 않았다는 사실 또한 짐작케 한다. 어쨌든 작가는 김기영이 남파 초기에 겪은 문화 충격에 대해 흥미롭게 보고한다. 주인공은 시네마테크를 기웃거리는 영화광들이 드러내는 권태에 주눅 들기도 했다. 그들이 지겹다고 말하는 영화들이 기영에게는 한결같이 모르는 것이거나 참신한 것이었기 때문이다. "진부함을 이해하기 위해 치열하게 사는 삶, 그것이 바로 '옮겨다 심은 사람'의 삶"(p. 103)이었다.

그런데 문화적인 권태만이 문제가 아니었다. 남한의 일상 자체가 권태로운 어떤 것으로 비치기도 했다. 우선 신분 세탁을 위해 김기영은 동사무소에서 먼저 파견된 고정간첩을 만났는데, 그가 얼마나 허무적이고 권태로운 인간이 되었는가를 확인하는 과정에서부터 놀라지 않을 수 없었다. "권태와 우울, 허무와 냉소, 후줄근한 옷차림과 매력 없는 용모가 어우러진, 잠시라도 함께 있기 불편한 인간"(p. 80)이 되어 있었던 것이다. "김정일정치군사대학의 공작원반, 흔히 130연락소라 부르는 그것을 막 떠나온 기영은 그의 허무주의적 태도가 조금 놀라웠다. 이런 적지에서, 전두환 역도가 광주에서 수천의 인민들을 백주에 학살하는 땅에서 긴장도 적개심도 없이 살아가는 것이 가능하단 말인가?"(p. 80). 그러나 김기영은 남한에서 20년 넘게 생활하면서 "권태와 허무야말로 이 사회의 특질이었다. 권태는 무차별적으로 퍼져 있었다"(p. 80)는 사실을 절감한다.

그는 왜 "옮겨다 심은 사람"이 되었는가. 1963년 평양 출생인 김성훈은 1984년 남파되어 1985년 봄에 1967년생 김기영의 주민등록을 취득하고 노량진 학원에서 대입검정고시와 학력고사를 준비하여 1986년 연세대학교 수학과에 입학한다. 이미 평양외국어대학 영어과를 우수한 성적으로 이수한 그가 남파된 것은 "위장 재외동포 혹은 고정간첩과 자생적 공산주의자로 이루어진 공작원 양성 방식을 바꿀 필요"를 느낀 북한 당국이 "잘 훈련된 공작원을 아예 신입생으로 집 어넣어 학생운동의 인자들과 함께 커나가도록 하겠다는 야심찬 계획" (p. 189)이었던 것으로 설정된다. 두루 알다시피 1980년대 주사파 운동권에 북한에서 남파한 간첩이 끼어 있다는 얘기가 있었다. 과문한 탓인지는 몰라도, 이런 제재가 구체적으로 소설화된 적은 거의 없다. 김영하가 착목한 이 지점은 매우 흥미롭고 문제적인 대목이다. 『빛의 제국』에서 노동당원인 북한 간첩 김기영이 남한의 학생운동권에서 주사파 학습을 하고 있는 장면이 새삼 주목되는 것은 이 때문이다. 그런데 아쉽게도 이 부분이 넉넉하지 못하다. 가령 다음 부분을 보자.

㉠ "미제를 축출하고 독재정권 타도하고 반제반봉건체제를 깨부순다 치자. 그래서 사람이 자기 운명의 주인이 되는 그런 세상이 온다 치자. 그 다음엔 뭘 하지? 너무 지루하지 않을까?"(p. 197)

㉡ 아침 일곱시, 사이렌 소리와 함께 일어나 일제히 직장으로 출근하고, 일요일은 당 중앙위원회의 결정이 있을 때만 쉬고, 매일 밤 함께 모여서 하루의 일과를 총화하는 세상을 너희는 모를 것이다. 물론 거기서도 삶의 즐거움은 얼마든지 찾을 수 있다. 공터에서 배드민턴도 치고 겨울에는 스케이트를 타고 친구들과 축구를 할 수도 있다. 그러나 골방에 틀어박혀 포르노를 보거나 이어폰으로 이글스를 듣거나 잔혹한 일본 만화를 볼 수는 없다. (p. 197)

ⓒ "글쎄, 아마 그런 건 못 하겠지. 까치 말대로 지루하긴 할 거야. 그렇지만 거기에도 나름의 재미가 있지 않을까."(p. 198)

월미도에서 술을 마시며 운동권 동료들끼리 대화를 나누는 장면이다. 술에 취한 NL파의 운동권 학생 까치가 ⊙처럼 회의적인 말을 할 때, 김기영은 ⓒ처럼 대답한다. 김기영은 자신의 신분을 트릭처럼 속여야 하는 처지이므로 외적 발화가 ⓒ처럼 되는 것은 얼마든지 이해할 수 있다. 그러나 ⓛ은 ⊙의 발화를 들은 다음 김기영이 보인 내면 풍경이다. 발화되지 않은 이 내면이 이 정도에서 멈추었다는 것은 여러모로 아쉽다. 좀더 구체적이고 이데올로기적인, 사실 1980년대 중반 당시의 운동권은 이데올로기적으로 얼마나 복잡했던가, 사유와 감정을 깊이 있게 드러냈더라면 더 좋았을 것이다. 아마도 결과론적인 시선이 압도했기 때문이 아닐까 싶다. 1980년대 운동권의 쇠퇴와 타락 행로에 대한 작가의 냉소적인 시선 때문이기도 할 것이다.

그렇다는 것은 김기영의 아내 장마리의 형상화에서도 유사하게 반복된다. 장마리는 우연하게 운동권에 진입했지만 나름대로 열심이었던 인물이다. 임수경을 동경하던 그녀가 현재는 외제차 폭스바겐 영업사원으로 일하며 스무 살 가까운 연하의 남성들과 스리섬을 즐기는 것으로 얘기된다. 성적 황음에 빠지는 것을 "마치 세상을 향한 통렬한 복수처럼 생각"(p. 178)하는가 하면, 어린 남자를 만나면서 그녀는 "마조히스틱한 쾌감"(p. 210)을 느끼기도 한다. 그렇게 변모한 과정적 진실은 결락되어 있다. 운동권 세력의 타락을 드러내기 위한 위악적 메타포로 보이기도 하지만, 전체적으로 보아 여성 인물을 형상화하는 공정한 방식으로 보이지는 않는다. 장마리의 어머니와 김기영의 어머니는 공히 우울증 환자들로 제시되며, 김기영의 중학생 딸 현미 역시 긍정적인 인물과는 거리가 멀다. 상대적으로 긍정적 여성으로 형상화된 작가이자 중학교 교사인 소지현 역시 현실적, 문학적 전망을 상실한 인물이다. "헤밍웨이는 스페인 내전에, 앙드레 말로는 마오의 대장정에 참여했잖아. 그런데 문득 주위를 둘러보니 이제 혁명의 가능성은 사라졌고 어디에도 위험이 없어. 오직 불륜밖에는. 그러나 그 흔하디 흔한 모험에는 참여하고 싶은 생각이 없어"(p. 283). 김영하의 여성 인물 형상화 방식에 대해서는 별도의 논의가 필요하다.

어쨌거나 김영하는 『빛의 제국』에서 분단 모순이 희석되고 일상적으로 미분화된 남한 현실의 변화를 담론화한다. 이데올로기 투쟁 시대였던 1980년대를 거치고 소비 자본주의가 개화된 1990년대를 거쳐 21세기에 이르러 남한 자본주의 사회는 많은 변모를 거듭했다. 앞서 인용한 소지현의 발화에서 그 경개가 일목요연하게 드러난다. 혁명의 가능성은 사라지고 오직 불륜밖에 남은 게 없다는 것. 운동권 386세대도, 남파 간첩도, 이제 40줄에 접어들면서 배는 불룩 나오고 팔에는 물살이 출렁대고 토르티야칩과 살사 소스 안주에 네덜란드 산 하이네켄 맥주와 기네스를 좋아하고, 빔 벤더스 영화를 좋아하며, 금요일 밤에는 홍대 앞 바에서 스카치 위스키를 마시고, 일요일 오전에는 해물스파게티를 먹고 산다. 그렇게 된 것이다. '빛의 제국'은 곧 분열증적 소비 자본주의의 '일상의 제국'이다.

3. 유령의 존재론, 그 허무와 냉소

다시, 폴 발레리의 시구로 돌아가자. 김영하가 다룬 인물들은 대개 생각한 대로 살지 못하며, 사는 대로 생각한다. 그것이 현대 일상인들의 비극이다. 현대성의 분명한 메타포다. 그러기에 그들은 르네 마그리트의 그림 「빛의 제국」처럼 외면과 내면의 철저한 분열을 보이는 가운데 자기 운명의 주인이 되지 못한다. 반복이 되겠지만, 최인훈이 탐문한 것은 자기 운명의 주인이 되는 삶이었다. 1994년 작 『화두』에는 조명희 이야기가 주요하게 등장한다. 조명희는 1930년대 소련의 당내 투쟁의 와중에서 반역자로 몰려 희생되었다. 인간다운 이성의 기획은 좌절되고, 비이성적인 먹이사슬의 용단에 의해, 그 곡절에 의해 희생된 조명희는 환상 속에서 이렇게 말한다. "자기를 빼앗기면 이 도시처럼 이렇게 된다네." "너 자신의 주인이 되라"(최인훈, 『화두』 2권, 민음사, 1994, p. 511). "빛이 있을 때 빛 속으로 걸어라"(2권, p. 522). 또 최인훈은 뇌일혈로 쓰러져 자신의 기억을 망실한 상태였던 레닌의 최후 나날들에 대한 기록을 접하면서, 레닌처럼 망실되기 전에, 조명희의 화두처럼 자기 자신의 주인일 수 있을 때 세계의 '옳은 맥락'을 찾아내서 기록해둬야겠다는 결심을 한다. "나 자신의 주인일 수 있을 때 써둬야지. 아니 주인이 되기 위해 써야 한다. 기억의 밀림 속에 옳은 맥락을 찾아내어 그 맥락이 기억들 사이에 옳은 연대를 만들어내게 함으로써만 나는 나 자신의 주인이 될 수 있겠다. 그 맥락, 그것이 '나'다. 주인이 된 나다"(2권, pp. 542~43).

이와 같은 최인훈의 '화두'와 비교할 때 김영하의 '화두'는 얼마나 가혹한가. 김영하의 인물들은 걸어갈 '빛 속'이 없다. 마그리트처럼 빛과 어둠의 혼효를 중층적으로 투시할 시선도 지니고 있지 못하다. 기억도 불충분하고 그 맥락을 잡기도 어렵다. 무엇보다 자기 운명의 주인들이 아니다. 개인은 미분화되었고 분열되었다. 사정이 이러하기에 개인과 개인의 만남 또한 정상적인 관계를 벗어난다. 위선과 허구, 상호 감시의 그물망 속에서 자유롭지 못하다. 이 소설에서 김기영은 자신이 북쪽에서든 남쪽에서든 잊혀진 존재라고 생각했지만, 북쪽에서도 자신의 운명을 계속 조타하고 있었을 뿐만 아니라 남쪽에서도 자기를 줄곧 감시하고 있었다. 자기 회사 부하 직원이었던 위성곤이 정보원이었다는 사실이 그것을 여실히 반증한다. 국가 이데올로기에 의해서든, 자본이나 소비적 일상의 현실적 위력에 의해서든, 김영하의 인물들은 직간접적인 폐소공포증에 시달린다. 이런 현실에 대한 작가의 비판은 양면적이다. 개인들의 위선과 타락으로 점철된 자기 없는 유령적 존재들로 비판되고, 조직이나 공동체, 국가 등도 비판된다. 가령 장마리의 아버지는 입버릇처럼 "국가는 산적 같은 거여. 안 만날수록 좋아"(p. 165)라는 말을 되풀이한다. 이렇게 양면적으로 비판하는 작가 의식은 기본적으로 허무와 냉소다. 허무와 냉소를 바탕으로 가능하면 위악적으로 현대의 문제성을 비판적으로 조명하고자 한 소설이 바로 『빛의 제국』이다. 한결같이 제대로 살지 못하는 인물들의 이야기를 통해서, 특히 자기 운명의 주인이 되지 못하는 유령적 존재론을 통해서 이 변화무쌍한 접속 시대의 일상에서 우리는 어떻게 살아야 하는가 하는 문제를 작가는 독자와 더불어 고뇌하고 싶어 한다. 그렇다. 우리는 이제 어떻게 살아야 할 것인가. 그 영원한 현대성의 과제를, 지금 우리는 받아들고 있는 셈이다.

한없이 미끄러지는 접속

―김경욱의 『장국영이 죽었다고?』

1. 접속의 탈존과 감각의 접속

작가 김경욱은 두번째 소설집 『베티를 만나러 가다』의 '작가의 말'
에서 "만일 내일 지구가 멸망한다면 나는 베티를 만나러 갈 것이다.
그리고 내일 지구가 멸망하지 않더라도 나는 베티를 만나러 갈 것이
다"라고 말했다. 그것이야말로 현기증과도 같은 유혹이라고 했다. 그
렇다면 베티는 누구인가. "베티는애인이면서창녀이고삶이면서죽음이
고희망이면서절망이고천사이면서악마이고과거이면서현재이고지구이
면서화성이고찰리채플린이면서올리비아핫세고영웅본색이면서천국보
다낯선 그 무엇"(『베티를 만나러 가다』, 문학동네, 1999, p. 6)이라 했
다. 모두이면서 아무도 아닌 존재, 반대와 모순마저 함축하고 있는
존재 양태, 베티는 그렇다면 도대체 누구인가. 또 "누구나 베티를 만
나러 갈 수" 있고, "누구도 만날 수 없"다고 했다. 정녕 그는 누구인
가. 누구이기에 작가는 "부디 종생토록 필사적"으로 베티를 만나러

가고 싶어 했을까.

 그 궁금증 때문에 서둘러 표제작을 읽었던 기억이 새롭다. '에덴의 동쪽'이라는 영화 매니아들의 대화방 안팎에서 벌어지는 이야기를 다룬 「베티를 만나러 가다」를 읽으면서 나는 "나는 누군가와, 그 무엇과 연결되어야만 한다"(p. 15)는 문장에 오래 머물러 있었다. 그야말로 접속 세대의 존재론을 웅변하는 문장으로 여겨졌기 때문이었다. 과연 주인공 '아비'는 인터넷 대화방에 연결하고 가상공간에 접속하여 자신의 존재 근거를 확보하려 한다. 영화 「아비정전」을 좋아하는 주인공 '아비'는 「베티 블루」를 가장 좋아한다는 '베티'를 만나기 위해 접속하고, 그 접속의 순간에 자기 존재감을 확인한다. 익명의 아이디를 가면처럼 쓰고 자신인 듯 타인으로 실존하는, 접속 공간에서의 존재 방식을 하이데거를 따라 탈존(脫存, Ek-sistence)의 한 형태로 불러도 좋을지 모르겠다. 탈존이어서일까. 그들은 그 가상공간에서 실존 세계의 규율에 얽매이지 않고 자유롭게 탈주한다. 그 접속과 탈존의 순간 그들은 양가감정을 체험한다. 접속으로 인해 느끼는 안온함과 희열을 느끼면서도, 그 이면에서 접속이 차단되어 실제 세계로 떨어져나갈지도 모른다는 불안을 내장하고 있는 형국이다. 이와 같은 접속에의 희열과 차단에의 불안이라는 양극이 형성하는 긴장감이 매우 이채롭다. 그 긴장감 속에서 김경욱의 소설은 형성된다. 영화나 방송 등 대중문화나 인터넷을 통한 가상현실에 접속하여 새로운 존재 감각을 체험하고, 그 새로운 감각으로 존재를 초탈하려는 탈존을 꿈꾸는 것이야말로 김경욱 소설의 핵심이다.

2. 불임 시대의 틈과 접속의 상상력

「베티를 만나러 가다」에서 '아비'와 '베티'는 대화방이라는 가면무
도회장에서 "우리 만나도 괜찮을까요"(p. 24)라고 염려하면서도 실제
세계에서의 만남을 약속한다. 그러나 염려처럼, 실제 세계에서 만나
서는 안 될 것 같은 불안 심리처럼, 그들의 실제 만남은 성사되지 않
는다. 실제 세계에서 패배한 주인공은 "초조하게 기다린 것은 베티가
아니라 아비라는 ID를 쓰는 자신이었는지도 몰랐다"(p. 28)고 생각
한다. 그럼에도 새로운 자기를 발견하게 되고 그에 따라 새로운 영혼
의 성장 계기를 발견하게 되는 것은 아니다. 자기를 발견하는 문제에
서도 신음처럼 혼돈스러울 따름이다. 이처럼 김경욱의 많은 소설에서
인물들은 실제 세계에서의 인간관계에서 실패하는 것으로 나타난다.
연인들은 속절없이 헤어지고, 부부들은 절박하지도 않은 이유로 이혼
한다. 이혼하지 않은 부부들도 아이를 낳지 않거나 낳지 못한다. 편
안하게 혹은 허심탄회하게 대화할 친구도 직장 동료도 없다. 실제 세
계에서 소망스런 미래도 꿈꾸어지지 않는다. 요컨대 현실에 대해 매
우 비관적인 태도를 보이는 것이다. 세번째 소설집『누가 커트 코베
인을 죽였는가』(문학과지성사, 2003)에서 김경욱은 자기 소설의 형
성 과정과 특성, 세계 인식의 특징적 국면을 함축적으로 보여준 바
있다.

"그때 밥이 없어도 좋았다. 텔레비전만 볼 수 있다면"(「미림아트시
네마」, p. 320)이라고 생각했던 아이가 있었다. 「로버트 태권 브이」
같은 만화 영화라면 자다가도 벌떡 일어나는 아이였다. 만화 영화를

보기 위해 구구단을 벼락치기로 외우기도 했다. 아이는 결코 밥을 먹고 자라지 않았다. 대신 만화·영화·TV라는 문화 기호를 성장을 위한 필수 양식으로 취했다. 조금 더 자라서는 「영웅본색」이나 「동방불패」의 세계를 통과한다. 이른바 '주윤발 세대'가 된다. 그 세대는 "개처럼 사느니 영웅처럼 죽고 싶"(p. 320)어 한다. 결코 개처럼 벌어 정승처럼 쓰고 싶어 하지 않는다. 어떤 명분이든 개처럼 사는 것은 누추해서 견딜 수 없다. 그렇다고 해서 농도 짙은 허무혼을 헤집고 사는 것도 아니다. 눅진하지 않은 자멸파의 계보를 새롭게 형성한다. 눅진한 정념을 파고든 윤후명이나 윤대녕의 세계와는 또 다른 계보다. 소비사회와 대중문화를 일용할 문학 생산 양식으로 공유하는 동세대 작가들의 경쾌한 향유 방식과도 구별된다. 분주한 접속은 있되, 향유는 없다. 김경욱은 그런 작가다.

『누가 커트 코베인을 죽였는가』에는 새 생명의 탄생 장면이 없다. 「만리장성 너머 붉은 여인숙」에서 여인숙의 벙어리 소녀는 아이를 낳을 뻔했다. 동네 단골들에게 윤간을 당해 누구의 씨랄 수도 없는 아이를 임신했던 것이다. 그러나 유산을 하고 연못에 빠져 죽는다. 「선인장」에는 주인공 부부의 실제적 불임뿐만 아니라 아예 아파트 단지 전체에 아이가 하나도 없는 것으로 처리되어 있다. 탄생이 없는, 불모성의, 이 불임 시대에 도대체 무엇이 있는가. 죽음이다. 죽음 충동이다. 죽음의 문제를 직접 제목으로 삼은 「누가 커트 코베인을 죽였는가」는 탤런트 '장미'의 유괴 살해 사건을 다룬 것이고, 「만리장성 너머 여인숙」에서는 숙박부에 '김경욱'이라고 쓴 사내가 스스로 완전 범죄를 한 살인자라고 자랑처럼 고백한다. 「거미의 계략」에서 소설가 김주은은 아사(餓死)한 시체로 발견되고, 「Incert Coin」에는 성기에

5백원짜리 동전이 박힌 한 여인의 시신이 적나라하게 노출된다. 「늑대인간」과 「토성에 관해 갈릴레이가 은폐한 몇 가지 사실」의 초점 인물 C나 H는 이유가 석연치 않은 자살자들이다. 「선인장」의 주인공은 역시 석연치 않은 상황에서 지하 보일러실 프레스기에 압살된다. 「토니와 사이다」에서는 자살 안내원이 자살을 원하는 두 인물을 동해안으로 데리고 가 성공적으로 자살에 이르게 한다. 모두 "무(無)를 향해 벌어진, 불길하게 째진 틈"(「Incert Coin」, p. 134)에 틈입한 결과다.

이렇게 소설 전체가 마치 죽음의 박물지처럼 보인다. 물론 죽음을 많이 다룬다는 것 자체가 특별할 것은 없다. 호메로스 이래 세계문학에서 죽음은 사랑과 함께 가장 많이 다루어진 테마였다. 문제는 죽음을 다루는 방식이다. 대개의 경우 죽음은 아무렇지도 않은 일상적 사건으로 냉정하게 처리된다. 실체적 비애나 고통이 거세되어 있다는 느낌이다. 기계 인간의 죽음처럼, 혹은 게임 사건에서의 죽음처럼 얘기되기 일쑤다. 실제 상황이 아닌 게임 상황에서, 죽음은 단지 한 순간의 사건에 불과하다. 거기에 인과론적 핍진성이 개입되지 않아도 좋다. 동기화가 불충분해도 얼마든지 허용된다. 실수로 죽게 되면, 다시 게임을 시작할 수도 있다. 말하자면 죽음의 절대적인 절박함이 없어도 되는 것이다. 실제가 아닌 허구 상황 혹은 가상 상황이니까.

그렇다면 왜 이렇게 되었을까. 죽음이 현실에서 생체험(生體驗)하는 사건이 아니기 때문일까. 단지 대중문화라는 기호로, 매체로 접속한 결과로서의 죽음 사건을 다루기 때문일까. 우리는 이런 이야기를 놓고 인식의 깊이가 부족하다고 말할 수도 있다. 삶을 유희적이거나 허구적으로 인식하는 태도에 대해서 지적할 수 있을지도 모른다. 그러나 죽음마저도 가볍고도 냉정하게 처리할 수 있는 이 접속의 상상력에는 의외로 다른 종류의 많은 에너지들이 내장되어 있는 게 사실이다. 자본주의적 욕망하는 기계에 접속한 결과의 소산이긴 하되, 그 욕망하는 기계 자체를 탈 내려는 전복적 상상 의지를 찾아볼 수 있다. 「토니와 사이다」에서 자살 사이트는 상업적으로 운영된다. 자살업이라는 새로운 업종 인터넷 네트워크를 통해 전 지구적 자본주의 방식으로 죽음에 접속하게 한다. 「만리장성 너머 붉은 여인숙」에는 한강에서 영아 시체를 건져내 중국집 주방에 제공하는 삽화가 인상적으로 접속되어 있다. 「거미의 계략」에서 아사한 소설가 김주은의 죽음의 그늘에는 익명의 타인들에 의해 불법적으로 쓰인 신용카드 사용료와 전화 사용료 청구서가 쌓여 있다. 말하자면 죽음마저 소비하고, 죽음마저 상업화하는 자본주의에 대한 비판적 전략을 담고 있는 것이다.

　이렇게 김경욱의 접속의 상상력은 단지 현실을 반영한 것이 아니고, 현실과 허구(문화)의 복잡한 상호작용을 반영한 결과다. 그의 소설 담론은 단순하지 않고, 플롯은 때때로 풀리지 않는다. 그만큼 틈이 많다. 그 무수한 틈들은 독자의 읽기 과정에서 능동적 동기화로 비로소 채워지면서 새로운 가능 세계를 알게 한다. 수동적 접속을 거절한다는 점이 그의 접속의 상상력의 또 다른 특징이다. 이제 네번째 소설집이 되는 『장국영이 죽었다고?』에서 김경욱은 접속과 차단의 아이러니와 긴장감을 통해 인간관계의 문제성을 거듭 반추하고 그 심층에서 시선과 욕망의 문제를 예리하게 파고든다. 그러면서 독자와의 상호 수행적 텍스트 대화성을 시도한다.

3. 차단과 접속의 아이러니

「장국영이 죽었다고?」에서 주인공은 피시방에서 아르바이트를 한
다. 사업하는 아버지의 빚보증을 섰다가 아버지의 부도와 사망으로
인해 부채를 떠안게 되고 졸지에 신용불량자가 된다. 게다가 아내에
게 이혼 당한 처지다. "1990년대의 캠퍼스에서 어지간히 끼 있고 눈
치 빠른 녀석 치고 한 번쯤 영화감독을 꿈꾸지 않은 자들은 없었"
(p. 12)는데, 주인공 역시 그 무리였지만 소망을 이루지 못한 상태
다. 일단 인생의 초반에 현실적으로 패배한 그는 "그 누구와도 관계
하지 않음으로써 나는 겨우 존재할 수 있다"(p. 9)고 생각한다. 피시
방에 오는 사람들이 "관계 따위에는 관심이 없"다는 것이 그에게는
크게 위안이 된다. 게다가 인터넷에 마음대로 접속할 수 있다는 점,
접속을 통해 "온전히 자존심을 지킬 수 있"(p. 10)다는 점을 다행으
로 여긴다. 이러한 인물 설정의 의미는 비교적 자명하다. 실제 세계
와 차단된 가상 세계에의 접속을 통해 다른 존재의 둥지를 틀고 있는
인터넷 시대의 유형적인 인물인 것이다. 그가 차단당한 혹은 차단하
고 싶은 실제 세계는, 그에게 실패를 강요하거나 패배의 고통을 환기
하는 불안한 공간 이외에 다른 것이 아니다. 대신 인터넷에 접속하여
탈주하듯 구성한 가상세계는 편안하고 매혹적이며 희열을 느끼게 하
는 공간이다. 그러니 어찌 접속하지 않을 수 있겠는가.

주인공은 인터넷에 접속하여 유영하듯 게임을 하거나 채팅을 한다.
소설의 주 내용은 홍콩 배우 장국영이 자살한 날 '이혼녀'와의 채팅과
그 이후의 특이한 사건으로 이루어져 있다. 이혼녀와의 채팅 과정에

서 영화 「아비정전」을 함께 보았으며 같은 날 결혼을 하여 제주도의 같은 호텔에 묵었다는 등의 우연하게 일치하는 사실들을 확인하며 놀란다. 이 과정에서 독자들은 혹시 이혼녀가 실제로 그와 이혼한 전처일지도 모른다는 소박한 추측을 하기도 하겠지만, 서술자는 냉혹하게 그런 관심을 비껴나간다. 가상공간에서 접속의 희열을 만끽하려면 실제 세계의 개입을 금지해야 하는 까닭이다. 그러나 장국영이라는 공통분모를 매개로 하여 그들은 실제 세계에서의 만남을 기획한다. 장국영의 장례식 후 이혼녀는 이메일로 홍콩의 조문객들의 복장을 하고 「아비정전」을 보았던 충무로 극장 앞으로 나오라는 연락을 한다. 극장 앞에 나타난 주인공은 자신과 똑같은 검은 양복에 마스크를 착용한 익명의 무리들을 보게 된다. "나는 그들이 누구인지 알 수 없었고 그런 사정은 그들도 마찬가지였을 것이다"(p. 34). 검은 정장의 마스크들은 서로 알 수 없는 존재들이지만 장국영을 매개로 접속한 이들이어서 그를 추도하는 일치된 행동, 즉 극장 앞에서 줄을 섰다가 정작 매표소 앞에 이르면 아무 일도 없다는 듯 되돌아 흩어지는 연속 행동을 한다. 이 행렬에서 주인공은 "뜻밖의 활달한 기운"을 느끼는데, 그것은 "세상의 어떤 의미에도 복무하지 않았으므로 나를 더욱 흥분시켰을 것"(p. 35)이라고 그는 생각한다. 결국 「베티를 만나러 가다」의 경우처럼 실제 세계에서 이혼녀와의 만남은 이루어지지 않고, 그래서 이혼녀의 실체를 확인할 수 없게 되지만, 이 실패를 통해 주인공은 자신의 다른 탈존을 확인하게 된다. 그의 둥지는 역시 가상세계였던 것이다. 그래서 실제 세계에서 이루어지는 행동이지만 가상세계에서 장국영을 매개로 채팅하지 않은 사람들에게는 아무 의미도 아닌, 그래서 실제 세계에서는 있으나마나 한 행동이 되고 오로지 가상 공간에서만 맥락을 지닐 수 있는 행동임을 확인하는 것이다. 이 소설의 처음과 끝이 대화방의 도상으로 이루어져 있는 것도 그 때문일 터이다.

그렇다면 그렇게 가상공간에 구축한 탈존의 세계는 어떠한가. 이 소설에서 이혼녀의 닉네임은 '발 없는 새'다. 「아비정전」에 나오는 "세상에는 발 없는 새가 있다더군. 날아다니다 지치면 바람 속에서 쉬지. 평생 단 한 번 땅에 내려앉는데 그건 바로 죽을 때야"(p. 12)라는 대사에서 따온 것이다. 적어도 그들에게 가상공간은 발 없는 새가 지치면 쉰다는 바람 속의 세계처럼 느껴질지도 모른다. 현실에서 쉴 자리를 쉬 마련할 수 없는 사람들이 잠시 둥지를 튼 그곳, 그곳에 접속하면서 그들은 마냥 편안할 수 있는가. 작가의 대답이 꼭 긍정적인 것은 아니다. 실제 인간관계를 차단하고 가상 세계에 접속하지만, 거기서도 그들은 결코 안락한 행복만을 구가할 수는 없다. 소설의 끝을 장식하고 있는 채팅 화면에서 '데스페라도'라는 아이디를 쓰는 접속자는 이렇게 쓴다. "장국영이 부른 영웅본색 속편의 주제가 '奔向未來日子'를 듣고 있는데…… 가사 중에 이런 대목이 있네요. 인생의 참뜻은 아무도 몰라. 기쁨도 슬픔도 죽음도"(p. 35). 인생의 참뜻과 길을 알지 못하는 자들의 우울과 자조의 분위기를 읽을 수 있는 대목이다. 포스트모던한 동시대의 삶에서 정처와 지향과 의미를 발견하지 못하는 군상들이 허겁지겁 인터넷 가상 세계에 접속하지만 그 또한 결코 대안 세계일 수 없음을 암시하는 것이다. 순간적 매혹의 대상이긴 하되, 그 또한 상징적 악몽의 성격에서 크게 비껴나지 않는다. 일종의 매혹적 악몽? 그래서 접속은 한없이 미끄러진다.

김경욱에게 있어 인간관계란 마치 백사장의 모래알과도 같은 것이다. 그것은 실제 세계든 가상 세계든 마찬가지다. 진정한 인간관계란 고갈되고 말았다고 생각하는 것 같다. 「당신의 수상한 근황」에서 주인공은 가상 세계로의 접속을 기획하지는 않지만 세상의 인간관계에 환멸을 느끼는 인물이다. 불의의 교통사고 이후 그는 "살아 있는 자들을 믿지 않"(p. 45)는다. 그는 사람과 인간관계를 의심하기 때문에, 보험사기 클레임 분야에서 금세 두각을 나타낼 수 있었다고 믿는 쪽이다. 이런 그의 의식은 "서로 거짓을 말함으로써 가까스로 대면할 수 있다"(p. 52)는 생각에서 뚜렷하게 확인된다. 자기가 상대하는 보험 고객은 물론 아내, 옛 애인, 동생, 아버지와의 관계에서도 그러하다. 소설의 핵심 사건은 옛 애인의 보험 사기 행각을 냉정하게 파헤치는 것으로 이루어져 있거니와, 마지막에 전복된 자동차 안에서 경제적 지원을 요구하는 동생과 아버지의 전화를 받는 대목은 매우 인상적이다. 마치 카프카의 「변신」에서 게오르그 잠자의 처지를 떠올리게 한다. 그와 같은 인간관계와 정황에서라면 그 또한 벌레로 변신하게 되지 않을지, 그 누가 장담하겠는가.

4. 시선과 욕망의 역학

인생의 의미에 대해 자조적이고, 인간관계에 대해 회의적인 태도를 견지하고 있는 것으로 보이는 작가는, 이를 좀 더 면밀하게 탐문하기 위해 '시선'의 문제에 상상의 돋보기를 들이댄다. 「페르난도 서커스단의 라라 양」에는 인상파 화가인 드가의 그림이 초점화된다. 드가는 무용수이거나 매춘부인 여성들을 많이 그렸는데, 그 그림들의 주인공은 그 여성들이 아니라 "그들의 방심을 집요하게 파고드는 '시선'이었"(p. 95)음을 주목한 화자는 이렇게 생각한다.

> 화가의 시선은 냉혹했고 그림 속의 모델들은 속수무책이었다. 줄을 입에 물고 허공에 매달려 있는 페르난도 서커스단의 라라 양의 모습은 그것을 올려다보는 시선의 존재로 인해 더욱 위태롭게 느껴졌다. 그 그림을 표구점에서 우연히 접했을 때 나는 타인들의 고압적인 시선에 갇힌 한 여자의 운명을 보았다. 그 여자는 타인들의 시선 속에서 올라가지도 내려오지도 못하고 허공에 매달려 있을 뿐이었다. 추락하지 않기 위해 이를 악문 채. (pp. 95~96)

"타인들의 고압적인 시선에 갇힌 한 여자의 운명"이라 했다. 상식적으로 생각할 때 인간관계의 기본은 시선의 자유로운 교환에서 비롯된다. 그렇지 못할 때 인간관계는 일그러지게 마련이다. 타인의 시선에 갇혀 있을 때 시선은 서로 교환될 수 없고, 그러기에 갇힌 자의 시선과 운명은 제 자리를 알지 못한다. 타인의 고압적인 시선에 갇힌 자는 자기가 보는, 혹은 보이고 싶은 자리에서 자기 영혼의 둥지를 틀 수 없는 것이다. 주체는 철저하게 타자화되고 말 것이다. 이런 시선의 타자성에 주목하면서 황무지 같은 현대의 인간관계의 우울한 풍경을 작가 김경욱이 그려낸 것은 매우 의미심장한 일이 아닐 수 없다.

이 시선의 문제는 곧 사랑의 테마와도 직결된다. 「낭만적 서사와 그 적들」의 다음 부분을 보자. "사랑은 그녀에 대한 사랑이 아니라 사랑에 대한 사랑이어서 연인과 헤어질 때 우리를 견딜 수 없게 하는 것은 그녀를 잃었다는 슬픔이 아니라 사랑을 잃었다는 슬픔이다.

〔……〕 그러니 내가 사랑(욕망)한 것은 그녀가 아니라 나를 향한 그녀의 사랑(욕망)이었다. 결별을 선언하던 날 그녀가 말했다. 날 찾고 싶어"(p. 110). 헤겔이나 코제브 혹은 라캉의 욕망 이론을 사랑의 현상에 접목시킨 것처럼 보이는 이 대목에서 동시대 인간관계의 현장을 탐문하는 작가의 안목은 다시 빛을 발한다. 멜로드라마에서 흔히 읊조리는 진정한 사랑, 그러니까 전적으로 대상을 향한 사랑이 아니라는 것, 단지 대상이 나를 사랑해주기를 욕망하는 것이나 다름없다는 것, 단순하게 말해 이타적인 사랑이 아닌 이기적인 사랑일 수밖에 없다는 것, 그럼에도 이런 사랑의 사슬에서 인간은 자유롭지 못하다는 것, 그래서 사랑의 자유가 아닌 사랑의 노예 상태에 빠질 수 있다는 것 등등…… 그런 면에서 "(그녀의 욕망에 대한 욕망으로부터 자유로워진) 나는 고독했으므로 다시 세계의 중심이 되었다"(p. 113)는 진술의 역설적 의미가 확연하게 드러나는 것이다. 결론적으로 이 소설에서 화자는 롤랑 바르트를 끌어들여 사랑과 인간관계의 소망스런 자리에 대해 이렇게 말한다. "롤랑 바르트는 말한다. 독창성의 진짜 처소는 그 사람도 나 자신도 아닌, 바로 우리의 관계이다. 따라서 빛나는 사랑을 위해 당신이 쟁취해야 하는 것은 그, 혹은 그녀가 아니라 그, 혹은 그녀와의 독창적인 관계이다. 내가 그녀에게서 새로운 매력을 발견했다면 그 매력의 진원지는 그녀가 아니라 그녀와의 관계여야 마땅하다"(p. 127). 백사장의 모래알과도 같은 인간관계에 대해 회의적인 시선을 분명히 했던 작가 김경욱에 의해 내비친 소망스런 인간관계 지향의 표현이라서 새삼 주목된다 하겠다.

5. 매혹의 악몽 혹은 악몽의 매혹

그렇다면 예의 매력적인 인간관계는 도대체 어떻게 가능할 것인가? 그러나 그것이 어디 현실에서 그리 쉽게 찾아질 소망이겠는가. 그래서 작가는 거듭 일그러진 인간관계의 현장을 더 탐사한다. 「타인의 취향」에서 주인공의 처지만 해도 그렇다. 아내는 사라져버렸고, J를 향한 욕망은 허망하게 좌절되었으며, 믿었던 H마저 결혼한다는 애기를 들은 주인공은 망연자실하고 만다. "지하보도에서 걸어나온 나는 더듬이가 잘려나간 곤충처럼 어디로 가야 할지 방향 감각을 잃은 채 주위를 두리번거렸다. 〔……〕 매일 지나던 거리는 이방의 도시 뒷골목처럼 낯설었고 어디로 이어졌는지 짐작조차 할 수 없게 얽힌 길들 앞에서 나는 망연했다"(p. 216). 그는 자신이 서 있는 곳이 어디인지 어디로 가야 할지 알지 못한다. "결국 나는 제자리로 돌아온 것이었다"(p. 217)고 생각하면서 헛웃음을 흘리는 것으로 소설은 끝난다. 여기서 제자리란 바로 고갈되고 차단된 인간관계의 현장을 일컫는 것이다.

사정이 이러한 까닭에 「나비를 위한 알리바이」에서 주인공은 텔레비전의 세계에 폐인처럼 접속한다. 「장국영이 죽었다고?」에서는 인터넷이었는데 이번에는 텔레비전이다. 광고회사에 근무하던 그는 구조조정의 와중에 스스로 사표를 던지고 집 안으로 퇴행한다. "세상과 대면한 유일한 통로인 창문은 때에 절어 본래의 컬러를 짐작조차 할 수 없게 된 두꺼운 커튼으로 완강히 봉쇄되어 있었다. 언제부터 켜져 있었는지 침대 발치 서랍장 위에 올려진 텔레비전이 혼자서 웅얼거리고 있었다. CNN의 아침 뉴스였다"(p. 129)는 장면에서 분명하듯, 세상과의 관계에서 유폐되어 있는 형국이다. 세상과의 통로를 완강하게 봉쇄하고 있는 두꺼운 커튼 이미지가 인상적이거니와, 그는 한 달 동안 자신의 방 안에서 텔레비전만 보고 있었다. 세상 돌아가는 많은 것들은 "텔레비전이 가르쳐준 것"(p. 146)이며, 만약 텔레비전이 없었다면 아버지도 기억할 수 없었을 것이라고 생각한다. 한 달만에 외출한 그는 서점에서 옛 직장 동료를 우연히 만나게 된다. 그가 아니라면 그녀가 회사를 떠나야 할 처지였는데 "다른 사람을 바라보는 그녀를 곁에서 바라보는 봄의 나날들은 무참했"을 뿐더러 "그녀가 떠난 빈자리에서 그녀가 바라보았던 남자를 지켜보는 것은 더욱 무참할 것이"(p. 147)어서, 그가 서둘러 떠난 사연이 있다. 그런데 그녀는 바라보던 남자의 아이를 임신한 몸으로 한 달만에 만난 옛 직장 동료에게 산부인과에 같이 가주길 요청한다. 이에 그는 연민에서 분노에 이르는 복합 감정으로 그녀와 함께 병원에 가지만, 그녀는 태중의 쌍둥이가 마치 나비처럼 보였기에 도저히 지울 수 없었다고 말한다. 이전의 『누가 커트 코베인을 죽였는가』 때와는 다른 풍경이다. 그러나 작가는 여전히 냉정한 시선으로 남의 아이를 임신한 그녀를 바라보는 연민을, 나비처럼 보이는 태아를 바라보는 그의 연민을 더 밀고나가지 않는다. 아직까지 우리네 인간관계의 현장에서 연민이야말로 연민의 대상일 뿐이라고 생각한 것일까.

오히려 작가는 연민의 시선보다는 '성난 얼굴로 돌아보라'고 말하고 싶어 한다. 「성난 얼굴로 돌아보라」의 이야기 현재 시간은 "단 한 줌의 희망조차 없이 불길한 토요일 오후"(p. 160)다. 대학 시절 연극반 동료였던 윤주와 동거했던 적이 있는 주인공은 현재 제법 규모가 큰 약국을 운영하는 약사 아내와 결혼한 처지인데, 아내가 고용한 약사 강과 정을 나누고 있다. 아내는 임신 중이다. 그런데 그와 헤어진 후 인도로 떠났던 윤주가 소설가가 되었다는 소식을 친구로부터 듣게 된다. 그녀의 신춘문예 당선작 제목은 「성난 얼굴로 돌아보라」로, 그는 같은 제목의 존 오스본의 희곡을 대학 시절 그녀와 함께 공연한 적이 있다. 한 남자와 두 여자가 등장하는 그녀의 소설은 그의 현재 이야기와 너무 흡사하다. 남자는 임신한 아내 몰래 아내의 부하 직원과 통정한다. 남편의 부정을 알게 된 아내는 유산하고 만다. 게다가 더 이상 임신할 수 없다는 말을 의사로부터 듣게 된다. 남편의 이혼 요구를 묵살한 아내는 자궁을 들어내고 인도로 떠난다. 이 소설을 읽으며 주인공은 이렇게 생각한다. "그녀가 쓴 소설은 명백히 내 이야기였다. 그녀는 자신의 과거를 팔아 작가가 된 것이 아니라 나의 현재를 팔아 작가가 된 것이다. 정확히 말하자면 나의 불행한 미래를 팔아 작가가 된 것이라고 해야 했다"(p. 181). 물론 윤주는 주인공의 현재, 그러니까 소설 집필 시점에서 그의 미래에 관한 정보가 없었을 것이다. 그런데 소설은 정확히 그의 미래를 예견했고 또 강타한 셈이 되었다. 윤주의 소설을 읽는 시점까지 아내는 임신 중이었다. 그런데 소설을 읽은 직후 그는 강 약사로부터 아내의 유산 소식을 듣게 된다.

작중 소설가 윤주는 가능한 현실을 예술로 모방했을 것이다. 그런데 주인공의 현실은 그 예술을 모방하고 있다. 비평가 정과리가 다른 자리에서 지적한 바 있듯이, 김경욱의 소설 「성난 얼굴로 돌아보라」는 현실이 예술을 모방하는 것을 다시 예술이 모방하고 있는 형국이다. 앞에서도 언급했지만, 그동안 김경욱은 인터넷·영화 등 대중문화에 접속하여 예술이나 대중문화를 모방한 현실을 모방하는 경향을 많이 보여왔던 게 사실이다. 그런 가운데 접속의 상상력이나 문화 형성 소설적인 특징을 뚜렷하게 보여주었다. 그러한 자신의 창작 방법론 자체를 소설화한 결과가 바로 소설 「성난 얼굴로 바라보라」라고 하겠다.

김경욱은 여전히 현실을 연민의 시선보다는 '성난 얼굴'로 바라보는 작가다. '성난 얼굴'로 바라보는 대상으로서의 '성난 얼굴'들은 "이 세상에서 나를 용서할 수 있는 유일한 존재인 나는, 결코 스스로를 용서하지 않을 것"(p. 186)이라고 자조하거나, "진정 죄 없이 사랑할 수는 없는가"(p. 187)라는 회한에 빠지기 일쑤이다. 예의 성난 얼굴들은 서로에 대해 잘 알지 못한 채 상호 차단되어 있다. 진정한 영혼의 만남은 거세되었고, 자유로운 의사소통은 박제화되었다. 익명성의 인터넷 공간에서 접속한 사람들만 그런 게 아니다. 「성난 얼굴로 돌아보라」에서 주인공과 윤주는 동거까지 한 사이인데도 사정이 크게 다르지 않다. "돌이켜보니 내가 그녀에 대해 알고 있는 것은 별로 없다. 그때도 그랬고 지금도 마찬가지다. 이상한 일이다. 그러나 그 방만큼은 또렷하게 기억난다"(p. 170). 사람이 아니라 방만이 기억난다고 했다. 지독한 사물화 현상보다 더 가혹한 양상 아닌가. 그런 가운데 작가는 그 '성난 얼굴'들의 마주침과 얽히고설킴을 통해 "매혹적인 악몽"(p. 183)을 연출하고 싶어 한다. 그렇다고 해서 현실에 대해 이렇다 할 교훈적 메시지나 비판적 담론 혹은 나름의 판타지를 제공하려는 것 같지는 않다. 그런 점에서 「페르난도 서커스단의 라라 양」의 한 대목이 눈에 띈다. "교훈에 무심하고 판타지를 경원하는 이 가난한 이야기에는 기록해도 그만 삭제해도 그만인 대화들과 사건이라고 이름 붙이기 망설여지는 어렴풋한 기미들과 미세한 감정의 균열이 존재킬 뿐이다"(p. 82). "어렴풋한 기미들과 미세한 감정의 균열"이라고 했다. 어쩌면 무의미하고 사소한 것으로 치부될 수도 있는 이런 기미와 감정들에 미세한 틈을 낼 때 그의 상상력은 날카로운 생기를 발한다. 그 생기는 텍스트 안에서 자족적으로 발원되는 것도 아니다. 동시대의 현실과 인간과 문화 지형에서, 그 악몽과도 같은 상황을 매혹적인 악몽으로 견디려는 자들 혹은 악몽에의 매혹으로 현실과 인간을 재성찰하고자 꿈꾸는 독자들과의 상호 수행 과정을 통해 겨우 희미하게 발원되는 어떤 것이다. 그런 면에서 「성난 얼굴로 돌아보라」에서 윤주가 지은 소설의 서술자가 "존재해서 늘 가엾은 당신"에게 전하는 직접적인 목소리는 작가 김경욱이 독자들과 소통하고 싶어 하는 모종의 목소리와 어쩌면 닮아 있는지도 모른다. 접속 시대를 살아가는 마음이 가난한 사람들을 위한, 마음이 가난한 사람에 의한, 중심 없이 가난하고 서늘한 글이, 곧 김경욱의 소설이다.

목적이 수단을 정당화시킨다고 믿는 당신, 이것은 온전히 당신의 이야기입니다. 연약함은 죄악이라 강변하는 당신, 이것은 오갈 데 없이 당신을 위한 이야기입니다. 이 순간에도 아무 희망 없이 스스로의 영혼을 갉아먹으며 간신히 살아가고 있을 당신, 언젠가 당신이 이 글을 읽을 것을 나는 확신합니다. 몇 년 전, 소를 귀히 여기는 사람들이 모여 사는 도시로 향하는 비행기 안에서 나는 모든 것을 버렸습니다. 미련도 회한도 더 이상 내 것이 아닙니다. 중심 없는 이 가난한 글은 꽃 한 송이 피우지 못할 것입니다. 다만 이 글을 읽은 당신이 무언가를 돌아보기를, 부디 성난 얼굴로 돌아보기를 바랍니다. 그걸로 족합니다. 존재해서 늘 가엾은 당신. (p. 172)

소비 사회의 접속과 천의 목소리
—정이현론

1. 소비 사회의 접속과 미끄러짐

좀처럼 말들이 줄어들지 않는다. 가도가도 말들은 넘쳐난다. 어디를 둘러보더라도 말 많은 세상이다. 말이 없어도 권태롭지만, 말이 많아도 권태롭기는 마찬가지다. 이건 역설이 아니다. 그 밥에 그 나물 격인 말들이 많다면, 권태로움은 훨씬 가중된다. 막가자는 말들도 역시 권태의 정도를 보탠다. 차라리 말 없음의 권태를 나는 소망한다. 그럼에도 어쩔 수 없이 많은 말들에 접속한다. 뿐더러 새로운 말들을 접속 회로에 보태기도 한다. 숙명치고는 아주 고약한 숙명이다.

여기 소설집 한 권이 놓여 있다. 『낭만적 사랑과 사회』라는 제목을 달고 있다. 여기에 많은 말들이 있다. 소설집에 많은 말들이 있다는 진술은 당연한가, 혹은 진부한가. 당연하거나 진부하게 느껴질 수도 있고, 당연하고도 진부하게 느껴질 수도 있다. 하지만 꼭 그런 것은 아니다. 당연하지 않다. 진부하지도 않다. 왜 그런가. 많은 말들이 있는 것 같지만, 실상 이렇다 힐 밀이 없는 경우도 허다하기 때문이다. 세상의 많은 말들이 따지고 보면 그렇듯이. 많은 말들이 있는데, 그것들이 잘 읽히고 잘 전달된다. 모처럼 권태롭지 않다. 그 밥에 그 나물이 아니다. 그러면 무슨 밥이고 어떤 나물인가.

「낭만적 사랑과 사회」에서 「이십세기 모단걸」에 이르기까지 모두 여덟 편의 소설. 다 읽고 나니 왠지 모르게 조셉 캠벨의 『천의 얼굴을 가진 영웅』이란 책의 제목이 떠오른다. 들뢰즈의 『천 개의 고원』이란 제목도 겹쳐진다. 천의 목소리로 빚어진 천의 말들이 거기 있었기 때문이다. 비슷한 목소리 같으면서도 미세한 차이를 울리는 목소리, 목소리들…… 그 목소리들의 음가가 어지간하다. 귀가 흥성하다. 더욱 놀라운 것은 대개의 말들이 친숙한 말들인데도[1], 낯설게 살아 전달된다는 점이다.

단적으로 말해 이 소설집의 말들은 대개 소비 사회의 심장부를 관통하고 있다. 혹은 소비 사회의 핵심적 풍경들에 접속된 말들이다. 생산의 의사소통이나 사업의 의사소통, 이데올로기적인 의사소통과는 거리가 있다. 근대적 생산사회의 말들과는 확연히 구분된다. 소비 사회의 접속형 인간들의 말들이 대부분이다. 여기서 잠시 '접속의 시대'를 제안한 제러미 리프킨의 생각을 경유하기로 하자. 리프킨은 전

---

1) 러시아의 문예이론가 미하일 바흐친은 사회 생활을 관찰하면서, 예술적인 의사소통을 제외하고 나면, 네 가지 유형의 의사소통을 쉽게 분리할 수 있다고 정리한 적이 있다. "1) **생산**(공장, 작업장, 소련의 집단농장 등에서 이루어지는)의 의사소통, 2) **사업**(직장이나 사회단체 등)의 의사소통, 3) (거리나 식당, 가정 등에서의 만남이나 대화 등) **친숙한 의사소통** 그리고 마지막으로 4) 정확히 말해서 **이데올로기적인 의사소통**으로 모든 다양한 형태의 선전이나 교육, 과학, 철학 등을 들 수 있다"(츠베탕 토도로프, 『바흐찐: 문학사회학과 대화이론』, 최현무 옮김, 까치, 1987, p. 89에서 재인용).

자상 거래와 사이버스페이스 세계에서 이루어지는 사업에 아무런 거부감이 없으며 그 속에서 펼쳐지는 사교 활동에도 적극적으로 참여하는 새로운 세대의 젊은이들을 주목한다. 그러면서 변화무쌍했던 그리스 신화의 프로테우스를 닮은 새로운 '프로테우스' 세대로 그들을 호명한다. 새로운 문화 경제를 구성하는 수많은 시뮬레이션 세계에 척척 적응하는 그들에게, 이념적 세계는 익숙하지 않다. 그들에게 익숙한 세계는 연극적 세계다. 그들의 의식은 노동 정신보다는 유희 정신에 입각해 있기에 활달하다. 유희하는 그들에게 접속은 이미 생활의 일부다. 재산이나 소유보다는 접속되고 연결된다는 것이 훨씬 더 중요하다. 관심을 공유하는 사람들로 이루어진 네트워크의 교점이라는 의식으로 살아갈 것이라는 점에서, 그들은 새로운 21세기적 인간형이다. 다윈이 말한 적자생존의 경쟁이 치열하게 벌어지는 세계에서도 자율적으로 살아가는 주체라고 스스로를 생각할 것이다. 상호 관계의 그물망에 접속되고 포함될 수 있는 권리에 대해 우선적으로 생각하는 그들이야말로 접속의 시대를 살아가는 첫번째 세대가 될 것이라고 리프킨은 진단한다.[2] 신예작가 정이현은 이런 세대의 인물들의 목소리를 집중적으로 들려준다. 가령 다음은 「낭만적 사랑과 사회」에서 여주인공 유리가 주스를 마시는 대목이다.

나는 조용히 주스 잔을 들어 입으로 가져갔다. 딸기와 바나나를 함께 갈아, 소다수를 섞어 만든 이 음료의 이름은 스트로베리 바나나 콜라다였다. 새콤달콤한 맛이 혀끝을 감미롭게 자극했다. 카페 입구에

---

2) 제러미 리프킨, 『소유의 종말』, 이희재 옮김, 민음사, 2001, p. 22 참조.

놓인 쇼케이스 안에는 여러 종류의 과일들이 진열되어 있었다. 오렌지, 파인애플, 바나나, 코코넛, 딸기, 키위, 사과, 멜론…… 국적도 계절도 상관없는 다양한 종류의 과일들이 가득 쌓여 있었다. 손님들이 과일 두 가지를 고르면, 흰 에이프런을 두른 아르바이트생이 그 자리에서 바로 믹서에 넣고 갈아주었다. 투명한 분쇄기 안에서는, 세모지게 잘린 파인애플 조각들과 통째로 껍질 벗겨진 오렌지 속살들이 섞이고 으깨어져 휘둘리고 있었다. 파인애플과 오렌지, 오렌지와 키위, 키위와 딸기, 딸기와 사과. 어떻게 섞느냐에 따라 전혀 다른 맛의 주스가 된다. 아, 산다는 건 정말, 수많은 판단과 무수한 선택의 연속이었다.(「낭만적 사랑과 사회」, pp. 21~22)[3]

그녀가 마시는 음료는 '스트로베리 바나나 콜라다'인데, 이 혼성 음료는 분명 선택과 접속의 결과다. "어떻게 섞느냐에 따라 전혀 다른 맛의 주스"가 되는 상황에서, "국적도 계절도 상관없는 다양한 종류의 과일들"은 시시각각 선택되고 접속된다. 다양한 접속의 네트워크를 실감케 한다. 다국적 과일들의 다채로운 혼성 음료 자체가 이미 소비 사회의 기호이거니와, 주식이 아닌 후식에 해당하는 음료에 대한 촘촘한 관심 또한 소비 사회에서의 접속의 풍경이 아닐 수 없다. 이 작품뿐만 아니라 다른 작품에서도 정이현의 인물들은 먹을거리에 세심한 신경을 쓴다. 예전처럼 기본적으로 먹고사는 문제가 아니라 먹고 즐기는 문제가 전경화된다는 점에서 그 차이는 분명하다. 따온

---

3) 이 글의 대상 텍스트는 정이현 소설집 『낭만적 사랑과 사회』(문학과지성사, 2003)이다. 이하에서 텍스트 인용은 직접 본문에 해당 작품명과 그 쪽수만을 괄호 안에 직접 표기하기로 한다.

마지막 문장인 "아, 산다는 건 정말, 수많은 판단과 무수한 선택의 연속이었다"는 효율적인 접속을 위한 판단과 선택의 강조다. 게다가 "출발선이 다른 게임"(p. 25)이라면 접속을 위한 판단과 선택은 훨씬 더 중요해진다. 정이현의 인물들이 주스, 스테이크, 다이어트 식품, 포도주, 진짜 명품, 짝퉁, 자동차, 카페, 호텔 등 접속의 대상들에 세심하게 신경 쓰는 것은 그 때문이다.

물론 이 판단과 선택의 과정에서 이념적인 국면보다는 유희적인 국면이 당연히 두드러진다. 「낭만적 사랑과 사회」의 여주인공 유리는 1980년생이다. 그녀 "인생 스물두 해를 걸고 배팅해볼 만한 남자"는 1980년산 와인 리스트를 찬찬히 읽어 내려가다가 메도크 포이약을 찾는다. "웅장하면서 깊이가 있는" 포이약의 맛에 대한 해설도 해설이거니와, '1980년산'이란 부분에 붙은 각주 부분이 더욱 인상적이다. 본문과는 다른 서술자에 의해 이야기되는 각주 부분에서 "그해, 대한민국 남부 도시 울산에서는 가정용 승용차 '포니2'가 첫 출시되었으며, 계엄령과 함께 조용필의 「창밖의 여자」가 전국 방방곡곡에 울려 퍼졌다"(p. 25)고 적는다. 1980년생의 이야기에서 1980년은 포니2가 첫 출시된 해로, 「창밖의 여자」가 유행한 해로 자연스럽게 이야기된다. 물론 "계엄령과 함께"라는 대목이 있긴 하지만, 그것은 사소한 배경막일 뿐이다. 더 이상 1980년의 광주 참극과 계엄령이 전경이 될 수 없는 상태라야, 접속 시대의 새로운 프로테우스가 될 수 있는 것이다. 광주의 무거움으로는 1980년산 메도크 포이약에 가볍게 접속할 수 없다. 이 경쾌함과 유희성이 그녀들의 목소리에 촉기와 윤기를 보탠다.

먹을거리뿐만이 아니다. 입성 역시 소비 사회의 접속 풍경의 구체

적 표지가 된다. 보라. 「소녀 시대」에시 열일곱 살 혜나의 옷차림이
다. "폴로 랄프 로렌의 니트 스웨터와 버버리 체크 스커트, 그리고
무릎양말과 진퉁 DKNY 스니커즈"(p. 75). "깻잎 앞머리, 마법사 구
두, 엉덩이 꼭 끼는 교복 치마들의 물결 속에서" "확실히 이방인"다
운 입성이다. 돈암동 골목이기 때문이다. 거기서 용이오빠와 헤어진
혜나는 압구정동으로 건너간다. "갤러리아 백화점의 은회색 건물이
보이자 압구정에 들어섰다는 실감이" 나면서 "고향에 온 것처럼 맘이
푹 놓이고 푸근해"(p. 76)진다. 친구 민지를 만나 함께 "스타벅스의
모카 프라푸치노를 손에 들고 로데오 거리를 산책"한다. 이 포스트모
던 시대, 소비 사회의 산책자의 풍경 또한 새삼스러운 관심의 대상이
된다.4)

　　옷가게의 쇼윈도도 들여다보고 리어카의 액세서리도 기웃거렸다. 이
골목에 오 분만 서 있으면 요즘 뭐가 유행하는지 금세 알 수 있게 된
다. 압구정동은 커다란 선물 가게 같다. 이쁜 것도 캅 많고, 갖고 싶은
것도 짱 많다. 이 거리를 왔다 갔다 하는 수많은 애들 중에서 누가 딴
동네 사람인지 우린 그냥 한번 쓱 보면 골라낼 수 있다. 촌빨 날리는
딴 동네 애들과 눈이 마주치면 차갑게 쌩까준다. 두 번 다시 안 쳐다보
는 것만큼 화끈한 복수는 없을 테니까. 무슨 복수냐고? 음, 똥개도 자
기 구역이 있다질 않는가. 찌질하게 입고 남의 동네 넘어와 물 흐리는

---

4) 소비 사회의 특성을 작가는 「소녀 시대」에서 사회학 교수인 혜나 아빠의 원고 내용을 곁
눈질하는 방식으로 다음과 같이 일목요연하게 제시한다. "……이러한 물질적 풍요는 '필
요에 의한 소비'가 '즐거움을 위한 소비'로 전환되게 하는 기반이다. 소비 사회에서 상품
들은 기본적인 물질적 욕구를 넘어 이미지와 상징, 개성과 자유, 쾌락과 환상으로 포장
되어……"(「소녀 시대」, p. 90).

것만큼 괘씸한 일이 또 있을까? 미리 맞춘 것도 아닌데 민지도 오늘 나랑 똑같은 재질의 폴로 스웨터와 무릎양말을 신고 있었다. 정말 다행이었다. 같이 다니는 친구가 나랑 전혀 다른 스타일로 꾸미고 나오면 쪽팔리기도 하고, 왠지 모르게 맘 한켠이 불안해진다. (「소녀 시대」, pp. 77~78)

"스타벅스의 모카 프라푸치노를 손에 들고 로데오 거리를 산책"한다는 것도 그렇거니와 압구정동을 "커다란 선물 가게"로 받아들인다는 것, 같이 다니는 친구가 전혀 다른 스타일이면 "쪽팔리기도 하고" 불안해진다는 것, 그래서 "촌빨 날리는 딴 동네 애들"을 "쌩까준다"는 것 등등도 모두 접속하는 프로테우스들에 의한 신풍속도라 할 수 있다. 관심을 공유하는 사람들로 이루어진 네트워크에만 접속하고 그렇지 않으면 접속하지 않는 것이다. 그렇지 않은 사람들에 의한 오접 혹은 불량(?) 접속을 거절한다.

다른 작품들에서도 접속의 풍경은 계속된다. 「신식 치킨」에서는 다큐멘터리 채널, 책, 다이어트 정보, 바비 인형 등 여러 네트워크나 사물들에 접속해가는 과정을 통해 이야기가 전개된다.[5] 소비 사회에 접속하는 인물들은 "나는 접속한다, 고로 존재한다"고 주장하고 싶어 한다. 그들은 존재하기 위해 계속 접속해야 한다. 그러기에 접속은 항상적이다. 항상적이긴 하되 움직이는 항상성이다. 한 곳에 접속한 채 머물러 있는 것이 아니기 때문이다. 접속하는 노마드들은 계속 미

---

5) 「이십세기 모단 걸—신 김연실전」은 1939년에 『문장』지에 발표된 김동인의 「김연실전」에 접속한 결과로 쓰여진 패러디 소설이다. 텍스트 내적 인물들의 접속의 문제가 아닌 창작 과정에서 작가의 접속 문제를 생각케 하는 작품인 셈이다.

끄러지면서 새로운 접속의 대상을 찾아 헤맨다. 그것이 그들의 삶이다.[6] 대상에의 욕망이 강할수록 접속에의 기울기는 더해지고 미끄러움의 정도 역시 그에 비례한다. 이 접속하는 새로운 프로테우스들의 초상을 매우 실감 있게 포착했다는 점이, 정이현 소설의 1차적인 의의다.

2. 미끄러지는 스타일의 곡예와 천의 목소리

하지만 굳이 정이현이 아니더라도 접속하는 프로테우스들의 신풍속을 다루는 작가들은 많다. 현실 변화에 따른 자연스런 현상이다. 그렇다면 그것을 다룬다는 것 자체가 아니라, 어떻게 다루느냐에 정이현다운 소설의 특징이 있을 터이다. 이 대목에서 우리는 앞서 언급한바 정이현의 다채로운 목소리들에 좀더 세심하게 귀기울일 필요가 있다.

먼저 열일곱 소녀의 목소리. 「소녀 시대」의 혜나의 목소리에 접속해보자. "세상엔 정말 내 머리로 이해 안 되는 일이 너무너무 많다"(p. 65)고 시치미 떼는 아이지만, 제 기분에 따라 무엇에건 즉각적으로 감각하고, 판단하고, 반응하고, 행동할 줄 아는 인물이다. 미도아

---

6) 가령 「소녀 시대」에서 혜나는 용이오빠와 돈암동에서 헤어지고 난 다음 압구정동 거리를 산책하다가 '걸 스타 엔터테인먼트 기획실장 황봉구'로부터 길거리 캐스팅을 당한다. 한 접속 대상이 사라지고, 다른 접속 대상이 생겨난 것이다. 새로운 접속 대상을 찾았으므로, 혜나는 이렇게 생각한다. "사랑하는 사람과 헤어진 날. 그리고 처음으로 길거리 캐스팅을 당한 날. 열라 캡숑 재수 황인 하루는 아니었다고 생각하니 약간 위로가 되는 것 같기도 했다."(「소녀 시대」, p. 79)

파트 55평 시세인 8억 5천 정도의 돈이 생긴다면 "나는 일단 용이오빠한테 빨간 포르셰를, 민지한테 작고 예쁜 오피스텔을 선물한 뒤에 공항으로 갈 거다. 남은 돈을 전부 달러로 바꿔달라고 하면 은행 직원은 딱 벌어진 입을 못 다물겠지? 기분인데 팁으로 한 천 불 줄까 보다. 그리고 나서 제일 먼저 도착하는 비행기를 타고, 떠나는 거다!"(p. 65)라고 말하는 소녀다. 거침없는 목소리의 주인공이다. 엄마가 자기를 미국에서 임신했으면서도 아빠와 싸우다가 귀국하여 한국에서 낳아 미국 시민권을 가지지 못하게 되었다는 대목을 말하면서 "에이 씨, 기분 확 잡친다. 도대체 도움되는 게 하나 없는 부모다"(p. 66)라고 말할 뿐만 아니라, "혀 짧은 소리로 에데데데 귀여운 척하는 양"(p. 69) 음성 녹음을 한 아빠의 새로운 채팅녀 깜찍이의 목소리를 듣고는 "으, 재수 없어. 졸추 열추! 졸라 추하고 열라 추하다"(p. 69)고 쏘아 부친다. 엄마의 속물 근성을 비난할 때도 마찬가지다. '슬픈 늑대'라는 대화명을 가진 아빠에 대해서도 "원래 귀찮으면 바로 쌩까는 게 그 사람 특기다"(p. 86)라고 말해버린다. 아빠의 깜찍이를 만나 임신 사실을 전해 들었을 때는 "씨팔" 소리가 절로 나온다. 그러면서도 짐짓 의연하게, "돈은 내가 줄게요. 내가 돈 꼭 구해줄 테니까 언니 제발 나랑 같이 병원 가요, 네?"(p. 88)라고 말할 줄도 안다. 돈을 구하기 위해 황봉구 아저씨를 찾아서 "미친놈. 너는 이모 고모 앞에서 훌러덩 훌러덩 다 벗고 사냐?"(p. 89)며 이를 악물면서도 최고 인기라는 "미소녀 헤어누드"를 찍는다. 그래도 돈이 모자라자 용이오빠를 불러내 자기 부모를 상대로 자작 납치극을 벌인다. "엄마! 살려줘. 살려줘, 엄마!"라며 "날개 꺾인 어린 새처럼 온 힘을 다해 작고 새된 비명을"(p. 92) 지른다. 이처럼 열일곱 혜나는 시간, 장소, 행동에 따라 그에 걸맞은 목소리를 낸다. 그 여러 목소리들이 적재적소에서 살아 움직인다. 대체로 즉각적이고 감정적으로 반응하는 목소리지만, 그 목소리에는 도발적이고 전복적인 데가 있다. 제 부모의 치부를 과감히 드러낼 뿐만 아니라, 타락한 어른들의 위선적 세계를 낱낱이 위악적으로 씹어준다. 아빠의 깜찍이를 위해 자작 납치극을 벌여 아빠의 돈을 갈취한다는 것이 그 위악적 드라마의 핵심이거니와, 자기 누드 사진이 궁금해 황봉구 아저씨의 사이트에 딱 한 번 접속해보았는데 성인 인증을 받지 못해 보지 못했다는 사실을 아무렇지도 않게 보고하는 장면도 인상적이다. 그녀가 잘 쓰는 "졸라, 열라"라는 표현을 쓰지 않고 오히려 담담하게 보고하는 것 자체가 타락한 어른 사회를 비판하는 아이러니 기제로 작용하고 있기 때문이다. 그렇다고 해서 소녀의 목소리가 모두 기성세대에 대한 비판적이고 전복적인 목소리로 착색되어 있는 것은 물론 아니다. 소녀의 목소리의 아이러니는 생각보다 여러 빛깔을 지닌다.

뭐, 보시다시피 나는 그럭저럭 잘 지내고 있다. 다만 이제 스무 살을 기대하지는 않는다. 떡국 한 그릇 더 먹었다고 세상이 휘까닥 바뀔 리 있겠는가. 열일곱이나 스물이나 어디 가서 '여자애' 소리 듣기는 마찬가지다. 그리고 이건 비밀인데, 소녀 시절도 살아보면 그다지 나쁘지만은 않다. 원하면 돈 벌 껀수도 얼마든지 널렸고 급할 땐 좀 치사하지만 울어버리면 된다. 아저씨 시대보다, 할머니 시대보다 솔직히 짱 멋지지 않은가? 그 이름도 찬란한 소·녀·시·대! (「소녀 시대」, p. 95)

작품의 결미를 장식하는 이 목소리는 소녀적인 단순함 이면에 많은 복합성을 함축한다. 표면적으로는 미래에 별로 희망을 걸지 않는 하이틴 세대의 자위적인 의식을 담고 있거니와, 이때 미래에 희망을 걸고 있지 않다는 데 문제의 복합성이 있다. 이미 '아저씨 시대'의 속악함과 '할머니 시대'의 서글픔을 추체험한 까닭일까. 의미 있는 미래를 기획할 어떤 의식도 지니고 있지 않는 것처럼 보인다. 다만 현재의 "그 이름도 찬란한 소·녀·시·대!"에 접속하고 싶을 따름이다. 여기서 "소·녀·시·대!"의 가운뎃점은 접속의 구멍이고 통로다. 접속을 통해 소녀 시대를 살아가는 존재들은 결코 탈소녀 시대를 꿈꾸지 않는 법이다. 그럼에도 '소녀 시대'는 무한정 계속되지 않는다. 그러기에 다른 목소리들이 또다른 빛깔로 출몰한다.

「낭만적 사랑과 사회」와 「홈 드라마」는 결혼을 앞둔 처녀의 목소리를 담고 있다. 「낭만적 사랑과 사회」에서 유리는 천의 얼굴에 천의 목소리를 가진 처녀다. "정녕 완벽한 남자애"(p. 13)를 발견하기 위해 이리저리 부단한 접속 행로를 벌인다. 차 없는 상우와 헤어진 직후 바로 은색 투스카니로 질주하는 민석의 핸드폰에 접속하여 그를 만난다. 그러나 민석도 "정녕 완벽한 남자애"가 아니므로 끝내 "낡은 팬티"를 보여주지는 않는다. 만나는 남자에 따라 스타일도 분위기도 달리하여 접속한다. 소설에서 유리가 호텔을 함께 가는 '그'에게 접속할 때 특히 그렇다. 부유한 집 막내아들이라는 조건뿐만 아니라 구체적인 미래 계획을 들려주는 '그'의 자신에 대한 매혹이 진심이라는 것을 안 유리는 "내 인생 스물두 해를 걸고 배팅해볼 만한 남자"(p. 27)가 나타났다고 생각한다. 그는 유리에게 "은방울꽃" 같다고 말했었다. 인터넷 검색 엔진에 접속하여 은방울꽃을 찾아본 유리는 "청초하고 순수한 느낌을 주는 꽃"(p. 26)이라고 생각하여 다음 날부터 "청

순함"의 이미지를 부각시키고자 애쓴다. "흰색이나 파스텔 계열의 원
피스를 입고, 머리를 정성껏 드라이하여 어깨쯤에서 찰랑이게 하고,
말을 많이 하는 대신 수줍은 미소를 지으면 되었다. 스킨십에 있어서
도 조신하려고 애썼다"(p. 27). 철저하게 계산된 접속의 풍경은 "완
전무결한 첫날밤을 치르기 위한"(p. 29) 십계명을 실행에 옮기는 대
목에서 절정을 이룬다. 결국 십계명의 마지막 대목인 "혈흔은 함께
확인해라"를 실행하지는 못했지만, "너 되게 뻑뻑하더라"(p. 33)라는
소리만을 들어 귓전이 먹먹했지만, '그'로부터 짝퉁이 아닌 진짜 명품
루이비통 백을 받으면서 자위적인 생각을 하게 된다. 조용히 운전에
몰두하는 '그'의 옆얼굴이 어쩐지 낯설게 느껴졌지만 황급히 고개를
저으며, "아니다. 누가 뭐래도 그는 내가 사랑하는 사람이다. 우리는
서로, 사랑하는 사이다"(p. 35)라고 생각한다. 접속을 통한 자기 위
안의 풍경을 거듭 확인할 수 있다. 「소녀 시대」에서도 그랬듯이, 작
가 정이현은 이런 부류의 자기 위안의 포즈에 대해 전략적으로 시비
를 걸고 있다.

　그러다가 처녀들은 결혼을 하게 된다. 「홈 드라마」는 그러구러한
결혼담이다. 표제 그대로 홈 드라마 한 편에 접속된 것 같은 느낌으
로 이 소설 속 인물들의 목소리를 듣게 된다. 여기서 수진은 「낭만적
사랑과 사회」의 유리에 비해 평균적인 처녀다. 그녀는 또래 집단의
평균적인 결혼 생활을 꿈꾼다. "흰 프릴이 달린 커튼, 앙증맞은 이인
용 식탁, 32인치 완전 평면 텔레비전, 세피아 톤으로 현상한 결혼 액
자. 그리고 자유! 귀가 걱정 없이 심야 영화를 관람할 자유, 부모에
게 둘러댈 필요 없이 사랑하는 사람과 여행 갈 자유, 국에 밥을 말아
먹든 밥에 국을 말아먹든 아무에게도 간섭받지 않을 자유"(「홈 드라

마」, pp. 161~62). 그러나 이 단란한 분위기와 자유는 쉽사리 성취되는 게 아니다. 결혼 과정에서 이 땅의 장삼이사 쌍들이 흔히 겪을 수 있는 위기와 그 해결의 사건들을 작가는 홈 드라마처럼 풀어놓는다. 특히 위기의 세목들이 실감난다. 결혼 날짜, 장소, 피로연, 예단, 집 등으로 나누어 진술된 위기의 사건들은 점층적으로 진행되다가 집 문제에서 절정에 이른다. 시부모와 함께 살자는 남자와 단 둘이 신혼집을 꾸미려는 여자 사이의 갈등은 극화된다. 이 갈등의 절정에서 남자와 여자는 피차 다른 방향으로 몸을 접속하는 외도를 단행한다. 그것으로 둘이 공히 성병에 걸려 결혼식을 앞두고 "성실히, 그리고 묵묵히"(p. 168) 치료를 받는다. 그런데도 이런저런 갈등과 외도들은 모두 하객들의 "짝짝짝" 박수 소리에 파묻히고 결혼식은 "따뜻하고도 아름다운 장면이었다"(p. 168)는 진술을 획득한다. "영원히 혼자 간직할 비밀 하나쯤은 괜찮을 것 같기도 했다"(p. 168)고 생각하는 남자와 여자는 "신혼집은 둘이 살기에 알맞았다"(p. 168)며 역시 자기 위안의 포즈를 취한다. 철저하게 드라마적인 구성과 목소리를 취하면서, 홈 드라마적인 자기 위안의 포즈를 전복하고자 한 소설이다. '적과의 동침' 혹은 '이이제이(以夷制夷)'의 수사학이라 할 만하다.

「트렁크」에는 커리어우먼의 욕망의 목소리가 들어 있다. 커리어우먼으로서의 성취를 위해 "보기보다 성가시고 어려운 일"인 "십오 년째 웨이스트 사이즈 26을 유지"하기 위해 식사한 다음 "화장실로 가 방금 먹은 음식을 모두 토"(p. 49)해내는 여자, 아르바이트생 소녀 선미에게 "꿈 없어? 사람은 희망을 가져야 돼"(p. 48)라고 무심결에 말하는 여자, 회사의 권이사에게 접속하여 "지난 오 년 동안 사적으로나 공적으로나 〔……〕 좋은 파트너십을 유지"(p. 49)해온 여자,

그러다가 권이 노리던 지사장 자리에 브랜든이 부임해오자, 새롭게 브랜든에게 접속하여 "로맨틱한 밤"을 만끽하며 "그 밤의 주연 여배우답게 고른 치열을 자랑하며 활짝 웃"(p. 50)는 여자, 요컨대 "최선을 다해 커리어를 쌓아왔다. 갈 길이 아직 멀었다"(p. 52)로 요약될 욕망과 성취형의 여자, 그런 여자의 목소리가, 그 들끓는 내적 욕망을 은폐하고 위장하면서 순화의 빛깔을 띤 목소리가, 소설 전면에 스미고 짜여 있다. 소설의 사건 전개를 통해 이 커리어우먼은 또 하나의 커리어를 쌓는다. "어쩔 도리가 없었다. 하다못해 이민용 가방에 시체를 옮기거나, 땅을 파고 구덩이를 만드는 데도 남자의 힘이 필요했다"(p. 55)는 생각에서 "스스로의 손으로 하지 못할 일이란 세상에 아무것도 없었다"(p. 60)는 생각으로 전환되는 것이 그 새로운 커리어의 요체다. 트렁크 안에서 죽어 있는 선미의 시체를 해결하기 위해 권이사에게 접속했는데, 그에게 "인생 최초의 강간"(p. 59)을 당하고, 브랜든에게 접속할 때 선물로 받은 장미가 들어 있던 크리스털 꽃병으로 권이사를 살해하여 이민 가방에 그 시체를 담은 다음, 그녀는 새로운 생각을 커리어처럼 얻게 되는 것이다. 아울러 "어딘가, 빛이 들어오지 않는 작고 캄캄한 공간에서 사지를 웅크리고 잠들고 싶었다. 아기집 같은 동굴 속! 비로소 그녀는 모든 비밀을 이해할 것도 같았다. 그날, 어쩌면 선미도 그녀와 같은 기분이었을 것이다. 안온하고 조용한 곳을 찾다가 제 손으로 트렁크 덮개를 열고 들어가, 그 안에서 곤한 잠을 청했을 것이다"(p. 61)라고 생각하며 선미의 사건을 신화적으로 해결하려 든다. "그렇게 생각하자 왠지 마음이 푸근해졌다"는 자기 위안의 포즈와 더불어 결미 부분에서 "아직 갈 길이 멀었다"(p. 62)는 문장을 다시 반복함으로써 위안에 힘입은 욕망의 서사를 새롭게 추동한다.

「순수」에는 세 번 결혼하고 그때마다 남편과 사별해야 했던 여성의 목소리가 등장한다. 이 소설은 참고인 진술문의 형식으로 되어 있어 시종 그녀의 목소리가 소설 전면에 은은하게 장식된다. "나는 벌레 한 마리 눌러 죽이지 못하는 성품입니다"(p. 119) 혹은 "한밤중에 여자 혼자 빈집의 문을 따고 들어가는 건 퍽 위험하고 또 쓸쓸한 일이니까"(p. 120) 또는 "마음의 순수한 소리에 귀 기울이다 보면 언젠가는 당신만의 파랑새를 발견할 수 있을지도 모르잖아요"(p. 120)라고 말하는, 순수를 가장한 그녀의 목소리의 이면에서 결혼 또한 이런 저런 접속의 일환임을 확인하게 된다. 뿐만 아니다. 자기 위안과 합리화의 목소리가 순수의 이름으로 의뭉스럽게 전개되고 있다. 죽은 세 남편을 처리하는 방식으로 볼 때 '순수'한 그녀에게는 연애 감정도 결혼도 오로지 접속되어 있을 때만 의미 있는 어떤 것일 따름이다. 접속의 순수성이 극적으로 혹은 아이러니컬하게 표출된 장면이다.

「무궁화」에는 동성애자 여성의 목소리가 등장한다. 다른 목소리와는 확연하게 구분되는 목소리다. 좀더 정확히 말하자면 동성애의 대상인 '그녀'를 향한 '너'의 의식을 조탁하는 서술자의 목소리다. 결혼한 유부녀인 '그녀'와 '너'의 연애담과 '그녀'가 사라지자 '너'가 보이는 불안 심리를 내밀하게 파고들 때는 다른 연애소설의 어조와 비슷하게 느껴지기도 하지만, 1인칭 '나' 안에 연애의 감정과 불안 심리가 함몰되지 않고, 초점 인물인 '너'와 서술자 사이의 교감의 형식이라서 심리적 거리는 단속적이다. 그 결과 1인칭 연애소설이 자칫 빠지기 쉬운 감상성에서 효율적으로 벗어날 수 있었다. 「이십세기 모단 걸―신 김연실전」에서는 패러디된 텍스트인 내부의 김연실 이야기보다 바

같 액자 이야기에서 서술자의 목소리가 주목된다. 주지하다시피 1920년대 초 신여성 1호로 꼽히던 김연실의 이야기는 김동인에 의해 1939년에 발표된 바 있다.[7] 다분히 남성 중심적인 시각에 의해 김연실의 초상은 상당 부분 일그러질 수밖에 없었는데, 정이현은 그 시각을 새로운 방식으로 전복하고자 한다.

이것은 우리나라 최초의 모단걸에 대한 이야기입니다. 〔……〕
모단은 '모단(毛斷)'인지도 모르고 '모단(母斷)'인지도 모릅니다. 아니 어쩌면 '못된'일지도 모르겠습니다. 실제로 이십세기 초의 선구적 모단걸 김연실 양은 위의 삼박자를 두루 갖춘 아주 특별한 여성이었습니다. (「이십세기 모단걸―신 김연실전」, p. 199)

후세 사람들이 그녀를 가리켜 '모단걸'이라 칭하는 것은 그녀가 이 나라 역사상 여성 단발의 비공식 제1호였기 때문인지도 모릅니다. '못된 걸'이라 발음하며 "못된 년은 결국 아무것도 못 되고 구걸(求乞)하는 팔자가 되는 거란다" 하고 교훈 삼는 사람들도 물론 있었습니다. (같은 글, p. 224)

---

7) 김동인은 『문장』지에 「金姸實傳」(2호, 1939년 3월), 「先驅女」(4호, 1939년 5월, 김연실전 속편), 「집주름」(23호, 1941년 2월, 김연실전 속편) 등 세 편을 차례대로 발표한 다음 단행본 출판을 시도했으나, 조선총독부 경무국 도서과의 검열에 걸려 뜻을 이루지 못하다가, 해방 후인 1947년 金龍圖書(株)에서 출간하게 된다. 여기에서는 세 편이 모두 합쳐진 24장으로 된 한 편의 「김연실전」이 되었다. 김연실은 걸인 행색으로 떠돌다가, 동경으로 가기 전 자신을 겁탈한 일본어 선생―지금은 변두리 허름한 복덕방을 운영하고 있는― 을 만나 '과부 홀아비 한 쌍'이 된다는 이야기로 끝나고 있다.

'모던 걸'을 '못된 걸'이라 비하하려 했던 남성적 시각에 대한 전복적 목소리임은 두말할 나위도 없겠다. 이런 전복적 목소리를 통해서 작가는 김연실 본래의 목소리를 복원시키고 싶었던 것으로 보인다. 「김연실전」의 모델이 된 김명순이 『개벽』에 게재한 「칠면조」 본문을 직접 인용하고 있는 것도 그 때문이다. "내 자신아, 얼마나 울었느냐. 얼마나 잃았느냐. 또 얼마나 힘써 싸웠느냐. 얼마나 상처를 받았느냐. 네 몸이 훌훌 다 벗고 나서는 날, 누가 너에게 더럽다는 말을 하랴"(p. 224). 특히 "몸이 훌훌 다 벗고 나서는 날"에 대한 기대가 컸을 것이다. 탈피는 몸으로부터 벗어나는 것이기도 하려니와, 여성적 피동성·타자성으로부터 벗어나는 것이기도 할 터이다. 근대 초기의 남성 작가 김동인과는 달리 김연실의 행적에 대해 "오직 하나"인 진실을 단호하게 전하는 것도 그런 까닭이다. "모든 걸 끊고, 모질게 끊고, 먼 길을 떠났다는 것뿐이었습니다"(p. 224).

3. 천의 목소리로 접속하는 감각의 진실

살펴본 것보다 훨씬 많은 목소리들과 얼굴 표정들에 대해 우리는 얼마든지 더 많이 얘기할 수 있다. 단순한 듯 보이는 목소리에서조차 사소하지만 결코 사소하지만은 않은 의미의 숨결을 느낄 수 있는 까닭이다. 우리의 독서 감각이 접속할 만한 의미망들은 정이현 소설 도처에 촘촘하게 널려 있다. 문제적인 소비 사회의 징후들에 접속하는 그 천의 목소리들이 환기하는 감각적 진실과 정치적 무의식을 확인해 보는 것으로 이 글을 마감하기로 한다.

대부분의 정이현 소설에서 연애 혹은 로맨스는 핵심 모티프다. 소비 사회에서의 접속의 상상력이 현저한 「낭만적 사랑과 사회」나 「소녀 시대」, 「트렁크」, 「순수」 등에서 연애는 미끄러지는 다자(多者)틀로 진행된다. 접속의 순간이 중요하고, 접속이 끝나면 언제든 다른 대상에로 유연하게 접속 가능하다. 접속 상태는 심리적 만족감으로 다가오고, 접속이 끊어진 상태는 심리적 공허감으로 다가온다. 접속 상태는 자기 위안을 주므로 관심의 대상이 되고, 접속이 끊어진 상태는 무관심의 대상으로 방치된다. 한번 접속한 대상이라도 일단 끊어지면 무관심의 대상 이외에 아무것도 아니다. 양자(兩者)틀로 진행되는 「무궁화」나 「신식 치킨」, 「홈 드라마」에서도 사정은 크게 다르지 않다.

접속하는 그들은 최대한의 자유를 구가하고자 하지만, 그렇다고 해서 자유를 완전히 실현할 수 있는 것도 아니다. 아울러 자유를 마음껏 누릴 수 없다는 불안으로부터 자유로운 것도 아니다. 차라리 접속하지 않으면 불안하기에 부단히 접속의 네트워크를 쫓아 부나비처럼 부유한다. 이 불안이 접속의 시퀀스를 계기하고, 자기 위안의 포즈를 강화한다. 타자에의 무관심의 수사학을 증폭시킨다. 아무리 자기 위안의 포즈로 합리화하려 해도 접속의 실존적 조건은 부박하기만 하다. 불안의 둥지요, 언제나 깨질 수 있는 유리성이다. 이 점이 중요하다.

대중 소비 문화와 진정한 고급 문화 사이에서, 대중소설이나 홈 드라마와 문제적 소설 문법 사이에서 위태로운 경계선의 줄타기를 하면서 기존의 연애, 이성애, 결혼, 양성 불평등, 일상성, 몸의 문제 등 여러 제도적 현상적 문제들에 탈을 내고 구멍을 내어 새로운 감각의 진실을 찾아나선 것도 중요하지만, 그 심층에서 욕동하는 정치적 무의식이 좀더 중요하다. 자기 위안의 포즈에 젖어들 수밖에 없는 소비 사회, 접속 시대의 인간군상 일반이 지니고 있는 불안의 무의식이 그것이다. 불안하기에 접속한다. 그것이 더 큰 불안의 둥지일지라도 접속하고 본다. 이런 접속이 계속되면 될수록, 수많은 접속의 네트워크 속에서 실제로는 자기 안에 갇힌 허구적 존재가 되기 십상이다. 이 속절없는 허구성을 정이현은 정치적 무의식의 그물로 길어 올린다. 그러니까 신예작가 정이현은 경쾌한 이야기의 탈주를 통해 아주 근원적이고 존재론적인 질문을 던지고 있다고 할 수 있다. 뿐만 아니라 당대의 핵심 화두에 도전하고 있는 형국이다. 정이현의 접속의 감각이 진실한 이유는 바로 여기에 있다. 하지만 그 접속하는 감각의 진실을 탐문하기 위한 정이현의 서사 여정은 아직 출발점에서 그리 많이 나가지 않았다. 「트렁크」의 목소리를 빌리자면, "아직 갈 길이 멀다."

접속의 상상력과 단속의 수사학

—김도언의 『철제 계단이 있는 천변풍경』

1. 접속과 점화

"나는 단지 주목받고 싶을 뿐이야. 나는 외롭고 그 외로움을 혼자서 견디기에는 너무나 겁이 많아. 다른 사람들로부터 아무런 관심을 받지 못한다는 게 두렵게 느껴져"(p. 273). 김도언의 소설 「픽션, 섹스, 비디오」의 여성 인물 진은 그렇게 말한다. 그녀는 자신이 남을 바라보는 그 자리에서 자기가 보여지지 않음을 두려워하고 불안해한다. 달리 말하면 자신이 남을 생각하는 곳에서 자기를 생각해주지 않는다는 사실이 그녀의 불안 충동을 자극한다. 이 소설에서 그녀는 보여지는 시선, 곧 무수한 남들의 응시gaze를 받을 수 있는 대중 스타로 성공하지만, 그럼에도 보여지고 싶은 욕망은 언제나 채워지지 않는다. 욕망의 대상은 늘 흘러넘치기 마련이기 때문이다. 그런가 하면 남들의 응시로부터 차단된 남성 인물은 불안에 시달리다 못해 황폐한 삶을 살게 된다. 출발은 남자가 빨랐다. 먼저 TV에 출연하기 시작했다. 그 무렵 남자는 대중들의 응시를 위해 여자의 응시를 버릴까 생각한 적이 있다. 그러다가 여자가 파격적으로 뜨기 시작하면서 사정은 역전된다. 여자가 남자의 응시를 가차 없이 버리게 된 것이다. 대중들로부터의 응시도, 여자의 응시도 없이 하염없이 미끄러지는 여자를 바라보는 시선만을 지닐 수밖에 없었기에 남자는 더욱 황폐해지고 만다.

광고 모델이나 TV 탤런트를 다룬 「픽션, 섹스, 비디오」와 유사하게 「부주의하게 잠든 밤의 악몽」에서는 연극배우들의 이야기가 전개된다. 연극배우인 여주인공 '나'는 배우 지망생인 트래비스와 시선과 응시를 교환한다. 시선과 응시가 상호 균형을 이룰 때 둘의 관계는 원만하게 진행된다. 그러나 균형은 균열을 예비하는 법이다. 트래비스는 단 한 사람의 응시에 만족할 사람이 아니었다. 그의 시선의 대상은 상당한 잉여로 넘쳐흘렀다. 여자는 그것을 트래비스가 무대 위에 서게 되고, 객석의 응시를 민감하게 탐닉하는 순간부터 감지한다. "산만하던 관객들이, 조용히 숨을 죽이고 트래비스를 주목하기 시작하는 걸 보"면서 "트래비스가 자신의 몸에 달라붙는 타인의 시선을 몹시 탐닉하는 사람이란 걸, 그것 없이는 살 수 없는 사람이란 걸" 확인한다. 그것은 일종의 판도라의 상자와도 같은 것이었다. 여자는 "앞으로 나에게 다가올 너무나도 뚜렷한 상실과 불안의 조짐들 때문에 온몸에 툭툭 소름이 돋는 것"(p. 140)을 느끼게 된다. 시선과 응시의 균열이 있는 한 불안기는 가시지 않는다. 끊어질 듯 이어지는, 단속적인, 불안의 기미들은 차라리 죽음보다 치명적이다. 트래비스가 더 유명해지면서 점점 집에 들어오지 않는 날이 늘어난다. 여자는 욕망하는 대로 보여지지도 않을 뿐만 아니라 볼 대상도 없기에 더욱 불안해진다. 그러자 아예 "눈을 감아 앞을 보지 않고" 지낸다. 그렇게 "눈먼 자들의 영혼" "불안을 조용히 응시하는, 낮고 깊은 눈동자의 영혼"(p. 152)을 가지게 된다. 이쯤 되면 시선과 응시의 균열이 가져온 최대치의 비극적 사태에 직면하게 된 셈이다.

바로 이런 눈과 영혼을 지닌 이들의 시선과 욕망을, 그 욕망의 응시를 작가 김도언은 바라본다. 그들의 눈과 영혼을 대리하면서 그 시선과 영혼의 깊은 그늘에 침잠해 들어간다. 눈먼 영혼들의 보이지 않는 대상을 투시하면서 그들의 접속 욕망을 통해 혼돈처럼 이야기를 점화한다. 시선과 응시의 균열 혹은 욕망과 충족의 파열을 서사적 동기화의 기제로 삼으면서 이야기의 그물을 짜나간다. 그 이야기 그물은 다양한 스타일과 어울리고 동시대의 정치적 무의식을 길어 올리면서 잃어버린 산문정신의 단애를 가늠케 한다.

그러니까 김도언의 소설에서 접속은 이야기라는 환상으로 통하는 구멍이다. 접속의 심층 무의식은 물론 이미 말한 나와 남, 주체와 타자의 접속 가능성 혹은 소통 가능성이다. 가능성은 가능 세계를 향해도 열려 있고, 불가능 세계를 향해서도 펼쳐져 있다. 어쨌든 접속 가능성을 위해 김도언은, 김도언의 인물들은 접속한다. 접속을 통해 그들의 존재치를 입증하고자 하는 것이다. 문화를 중심으로 한 접속의 시대를 사는 젊은 작가이기에 문화에의 접속이 단연 우세종이다. 가령 「기호태傳」은 세르반테스의 「돈키호테」에 접속한 결과다. 이미 표제에서도 그 음차 표지가 역력하거니와, 돈키호테와 산초 판자의 관계를 작가 기호태와 그의 시중을 드는 평론가 산초(본명은 김봉태이지만 기호태에게는 산초로 호명된다)의 관계로 패러디하고 있다. 요컨대 세르반테스의 「돈키호테」에의 접속 없이 김도언의 「기호태傳」은 생산

될 수 없다. 「철제 계단이 있는 천변풍경」은 쇠라의 그림 「그랑 자트 섬의 일요일 오후」에 접속한 결과이고, 간접적으로는 박태원의 「천변 풍경」에의 접속 양상도 어른거린다. 「픽션, 섹스, 비디오」는 TV 드라마에, 「부주의하게 잠든 밤의 악몽」은 연극에, 「어느 날, 나는」은 꿈에, 「고딕 가족」은 서구의 고딕 소설gothic novel과 주요섭의 「사랑 손님과 어머니」에 나오는 옥이의 시점과 목소리에, 「51개의 시퀀스로 이루어진 한 편의 농담-회전」은 만화에, 「Empty Rooms-정지용의 〈유리창〉에 대한 사적 견해」는 부제가 시사하는 것처럼 정지용의 시 「유리창」에 접속한 결과의 소산이다. 또 「소년, 소녀를 만나다」와 「소년, 여인을 만나다」 연작은 "팝가수 인명 사전, 음반 및 시디, 게임 시디, 소프트웨어 시디, 포르노 테이프, 포르노 잡지, NBA 및 MLB 스티커 사진, 만화책, 〔······〕 힙합 그룹의 라이브 비디오"(p. 202) 따위에 혼돈처럼 접속한 이야기다. 그 접속은 때때로 "본드" 흡입처럼 환각 상태에서 이루어지기도 한다. 요컨대 접속이 이야기를 점화한다. 김도언의 소설은 그렇게 탄생된다.

2. 접속 환각과 악몽의 탈주

「부주의하게 잠든 밤의 악몽」에서 여자는 남자와 접속할 수 없기 때문에 불안해하고 악몽에 빠진다. 보고 싶은 사람, 접속하고 싶은 사람을 볼 수 없으므로 그녀는 "아무것도 보고 싶지 않은 지도 모른다"(p. 129)며 눈먼 사람 행세를 한다. 그러자 남자는 화를 낸다. "지금 연극이라도 하자는 거야? 이제 그만 해. 그만 하라구!"(p. 130)

뿐만 아니라 "어딜 가는 거니. 응? 오늘은 나가지 마. 내 옆에 있어줘. 두렵단 말이야"(p. 130)라고 호소하는 여자를 외면한다. 남자가 여자를 외면할수록, 즉 여자가 원하는 자리에서 여자를 바라봐주지 않을수록 여자는 점점 더 눈먼 영혼이 된다.

옷장에서 블라우스를 하나 꺼낸다. 겉과 속을 뒤집어서 입는다. 손에서 미끄러져 빠져나가는 유리컵 하나를 그대로 둔다. 나는 내 기분을 알 수가 없다. 바닥에 떨어져 깨지는 유리. 장식장에서 적색와인을 꺼내 뚜껑을 열고 병을 기울여 바닥에 주르르 흘린다. 흐르는 피처럼 와인이 스멀스멀 바닥을 적신다. 담배꽁초가 수북히 쌓인 재떨이를 발로 차서 거실바닥에 뒤집어엎는다. 화장품들의 뚜껑들을 열어서는 제각기 짝이 다르게 닫아놓는다. 나는 앞을 볼 수가 없기 때문에 이 혼돈조차 실감할 수 없다.(p. 148)

여자가 눈먼 사람 연기를 하는 장면이다. 눈뜬 사람이 눈먼 사람처럼 보이기 위한 행동들의 세목이다. 그런 가운데 "나는 내 기분을 알 수가 없다"라든가 "나는 앞을 볼 수가 없기 때문에 이 혼돈조차 실감할 수 없다"는 일종의 트릭이요 아이러니다. 여자는 배반당한 기분 때문에 혼돈을 연출한다. 그런데도 짐짓 그렇지 않다고 말한다. 여기서 우리는 "나는 거짓말을 하고 있다"라는 문장을 떠올려볼 수 있다. 이 문장에서 주어인 '나'는 누구인가. 말하고 있는 주체라기보다는 언급된 주체에 가깝다. 말하는 주체 '나'는 거짓말하는 '나'를 바라보고 있으며, 거짓말하는 '나'는 말하는 '나'에 의해 보여지고 있는 형국이다. 마찬가지다. 눈먼 행세를 하는 여자를 눈뜬 여자가 바라보고 있다. 눈뜬 여자를 바라봐주는 남자의 시선이 없기에 여자는 남자로부터의 응시를 위해 눈먼 행세를 했다. 그런데도 남자는 눈먼 여자조차 바라봐주지 않는다. 남자가 바라봐주지 않기에 눈뜬 여자가 눈먼 여자를 바라볼 수밖에 없는 것이다. 보여지는 눈먼 여자와 보는 눈뜬 여자로의 분열과 혼돈을 문제적으로 포착한 장면이라 하겠다. 아마도 여자는 분열과 혼돈의 접속을 통해서 "오래도록 내 몸 밑바닥에 은밀히 스며 있으면서 나를 끊임없이 조롱하고 회유하던 자유, 도피, 해방, 환각의 욕망 같은"(p. 135) 것을 추구하고 싶었겠지만 그 욕망 또한 그녀를 바라보지 않는, 그녀로부터 시선을 거두어버린, 혹은 그녀의 시선이 사라진 것을 오히려 자유롭게 여기는, 남자의 가학적 행위에 의해서 좌절되고 만다. 이 좌절과 고통의 밑자리를 더 파고들었으면 좋았을 것이다. 그렇게 하지 않고 결말 부분에서 체포되는 남자를 구하려는 행동을 통해 남자가 여자의 눈먼 연기를 알게 한 것은 그 나름의 극적 효과에도 불구하고 좀 아쉬운 점이 없지 않다.

어쨌든 「부주의하게 잠든 밤의 악몽」은 타인의 응시로부터 차단된 자가 안팎으로 접속을 시도하다가 더 고통스러워지는 이야기다. 보지 않으려 하는 남자의 사디즘에 보이지 않는 여자가 마조히즘의 충동으로 맞서는 이야기라고나 할까. 이와는 달리 접속을 위해 사디즘의 전략을 구사하는 경우도 있다. 「소년, 소녀를 만나다」에서 "야구중계방송 전이나 도중이 아니라면 아버지는 언제 죽어도 상관없을 것 같았다"(p. 158)고 서슴지 않고 말하는 소년, 혹은 "아버지와 어머니가 좀더 일찍 세상을 떠났다면 나도 그만큼 일찍 편리한 생활을 누릴 수 있었을 것이다. 만약 어머니는 살고 아버지만 죽었다면 어땠을까. 나는 어머니의 침대에서 어머니의 팔을 베고 누워 담배를 피우거나 음악을 들었을지도 모른다. 이 말을 들으면 이모들은 펄쩍 뛰면서 내 불경한 상상력을 탓하겠지만 누가 뭐라든 그것은 세상에서 있을 수 있는 수많은 일 중의 하나"(p. 169)라고 생각하는 열여섯 살 소년이 있다. 열다섯에 교통사고로 부모를 여읜 소년은 어머니 1주기 기일에 형과 함께 놀이 공원에 갔다가 열아홉 살 소녀를 만난다. 바이킹을 타다가 떨어진 소녀의 금색 머리핀을 열아홉 살의 형이 줍게 된 게 계기였다. 이로써 형과 소녀가 접속하게 되었는데, 소년은 소녀와 접속하지 못해 안타까워한다. 그러던 어느 날 밤 형이 잠든 사이에 소녀의 제안으로 형의 침대에서 소녀와 몸의 접속을 시도하다가 소녀에게 무안만 당한 채 도망친다. 욕망을 이루지 못한 그날 밤 소년의 꿈은 이렇게 형상화된다.

내가 소녀와 사랑을 나누려고 하는데 형은 옆에서 깊은 잠을 자고 있었네. 나는 바지를 내리고서야 성기가 없어진 것을 발견하고 깜짝 놀랐네. 나는 울고 싶었네. 그러자 소녀가 나를 위로하면서 말했네. 걱정할 것 없어. 저기 자고 있는 형의 성기를 잠깐 빌리면 되니까. 나는 소녀의 말에 박수를 치며 찬성했네. 나는 잠에 빠진 형의 바지를 내리고 형의 우람한 성기를 떼어서 내 성기가 없어진 자리에 붙였네. 그래서 나는 기분이 좋았네. 그리고 소녀와 사랑을 마쳤을 때 나는 성기를 형에게 돌려주기 싫었네. 이 마음을 어쩌면 좋아. (p. 182)

굳이 자세한 꿈의 정신분석을 시도하지 않더라도 우리는 이 꿈 장면에서 이미 소녀와 접속한 형에 대한 소년의 질투의 정념과 콤플렉스를 읽을 수 있다. 형의 침대에서 소녀와의 접속을 시도하던 중 소년은 소녀로부터 "형의 것보다 형편없이 작구나"(p. 181)라는 말을 듣고 도망치듯 물러났던 것인데, 그것이 곧 거세 강박의 표지였던 셈이다. "형편없이 작"은 자기 성기와 "형의 우람한 성기"의 대조, 더 나아가 없어진 자기 성기와 "형의 우람한 성기"의 대조가 거세 불안에 시달리는 자의 무의식을 드러내는 것이거니와, 그 무의식과 콤플렉스가 형의 성기를 떼내어 자기에게 붙인 다음 돌려주기 싫다는 꿈 내용으로 표상된 것이다. 형에 대한 질투와 콤플렉스 때문에 소년은 사디즘보다 더 "무서운 생각"(p. 182)을 하게 된다. 친구를 끌어들여 형을 청부 살해하고자 하는 것이다. 아버지의 두번째 기일 새벽에 소년이 부른 친구가 형을 살해하러 2층으로 올라가자 소년은 "이제 곧 형의 비명소리가 음악처럼 아름답게 들려올 것"(p. 186)이며 "그 비명은 내 사랑의 새로운 시작을 알리는 전주곡"(pp. 186~87)이 될 것임을 예감하는 것으로 소설은 끝난다. 형을 살해하러 올라가는 친구에게 "소녀가 다쳐서는 안 돼"라고 말하고 싶었던 소년은 "소여가 두쳐셔는 앙 되"(p. 186)라고 "잘못된 발음"을 하는데, 이 대목 또한 "무서운 생각"의 늪에 빠져 있는 가학적인 소년의 무의식과 콤플렉스를 드러내는 지표이다. 소녀와의 접속을 위해 친형을 살해하기로 한 것은 확실히 악몽의 탈주에 값한다. 아비, 어미 죽이기에 잇대어 형 죽이기까지 시도한다는 것, 그것을 "아주 거룩하면서도 역사적인"(p. 186) 사건으로 인식한다는 점에서 소년의 접속 욕망은 사뭇 이채롭다.

「소년, 여인을 만나다」는 그 "아주 거룩하면서도 역사적인" 사건이 미수로 그치고 난 다음 형이 소녀와 함께 요양을 떠나자 혼자 있던 소년이 다른 사건으로 어떤 여인과 접속하게 되는 이야기다. 형이 없는 집은 소년과 그 친구들에게 "자유의 요람"(p. 202)이었다. "마음 껏 가장 안전한 방식으로 방종을 즐길 수 있었기 때문"이다. 소년들 은 "이곳에서 위악적이고 호전적이며 저항적이면서 난폭하고, 몽환적 이며 음유적이고 파괴적이면서도 평등한 일탈을 경험"(p. 203) 한다. 욕망을 제어할 필요가 없다며 마음껏 방종을 구가하던 중 소년은 서 점에서 불현듯 『변신』이란 제목의 책을 훔치기로 결심하고 결행하다 가 붙들리는 몸이 된다. 여사장 집에 연금되었다가 도망쳤던 소년은 다시 붙잡혀 여사장 집에 감금된다. 그녀는 죽은 아들을 잊지 못한 채 아들의 이마고에 고착되어 아들과 비슷한 소년을 붙잡아다 대리 만족을 얻는 편집증적 여인이었다. 그 여인에 의해 감금되자 소년은 극심한 공포감에 몸서리를 친다. 그러면서 잠시나마 반성적 사유를 펼치기도 한다. "이것은 내가 틈틈이 내 삶에 틈입하기를 바라는 불 안 같은 것과는 전혀 다른 성질의 것이다. 나는 불안하기를 원하면서 도 내 몸이 다치는 것이나 내 몸이 고통당하는 것은 한 번도 바란 적 이 없다. 그처럼 내 욕망은 이기적이고 용렬한 것이다"(p. 208). 감 금이나 폭력에 시달릴 때도 소년은 고통스러워했지만, 그보다는 여인 이 자기에게 지극한 모성애적인 표현을 했을 때 더 고통스러워한다. "동정보다는 차라리 학대받기를 원"했음에도 불구하고, 여자의 "지극 한 애정의 표현이, 내게는 더할 나위 없이 모멸스러운 학대가 되는 이 역설적인 사실"(p. 213) 때문에 더 어지러워하는 것이다. 결국 소 년은 욕망하던 소녀와의 접속엔 실패하고, 욕망하지 않는 여인과의 접속 때문에 고통에 시달리고, 그 때문에 더욱 실존의 불안을 체험한 다. 두 편이 공히 "소년 ＊＊를(을) 만나다"라는 표제를 지니고 있지만 욕망과 접속의 코드가 다르기에 소년은 역설적인 양면 체험을 하게 되고 그에 따른 양가감정에 시달린다. 사디즘과 마조히즘이 격렬하게 충돌한다. 사도마조히즘의 탄력적 서사화 전략이 현저하다. 그러나 어떤 경우든 소년의 불안기는 증폭되고, 불안이 심화될수록 악몽의 탈주는 확대된다.

고딕 소설의 분위기에 접속한 결과로 보이는 「고딕 가족」에서 그 악몽의 탈주는 매우 인상적으로 진행된다.[1] 우선 인물 구성의 세목부터 고딕적이다. 관찰자의 고조할아버지인 왕노인(108세)은 일 년 내내 대장간에서 소용도 닿지 않는 풀무질을 계속한다. 그는 "마치 머나먼 과거 속에서, 칙칙하고 음습한 과거 속에서 막 걸어나온 듯한 유령"(p. 46) 같은 분위기를 자아낸다. 그의 아들인 큰노인(90세)은 젊어서 앓은 염병 때문에 계절마다 발작을 일으킨다. 큰노인의 셋째 아들인 작은노인1(64세)은 한국전쟁 때 지뢰를 밟아서(그때 두 형은 사망했다) 팔다리가 잘려나갔고, 그 부위가 자꾸 썩어들어가 절단면에 파리와 진드기 떼들이 꼬인다. 큰노인의 넷째아들인 작은노인2(62세)은 열 살 때 친구들이 던진 염산통을 얼굴에 맞아 얼굴의 반이 형체도 없이 녹아버린 데다가, 그후 식탐만을 일삼아 몸무게가 4백 킬

---

[1] 주지하다시피 고딕 소설은 19세기초에 성행했던 소설 유형으로, 그 효시로는 호레이스 월폴Horace Walpole의 『오트란트 성』(1764)이 꼽힌다. 고딕 소설의 작가들은 주로 지하감옥, 지하 통로, 함정마루 등이 많은 음산한 중세의 성을 배경으로 해서 유령이나 신비한 실종 따위의 신기하고 초자연적인 사건을 많이 다루었다. 그들은 불가사의, 잔혹성, 끔찍한 사건들이 얽히고설킨 이야기를 통해 공포감을 불러일으키고자 했다. 이런 고딕 소설의 전통은 그 이후 문명인의 정신 내부에 숨어 있는 도착적인 충동이나 악몽 같은 공포감이나 불합리한 요소의 영역을 소설 속에서 다룰 수 있도록 영역을 확대해주었다. 우울이나 공포 등 음산한 분위기를 발전시키고, 괴기하고 끔찍하고 멜로드라마적으로 난폭한 사건을 그려내며 비정상적인 정신 상태를 다루는 소설 유형에까지 확대되었던 것이다.

로그램이 넘는다. 큰노인의 다섯째 아들인 작은노인3은 40년째 옥살이를 하고 있는 미치광이다. 여섯째인 작은노인4(58세)는 태어날 때부터 벙어리인데다가 손가락들이 모두 달라붙어 있는 기형이다. 이 작은노인4가 관찰자의 할아버지다. 작은노인4의 아들인 관찰자의 아버지(40세)는 의심이 많고 광포한 장님이다. 어머니가 가출하기 전까지는 괜찮았지만 가출한 후 아버지는 사람이 달라졌다. 가족 구성이 이러하기에 관찰자를 비롯한 모든 주위 사람들은 어머니의 가출을 당연하다고 생각한다. 뿐더러 관찰자는 "나도 언젠가는 엄마처럼 이 집에서 도망칠 것"(p. 53)이라고 다짐한다. 이런 인물들이 이 집안에서 연출하는 고딕풍의 분위기는 아주 뚜렷하다. 그 집에서 나는 냄새는 "지옥의 냄새"요, 소리 또한 거기서 멀지 않다.

'악악 내 머리에 고름 좀 짜줘. 머리 속에 배추벌레가 기어 다니는 것 같아. 제발 나 좀 살려줘.'(큰노인)

'쾅, 턱, 에헤라 디여, 쾅, 턱, 에헤라 디여, 쾅, 턱, 에헤라 디여.'(108세 대장간의 왕노인)

'아아, 내 팔 내 팔이 썩어 들어가, 내 다리가 자꾸 끊어져, 누가 이 팔과 다리 좀 잘라 줘! 누가 이 벌레들 좀 잡아 줘.'(팔다리 없는 작은노인1)

'아 배가 고파 죽겠어, 먹을 것 좀 갖다 줘, 나를 굶겨 죽일 셈이야! 이 고얀 것들, 정말 계속 이러면 너희들 팔이라도 물어뜯겠어!'(4백 킬로그램 작은노인2)

'음음…… 뭐, 뭐, 뭐, 음음…… 뭐, 뭐.'(벙어리 작은노인4)

'술 좀 내놔! 하, 이런 염병할 놈의 노인네들. 술 좀 내놔! 이 노인

네들아! 늙으면 어서 뒈져야지, 그런 더럽고 추한 인생들 살아서 뭐
해!'(아버지) (p. 54)

이런 집안에서 유일하게 긍정적 인물로 보였던 오빠마저 비 오는
날 노인들의 성화에 못 이겨 지붕을 고치다가 집채만 한 구렁이에게
쫓기다 추락하여 불구가 되고 만다. 고딕풍의 비정상적이고 그로테스
크한 분위기 속에서 관찰자 옥이는 시종 가족들을 경멸하고 비판한
다. 과장된 가상적인 분위기임에 틀림없지만, 타자의 윤리학을 멀리
한 인간의 동물적 생존 욕구 및 일그러진 가족주의에 대한 색다른 비
판의 방식을 보여준 것이라 할 수 있다. 아울러 거기에는 일그러진
한국 현대사에 대한 우회적인 비판도 들어 있는 게 사실이다.

한편 고삐 풀린 마성의 시대, 이전의 가치체계 내부에서 거대한 혼
돈이 발생하던 시대에 가장 순수한 영웅정신이 그로테스크해질 수밖
에 없고, 가장 확고한 믿음이 광기에 닻을 내릴 수밖에 없던 시절의
역사철학적 성격을 담지하고 있는 세르반테스의 「돈키호테」에 접속한
「기호태傳」은 이제 그 순수한 영웅정신마저 사라져버린 비속한 시대
의 타락한 단독자의 초상을 그리고 있는 작품이다. 스스로 "위대한
정신"(p. 85)의 소유자임을 자처하는 작가 기호태의 행적을 시종 아이
러니의 언술로 보여주면서 위대한 정신이 소진된 시대의 불구성을 산
문적으로 탐문한다. 악몽의 탈주는 「Empty Rooms—정지용의 〈유
리창〉에 대한 사적 견해」에서도 계속된다. 이 소설은 "내가 이해할
수 없는 광폭한 열정으로 다른 사람의 빈방을 탐할 때 나의 방도 비
워져서 나를 닮은 다른 사람에게 탐해질 수 있"(pp. 319~20)다는
주제를 이야기로 풀어본 것이다. 고등학교 국어교사인 주인공 K는

정지용의 시 「유리창」의 "유리에 차고 슬픈 것이 어린 거린다"는 구절만 떠올리면 수선스러워지기 시작한다. "시간이 지날수록 점점 더 자신의 어깻죽지에 여실하게 실려오는 팽팽한 긴장감을" 느낄 뿐만 아니라 "공연히 호흡이 가빠지고, 가슴이 그렁그렁해"(p. 295)진다. 그런 밤이면 "차고 슬픈" 빈방을 찾아 틈입해 장판을 들추고 시멘트 바닥에 몸을 비비는 등 그로테스크한 마조히즘적 행동을 한다. 그의 무의식이 "하늘 가득 내려오는 검은 눈의 무리"에 접속할 때마다 그의 몸은 "차고 슬픈" 시멘트 바닥과 접속한다. 따스하고 기쁜 몸의 접속을 원하는 Y와의 접속은 끝내 불발로 그친다. Y가 없는 Y의 빈방에서 Y가 아닌 시멘트 바닥과 접속을 하고 돌아온 날 새벽에 자신의 방도 누군가에 의해 틈입당했음을 감지하는 것으로 이야기는 끝난다. 그렇다면 본인도 "이해할 수 없는 광폭한 열정"의 연원은 어디인가. 이 점에 대해서 작가는 인과론적 탐문 작업을 보이지 않는다. 소설의 서두에 대설주의보가 내려진 가운데 눈사태로 두 자녀를 제외한 K씨 일가족 10명이 숨진 사건 기사를 제시하고 있지만, 그리고 본 이야기에서 K는 눈에 대해 예민하게 반응하긴 하지만, 단순히 눈 때문이라고 보기도 어렵다. 그렇다면 정지용의 「유리창」의 시구 "유리에 차고 슬픈 것이 어른거린다"가 문제인데, 이 경우에도 이와 관련된 K의 과거사가 제시되지 않기 때문에 모호하다. 뚜렷한 이유 없이 "광폭한 열정"에 휘둘리는 인간상에 대한 탐문은 리얼리즘의 직선적 서사에 대항한 1990년대 소설의 문법의 일환이기도 했다. 뚜렷한 상처의 이유가 없기에 상처의 치유도 가능하지 않다. 그러기에 악몽의 탈주는 단속적으로 접속될 수밖에 없는 것인지도 모른다.

3. 접속과 단속 혹은 접속의 단속

김도언은 1998년에 대전일보 신춘문예에 「철제 계단이 있는 천변
풍경」이, 이듬해인 1999년에 한국일보 신춘문예에 「소년, 소녀를 만
나다」가 당선되어 등단한 작가다. 「철제 계단이 있는 천변풍경」은 그
의 처녀작으로서 손색이 없는 작품이다. 쇠라의 「그랑 자트 섬의 일
요일 오후」에 접속하여 휴지(休止)와 생동(生動)이 길항하는 세계의
풍경을 그린 소설이다. "누군가가 내 삶에 틈입하게 될 것만 같은 상
서로운 예감"(p. 241)의 수렁에 빠져 있던 주인공은 갑작스럽게 비오
던 날 한 여자를 만나 자기 화실 겸 자취방으로 함께 오게 된다. 그들
은 서로에 대해서 잘 모르는 상태에서도 행복하다고 생각하면서 잘
지낸다. 둘이 서로를 마주 보기도 하고, 함께 같은 방향에서 천변풍
경을 바라보면서 "평이하고 단조롭고 고요한 안일 속에서"(p. 247)
동거 생활을 한다. 두 달 정도가 지나서 여자가 미용실로 출근하기
시작하면서 사정은 달라진다. 다른 시선과 다른 목소리들이 그들의
틈에 틈입했기 때문이다. 여자의 남자들이 전화를 하기 시작하고, 그
전화에 접속하면서 여자 이명은 한없이 높게 웃으며 즐거워한다. 반
면 그 옆의 남자는 "속이 간지러운 증상"(p. 255) 때문에 침대에서
구르며 고통스러워한다. 전화가 한 통, 세 통, 다섯 통으로 지루하게
늘어나면서 그 희극적인 풍경은 정도를 더해간다. 그러던 어느 날 여
자는 아예 친구 두 명과 함께 들이닥친다. 술냄새를 풍기는 여자들은
술을 더 마시며 "그들의 언어로 이야기하기 시작"했고, 남자는 이내
"내가 모르는 언어들이 가득한 이상 그 방은 내 방이 아니"(p. 257)

라는 느낌을 갖게 된다. 술을 더 사오겠다고 남자가 나갔다 들어오자 여자들은, 남자가 천변풍경과 「그랑 자트 섬의 일요일 오후」를 넘나들며 작업하던, 작업이 거의 끝나가던 캔버스 위에 '먼저 잘게요'라는 널브러진 글씨를 남긴 채 널브러져 자고 있다. 성탄 전야에는 여자가 자기들이 있다는 공간으로 초대한다. 하지만 남자는 거기서도 역시 "그들에게 그 자리의 나는 있으나 없으나 마찬가지"(p. 260)라는 소외된 의식을 지니게 된다. 브리티쉬라는 락카페에서 여자와 그의 동료들은 아주 섹슈얼한 춤을 추며 남자를 거듭 놀라게 한다. 암전 상태에서의 그런 풍경 속에서 남자는 갑자기 현기증을 느끼며 "천변의 어두운 풍경"을 떠올린다. 실내 조명이 다시 밝아지자, 암전 상태에서의 "어떤 생동의 격렬함이 끝나고 다시 태초의 고요로 돌아온 것 같은 느낌"(p. 263)을 가지게 되며, 밝고 산뜻한 그 풍경 속에서 남자는 다시 그랑 자트 섬의 풍경을 떠올린다. 남자는 자신을 따라온 "천변풍경과 그랑 자뜨 섬의 풍경 사이의 알 수 없는 단속"과 "브리티쉬에서 일어난 마술과도 같은 암전의 단속"(p. 263)에서 모종의 흥분과 깨달음의 징후 같은 것을 느낀다.

〈가〉 천변의 세계와 그랑 자뜨 섬의 세계는, 그리고 브리티쉬의 암전 이전의 세계와 이후의 세계는 일종의 끊어짐(斷)과 이어짐(續)의 세계이다. 그것은 이를테면 긴장과 이완의 세계이기도 하다.

그것은 또한 휴지와 생동의 세계이다. 그들은 어떤 합일의 정점에서 완성되는 충일함을 지향한다. 그러기 위해서 그들은 각 편의 세계를 욕스럽게 탐닉하며 끊임없이 거래를 반복한다. 그러나 그들은 한데 섞여지지는 않는다. 오히려 합일의 정점에 다가갈수록 그 경계는 확실해

진다. (p. 264)

〈나〉그녀와 살면서 내가 향유한 모든 것은 새로운 전력질주를 위한 육상 선수의 휴지와 같은 것이었다. 첫눈 내리던 밤의 광가난무와…… 예고 없는 그랑 자뜨 섬의 몽상과…… 그녀와 같이 내려다보던 등하교길 여학생들의 재잘거림과…… 같이 떠 마시던 따뜻했던 홍합 국물과…… 같이 들은 스물여덟 개의 철제 계단의 공명음과…… 지루했던 그녀의 전화 통화와…… 그로 인한 내 속의 간지러움과…… 진눈깨비 내리던 날의 방황과…… 바로 오늘 이곳 브리티쉬에 와서 락과 재즈의 마율(魔律)에 취해 춤을 추던 방금 전의 이명이의 모습과…… 그것에 내가 현기증을 느끼게 된 것까지 이 모든 것은 생동의 전력질주를 위한, 그것을 위해서만 존재하는 이완된 휴지(休止)에 다름 아니었던 것이다. (pp. 265~66)

긴장과 이완, 생동과 휴지의 반복 순환과 길항 관계로 "세계의 비밀"에 접근하는 모습이다. 작가가 1절의 앞부분에 인용한 필립 솔레르스의 「도전」의 한 구절처럼 "자기를 배반하고 부정하는 데 열중할 수밖에/ 없는 청춘"(p. 241)의 슬픔을, "그 착한 울음 가득"(허수경, 「나의 저녁」 부분, p. 256)한 슬픔을 아는 자의 시선으로 새롭게 탐문한 "세계의 비밀"의 문이라는 점에서 인상적이다. "지나온 풍경"을 돌아보면서 "내 흔적의 희미한 선들"(최승호, 「설경」 부분, p. 251)을 단속적으로 추적한 것도 이채롭다. 특히 〈나〉에서 보인 단속적인 스타일은 아주 효과적이다. 지난 에피소드와 사건을 압축한 이 부분은 사실 앞에서 자세히 기술한 이야기들이어서 잘못하면 지루한 동어반복으로 여겨지기 십상이었을 것이다. 그것이 단속적으로 진술된 데는 다른 이유도 있을 터이다. 지나온 풍경들이 시간적, 인과론적 상관성이 모호한 파편적 사건들인 까닭이다. 희미하더라도 실선으로 연결될 수 없는 흔적들, 혹은 완결된 문장으로 마침표를 찍기 곤란한 사태들을 한 자리에 휘저어놓는 방식으로 적절한 스타일이다. 아울러 끊어질 듯 이어지는 단속(斷續)의 역동적 세계를 삶의 숨결과 리듬으로 이해한 시니피에에 걸맞은 시니피앙으로 보이기도 한다. "사람의 시간이란 어차피 적절한 단속(斷續)에 의해서 흘러가는 것이니까"(p. 267)라는 마지막 문장에서 보듯, 김도언은 등단 초기부터 단속(斷續)의 의미론을 단속(斷續)의 스타일로 잘 단속(團束)한 작가가 아닐까 짐작된다.

단속의 스타일은 「어느 날, 나는」에서 더욱 효과적으로 빛을 발한다. "꿈은 그러니까, 순수가 건축한 우주"(p. 223)라고 믿는 주인공은 이 소설의 성격을 "괴롭고 심난한 꿈의 복기"(p. 223)라고 규정한다. 자신의 죽음을 현재진행형으로 포착한 것인데, 즉 육신이 숨을 거두자 영혼이 빠져나가는 장면을 하염없이, 이인성의 표현을 빌자면 '한없이 낮은 숨결'로, "나가고 나가고의 반복어법"으로 풀어놓고 있는 것이다. 무엇보다도 "삶의 은유인 죽음"(p. 236)에 대한 정면 대결의 방식이 돋보이고, 죽음을 통해 자기 삶을 전복적으로 성찰하고 있음이 인상적이다. '죽어가는 나'의 응시와 그것을 '바라보는 나'의 시선의 복합적 마주침도 그렇거니와, 꿈속에서 '죽어가는 나'와 '바라보는 나'의 복합적 상호작용을 다시 바라보는 꿈 밖의 나의 시선이 보태지면서 매우 중층적인 사태가 단속적으로 연출된다. 단속적으로 "나가고 나가고"의 진술이 마침표 없이 반복되는 가운데 "탈주를 향한 영혼의 욕망은 그 끝이 보이지 않"(p. 236)는다. 꿈을 복기한 마지막 장면은 이렇다.

> 그리하여 내가 죽고, 내가 완전히 소멸하여 나의 몸에서는 온통 무엇이 빠져나간 것일까요. 탈주를 향한 영혼의 욕망은 그 끝이 보이지 않았습니다.
>
> 영혼은 내 사멸한 육신을 뒤져 개미에서 코끼리에 이르는 동물에 대한 기이한 경계심을 데리고 나가고 보풀에서 삼나무에 이르는 식물들에 대한 온건한 느낌—이것도 고정관념이겠지만—을 데리고 나가고 아버지와 어머니와 형제들의 이름을 데리고 나가고 눈물과 격리된 맨숭맨숭한 슬픔을 데리고 나가고, 나가고 나가고의 반복어법과 반복어법에 의지할 수밖에 없는 내 사고의 무기력함을 데리고 나가고 그리고 그 어느 날 최후진술을 향한 망상의 고단한 복기를 데리고 나갑니다. 나가고 나갑니다. (pp. 236~37)

이 앞에서 서술자는 무수한 나가고 나가고를 단속적으로 반복했다. 여기서 단속적이라 함은, 육체에서 영혼이 빠져나가는 순서가 인과론적 시간적 선형성을 유지할 수 없기 때문이고, 또 시선과 응시의 복합적 상호작용이 층위가 다른 다양한 공간 층위에서 이루어지는 것이기 때문이다. 실제로 꿈 밖의 서술자 혹은 꿈 밖에서 꿈 안의 영혼의 탈주 장면을 바라보는 시선은, 그 복기가 매우 불완전한 것임을 고백하고 만다. 완전한 소멸을 꿈꾸지만 시간이란 물리적 장벽을 넘지 못하기 때문이라는 것이다. 그런 면에서 소설의 결미가 인상적이다.

시간은 영원히 자신의 양식대로 출력되니 어쩌면 죽음이란 이렇듯이 소멸을 향해 나아가는 기억들의 영원한 현재진행형일지도 모릅니다, 한껏 시간을 조롱하는 서사양식일지도 모릅니다, 라는 생각도 나가고, 나가고 나가고가 나가고가 나가고, 그래서 나―**여기서의 나는 과연 누구의 나일까요**― 는 마침표 대신 쉼표를 찍는 것이라는 최후 진술도 나가고, (pp. 237~38, 진한 강조: 인용자)

이 대목에서 우리는 이 작가의 서사적 탐문이 매우 본질적임을 감지하게 된다. 죽음과 소멸에의 상상적 탈주를 통해 시간을 기저로 하고 있는 삶과 서사 양식 양면에 걸쳐 탈을 낸다. 그 탈의 징표가 단속적 리듬으로 현상화되는 것이다. 탈을 내는 것은 단지 탈의 유희를 위해서가 아니다. 탈 난 자리에서 시선과 응시가 조우하는 새로운 교점을 마련하기 위함이다. 그 교점에서 마침내 묻는다. "여기서의 나는 과연 누구의 나일까요." 발본적인 질문에 봉착했지만, 물론 그 답이 있을 리 만무하다. 답이 없는 한 마침표는 봉쇄된다. 소설이 끝나지 않고 쉼표로 쉬게 된 것도 그런 까닭이다. 말하자면 소설이 끝나면서 끝나지 않고 다시 이어진다는 점에서 단속(斷續)적이다. 그렇다면 이를 두고 단속전류(斷續電流)의 상상력이라고 불러도 좋지 않을까. 한 방향으로 규칙적 또는 불규칙 간격으로 흐르거나, 흐르다가 멈추는 전류의 스타일을 분명히 보여주고 있으니까 말이다.

「어느 날, 나는」이 삶과 죽음의 의미론적 단속(斷續)성을 쉼표의 효율적 사용을 통해 문장의 단속성으로 형상화한 경우라면, 「51개의 시퀀스로 이루어진 한 편의 농담―회전」은 형태론적 측면에서 단락의 단속성으로 표현한 경우라 할 수 있다. 한 작은 출판사를 중심으로 거기에 관련된 여러 인물들의 에피소드를 51개의 시퀀스로 나열해 놓고 있는 형국이다. 여기서 각각의 시퀀스 앞에 붙은 번호들이 각각의 시퀀스들을 끊어놓으면서도 동시에 이어주는 단속(斷續)의 구체적 표지가 된다. 그리고 각 시퀀스들이 서로 물고 물리는 형국이라는 점, 그러면서도 각각이 접속과 단절의 표지를 분명히 지니고 있다는 점, 인물들을 생년월일이라는 기호로만 제시한 것도 매우 낯선 방식이라는 점 등의 여러 특징을 지닌다. 선형적인 기승전결의 서사로 구성했더라면 대단히 흔하고 밋밋한 세태소설이 되었을 터인데, 단속적 스타일로 구성하여 형태론적 새로움을 확보하게 되었다. 그것은 아날로그 서사와 디지털 서사의 경계 넘기라는 새로운 문제 의식과 창작 발상의 일환으로 보이기도 한다.

4. 단속의 불안과 불안의 단속

김도언은 아직 형성 도정에 있는 작가다. 그는 다른 작가들에 비해 좀 느리게 가는 작가처럼 보인다. 느리지만 그가 다양한 스타일을 모색하며 자기 나름의 독특한 소설을 창작하려고 애쓴 흔적은 역력하다. 그는 기존의 문화 예술사적 맥락과 현대의 다양한 풍경들에 접속하면서 새로운 이야기를 점화하고자 했고, 독특한 접속 환각 속에서 악몽의 탈주를 신선하게 보여주었다. 탈주의 의미론과 형태론을 동시에 추구하면서 나름대로 단속(斷續)의 스타일을 모색한 것은 특기할 만하다. 그의 접속의 상상력과 단속의 수사학이 탐문하는 심층은 불안의 뿌리인 것처럼 보인다. 현대성과 탈현대성이 잡종 교배되면서 괴물 같은 풍경을 연출하고 있는 동시대의 산문적 공간에서, 출구를 알지 못할 그 미로 같은 공간에서, 김도언은 불안의 뿌리를 통해 일종의 아리아드네Ariadne의 실타래를 풀 수 있는 계기를 마련하고자 했던 것이 아닐까.

불안의 문제는 "아주 다양하고 중요한 물음들이 서로 만나는 일종의 접합점"이며, 수수께끼와 같은 이 문제만 해결할 수 있다면 "정신생활의 문제들도 투명하게 밝"힐 수 있겠다고 말한 이는 프로이트였다. 라캉 역시 자신이 불안 세미나를 하기 이전까지 거론했던 모든 담론들이 한자리에 모이는 집결 지점이 바로 불안이라고 언급한 바 있다. 그리고 김도언의 인물들도 "불안은 이 생이 계속되는 동안만큼은 끊임없이 태어나고 되풀이되는 거니까, 일회성으로 완료되는 죽음보다 더욱 치명적인 것"(「부주의하게 잠든 밤의 악몽」, p. 150)이라고 말하거나, "어지럽거나 쓸쓸한 것에 익숙한 나는 불안과 위태로움을 통해서만 삶을 자각하고 인식할 수 있다"(「소년, 여인을 만나다」, p. 187)고 토로한다.

실제로 김도언의 소설 어느 것을 보더라도 불안의 문제는 단속적으로 문제된다. 불안을 들추어내고, 불안을 추동하고, 불안을 증폭시키는 서사적 장치들이나 요소들도 어지간한 편이다. 불안을 단속(斷續)적으로 이야기하면서 실존적 불안을 단속(團束)하려는 게 아닐까 짐작된다. 접속의 상상력으로 이야기를 점화하여, 단속의 수사학으로 서사 스타일을 낯설게 창안하고, 불안이란 생의 단속(緞屬)을 단속(斷續)적으로 단속(團束)하고자 했다는 점에서 김도언 소설의 핵심적 특성을 찾을 수 있다. 여기서 단속(團束)의 문제는 양면적이다. 불안의 뿌리를 단속(斷續)적으로 파고든다는 사실 자체가 불안을 단속(團束)하는 일이 된다는 점에서는 긍정적이다. 그러나 앞에서 충분히 분석하지는 않았지만 그의 몇몇 소설의 결말 처리 방식이 시사하는바 가공적 단속(團束)에의 의지는 때때로 불안에 대한 도저한 탐색의 심연을 차단할 수도 있다. 불안의 뿌리로 내려가고 더 내려가서, 탈주하고 탈주하여, 불안의 심연에 이를 수 있기를 기대한다. 불안의 심연으로 내려가고 또 내려가다 보면, 상상적으로나마 진정한 의미에서 불안의 해탈에 이를 수 있을지도 모를 일이다. 불안의 해탈, 불안의 카타르시스의 새로운 지평이 김도언의 이후의 소설에서 열릴 수 있기를 바란다.

탄탈로스의 기갈과 프로테우스의 탈주
—박민규의 『핑퐁』

1. 탄탈로스와 기갈의 상상력

탄탈로스 이야기를 우리는 잘 알고 있다. 제우스와 티탄 신족인 플루토 사이에서 태어난 탄탈로스는 부유한 왕이었다. 그런 그는 신들의 노여움을 사 지옥인 타르타로스로 끌려가 극도의 형벌을 받게 된다. 그 형벌이란 다름 아닌 영원한 갈증과 허기였다. 그는 목까지 차오르는 물속에서 영원히 서 있어야 했다. 머리 위에는 잘 익은 과일들이 주렁주렁한 나뭇가지들이 늘어져 있다. 그런데 배가 고파 과일을 따려고 손을 뻗치면, 나뭇가지는 슬그머니 위로 올라가버린다. 닿을 듯 닿을 듯 결코 닿지 않는다. 목이 말라 물을 마시려 하면 물이 아래로 빠져버린다. 그는 영원히 눈에 보이는 물을 마실 수도 없고, 눈에 보이는 과일들을 먹을 수 없다. 참으로 환장할 노릇이다. 게다가 그의 머리 위에는 언제 떨어져 그를 박살낼지 모를 엄청난 바위 덩어리가 매달려 있어서 끊임없이 공포에 떨게 한다. 천형치고도 아주 지독한 천형이 아닐 수 없다. 탄탈로스는 왜 그와 같이 지독한 형벌을 받게 되었던가. 몇 가지 설이 있다. 신들의 음식인 넥타르와 암브로시아를 훔쳐 인간에게 주었기 때문이라는 이야기도 있고, 신들을 시험해보기 위해 자기 아들 펠롭스를 죽여 그 인육을 고기들 사이에 섞어 신들의 식탁에 올렸기 때문이라는 애기도 전한다. 첫번째 설이 인간적 시점에 의한 것이라면, 두번째 설은 신의 시점에 의한 것일 가능성이 높다. 어느 시점을 취하든 우리가 탄탈로스의 행적에서 작가의 초상을 그려보는 일은 그다지 어렵지 않다. 있는 세계에서 영원한 갈증과 허기를 느끼는 자, 현실에서 그 기갈을 도저히 채울 수 없는 자, 그래서 오로지 환영 내지 상상력을 통해 기갈을 넘어서려는 자, 그리고 모름지기 인간을 위해 그런 상상적 의지나 행위를 보이는 자, 인간적인 것을 추구하기 위해서라면 종종 신들마저 시험해보아야 하는 자, 그런 이들이 곧 시인이거나 작가인 까닭이다.

예나 지금이나 진정한 시인이 기갈에 시달려야 하는 것은 그들이 다름 아닌 탄탈로스의 예술적 후예들이기 때문이다. 최근에 나온 일련의 시집들에서도 그런 양상을 여실히 확인할 수 있다. 가령 남진우는 『새벽 세 시의 사자 한 마리』(문학과지성사)에서 "붉은 바다를 가르고 자욱하게 불어오는 모래 바람"(「생은 다른 곳에」)을 견디며 시정(詩情)을 일군다. 예전에 그는 뮤즈의 의지와 더불어 깊은 곳에 그물을 드리우던 시인이었다. 이제 그물을 드리울 깊은 곳, 깊은 물이 어느덧 고갈된 까닭일까. 사막화되었기 때문일까. 혹 물이 있다고 하더라도 검은 물이거나 핏빛 물(「우물 이야기」)일 따름이다. 그러기에 "어부는 홀로 텅 빈 그물을 들여다보고 있"(「어부의 꿈」)을 뿐 다른 행보는 불가능하다. "허물어진 마른 우물"(「어머니」) 앞에서 사람들은 "푸른 물이 그립다고 간혹 되뇌어보지만"(「저 석양」) 가망 없는 바람이다. 결코 바람의 노래를 들을 수 없다. 상황이 이러하기에 "우리가 버린 말/ 우리가 욕하고 더럽히고 깨트린 말들이/[……]/저렇게 어두운 물 밑에서 하염없이 짖어대고 있"(「저수지의 개들」)는 형국이다. 남진우는 바로 이런 현실에서 나름의 기갈의 상상력을 통해 마지막 남은 몽상의 가능성을 상징적 언어로 탐문하는 탄탈로스의 후예다.

시인 정영 역시 혹독한 탄탈로스의 초상을 보인다. 첫 시집 『평일의 고해』(창비)에서 시인은 기갈의 고해를 단행한다. 탄탈로스의 시선은 자궁이 봉분이라는 인식, 혹은 죽음 같은 출생, 애초에 잘못된 탄생이라는 인식 지평으로 탈주한다. 현존재를 추문화하는 극단적인 방식이다. 시인에게 지구라는 동물원은 영안실과 한가지이고, 그런 공간 안에서 나(자아)는 많지만 "쓸모없어진 내가 이미 너무 많"(「나」)을 따름이다. 쓸모없고 박제화된 존재는 매일 태어나고 매일 죽는다. 사랑도 그렇게 태어나고 죽는다. 그러니 시간이 달리 존재할 수 없다. 시간도 존재도 공히 무화하는 시인의 비극적 역설은, 지독한 모순을 견디며 신생의 가능성마저 차단된 비극적 늪지에서 다음의 신생을 응시한다. 다시 말해 매일 죽고 매일 태어나는 정영의 시에서, 역설적이지만 모든 게 새로운 시작일 수 있다.

그런가 하면 비슷한 시기에 첫 시집을 낸 또 다른 젊은 시인은 "나는 세상의 모든 시를 시작하리라"(「이글거리는」)고 도발적으로 적는다. 이준규의 『흑백』(문학과지성사)에 나오는 시구다. 이 시집에는 범속한 세상에서 절망한 자의 역설적인 여운과 어희로 넘실거린다. 시적 화자는 온몸으로 부조리한 세상을 감각하며, 그 감각의 뿌리에서 존재의 근거와 시적 발상의 새로운 출발점을 마련한다. 언제나 그는 "투명하게 언어를 움직이고자 하는 불가능한 기획의 막바지"(「이 글거리는」)에서 "마약의 시공"처럼 이글거리며 "세상의 모든 시를 시 작"하고자 한다. "번열과 좌절과 우울과 흥분 사이에서"(「그는」) 탄 탈로스와도 같은 존재와 시의 새로운 진실을 탐문하는 그의 시는, 번 다한 포즈와 다르며 "천재의 흥분한 거짓말"과도 확연히 구분된다. 그의 시적 감각은 다양한 상상력과 레퍼토리를 가로지르며 조리 있게 존재하는 것처럼 위선을 구가하는 현실에 온갖 형태의 추문을 파격적 으로 던진다. 그의 위악적 감각은 넓고도 깊다. 그의 위악과 위반은 자기의 시적 거처를 마련하기 위한 방법이라기보다는 시적 실존의 본 질적인 근거, 그 자체다. 곧 탄탈로스의 늪, 바로 그것이다. 때때로 이준규의 시는 더불어 살기 어려운 시대, 더불어 시 쓰기 어려운 시 대의 고해성사 같은 느낌을 준다. 고해이긴 하되 평화와 안식을 위한 고해가 아닌, 격렬한 시적 몽상을 위한 유목민적 고해다. 상상적 정 주를 거절하는 시인이기에 뭐라 요약되기 어려운 다양한 스타일과 상 상력의 시들이 한 권의 시집 안에 격렬하게 소용돌이치고 있는 형국 이다.

김경주의 『나는 이 세상에 없는 계절이다』(랜덤하우스 중앙)에서도 사정은 비슷하다. 「비정성시」에서 시인은 "지구에서는 시인의 별이 보이지 않는다 그러나 시인의 별에서는 지구가 보인다"라고 적는다. 지구적 현실에 대한 환멸과 그 환멸적 상황에서의 새로운 시적 가능 성에 대한 도저한 그리움을 형상화한다. 그는 이 세상에 없는 계절, 이 세상에 없는 존재를 매우 낯선 방식으로 추구한다. 김경주의 시적 주체는 현존의 공간과 시간에 격렬한 균열을 내면서 동시에 주체 자 신에 대해서도 비슷한 의도적 균열을 수행한다. 그래서 있는 시공간

과 주체를 넘어서 없는 시공간과 주체를 동경한다. 그러니 시인으로
서 김경주가 음악성을 동경하고 추구하는 것은 차라리 당연하다. 그
렇다고 그가 범상한 낭만주의자로 보이지는 않는다. 음악성에 대한
추구와 그로테스크한 인식과 스타일이 이질 혼성적으로 스미고 짜이
면서 다채로운 시적 인식과 스타일의 가능성을 열어나간다. 특히 시
적 주체의 인식적 일탈 의지는 존재하거나 존재하지 않는 시적 대상
들을 다양하게 포섭하면서 치명적인 사태로 이끄는 시적 기제가 되고
있다.

남진우의 핏빛 우물, 정영의 봉분 같은 자궁, 이준규의 마약의 시
공, 김경주의 시인의 별, 이런 것들은 곧 탄탈로스의 늪과 같은 형상
이거나 그것에 대한 대항 명제이다. 탄탈로스의 늪에서 나름의 방식
으로 탈주하기로, 혹은 나름의 기갈의 상상력으로, 우리 시대의 문학
적 표정의 특징적 단면을 그려볼 수도 있겠다. 이준규가 세상의 모든
시를 새롭게 시작한다는 결연한 의지를 보이듯, 산문 쪽에서 박민규
역시 세상의 모든 이야기를 새롭게 시작하려는 것 같다. 세상의 새로
운 이야기, 이야기들…… 말이다. 박민규, 그는 확실히 세상의 새로
운 이야기에 기갈 들린 이야기꾼이다.

2. 세상의 새로운 이야기?

세상의 새로운 이야기라니? 어느덧 아득한 과거의 이야기가 된 것
같지만, 1980년대를 넘기고 1990년대를 맞이했을 때, 작가들의 공통
관심사 역시 세상의 새로운 이야기를 만드는 것이었다. 참을 수 없이

무거운 존재와 현실로부터 다소간 이륙해 새로운 이야기의 가능성을 탐문하기 위해 1990년대 작가들은 인간과 현실을 미시적으로 성찰하기 시작했다. 현실로부터, 이미 주어진 이야기로부터 탈출하기 위해 그들은 역사적 현실에서 일상적 현실로, 거대 담론에서 미시 담론으로, 공동체의 집단적 문제틀에서 사소한 개인의 문제틀로 관심을 돌리기 시작했던 것이다. 이런 과정에서 그 이전까지는 그다지 서사적 주목의 대상이 되지 못했던 개인의 욕망과 상처의 이야기, 현실로부터 이륙한 환상이나 문화적 이야기 등등이 다채로운 방식으로 이야기됨으로써, 비로소 거짓말다운 거짓말을 자유롭게 할 수 있는 계기들을 마련하고자 했던 것이다. 구효서·김소진·김연경·조경란·김영하·김형경·박상우·박성원·박청호·배수아·서하진·성석제·송경아·신경숙·윤대녕·윤영수·은희경·이순원·이응준·이혜경·조경란·최윤·하성란·한강·함정임 등 일련의 1990년대 작가들에 의해 펼쳐진 1990년대 소설의 혼돈스런 탐색 과정을 여기서 일일이 보고할 상황은 아니겠거니와, 거두절미하고 그들의 서사적 노력이 한국 소설의 서사적 전회를 가져올 수 있는 다양한 자양분이 되었음은 틀림없는 사실이다. 1990년대 소설 없이 2000년대 소설의 탄생은 아마도 불가능했을 터이기 때문이다. 최근 2000년대 작가군으로 거명되는 김경욱·김연수·김종광·김중혁·박민규·박형서·이기호·정이현·천운영·편혜영·한유주 등의 출현은 1990년대 선배 작가들의 혼돈을 좀더 경묘(輕妙)하게 넘어서려는 서사적 의도에서 비롯되었다고 말해도 과언이 아니다. 박민규 소설의 서사적 자리 또한 이런 맥락에서 해명될 수 있다.

박민규는 2003년에 『지구영웅전설』(문학동네)로 문학동네 신인작

가상을, 『삼미 슈퍼스타즈의 마지막 팬클럽』(한겨레신문사)으로 한겨레문학상을 수상하면서 새로운 이야기의 가능 지평을 활달하게 열어 보였다. 여러 평자들에 의해 이미 거론된 바 있듯이, 『지구영웅전설』은 신자유주의 상황에서 파천황 격으로 팍스 아메리카나Pax Americana를 추동하는 미국의 세계 지배 전략을 매우 희화적인 스타일로 다룬 소설이다. 슈퍼맨, 배트맨, 원더우먼, 아쿠아맨 등 미국 문화가 창조한 지구적 차원의 영웅적 활동상을 매우 경쾌한 방식으로 뒤집어 보임으로써, 대중문화를 소격화하여 새로운 이야기의 차원으로 탈주하게 하고, 자칫 무거울 수 있는 이야기를 가볍게 처리하는 그 나름의 스타일을 선보였다. "랄라라랄라라 랄라라라/ 랄라라랄라 라 라// 나는 달렸다"는 문장으로 끝나는 이 소설은 "랄라라"의 음성 상징에서 뚜렷하듯, 가장 기갈 들린 자에 의한 가장 경묘한 이야기에 속한다. 『삼미 슈퍼스타즈의 마지막 팬클럽』 역시 프로야구라는 스포츠 대중문화 이야기를 경쾌하게 풀어가면서, 백수 계열의 이야기를 가볍게 다루었다. 분열증형 인간 행동과 의식을 통해 편집증적 사회 구조에 대한 비판을 가한 소설이다.

이후에 나온 소설집 『카스테라』(문학동네, 2005)에서도 새로운 이야기를 향한 박민규의 탈주는 계속된다. 표제작 「카스테라」는 썩 이채로운 냉장고 이야기다. "1. 문을 연다. 2. 코끼리를 넣는다. 3. 문을 닫는다"는 "코끼리를 냉장고에 넣는 법" 유머에서 착안한 듯 보이는 이 단편은 세상에서 소중한 것들과 해악을 끼치는 것들 모두를 냉장고에 집어넣는다는 기발한 이야기를 능청스럽게 펼쳐 보인다. 아버지와 어머니도 냉장고에 집어넣고, 스위프트의 『걸리버 여행기』 같은 명작도 집어넣는다. "일단 무어든지 다 담아보는 것"이다.

　　나는 학교를 집어넣고, 동사무소를 집어넣고, 신문사와 오락실과 7 개의 대기업과, 5명의 경찰간부와, 낙도초등학교의 어린이들과, 경기고속 소속의 좌석버스와, 지하철 2호선과, 5종의 삼각김밥과, 11명의 방송국 PD와, 51개의 벤처기업과, 2명의 영화감독과, 3명의 소설가와, 192명의 공장장과, 5명의 회사원과, 31명의 수입업자와, 2명의 성형외과의사와, 3명의 댄스가수와, 두 사람의 취객과, 1마리의 비둘기와, 3명의 사채업자와, 2명의 프로레슬러와, 1명의 병아리 감별사와, 180만 명의 실직자와, 36만 명의 노숙자와, 67명의 국회의원과 대통령을 집어넣었다. (『카스테라』, 문학동네, p. 29)

　　거기에 보태어 ‘미국’을 냉장고에 집어넣기도 한다. 원칙은 “소중한 것이나, 해악이 될 만한 것”이다. 서술자는 굳이 원칙이라고 주장하고 있으나, 실상 닥치는 대로에 가깝다. 앞의 인용문에서 확인할 수 있듯이, 냉장고에 저장된 대상들 사이의 유사성도 인접성도 쉽사리 찾아보기 어렵다. 확실히 분열증적이다. 이렇게 된 이유는 그가 탐색한 현실이 이미 정당한 원칙을 상실한 상태에 처해 있기 때문일 것이다. 무엇이 소중한 것이고 무엇이 해악인 것인가에 대한 기준부터 시작해 모든 것이 무질서한 카오스에 가까운 어떤 것으로 인지되기 때문에 그런 것이 아닐까 짐작된다. 무릇 현실이 혼돈스러울 때는 그것보다 더 혼돈스럽게 현실을 휘저어야 진실에 다가설 수 있는 작은 실마리라도 붙잡을 수 있는 법이다. 이와 같은 분열증적인 교란의 상상력을 통해 작가는 있는 현실을 매섭게 조롱하고 뒤집는다. 박민규의 전복적 상상력은 시종 어희를 동반하며 경쾌하게 진행된다. 그러나 그의 유희적 전복은 심연에 비극적 세계 인식을 내장하고 있는 것이어서, 웃음을 동반한 새로운 성찰의 지평으로 독자들을 유도한다. 「카스테라」의 경우라면 가령 이런 대목이다.

죽은 인간들의 영혼은 어디로 가는 걸까.
아마도 우주로 올라가겠지. 무엇보다 영혼은
성층권이라는 이름의 냉장고에서 신선하게 보존되는 것이니까.
그러다 때가 되면 다시금 우리 곁으로 돌아오는 거야.
어쨌거나 그런 이유로
다음 세기에는 이 세계를 찾아온 모든 인간들을
따뜻하게 대해줘야지, 라고 나는 생각했다.
추웠을 테니까.
많이 추웠을 테니까 말이다. (『카스테라』, pp. 32~33)

상당히 감상적인 어조로 들리기도 하는 이런 대목에서 작가의 서사적 의도나 문제의식을 발견하게 된다. 요컨대 그는 새로운 삶을 시작하고 싶은 것이다. 전적으로 새로운 '이야기를 살고' 싶은 기갈에 사로잡힌 것이다. 그가 새로운 이야기를 추구하는 것은 그런 이야기 세계 속에 살고 싶다는 소망 때문이다. 기갈과도 같은 이런 소망이 있는 현실을 가열하게 전복케 하고 분열적으로 탈주케 한다. 분열증 환자들은 종종 유사성이나 인접성 교란을 보인다. 단어와 단어 사이, 문장과 문장 사이, 단락과 단락 사이의 인과논리를 넘어서는 발화 양태를 보이기 일쑤이다. 그래서일까. 박민규의 소설들은 대개 단락과 단락 사이가 한 행씩 비어 있다. 독자들이 건너야 하는 강물처럼 보이기도 하고, 때로는 사소한 휴지처럼 보이기도 한다. 그러나 누가 보더라도 그것은 만화적 구성을 연상케 한다. 박민규 소설에서 각 단락은 만화의 한 컷에 해당한다. 내용 면에서도 그렇고 형식 면에서도, 박민규는 만화적인 것을 탈승화하여 나름의 이야기를 만든다. 예전에 일본의 한 평론가는 소설가를 일러 '그림을 그리지 못하는 만화가'라고 부른 적이 있다. 일본 전후 세대 작가들이 추구했던 일본문학적 진정성, 그러니까 일본적 순문학이 훼손된 채 이야기가 생산되는 현실을 그렇게 조롱했던 것이다. 두루 아는 것처럼 만화는 자유로운 과장법과 생략법을 사용하며 대상을 가능하면 단순하고 경묘(輕妙)하게 묘사함으로써 대상의 암시적인 특징을 드러낸다는 점에서 순수 회화와 구별된다. 그러니까 경묘와 점묘(點描)의 차이를 보이는 것이다. 소설을 일러 묘사의 문학이라 했을 때, 만화적 경묘는 여러모로 문제적이다. 그런데 박민규는 그림도 그리는 만화가이자 소설가인 것 같다. 최근작 『핑퐁』(창비, 2006)은 만화적 구성과 더불어 작가가 직접 그린 그림이 들어 있다.

3. 프로테우스와 경묘한 탈주

『핑퐁』은 표제 그대로 탁구 치는 이야기다. 1970년대에 폭넓게 인기를 끌었다가 이제는 시들해진, 그야말로 한물간 운동이 탁구다. 학교에서 혹독하게 따돌림을 당하는 두 중학생이 을씨년스런 벌판에서 탁구를 친다. 그런데 그냥 탁구 치는 이야기가 아니다. 단순한 '왕따'에 관한 이야기가 아니다. 단순치 않다는 것은 일단 이야기가 선조적으로 진행되지 않기 때문이다. 작가는 이 소설에서 온갖 정보들에 접속하여 다채로운 레퍼토리를 활달하게 펼친다. 탁구의 역사와 방법에 관한 에피소드부터, 핼리 혜성에 관한 열광, 스키너의 기능주의 심리학과 그것의 그로테스크한 응용, 쿨 앤 더 갱의 노래, 허참 씨가 진행하는 방송 프로그램인 '가족 오락관', 존 메이슨이라는 가상 작가의 소설 등 다채로운 이야기들이 점멸하듯 '깜빡'거리며 순간적인 서사 장면을 구성한다. 그 어떤 것도 의미론적 위계를 갖는 것처럼 보이지 않으며, 다만 순간적으로 접속하는 클릭에 따라 단속적인 편린으로 '깜빡'거릴 뿐이다. 접속 시대의 상상적 특징의 단애를 잘 보여준다.

이때 접속되는 대상만 '깜빡'거리는 게 아니다. 접속하는 주체 또한 그렇기는 마찬가지다. '못'과 '모아이' 두 주인공은 스스로 "세계가 〈깜빡〉한 인간들이에요"(『핑퐁』, 창비, p. 227)라고 말한다. 그러니까 주체도 대상도 공히 제 자리를 갖지 않는, 혹은 지닐 수 없는 휘발적인 존재들의 이야기, 온갖 하위문화들이 얽히고설키며 정연한 인식과 질서를 교란하는 이야기, 거짓말에 기갈 들린 자에 의한 경묘한 접속의 이야기, 그러면서도 세계 체제를 포함한 인류 전체의 존재론과 실체론에 육박해 들어가고자 한 이야기…… 그런 이야기들이 '핑 퐁 핑 퐁'거리며 혼돈스런 탈주를 벌인다. 왕따 당한 두 아이가 접속한 세계와 인류의 다채로운 화면을 통해, 우리는 다음과 같은 거창한 문제들에 직면하게 된다. "인류가 창안한 문명과 문화를, 철학과 예술, 과학과 종교를, 지식과 진화를, 또 거의 같은 분량의 전쟁과 학살, 침략과 정복, 지배와 핍박, 편견과 오만, 범죄와 폭력, 무지와 야만을"(『핑퐁』, p. 221) 말이다.

물론 작가는 세계와 인류의 현실에 대해 매우 비판적으로 성찰한다. 이미 단편 「카스테라」에서 세상의 온갖 존재들을 닥치는 대로 냉장고에 집어넣고, '위대한 부정'의 극단을 보였고 다른 작품들에서도 박민규의 부정의 상상력은 뚜렷했던 터였다. 이제 『핑퐁』에 이르러 그 부정의 상상력은 한 절정을 이루는 것처럼 보인다. 인류 전체를 새롭게 포맷하려고 기도하기 때문이다. 탁구 한 판으로 인류라는 인스톨을 유지할 것인가, 언인스톨할 것인가를 결정하고자 하는 것이다.

이것은 하나의 프로그램이란다. 세끄라탱이 입을 열었다. 프로그램이라뇨? 말하자면 생태계의 폼에 관한 관리라고 할 수 있지. 지금의 폼을 유지할 것인가, 아니면 언인스톨할 것인가 그걸 결정짓는 거란다. 결정이라니, 어떻게요? 물론 탁구를 통해서지. 좋든 싫든 이제 너희 둘은 인류의 대표와 시합을 벌여야 해. 인류의 대표라… 그럼 인류와 관련된 건가요? 바로 인류, 때문이지. 인류라는 인스톨을 유지할 것인가, 언인스톨할 것인가. 결정은 승자의 몫이란다. 왜, 그래야만 하죠? (p. 207)

황당한 발상임에 틀림없지만 지구적 현실에 대한 부정적 성찰에 근거한 것이어서, 그 상상적 도전이 참으로 어지간해 보인다. 소설의 앞부분에서 주인공은 스스로를 이렇게 소개한 바 있다. "나는 따의 전형이다. 허약하고, 겁이 많고, 눈에 띄지 않고, 공부도 못한다. 무엇 하나 잘하는 게 없다. 없을 수,밖에. 무관심, 무신경, 무감각, 무소유, 그리고 평소엔 박테리아처럼 숨어 있다"(p. 16). 어떤 상황이 발생해도 그는 늘상 "가만히 있었다"(p. 187 외 여러 곳에 반복됨. 텍스트에 본문 활자보다 현저하게 작게 표현됨). 그저 가만히 있었던 주인공, 그래서 하릴없이 탁구를 쳐야 했던 주인공이 도달한 세계는 그야말로 우주적이다. 우주 전체의 큰 그림에서 지구와 인류, 국가와 사회, 집단과 개인으로 점강되다가, 역방향으로 점층되는 과정을 거친다.

이러한 우주적 왕복운동은 물론 만화적 과장과 경묘에 의해 수행된다. 그리고 그 과정에서 존재하는 모든 것들은 무수히 탈 난 형상이 되고, 탈, 탈, 탈, 거리며 변신한다. 프로테우스의 변신으로 탄탈로스의 기갈의 늪을 건너려는 것 같은 형국이다. 물론 호메로스의 『오디세이아』에서 프로테우스는 단순한 변장술사가 아니었다. 변화무쌍한 프로테우스는 포세이돈으로부터 예지력을 부여받은 존재였다. 닫힌 현실에서, 혹은 조직적으로 스키너의 강화(强化) 조건이 강화되는 오늘날의 현실에서 프로테우스의 자유로운 변신과 예지력은 구체적 위력을 발휘하기 어렵다. 현실에서 불가능한 프로테우스의 초상을 현대인들은 디지털 섬망을 통해 신화처럼 새롭게 되살리려 한다. 오로지 접속을 통해서만 프로테우스 신화를 재현할 수 있는 까닭이다. 그러므로 부단히 접속한다. 접속함으로써 프로테우스로 존재할 수 있기 때문이다. 활달한 접속을 통해 탄탈로스의 기갈을 넘어서려는 것이나. 그러나 박민규가 단순한 접속 놀이에서 그치는 것은 결코 아니다. 시종 경쾌한 접속과 탈주를 보이면서도, 그 심연에서 우주적 연민의 정조를 보이고 있다. 「카스테라」에서도 그랬듯이, 그는 존재하는 모든 것들, 혹은 우주 전체에 대한 가없는 허무와 연민의 정조를 보인다.

가을이 시작된 하늘은 허무할 정도로 높고, 깊고, 비어 있었다. 우주의 대부분은 빈 공간, 인간과 인간의 사이도 대부분은 빈 공간이야. 결국 스스로에게 말을 걸고, 나는 고개를 끄덕였다. 교실로 돌아가는 길이 은하와 은하 사이처럼 멀고도 아득했다. (p. 179)

바로 이런 정조가 박민규의 소설을 마냥 재미있게만 읽을 수 없게 만든다. 그는 인간을, 세계를, 우주를, 앓는 자이다. 세계와 우주의 불안과 모든 불안태를 격정적으로 앓는 자이다. 사이비 안녕의 포즈로 위장된 채 불안의 극을 향해 치닫는 세계와 존재의 모순 자체를, 스스로 형극처럼 짊어진 탄탈로스다. 기갈처럼 앓는 과정에서 박민규는 변두리 형식을 주류화하면서 새로운 이야기를 만든다. 과장과 경묘, 파격과 소격 등등으로 그의 서사 내용과 스타일은 격렬하다. 특히 이번 『핑퐁』에서 보인 다양한 타이포그래피나 작가가 직접 그린 캐리커처의 상호텍스트성은 별도의 주목을 요한다. 여러 도상학적 장치와 행간 비우기를 통해 짝지을 수 없는 것들의 과감한 짝짓기, 혹은 어울리지 않는 것들을 닥치는 대로 휘저어 그 혼돈의 도가니 속에서 위대한 부정을 통한 새로운 신생을 모색하고자 한 것도 그렇다. 우여곡절 끝에 탁구에서 이긴 주인공들이 인류를 언인스톨하기로 결정하는 마지막 장면은 격정적 신생 의지를 웅변한다. 그것은 또한 세상의 새로운 이야기를 시작하고자 한 작가의 격렬한 서사 의지이기도 하다. 그렇게 세상의 새로운 이야기, 이야기들은 탈, 탈, 탈주한다. 물론 『핑퐁』을 비롯한 박민규의 소설 내지 박민규 현상에 대해 우리는 반성적 성찰도 동반해야 할 터이다. 경묘의 새로운 점묘법에 대해서, 다양한 레퍼토리의 혹은 여러 하위문화들의 텍스트 내적 조응성에 대해서, 이야기의 밀도에 대해서, 그 밖에도 여럿 있을 것이다. 그러나 그런 것들은 자칫 잘못하면 스키너 식의 억압적 강화 조건이 될 소지가 없지 않다. 당분간 박민규가 탈주하는 세상의 새로운 이야기들을 그대로 두는 것이 더 나을 성싶다. 그 자신이 스스로 자신의 스타일을 끊임없이 언인스톨하고 포맷하면서 새로운 이야기 스타일로 탈주할 것으로 기대되기 때문이다.

눈의 작란(作亂), 그 고통의 탈주
―윤이형 소설 읽기

1. 고통을 찍는 카메라

윤이형의 소설은 고통을 찍는 카메라다. 그렇다고 고통의 현상을 피상적으로 찍는 범상한 카메라인 것은 아니다. 그보다는 고통의 내면 깊숙한 자리에서, 고통의 심연을 찍는 내시경 카메라에 가깝다. 어쩌면 그녀는 고통의 내시경을 극화하기 위해 소설을 쓰기 시작했는지도 모른다. 윤이형의 인상적인 소설 「판도라의 여름」에는 이런 문장이 나온다. "아름다움을 잡아내는 카메라는 많지만, 고통을 고통 그 자체로 표현해내는 카메라는 많지 않습니다"(p. 385). 나는 이 문장이야말로 윤이형이 자신의 소설적 도전의 형식을 분명하게 밝히고자 한 의도의 소산이라고 생각한다. 왜 그러한가? 등단작인 「검은 불가사리」 이후 대부분의 소설에서 윤이형의 언어로 된 카메라가 포착하고 있는 대상은 고통의 상관물들 이외에 다른 것이 아니기 때문이다. 불안과 고통의 극한 상황에서 환각적으로 살인을 저지르는 「검은 불가사리」의 주인공이 봉착한 현실뿐만 아니라, 타인과의 구체적인 관계가 단절된 채 고독의 고통 속에서 자기 정체성의 훼절을 경험하는 「셋을 위한 왈츠」나 「DJ 론리니스」의 인물들, 누군가 대신 절규해주어야 겨우 숨을 쉴 수 있는 「절규」의 의뢰인들의 처지, 희망이 거세된 상태에서 고통의 묵시록을 절감해야 하는 상태인 「판도라의 여름」, 전복적인 시인으로 주목받다가 졸지에 언어를 잃어버린 고통스런 시인의 이야기인 「말들이 내게 걸어왔다」, 프로그래밍된 상태에서 자신의 처지와 맥락을 제대로 알 수 없는, 다시 말해 자신이 처한 고통의 맥락을 제대로 헤아릴 수 없는 역설적 고통의 현상을 다룬 「피의일요일」…… 이런 식으로 윤이형의 고통의 카메라는 다양하게 작동된다.

고통을 찍는 윤이형의 카메라에 의해 세계의 허위적 현실은 소설적 진실로 새롭게 인화된다. 거짓 희망과 부황한 위선으로 점철된 현실과 인간의 실존은 그 심연에서 날카롭게 해부된다. 대신 고통의 밑자리에서 혼돈처럼 진실의 사유와 상상력이 새롭게 피어나기 시작한다. 물론 그것은 매우 불안하고 혼돈스런 풍경이다. 고통스런 인식과 상상력을 통과해야 어렵사리 피어나는 어떤 풍경들이다. 그럼에도 윤이형은 그와 같은 '고통의 축제'(정현종)를 시나브로 즐긴다. 이 고통의 카니발에서 인간과 현실의 많은 부분들이 강등되는 체험을 한다. 기성의 권위와 인식, 정상적으로 치부되었던 의식과 세속적으로 존중되었던 위계, 세속적 꿈과 정치적 이데올로기 등 많은 것들이 전복된다. 이를테면 "관성으로 유지해온 관계와 억지로 쌓아올린 신뢰, 그리고 신의 눈에 흡족하도록 우리가 알게 모르게 순응해온 거짓들"(「판도라의 여름」, p. 351) 같은 것들이 그 전복의 대상들이다. 그렇다고 해서 섣불리 고통의 해방을 모색하지도 않는다. 고통으로부터 벗어날 수 있는 적절한 시간적 공간적 계기를 마련하는 것이 현실적으로 지난한 일이겠기 때문이다. 이 때문에 윤이형은 더더욱 고통의 심연으로 강림한다. 그러면서 고통스런 언어의 연금술사처럼 잔뜩 웅크린 채 고통의 현실을 집요하게 응시하며 고통의 축제를 주재한다.

물론 좋은 작가라면 누구나 자기 시대의 고통의 현장에서 눈을 떼지 않는 법이지만, 고통을 탐사하는 윤이형의 눈길은 자못 각별하다. 그녀는 누구보다도 비극적 세계관을 지닌 듯하다. 우선 다음 몇몇 부분들을 눈여겨보자.

저 육지는 필멸하는 인간들의 것이다. 저 육지에서 인간들은 나고 자라고 싸우고 헐뜯고 타락하고 지지고 볶다가, 마침내 쪼글쪼글하게 노화한 몸으로 온몸의 구멍에서 분비물을 흘리며 치욕적인 모습으로 죽는다. (「안개의 섬」, p. 285)

인간은 왜 저렇게도 분열되어 있을까. 인간의 표면과 이면은 왜 일치하지 않을까. 왜 모두들 저렇듯 자주, 저렇듯 아무렇지도 않게 거짓말을 하는 걸까. 왜 믿을 수 있는 건 아무것도 없을까. 왜 우리는 누군가의 마음속에 들어있는 진실을 절대로, 절대로 읽을 수 없을까. (「판도라의 여름」, p. 371)

사람이 사람을 죽인다는 것, 그건 늘 일어나는 당연한 일이었다. 내가 살기 위해서는 누군가를 죽여야 했다. (「피의일요일」, p. 93)

윤이형의 어떤 소설을 보더라도 우리는 이러한 생각들을 쉽게 접하게 된다. 시기와 질투, 타락과 치욕, 폭력과 전쟁으로 얼룩진 세계는 진실을 위반한 분열상으로 점철되어 있기에, 그것은 차라리 죽음에 가까운 삶이다. 아니, 죽음보다 더 죽은 삶이다. 진실은 도둑맞은 지 이미 오래되었고, 죽음마저 슬픔으로 더럽혀져 있기에 꿈마저 멸실된 상태라고 생각한다. 그런 까닭에 대부분의 인물들은 "신은 우리가 원하는 것으로부터 우리를 일부러 멀찌감치 떨어뜨려 놓는다"(「검은 불가사리」, p. 16)고 생각하거나, "결코 되고 싶은 것이 될 수 없으리라는"(「셋을 위한 왈츠」, p. 53) 절망의 늪에 빠져 있는 형국이다. 이와 같은 도저한 허무혼이 윤이형 소설의 밑강물을 형성한다. 이런 비극적 현실 인식으로 말미암아 윤이형은 역설적으로 현재에 몰입한다. 그렇다는 것은 참조할 만한 과거도, 위안과 희망의 기획을 위한 미래도 발견하기 어렵다는 비극적 인식의 소산일 것이다. 현재의 어느 순간에 접속하여 상상력의 몽중 보행을 깊게 하는 윤이형의 서사적 시간의식은, 그녀의 소설을 때때로 산문이 아닌 시로 읽게 한다. 그럼에도 그녀는 동시대의 산문적인 사태의 중심에 육박하는 매우 철저한 소설가임에 틀림없다.

2. 고통의 운명과 현재적 접속

일찍이 세계문학에서 운명적 비극을 온몸으로 감당한 이는 오이디푸스였다. 자신의 고통스런 운명을 알아차린 그는 우선 자신의 눈을 찔렀다. 인간의 감각 중에 가장 으뜸 되는 감각을 주재하는 눈을 훼손함으로써, 자신의 운명 비극을 받아들이려 했던 터이다. 고대 희랍어에서 '본다'는 의미의 '에이돈eidon'의 과거형은 '오이다oida'인데, 이는 '보았다'라는 뜻의 과거형 동사이자 '안다'는 의미의 현재형 동사이기도 하다. 그러니까 인식은 보는 관찰을 전제로 한다는 뜻이겠다. 눈이 중요한 것은 단지 거기서 그치는 것 같지 않다. 영어에서 눈을 뜻하는 'eye'와 나를 지시하는 'I'가 동음이라는 것은 그냥 지나칠 일이 아니다. 눈은 곧 나다. 오이디푸스는 눈이 있었으되 제대로 전면적 진실을 볼 수 없었고, 진실을 알아차린 다음에는 보고자 하는 것과 보이는 것 사이의 철저한 배리로 인한 고통을 차마 견디기 어려웠을 것이다. "본다는 것 자체는 심연을 본다는 것이 아니겠는가?"(『짜라투스트라는 이렇게 말했다』)라고 했던 니체의 전언을 떠올리지 않더라도, 눈으로 보고 인식한다는 것은 참으로 지난한 생의 과제가 아닐 수 없다. 윤이형의 시점자나 서술자들도 대체로 본다는 행위 때문에 고통스러워한다. 그녀의 등단작 「검은 불가사리」에서부터 그로테스크하게 탈 난 눈의 이미지가 전경화되고 있다는 점은 이래저래 주목을 요한다. 감수성이 예민한 대학 시절 '불가사리'라는 제목의 시를 지은 적이 있는 주인공은 어느 날 갑자기 눈에 불가사리가 들러붙는 것 같은 증상에 시달리게 된다. 그러자 다른 이들이 자신을 더 이상 바라봐주지 않는다. 즉 "제 영혼을 들여다보아주는 사람은 더 이상 나타나지 않"(p. 24)게 된다. 엄청난 고통 속에서 그녀는 "더 이상 누구도 사랑하지 않았고 누구로부터도 아무것도 바라지 않고 있"다는 것, "더 이상 꿈꾸지도 않고, 가슴 아프게 원하지도 않고"(p. 29) 살고 있다는 사실을 깨닫게 된다. 몸과 맘, 양면에서의 비극적 고통이 극화되면 될수록 그녀의 병증은 심화되고 그럴 때마다 가장 가까운 사람들이 죽어나간다. 그녀는 누군가를 죽이고 싶다는 생각을 한 적이 없다고 했다. 그렇지만 사태는 엉뚱한 방향으로 전개된다. 눈의 작란(作亂)이 고통과 불안을 회피하기 위한 '행위로의 이행'으로 전이되고, 그에 따라 세계의 비극적 인지는 역설적으로 두드러진다. 물론 작가가 보이려 했던 것이 안과적인 임상 보고서였을 리 만무하다. 보는 눈도, 보이는 눈도 공히 탈이 난 상황에서라면 세계와 존재의 심연을, 그 전면적 진실을, 인식한다는 것은 가망 없는 희망이라는 생각을 전하고 싶었을 것이다. 전면적 진실이 보이지도 알아지지도 않는 곳으로 달아나버렸다는 것, 그것을 볼 수 있는 주체의 눈도 탈이 난 상태이며 그 눈을 치유하거나 보살필 타자의 눈 또한 거세된 상태라는 것, 응시와 시선 모두가 작란을 일으키는 마당이고 보면 세계는 한없이 비극적인 운명의 도가니일 수밖에 없다는 것, 이런 점들을 윤이형은 등단작에서부터 분명히 인식하고 있었던 것으로 보인다.

「검은 불가사리」의 주인공이 정체불명의 소포를 뜯었을 때 나온 것은 오로지 영문으로 인쇄된 한 문장이었다. "Protect Me from What I Want. 내가 원하는 것으로부터 나를 구해주소서"(p. 16). 플레시보 Placebo라는 그룹의 노래 제목이기도 한 이 문장은 멋지긴 하지만, 결코 신의 뜻에 가까운 것이 아님을 주인공도 잘 안다. 그렇다고 욕망으로부터의 구원 가능성이 인간의 의지에 의해서 열릴 리도 만무하다. 그래서 종종 인간은 다른 인류를 꿈꾸기도 한다. 윤이형이 디지털 접속의 그물을 탐사하는 것도 그런 사정과 관련된다. 「피의일요일」 「판도라의 여름」 「안개의 섬」 등 여러 소설에서 접속의 상상력은 현저하게 전개된다. 「피의일요일」은 게임 캐릭터를 의인화하여 접속 시대의 상상적 풍속도를 활달하게 그린 작품이다. 온라인게임 「월드

오브 워크래프트」에 접속하여 상상의 줄기를 잡은 것으로 보이는 이 소설에서 전경화되는 것은 다음과 같은 반복 속의 변주이다.

① 찬란하던 그해에, 우리는 모두 이 땅의 자랑스러운 모험가였다. 삶은 그대로 전쟁이었고 전투는 우리의 일상이었다. 진보와 향상은 우리를 숨쉬게 하는 이유였고 속도와 경쟁은 우리 삶에 부어지는 윤활유였다. 슬픔으로 더럽혀진 죽음을 원치 않았기에 우리는 좀더 나은 인류가 되고자 했다. 그래서 우리는 언데드가 되었다. 죽음을 결코 두려워하지 않는 우월한 종족. 우리에게도 우리를 유일하게 만드는 죽음은 있었다. 그러나 삶의 끈덕짐은 죽음보다 믿을 만한 것이었고, 죽음이 우리의 이름을 물어올 때면 우리는 기다렸다. 누군가가 우리에게 다시 접속해주기를. 그리하여 존재의 거대한 무채색 질문이 도사리고 있는 던전에 혼자 던져지는 두려움 없이 256가지 빛깔로 삶이라는 게임이 지속되기를. (「피의일요일」, pp. 83~84, 진한 강조: 인용자. 이하 같음.)

② 찬란하던 그해에, 우리는 모두 이 땅의 자랑스러운 모험가였다. 삶은 그대로 전쟁이었고 전투는 우리의 일상이었다. 진보와 향상은 우리를 숨쉬게 하는 이유였고 속도와 경쟁은 우리 삶에 부어지는 윤활유였다. 이루어지지 않을 꿈이 종족을 멸망시키는 것을 원치 않았기에 우리는 다른 모험을 선택했다. 그래서 우리는 마법사와 전사와 사제와 도적이 되었다. 우리가 결코 될 수 없었던 과학자와 비행사와 대통령과 록 스타가 이룰 수 없는 이상을 실현하는 종족. 우리에게도 찢어진 붉은 깃발처럼 휘날리는 혁명에의 미망은 있었다. 그러나 시스템의 견고함은 혁명보다 믿을 만한 것이었고, 갈망이 **우리의 이름을 물어올**

때면 우리는 기다렸다. 누군가가 우리에게 다시 접속해주기를. 그리하여 존재의 거대한 무채색 질문이 도사리고 있는 던전에 혼자 던져지는 두려움 없이 256가지 빛깔로 삶이라는 게임이 지속되기를. (pp. 96~97)

③ 찬란하던 그해에, 우리는 모두 이 땅의 자랑스러운 모험가였다. 삶은 그대로 전쟁이었고 전투는 우리의 일상이었다. 진보와 향상은 우리를 숨쉬게 하는 이유였고 속도와 경쟁은 우리 삶에 부어지는 윤활유였다. 원래부터 우리 것이 아니던 과거와 결코 우리 것이 될 수 없을 미래가 걸음을 늦추는 것을 원치 않았기에 우리는 기억하거나 꿈꾸지 않기로 했다. 그래서 우리는 달렸다. 달리고 달려서 오직 달리고 있는 현재만을 기억하는 종족. 우리에게도 고통스럽게 가슴을 조여드는 기억과 언제나 사정거리 밖에 머무르는 꿈은 있었다. 그러나 현재의 달콤함은 과거와 미래보다 믿을 만한 것이었고, 기억이, 꿈이 **우리의 이름을 물어올 때면 우리는 기다렸다. 누군가가 우리에게 다시 접속해주기를. 그리하여 존재의 거대한 무채색 질문이 도사리고 있는 던전에 혼자 던져지는 두려움 없이 256가지 빛깔로 삶이라는 게임이 지속되기를.** (pp. 119~20)

인용하면서 진하게 표시한 부분은 정확히 세 번 반복된다. 그 사이에서 다소간의 내용상 변주가 단행된다. 앞뒤로 반복되는 내용은 "속도와 경쟁"으로 점철되는 신자유주의 시대의 풍속과, "존재의 거대한 무채색 질문"을 회피할 수 있는 접속 시대로의 탈주 유희다. 다시 말해 지금, 여기의 삶이란 존재의 심연을 응시할 수 있는 눈을 허락하지 않는 시대라는 단호한 진단이다. 그렇다는 것은 그 중간에 자리 잡은 의미론적 확산과 심화를 보이는 근거대기의 수사학에서 더욱 분명해진다. ①에서는 "슬픔으로 더럽혀진 죽음을 원치 않았기에" 죽지 않는 신인류가 되고 싶었고, 그래서 '언데드'가 되었다고 적는다. ②에서는 이룰 수 없는 꿈과 갈망에 대한 허망함 때문에 다른 모험을 택한 캐릭터의 존재 증명과 더불어 "시스템의 견고함은 혁명보다 믿을 만한 것"이라는 알리바이를 제공한다. 신인류가 되고자 한 것에 대한 좀더 구체적인 이유 대기이다. ③에서는 캐릭터들이 왜 현재에 몰입하는가를 설명한다. 과거는 원래부터 우리 것이 아니었고, 미래 또한 결코 우리 것이 될 수 없기 때문이다. 그래서 그들은 오로지 현재만을 기억하는 종족으로 탈주한다고 적는다. 그러나 그 신인류는 행복한가? 자신들의 현재에 대한 자기 인식 내지 메타 인식이 없을 때만 그들은 나름의 존재감을 지닐 수 있다. 그러나 "우리는 모두 캐릭터이며, 자신의 의지와는 상관없이 서버에 갇혀 마치 동물처럼 키워지고 조종되는 존재"라는 목소리나, "우둔한 타우렌들이 한다는 멧돼지 조련 게임 같은 것이 우리의 삶이며, 우리는 스스로 살아가는 게 아니라 조련되는 존재"(p. 112)라는 메시지를 접하게 되면, 사정은 달라진다. 그들을 "조련하는 것은 바깥 세계의 사람들"의 정체성을 몰랐을 때만 그들은 활달하게 탈주할 수 있을 따름이다. 이에 "생각해 봐, 너는 너의 얼굴을 본 적이 있니? 다른 사람들 말고, 너의 앞모습이 어떻게 생겼는지, 바라본 적이 있어?"(p. 113)라는 질문을 받고 충격으로 아무 말도 하지 못하는 것은 차라리 자연스럽다. 문제는 어떻게 자신을 볼 수 있는가, 즉 눈의 문제로 다시 귀착된다. "분명한 건 알아야 한다는 자각이었다. 지금 이 순간을 잊지 않고 다시 밝은 세상으로 나가도 기억하고 있어야 한다는 자각이었다"
(pp. 118~19). 이쯤 되면 결코 단순한 접속 시대의 유희 본능에서
훌쩍 비껴나 있음을 확인하게 된다. 아니, 접속의 그물에 접속하여
그 접속망에 탈을 내는 반성적 자기 인식이 뚜렷함을 알게 된다. 과
거에 대한 기억이나 미래에 대한 꿈을 배제한 채 오로지 현재에 기투
하는 삶, 그 신인류의 풍경, 그 접속의 풍경에 대한 반성적 진단이 일
목요연하다. 접속의 시대를 거스르면서 정녕 인간적인 눈의 회복을
소망한 텍스트로 보인다.

「피의 일요일」에서 보이는 신인류의 현재적 접속 양상은 「셋을 위
한 왈츠」에서 조금 다르게 변주된다. 이 소설에서 주인공은 '3'이라는
숫자를 극단적으로 혐오한다. 이 삼수(三數) 혐오증은 중학교 때부
터 그랬다고 얘기되지만 그 구체적 이유는 드러나지 않는다. 아니,
밝힐 수 없거나 그럴 필요가 없는지도 모른다. 일찍 부모를 여의고
형과 누나와 더불어 셋을 이루어 살았던 그지만, 형과 누나가 동시에
불에 타 죽었을 때도 "나는 두 사람이 왜 죽었는지, 왜 불이 났는지
궁금하지 않았다"(p. 47)고 말한다. 그보다는 왜 두 사람이 죽음의
순간에 함께 있었으며, 어째서 "아무런 설명도 없이 나를 혼자 남겨
놓았"(p. 48)는가에만 관심을 집중할 따름이다. 타인의 존재에 대한
구체적 관심의 결여와 나에 대한 단속적(斷續的)인 부분 관심은 과거
에 대한 무관심과 동궤를 이룬다. 또 "셋이 될지도 모른다는 두려움
에 사로잡혀"(p. 61) 혹은 아이를 원치 않기 때문에 그녀와 콘돔 섹
스만을 고집하는 모습은 미래에 대한 속절없는 절망을 암시한다. 이
러한 삼수혐오증은 단순한 수에 대한 심리적 반응에서 그치지 않는
다. 그것은 '과거-현재-미래'라는 세 시간 단위에 대한 불안의 심연

과 관련된다. 좀더 과감하게 말하자면 '전생-이생-내생'이라는 삼생의 불가해한 우주적 모순에 대한 허무와 고통의 정념과 무관하지 않다. 그러니 누추한 과거와 불확실한 미래로부터 서둘러 도피하여, 이생에서의 현재에만 관심을 집중하는 것이 아닐까. 이런 이야기를 풀어놓으면서 작가는 다시, 현재로의 도피가 시간 해방의 적절한 기제가 될 수 있는가 하는 점을 반성적으로 질문한다. 이 텍스트에서 주인공이 보이는 삼수혐오증은 결코 그 개인에게 내려진 단순한 증상이나 저주에서 그칠 수 없다. 현재의 인류가 공동으로 직면한 중핵적인 문제가 아니겠는가. 문제의 심연은 깊고도 깊다.

3. 고통과 절규/치유의 크로스페이더

눈을 매개로 한 시선과 응시의 적절한 교환이 이루어지지 않을 때 인간관계는 행복의 지평을 알지 못하게 마련이다. 일찍이 판도라의 상자 맨 아래에서 꿈틀거리다가 미처 밖으로 나오지 못한 것이 행복이라고 했던가. 윤이형은 판도라의 상자를 접속의 시대에 맞게 패러디하여 전복적인 이야기를 들려준다. 「판도라의 여름」의 주인공은 "인간의 표리부동함에 대한 혐오를 누를 수 없어 사람들의 마음을 파헤치려고 애쓰는 강박증 환자"(p. 372)가 된 인물이다. 진실이나 신뢰가 소진된 현재나 사랑이 없어진 미래 도시의 풍경에 대해 그녀는 지독한 냉소를 보낸다. 인간의 현실은 끝없이 이어지는 거짓의 카니발로 구성되기에, 사람들이 말하는 진실은 매 순간 새롭게 갱신되는 휘발적이고 파편적인 진실일 따름이라고 여기는 그녀는, 그런 상황에

헛구역질을 하고 만다. 극도로 균열된 현실에서 진실한 마음을 헤아리기 위해 그녀는 '판도라스 박스'를 구안한다. 무한 정보와 문명의 혜택 속에서 인간이 진화와 진보를 하고 있다고 생각하는 사람들에게, 거기서 진정한 희망을 발견해본 적이 있느냐고, "클릭과 드래그 몇 번이면 얻어지는 쉬운 인식의 경험이 아니라, 오랜 시간을 들여 단단한 봉인을 벗기는 진실을 인식하는 고통스럽고도 가치 있는 경험을 마지막으로 해본 것은 언제였"(p. 350)느냐고 반문하면서, 다음과 같은 제안 설명을 한다.

여기, 진실에 목마른 여러분 앞에 '판도라스 박스'를 조심스레 내놓습니다. 이 작은 상자는 여러분에게 행복과 평화와 안정을 보장하지는 않을 것입니다. 판도라스 박스는 정반대로, 여러분이 자신을 속이면서까지 믿고 싶어한 모든 것을 뒤엎고 배반하고 전복할 것입니다. 인간의 본성은 분열입니다. 인간의 표면과 이면은 결코 일치하지 않습니다. 관성으로 유지해온 관계와 억지로 쌓아올린 신뢰, 그리고 신의 눈에 흡족하도록 우리가 알게 모르게 순응해온 거짓들을 이 박스는 한순간에 무너뜨릴지도 모릅니다. 그것은 여러분이 아끼고 의지하는, 그래서 여러분을 결국 절망시킬 사람들의 모습이자, 또한 여러분 자신의 모습이기도 합니다. (「판도라의 여름」, pp. 350~51)

과연 이 상자는 신화 속의 판도라 상자가 그랬듯이, 세상의 평화와 안녕을 보장하기보다는 존재하는 거짓 질서에 가혹한 균열을 내면서 새롭게 전복한다. 과학자인 그녀(닥터 판도라)는 스스로 개발한 상자를 남편에게 사용하여 남편의 표리부동함을 들추어내다가 남편을 식물인간으로 만든다. 판도라스 박스의 가공할 만한 비극적 위력은 그녀의 아트메이트인 소설가 도로시의 SF에 의해 좀더 분명한 형상을 얻는다. 도로시의 소설은 이 상자에 의해 전 세계에서 대규모 전쟁이 일어나는 디스토피아 상황을 흥미롭게 그려나간다. 대륙간 탄도 미사일이나 탄저균이나 핵무기에 의한 전쟁이 아니다. "배신감과 질투와 소외감에 사로잡힌 인간이 다른 인간을 일대일로 죽이는 살상전"(p. 366)에 의해 세계 인구의 절반이 죽게 되자 모든 박스는 폐기되고 개발자는 사형에 처해진다. 전쟁을 일으킨 주범을 "야만적인 호기심"으로 규정하고, 호기심을 야기한 환경을 제거하기에 이른다. 이제 인간관계는 "쿨하게 변하고, 연인들은 서로의 변심에 분노하거나 절망하는 대신 분열이라는 인간 마음의 한계를 당연한 것으로"(p. 367) 받아들인다. "불안과 혼란과 폭력을 가져올 수 있는 '사랑'과 '신뢰' 같은 단어들은 금지어로 지정"(p. 367)된다. 이런 세월 속에서 닥터 판도라와 소설가 도로시의 외손녀들이 "인간이 잃어버린 뜨거운 심장의 가치를 되찾기 위해 트루스 시커스(Truth Seekers)라는 혁명단체를 조직하고 투쟁에"(p. 367) 나선다는 이야기다. 윤이형의 소설에서 일어나는 사건(닥터 판의 판도라스 박스와 그것의 사용으로 인한 남편의 식물인간화)도 그렇고, 소설 속 소설의 상황에도 매우 곤혹스런 질문들이 포개어져 있다. 표리부동하게 억지로 쌓아올린 신뢰와 심연의 진실 사이에서, 인간 심리의 역동성과 시스템에 의해서 억제되고 평정된 쿨한 사회 사이에서 작가는 무척이나 고민하고 있는 것처럼 보인다. 물론 도로시의 소설에서 소녀들이 구상한 혁명단체의 이름처럼, 진실은 찾아져야 한다. 그러나 진실을 탐문하는 과정에는 많은 비용이 들게 마련이다. 가령 앞의 제안문에도 들어 있고, 도로시의 소설에서도 환기되는 수많은 갈등과 고통과 절망과 죽음의 사태들 말이다. 그렇다고 진실을 외면할 것인가? 심연의 진실을 탐문하기 위해서라면 개인이든 사회든 시스템이든 세심한 보살핌 속에서 조정되고 치유되어야 할 영역이 너무나 많은 게 사실이다. 윤이형의 판도라스 박스가 결코 단순한 패러디가 아님은 이 지점에서 명료해진다.

「판도라의 여름」에서 주인공의 남편은 그녀를 처음 만났던 날 밤에 이런 말을 했었다. "날 알고 싶어요? ……모르는 게 더 나을 텐데. 세상에는 훨씬 더 중요하고 재미있는 것들이 많을 텐데, 정말 나를 알고 싶은 거예요? 사람이 사람을, 우리가 무언가를 안다는 게 가능하기나 할까요?"(p. 382). 「안개의 섬」에서 'tree'라는 아이디의 대화자(결국 남편으로 밝혀지는) 역시 "어디부터 어디까지가 나인지, 알 수가 없잖아요"(p. 320)라고 말한다. 나든 남이든 제대로 알 수가 있겠느냐는 이런 회의론은 결코 단순한 불가지론으로 보이지 않는다. 가령 윤이형 소설에 공통적으로 흐르는 회의론적 인식소들은 이런 것들이지 싶다. 나는 누구인지 알 수 없다; 남에 대해서도 확실히 알 수 없다; 더욱이 인간관계에 대해서도 알 수 없다; 하여 판도라스 박스나 언데드 캐릭터 같은 시스템의 도움을 빌어보지만 그 또한 사태를 정확히 보고 알게 하는 데 도움이 되지 않는다…… 사정이 이러하기에 윤이형의 인물들은 고독한 고통에 빠질 수밖에 없다. 인간 현실에서 철저하게 고독한 그들은 디지털 시스템으로 경쾌하게 탈주하여 고독을 해갈하고자 하지만 거기서도 여전히 고독에서 벗어나지 못한다. 「안개의 섬」의 주인공은 자신이 탈주하여 마련한 사이버 공간 속의 섬을 일러 "내 또 하나의 자아, 내 고독의 심장부인 이 섬은 완전하다"(p. 285)고 생각한다. 철학과 출신의 게임 애니메이터인 그녀는 일찍이 "육체를 초월하고 우주적 지성으로서의 합일을 추구한다는"(p. 308) 신플라톤주의에 매료된 적이 있다. 그처럼 육체의 감각기관이 만들어내는 정념에서 벗어나 우주의 근원을 밝히는 지고한 진리를 추구하고 싶어 했다. 그러나 네 살 어린 남편과 결혼해 살면서 그녀는 다른 생각을 하게 된다. "인생은 정신이 아니라 몸, 몸, 몸일 수도 있겠다는"(p. 305) 생각 말이다. 남편을 포함한 그 누구로부터도 그토록 듣고 싶어 한 예쁘다는 말을 듣지 못한 그녀였다. 몸과 맘, 육체와 영혼의 대립은 오래된 주제이지만, 이 주제를 경유하면서 윤이형이 정작 하고 싶었던 이야기는 인간관계에 관한 것이다. 그런 면에서 주목되는 것이 "저 남자와 내 생활엔 리시브라는 게 있을까"(p. 303)라는 회의이다. 리시브가 없다는 회의와 고통이 그녀로 하여금 사이버 공간 속의 고독의 심장부로 탈주하게 하는 것이다. 물론 이 소설에는 그녀가 탈주한 사이버 공간 속에 남편이 동참함으로써 불완전하나마 '리시브'가 회복되는 조짐을 보인다. 나름의 치유 가능성에 대한 조심스런 타진이긴 하지만, 그렇다고 윤이형의 비극적 세계관이 변화되었음을 확인할 길은 아직 막연하다.

그런 까닭에 「DJ 론리니스」를 통해 고독의 주제는 좀더 본격화된다. 흔히 사회생활에서 커뮤니케이션의 결여를 기본 조건으로 하여 야기되는 외로움이나 불안함을 수반하는 심리 상태를 고독이라고 얘기하거니와, 이 소설에서 '론리니스'라는 DJ명을 얻게 되는 여성은 사회적 커뮤니케이션의 결여 속에서 자신의 길을 찾으려 하지만 곤란을 겪는 인물이다. 그녀에게는 책을 좋아했던 시절이 있었다. 문장 사이의 여백이 죄다 길로 보였기 때문이다. "발을 디디면 그 길들이 어디로든 나를 데려다줄 것 같았"(p. 214)다. 그러나 언제부턴가 그 여백의 길들이 막히기 시작한다. "내가 갈 수 없는 길들, 결코 들어 갈 수 없는 골목들, 너무너무 매혹적이지만 절대로 내 것이 될 수 없는 인생들. 그 어지러운 미로를 들여다보고 있으면 가슴이 터져버릴 것 같았어요"(p. 215). 자신이 갈 수 있는 길과 가야 할 길 사이에서, 그러니까 자신의 현실과 이상 사이의 균열과 괴리가 그녀를 더욱 고독하게 한다. 이에 그녀는 책의 길을 버리고 음악을 듣기 시작한다. 록이나 재즈나 블루스가 아닌 일렉트로니카를 듣는다. 그 이유는 "어떤 면에서는 상당히 뻔한 음악"이기 때문이다. "그 뻔하다는 점이 마음에 들었어요. 꼭 제 인생처럼 느껴지더군요. 어디에나 호환이 되는 인생. 어디에나 믹스가 되는 인생. 제 하루는 뚝 떼어내서 지구상의 육십 억 인구 중 누구의 삶에 갖다 붙여도 표가 나지 않을 거예요" (p. 215). 결국 책에서 일렉트로니카로의 선회는 현실과 이상 사이의 거리를 좁히기 위한 심리적 전략의 일환이었던 셈이다. 이런 그녀의 사연에 그의 사연이 대화의 지평을 형성한다.

음악을 하고 싶다는 막연한 생각을 하고 있었지만 재능이 없음을 한탄하며, 혹은 "죽음 꿈"(p. 220) 때문에 술에 취해 지내던 시절에 그가 환각처럼 만났던 "저 위쪽" 사람 이야기다. (나중에 켄터키 프라이드 치킨 매장 앞에 서 있는 플라스틱 할아버지였음이 밝혀지는) 환각의 노인에 따르면 저 위쪽에는 이상과 현실이 불일치하는 일이 없기에 죽음 꿈 때문에 고통받는 사람이 없다. 지상의 사람들이 "하나같이 자기 인생이 뻔하다고 투덜대는 건 우리에게 상상력이 부족해서인지도 모르겠어. 상상력이란 건…… 그 불일치에서 나오는 거란 말일세"(pp. 220~21). 왜 상상력이 빈곤한가. 인간이 밑천 없이 대량생산되고 있기 때문이라고 노인은 말한다. "나름대로 그 모든 삶을 차별화해 설계한다고는 하지만, 아무래도 한계가 있"다고 지적하면서, "그래도 우리는 태어나는 모든 아이의 몸속에 각각 다른 음악을 넣고 있단 말이지. 똑같은 건 하나도 없어. 그런데 자네들은 그걸 모른단 말야. 아니, 자기한테 자기만의 음악이 있다는 것도 모른 채 살다가 죽는단 말야"(p. 221)라며 안타까워한다. 노인이 말하는 "다른 음악"이란 곧 개성일 터이다. 이 개성과 창의성을 제대로 발현하지 못하고 사는 지상에서의 삶에 대한 유감 어린 성찰의 대목이다. 그렇다면 개성을 발견하기 위해서는 더욱 고독하게 고독을 밀고나가야 한다는 역설적 사고와 통할 수 있을지도 모른다. 이와 같은 이야기를 들려주면서 그는 그녀에게 현실과 이상 사이의 크로스페이더를 강조한다.

"데크 하나에는 꿈을, 다른 하나에는 현실을 걸기 위해서. 달콤한 꿈에서 힘겨운 현실로, 다시 그것을 이겨내는 꿈으로, 그렇게 끝없이 믹스되면서 이어지는 게 삶이니까…… 그리고 그 가운데엔 크로스페이더가 있죠. 누구도 원하는 대로 하나의 음악만 들으면서 살아갈 순 없어요. 곡이 지루하게 느껴지면 반대쪽으로 크로스페이더를 밀어붙여요. 그런다고 이쪽의 음악이 사라지는 건 아니니까."(「DJ 론리니스」, p. 222)

결국 작가의 핵심적인 관심이 '크로스페이더'에 있었음이 드러난다. 꿈과 현실, 이상과 현실, 가상현실과 현실, 영혼과 육체, 과거와 현재와 미래 사이의 의미 있는 크로스페이더를 형성하기 위한 상상적 노력이 곧 윤이형의 소설 쓰기다. 「검은 불가사리」에서 탈 난 눈의 고통도 그것을 응시하기 위한 것이었고, 「피의일요일」에서도 시스템

안팎에서 가상현실과 현실 사이의 크로스페이더 형성에의 의지가 중요했으며, 「판도라의 여름」이나 「안개의 섬」「셋을 위한 왈츠」에서도 사정은 비슷했다. 이런 윤이형의 상상적 노력은 의식적 무의식적 크로스페이더 형성이라는 담론 전략과도 상응한다. 가령 「DJ 론리니스」에는 의식의 담론과 무의식의 담론이 교차 반복된다. 전자는 우리가 살핀 그와 그녀의 이야기이고, 후자는 그녀의 무의식의 그림자로 보이는 오믈렛 같은 이야기들이다. 저자는 그녀의 무의식의 심연에서 꿈틀거리는 역동적 에너지들을 낯선 방식으로 들추어내고 있는데, 그 무의식의 담론은 다음과 같은 것으로 마무리된다.

나는 당신이었어. 당신이 되고 싶어한 모습이었어.
나는 당신이었어. 당신이 걸을 수 없었지만 결코 버리지 못했던 길이었어.
나는 당신이었어. 빛나지 않는 그 모든 순간에조차.
나는 당신이었어. 당신을 유일하게 하는 음악이었어.
나는 당신이었어. 당신의 꿈이었고, 외로움이었어.
당신은 내가 있어서 그토록 외로웠던 거야.
하지만 이제 당신이 없다면, 나는 누구지? (「DJ 론리니스」, p. 232)

존재와 존재의 꿈, 결여된 소망, 잃어버린 희망 사이의 크로스페이더는, 그러나 인간의 육안으로 쉽게 성찰할 수 없는 난망이요, 결여로 충만한 욕망에 가깝다. 그러니 고독할 수밖에. 존재를 "유일하게 하는 음악"을 듣기 어려울 수밖에. 이 때문에 인간은 절망하고 고통받는다. 치유가 요구되는 것도 이런 사정에서 말미암는다. 이런 맥락에서 보면 「절규」에서 "절규하는 여자" 수진이 등장하는 것은 매우 자연스럽다. 어떤 이유든 현실에서 고통받는 자들을 대신해 절규해주는 것으로 치유를 돕고자 하는 그녀는 일종의 퍼포먼스 치료사다. 물론 그녀는 "치유라는 거짓말 따위는 하지 않"(pp. 139~40)겠다며 "약간의 위안을 얻고자 한다면, 그건 드릴 수 있"(p. 140)다고 말한다. "나는 평균적인 인간이다. 내 비극과 고통 또한 아주 평균적이다. 그래서 나는 내 고통을 입밖에 내지 않는 법을 배웠다"(p. 171)는 그녀는 동시대의 인간들이 겪는 고통과 커뮤니케이션하면서 그것을 덜어주기를 소망한다. 이 과정에서 고통스런 삶의 구체적 세목들을 환기하는 수법이 어지간하다. 다른 작품들과는 달리 구체적 현실에 대한 세심한 관심을 부각시킨다.

 「절규」에서 '절규하는 여자'의 "인터넷 카페 '절규'의 메인 화면에는 에드바르트 뭉크의 유명한 그림 〈절규〉가"(p. 178) 떠 있다. 그처럼 고통에의 절규를 통해 고통에서 치유로 탈주하려는 상상적 의지가 바로 윤이형의 소설이다. 「검은 불가사리」의 상담사, 「셋을 위한 왈츠」의 음악 치료사, 「절규」의 퍼포먼스 치료사 등은 대체로 소설가와 등가적 상관물이다. 비록 결정적 치유에 이르지는 못한다 하더라도 위안을 주고 성찰의 계기를 부여하려는 이야기 치료사다, 윤이형은. 이야기를 통한 치유의 지평을 위해 작가가 공들여 만들려고 했던 것이 크로스페이더이다. 현실과 인간의 고통을 외면하지 않고 꼼꼼하게 응시하면서 그 치유의 대화적 지평인 크로스페이더를 모색하고자 한 윤이형 소설의 가치는, 현실과 인간이 고통스럽게 병들었기에 더욱 빛난다. 접속 시대의 풍경과 질료들을 십분 활용하되, 그것을 넘어서 인간 존재의 심연을 탐문하려는 소중한 눈을 지닌 작가라는 점도 미

덕이다. 결코 요란스런 포즈로서의 고통이 아닌 진정성 있는 고통의
상상력을 눈의 작란(作亂)을 통해 유려하게 형상화한 윤이형의 소설
과 더불어, 고통을 더욱 고통스럽게 체험하면서, 새롭게 탈주할 수
있기를 바란다. 윤이형의 고통의 섬을 방문하신 당신을 환영한다.

제3부 존재의 숨결과 서사의 리듬

내가 누구인지 말할 수 있는 자는 누구인가

1. '나'와 '너'의 협주곡

나는 누구인가. 이토록 막막한 질문이 또 있으랴. 일찍이 셰익스피어는 『리어왕』을 통해 절규한 바 있다. "내가 누구인지 말할 수 있는 자는 누구인가." 동서고금을 막론하고 현자에서 범부에 이르기까지 수많은 사람들이 이 질문에 도전해온 것이 사실이다. 그럼에도 불구하고 이 질문은 여전히 현재진행형이다. 계속 묻고 또 물어도 채워지지 않을 갈증 나는 샘물이나 한가지다. 어쩌면 탐문의 과정만이 돋올할 뿐 그 결과는 온통 희뿌연 안개 속인, 그런 형상인지도 모른다. 그런 면에서 이 질문은 인간 삶의 고난에서 희망에 이르기까지 수많은 가능 세계를 함축하는 어떤 것이다. '나는 누구인가'라는 질문에 대답하는 것은 분명히 어려운 일이지만, 만약 그것에 최종적으로 대답했다고 하면 이는 죽음의 세계로 입사하는 형국일지도 모른다. "너 자신을 알라"고 설파했던 소크라테스가 독배를 마시고 죽어가면서 자신에 대한 앎, 자신의 삶, 자신의 질문을 완성하려고 했던 것처럼 말이다. 그만큼 나를 묻는 질문은 근원적이고 위험할 뿐만 아니라 존재 그 자체의 험난함을 그대로 간직한 그 어떤 것이다.

그래서 사람들은 홀로 '나는 누구인가'라는 질문에 이르는 길을 종종 유보하고, '너'를 통해 '나'를 만나려는 시도를 한다. 그런 까닭에 '나와 너는 어떻게 만날 수 있는 것일까'라는 질문은 '나는 누구인가'라는 질문에 못지않게 중요한 의미망을 획득한다. 철학자 마르틴 부버의 『나와 너*Ich und Du*』에 따르면 인간관계는 두 개의 근원어 Grundwort, 즉 '나-너Ich-Du'의 관계와 '나-그것Ich-Es'의 관계로서 규정된다. 이 두 근원어를 떠나서는 존재할 수 없다. '너'나 '그것'과의 관계에서만 '나'는 존재한다. 이때 '나'가 온 존재를 기울여 말할 수 있는 것은 '나-너'이다. '나-그것'의 관계는 인간의 객관적인 경험이거나 인격의 세계를 나타낸다고 부버는 지적한다. 그는 이렇게 말한다. "근원어 '나-너'는 오직 온 존재를 기울여서만 말해질 수 있다. 온 존재에로 모아지고 녹아지는 것은 결코 나의 힘으로 되는 것이 아니다. 그러나 '나' 없이는 결코 이루어질 수 없다. '나'는 '너'로 인하여 '나'가 된다. '나'가 되면서 '나'는 '너'라고 말한다. 모든 참된 삶은 만남이다."

'너'를 부름으로써 '나'를 호명할 수 있다는 생각은 사실상 우리에게 그다지 낯설지 않다. "너는 나에게 나는 너에게/잊혀지지 않는 하나의 눈짓이 되고 싶다"고 했던 「꽃」(김춘수)의 전언도 그렇거니와, 시인 황지우는 "나는 너다"라고 호소했고, 작가 이인성은 "그는 나였다"고 진술했다. 문학은 '너'나 '그'를 "온 존재를 기울여서" 부르면서 '나'를 찾아가는 상상 여행이다. '너'를 찾고, '그'를 찾고, '너-나',

'그-나', '너-그-나'의 복잡한 관계망 속에서 '나'를 어렵사리 찾아 보려는 지난한 탐색담이 바로 문학이다. 지난 20세기 한국현대문학 100년의 역사도 그러했다. 예의 관계망들을 주밀하게 인식하면서, 나는 누구인가, 혹은 나와 너는 어떻게 만날 수 있는 것일까, 하는 문제에 대한 탐구의 역사였던 것이다. 다시 말해 근원 관계망 속에서 상상력으로 빚어진 나의 발견, 나의 탐색 도정이었던 셈이다. 우리가 서사적 상상력으로 빚어진 예의 탐색 도정에 동참하고자 하는 것은 '너', '그', '나'를 간절히 부르기 위해서이다. 잃어버린 '너', '그', '나', 혹은 아직 현상화되지 않은 '너', '그', '나'를 간절하게 호명하기 위해서이다.

2. '나', '나', '나', '나', 나……: 크고 작은 '나'의 파편

먼저 크고 작은 '나'의 파편들이 보인다. 이광수의 『무정』에서 이형식을 위시한 계몽적 주체들은 '큰 나'를 지향한다. 결여가 큰 민족의 현실과 이념적 대타자가 큰 욕망을 자극하고, '큰 나'를 유도한다. 조명희의 「낙동강」에서 박성운이나 로사 역시 '큰 나'의 형상이다. 소시민직인 큰새였던 성운이 3·1 운동을 계기로 민족주의자로, 사회주의자로 거듭나는 과정, 즉 혁명가로서의 성장 과정과 그를 잇는 로사의 역정은 큰 결여에서 기인한 큰 나의 형성 과정이다. 이기영의 『고향』에서도 사정은 비슷하다. 긍정적 인물인 김희준은 결핍된 식민지 농촌 상황에서 농민해방을 지향하는 큰 나의 모습으로 형상화된다. 한설야의 「과도기」, 『황혼』, 강경애의 『인간문제』, 이광수의 『흙』, 심

훈의 『상록수』 등을 거쳐 1970년대 황석영의 「객지」, 조세희의 『난
장이가 쏘아올린 작은 공』, 1980년대의 정화진의 「쇳물처럼」, 방현
석의 「내일을 여는 집」, 「새벽출정」 등 일련의 노동소설들에서도 그
렇다. 이런 소설들에 등장하는 '큰 나' 지향의 인물들은 대개 결여된
상황에 대한 인식을 바탕으로, 결여를 지양하기 위한 이데올로기적
욕망이나 이념적 신념을 보이며, 그에 따른 대자적 실천 행동을 보인
다. 현실의 질곡과 대결하려는 고양된 인식과 행동을 보인다는 장점
에도 불구하고, 많은 경우 개인의 고유한 자기 탐색보다는 집단적이
고 공적인 인간형을 탐문하는 경향이 있다. 현실의 엄혹함이 개인의
개인됨을 승인하게 하기보다는 집단의 문제에 봉사하는 사회적 거대
자아의 형상이다. 현실의 문제가 서사적 상황 속의 인간의 길을 상당
부분 지시하는 이른바 '현실침범형' 소설들에서 보이는 양상들인데,
이 경우 '큰 나'이긴 하되, 오히려 거기서 진정한 개인으로서의 '나'는
소외되는 역설이 형성된다. 그럼에도 불구하고 결코 짧지 않은 기간
동안 현실이나 사회에 봉사하는 '큰 나'들이 계속 출몰하는 것은 아마
도 '멸사봉공(滅私奉公)' 계열의 유가적 집단의식의 그림자가 아닐까
짐작된다. 다른 측면에서는 현실의 어려움에 굴하지 않고 인간의 위
의와 문학적 정의를 추구하려는 산문정신의 효과로 볼 수도 있겠다.

그런가 하면 '작은 나'들 혹은 '작아지는 나'의 형상들도 뚜렷한 궤
적을 형성해왔다. 염상섭의 『만세전』에서 주인공 이인화는 식민지 조
선 현실에서 나를 발견하고 나의 신생을 모색하려는 노력을 보인다.
아내의 죽음 사건을 계기로 '묘지'와도 같은 조선의 현실을 여실하게
체험한 그는 이전의 '나'는 '나'가 아니었음을 인식한다. 그러면서 새
로운 나는 개인의 구체적인 성찰에서 출발해야 함을 감지한다. 공적

이고 관념적인 선험을 개인의 구체적 상황과 매개 없이 그대로 받아들이거나 구체적 현실을 도외시한 채 낭만적 자기 도피로는 신생이 열리지 않을 것임을 절실하게 깨달은 자의 모습이다. 정자에게 보낸 편지에서 주인공은 "현실을 정확히 통찰하며 스스로의 길을 힘 있게 밟고 굳세게 살아나가야 할 자각"에 이르렀음을 밝히고, "신생이란 영광스런 사실은 개인에게서 출발하여 개인에 종결되는 것"임을 강조한다. 이 지점에서 우리 소설 최초의 근대적 개인, 근대적 '나'의 면모를 보이는 이인화의 초상을 여실하게 확인할 수 있다. 1930년대 모더니스트 박태원은 「소설가 구보씨의 일일」에서 생활 감각을 지닌 창작자로서의 자기 존재를 다짐하는 이야기를 한다. 그가 쓴 세태소설 『천변풍경』은 다각적인 개인의 욕망으로 들끓는 모습을 보이고 있어, 1930년대 작은 인간들의 욕망과 풍속을 짐작케 한다. 작아지는 나의 모습은 이상의 소설들에서 그 구체적인 형상을 얻는다. 평판작 「날개」에서 보이는 "박제가 된 천재"는 신화적 정체성 혹은 인간 고유의 진정한 정체성을 상실한 작은 인간이다. 매춘부의 남편으로 서식하는 그는 고유의 정체성을 상실한 채 한없이 작은 삶을 살다가 자신의 원향을 향해 비상하려는 신화적 의지를 보인다. 그럼에도 추락하는 것에는 날개가 없는 법이다. 이상이 점묘한 작은 인간의 비상은 현실에서 처참하게 추락될 따름이며, 그러기에 「지주회시」 등에서 나타나는 것처럼 동물화되거나 사물화되는 경향을 보인다. 「화랑의 후예」, 「바위」, 「무녀도」, 『을화』 등 김동리의 소설에 등장하는 인물들은 시대 착오적인 비루한 개인이거나 운명 앞에 선 왜소한 작은 개인의 초상이다.

전후의 소설에서도 '작은 나'들의 행렬은 이어진다. 특히 손창섭이 그린 작은 인간들이 인상적이다. 「인간동물원초」, 「피해자」, 「생활적」 등에 나오는 여러 인물들은 동물적인 식욕이나 성욕에만 이끌리는 수성적 작은 나들이다. 「공휴일」, 「미해결의 장」, 「비 오는 날」, 「혈서」 등 여러 소설들에는 인간적 가치에 절망하여 멜랑콜리의 늪에서 허우적거리는 작은 인간들이 존재의 연민을 자아내게 한다. 현실과 인간에 대해 철저하게 절망하기는 장용학도 마찬가지였다. 현대 문명의 메커니즘이 가져온 비극성을 날카롭게 인지한 그는 「비인탄생」에서 '비인'을 선언하기도 했다. 4·19 혁명으로 인한 잠시의 희망과 5·16 쿠데타로 인한 환멸로 시작한 1960년대 소설에서 작은 인간의 초상은 좀더 세련된 방식으로 구체성을 획득한다. '감수성의 혁명'을 가져온 작가로 상찬된 김승옥의 「무진기행」에서 윤희중은 무진 여로를 통해 잃어버린 자기정체성의 회복 가능성을 암시받음에도 불구하고 세속적인 교환가치와 다시 타협함으로써 '작은 나'에 머물고 만다. 서정인의 「강」은 인생이란 강물에서 '작은 나'의 형성 과정을 인상적으로 다룬 작품이다. "그의 머릿속에는 몽롱한 가운데에 하나의 천재가 열등생으로 변모해가는 과정들이 하나씩 떠오른다. 너는 아마도 너희 학교의 천재일 테지. 중학교에 가선 수재가 되고, 고등학교에 가선 우등생이 된다. 대학에 가선 보통이다가 차츰 열등생이 되어서 세상에 나온다. 결국 이 열등생이 되기 위해서 꾸준히 고생해온 셈이다" 같은 부분에서도 명료하거니와, "처음 출발할 때에 도달하게 되리라고 생각했던 곳으로부터 사뭇 멀리 떨어져 있는 곳에 와 있음을" 깨달으며, "아 — 되찾을 수 없는 것의 상실"감에 젖어드는 장면에서 '작은 나'의 형성과 그 비감을 가늠하게 된다. 「병신과 머저리」라는 표제가 이미 환기하는 것처럼, 이청준 역시 '병신'이거나 '머저리' 같은 '작은 인간'에 주목했다. 이청준의 '작은 나'들은 인간적 진정성으로부터 멀어진 삶의 생태들을 깊고 넓게 환기한다.

1970년대에는 산업화 현실에서 소외된 작은 인간들이 선보인다. 최인호의 「타인의 방」의 주인공은 아내에게 배신당하고 사물로부터 기습을 당하는 등 전형적으로 소외된 작은 나이다. 1988년 서울 올림픽이 끝나고 동구 사회주의의 몰락과 옛 소련의 해체 등 세계 체제의 지각변동이 일어난 후에 '작은 나'들은 소설의 주종으로 등장하기에 이른다. 장정일의 「아담이 눈뜰 때」의 재수생 주인공은 타자기, 턴테이블, 뭉크 화집 등을 마련하기 위해 파우스트적인 거래도 서슴지 않는다. 현실과 욕망 사이에서의 위악적 몸부림과 가짜 낙원에의 입사에 대한 지독한 환멸을 보인다. 박상우의 「샤갈의 마을에 내리는 눈」은 정치적 현실과 정치적 인간에 환멸을 느낀 허무주의적 작은 인간의 무의식을 담고 있으며, 하창수의 여러 소설도 허무주의와 환멸에 사로잡힌 작은 인간의 초상을 그린 경우다. 이후 '작은 나'들의 소설적 행보는 더욱 가속화된다. 양진채, 정소현, 진연주 등 2008년 신춘문예 당선 작가들의 소설에서 '작은 나'들은 작은 독방에 스스로를 가둔 채 사소한 상상의 유희를 보인다. 최근의 '작은 나'들은 예전처럼 전쟁과 평화를 이야기하고, 사랑과 운명을 탐문하거나, 민족과 계급 해방을 논하면서 목소리를 높이지 않는다.

3. 광장과 밀실 사이, '나'는 어디에

두루 아는 것처럼 최인훈의 『광장』은 '광장'과 '밀실'로 상징되는 대립상의 해소를 통한, 다시 말해 '광장-밀실'의 변증법적 지양을 통한 제3의 공간 내지 제3의 길을 발견하고자 한 희망의 원리와 그 현실적 좌절이 기본 골격을 이룬다. 많은 논자들이 지적했다시피, 이 작품에서 광장이 집단적 삶, 사회적 삶을 상징한다면, 그 반대편에서 개인적 삶, 실존적 삶을 상징하는 것이 밀실이다. 타락한 밀실 위주의 남한 사회와 타락한 광장 위주의 북한 사회에서 공히 실망하고 절망한 이명준이 제3국으로 가는 배 위에서 바다로 투신자살한다는 이야기가 이 소설의 중심이다. 여기서 우리의 관심에 값하는 것은 물론 광장의 존재론과 밀실의 존재론이다. 소망스럽기는 광장과 밀실 양쪽에서 공히 행복한 삶이다. 사회적인 삶과 개인적인 삶이 적절한 조화를 이루는 가운데, 세계의 이데아에 걸맞게 개인이 성장하고, 개인의 진실이 모아져 집단의 꿈이 형성된다면 더할 나위 없이 좋을 것이다. 그러나 『광장』에서 이명준이 혹독하게 경험했듯이, 현실의 삶에서 그런 소망은 종종, 아니 늘 배반당하기 일쑤이다. "사는 것처럼 사는 법이 좀 없을까요?" 혹은 "갈빗대가 버그러지도록 뿌듯한 보람을 품고 살고 싶다는 거예요"라는 이명준의 소망이 현실에서 철저하게 좌절로 귀결되는 것도 그 때문이다. 이런 삶의 배리 때문에 문학적 도전의 형식이 끊임없이 창출되는 것이기도 하다. 사정이 이러하기에 문학에서 '나'들은 광장과 밀실 그 어느 지점에 편재한 채 겨우, 그야말로 가까스로, 혹은 '한없이 낮은 숨결'(이인성)로 존재하는 경우가 많다.

특히 '작은 인간'들의 문학사에서 '광장'의 불안은 현저하다. 하여 밀실로 퇴행하지만 그곳 역시 편안한 모태공간일 수만은 없다. 가령 이청준의 「퇴원」, 「겨울 광장」, 「조만득씨」, 「황홀한 실종」 등 일련의 소설에 등장하는 '작은 나'들은 대체로 광장의 불안으로 인해 밀실로 퇴행하려는 경향성을 나타낸다. 소학교 시절 시골집 광속에서 모태 공간 같은 안락함을 느꼈던 「퇴원」의 주인공은 밖(광장)으로부터 비추어진 아버지의 전짓불 공포를 당한 이후에 좀처럼 광장으로 나아가지 못하고 사회에서 적응하지 못한 채 밀실로 퇴행하려는 존재의 시위를 보인다. 광장 불안의 신경증적인 모습을 보이는데, 「겨울 광장」에서는 광장 불안의 정신증 차원이 현상화된다. 「겨울 광장」의 여주인공 완행댁은 역설적이게도 광장에 있으면서 광장에 없는 존재이다. 있는 광장에서 잃어버린 혹은 없는 자아를 찾아나서는 형국이기 때문이다. 「조만득씨」는 사회적 광장으로 나아가기 싫어하는 주인공을 임상적으로 치유하여 내보냈다가 비극적인 결말을 보는 이야기다. 조만득 씨는 철저하게 밀실의 존재였고, 밀실 속의 광기 속에서만 반어적 의미에서 '큰 나'일 수 있었다. 「황홀한 실종」의 윤일섭도 조만득 씨처럼 정신과 치료를 받는다. 가학성 유희 욕망이 노골화되어 치료를 받는 과정에서 그는 도착 증세를 보인다. 안과 밖, 혹은 시선과 응시의 전도가 그것이다. 가령 대학 시절에 데모한 이야기를 하면서, 그는 "교문을 뛰쳐나가고 싶어 시위를 벌인 것이 아니라, 학교를 다시 들어가려고 시위를 벌였노라는 주장"을 한다. 사실과 상반되는 이런 기표는 현실에서 동물원의 사자 우리 안으로 들어가고자 하는 이상(異狀) 행동으로 연결된다. 소설의 말미에서 실종된 그가 동물원의 사자 우리 안에서 발견되는 것은 그 때문이다. 우리가 흔히 요나 콤플렉스라고 부르는 이런 증세를 주인공이 보이는 사정을 짐작하는 것은 그리 어렵지 않다. 1차적으로는 자기 실존의 근거인 직장으로부터 쫓겨날지도 모른다는 불안감을 지목할 수 있겠거니와, 더 근원적으로는 자기 존재의 심층적 바탕을 상실할지도 모른다는 작은 인간의 불안 심리를 떠올릴 수 있는 것이다. "완벽한 유폐를 위한 자기 실종의 환상"은 대타자의 향락으로부터의 도피라는 의미를 지닌다. 이 판타지는 현실의 광장에서 상실한, 그래서 쉽사리 가 닿을 수 없는 존재의 심연을 동경케 한다. 동물원의 사자 우리 안을 윤일섭이 마치 원무(圓舞)처럼 계속 맴도는 것도 이런 판타지 때문이다. 이런 행동에서 윤일섭의 직장 동료 사내는, "과거에서 비롯한 도착의 결과에서가 아니라 우리 현실 가운데서 누구나가 가질 수 있는 가장 정직한 자기 소망의 표현"임을 읽어낸다. 흔히 제도 관리 사회의 정도가 더해갈수록 개인의 진정한 자아는 억압되게 마련이다. 현상 추수 양상이 심화되면 개인적 내면의 공동화(空洞化) 현상은 더욱 심해진다. 이럴 때일수록 "시대적 어울림의 삶을 위해서도 이따금 자신을 되돌아보고 새로운 자아와 개성적 생명력의 계발·축적을 위한 자기모색의 깊은 공간, 자신만의 조용한 밀실이 필요"하다는 작가 이청준의 생각이, 작은 인간 윤일섭의 자기 실종 욕망으로 형상화된 것으로 볼 수 있다. 작가 이청준은 「밀실을 찾아서」라는 산문에서 이렇게 쓴 적이 있다. "그 요나 콤플렉스라는 것, 어머니의 뱃속에 있는 것처럼 비좁고 어두운 곳에 혼자 있음이 오히려 마음 편하고 아늑하고 안심스런 심리 상태, 그런 맘버릇, 그런 것을 품어 길러 준 자리들…… 그것은 아마도 자신만의 삶과 꿈이 숨쉬고 자라 온 곳, 어디보다도 자유로운 상상과 창조의 드넓은 밀실이 아니었을까. 〔……〕 바깥 세상살이를 나왔다가 어찌어찌 하다 보니 이젠 그 자기 밀실로 되돌아갈 통로를 빼앗겨 버리고 만 격이랄까. 다름 아니라 나는 이즈음 그 자기격리와 침잠 그리고 즐거운 상상(상념)과 창조의 공간을 깡그리 잃고 사는 형편인 듯싶기 때문이다."

그렇다고 밀실에서라도 '작은 나'들이 행복할 수 있는가. 최인호의 「타인의 방」의 주인공은 밀실에서조차 혹독하게 자신의 행복을 소거당한다. 아내의 배신을 확인해가면서 주인공은 점차로 자기 밀실이 '나'의 것이 아닌 '남'의 밀실임을 절감한다. 뿐만 아니라 온통 반란하는 밀실의 사물에 갇힌 주인공은 더욱 심한 환각 속에서 고통스런 소외 체험을 한다. "방안 어두운 구석구석에서 수근거리는 소리가 들려온다. 어둠과 어둠이 결탁하고 역적 모의를 논의한다. 〔……〕 벽면을 기는 다족류 벌레의 발자국 소리가 들려온다"는 부분에서 보이는 것처럼, 그는 어둠 속에 완전히 포획된다. 어둠에 갇힌 그는 순간적으로 황홀한 우주를 떠올려보기도 하지만, 이내 황홀한 우주가 아닌 검은 우주, 블랙홀에 빠지고 만다. 2008년 『한국일보』 신춘문예 당선작인 진연주의 「방」에서 대상인 방이 커질수록 나의 의식은 줄어든다. 반비례 관계이다. "방은 그렇게 조금씩, 그림자 지듯 소리 없이 자리를 넓혀갔다. 그리고 개미가 몰려들기 시작했다." 방이 자리를 넓혀가고 개미가 몰려들면서 나의 자리는 점점 줄어든다. 그에 따라 나는 점점 더 작아진다. 논술 답안지 첨삭 지도 아르바이트를 하는 주인공은 현실에서 자기 삶의 정당한 근거를 찾지 못한다. 타인에게 말도 건네지 못한다. 혹은 건네지 않는다. "말을 나눈다는 건 관계를 시작하겠다는 의지이고, 시작은 그게 무엇이든 변화라는 대가를 요구한다"고 생각하기 때문이다. 말뿐만 아니라 시선의 교환도 제대로 수행하지 않는다. 소통은 차단되거나 차연된다. "당신은 왜 늘 쭈뼛거리고, 망설이고, 서성이고, 생각하나요? 당신을 빨아들이는 것들에 대한 두려움 때문인가요?"란 질문에 답을 할 수 없는 존재다.

그러는 동안에 "방은 계속 자라나고, 그러나 그것을 확인해 줄 사람
은, 내가 꿈꾸고 있거나 미친 게 아니라는 걸 확인해 줄 사람은 아무
도 없다." 그녀가 첨삭 지도하는 원고 내용의 일부인 '수인의 딜레마'
와 비슷하면서도 다른 맥락까지 포괄하여 엄혹한 '수인의 딜레마'를
겪고 있다. 동시대의 삶에 대한 불안과 두려움을 갇힌 '작은 나'의 모
습을, 수인의 딜레마로 형상화했다.

　『광장』에서 『화두』에 이르기까지 작가 최인훈이 으뜸되는 서사의
과제로 다루었던 주제의 하나는 '자기 운명의 주인'이 되는 삶이었다.
다시 말해 최인훈의 문학적 고집 중의 하나가 자기 운명에의 의지였
던 것이다. 코기토 철학 시대의 상상적 의지에 값한다. 그런 면에서
최인훈은 '남북조시대'의 현실에서는 작은 유형인(流刑人)이었지만,
문학적 의식 면에서는 큰 세계인(世界人)이고자 했던 작가다. 『화
두』에는 작가 조명희의 이야기가 주요하게 등장한다. 조명희는 1930
년대 소련의 당내 투쟁의 와중에서 반역자로 몰려 희생되었다. 인간
다운 이성의 기획은 좌절되고, 비이성적인 먹이사슬의 농간에 의해,
그 곡절에 의해 희생된 조명희는 환상 속에서 이렇게 말한다. "자기
를 빼앗기면 이 도시처럼 이렇게 된다네." "너 자신의 주인이 되라."
"빛이 있을 때 빛 속으로 걸어라." 또 최인훈은 뇌일혈로 쓰러져 자신
의 기억을 망실한 상태였던 레닌의 최후 나날들에 대한 기록을 접하
면서, 레닌처럼 망실되기 전에, 조명희의 화두처럼 자기 자신의 주인
일 수 있을 때 세계의 '옳은 맥락'을 찾아내서 기록해둬야겠다는 결심
을 한다. "나 자신의 주인일 수 있을 때 써둬야지. 아니 주인이 되기
위해 써야 한다. 기억의 밀림 속에 옳은 맥락을 찾아내어 그 맥락이
기억들 사이에 옳은 연대를 만들어내게 함으로써만 나는 나 자신의

주인이 될 수 있겠다. 그 맥락, 그것이 '나'다. 주인이 된 나다."

그러나 접속 시대의 소설가 김영하는 '자기 운명의 주인' 담론에 대해, 그 허무의 정체를 일찌감치 간파하고 미리 냉소를 보낸다. 이에 그는 자기 운명의 주인으로 살지 못하는 소비 자본주의 사회의 일상을, 그 파편들을, 놀이 충동으로 서사화한다. 『빛의 제국』에서 그가 "생각한 대로 살지 않으면 사는 대로 생각하게 될 것"이라는 폴 발레리의 시구를 원용하면서, 사는 대로 생각하는 사람의 이야기, 혹은 그 존재론을 그리게 된 것은 그런 까닭이다. 이 소설의 주인공은 장기 남파 간첩이다. 북한에서 남한으로 이식된 그는 아내에게조차 자신의 정체를 숨겨야 할 정도로 분열된 존재 조건 속에서 산다. 모든 것은 거짓이고, 주위 사람들과는 다른 시간과 공간에 갇혀 산다. 이를 있으면서도 없고, 없으면서도 있는 유령의 존재론이라고 부르면 어떨까. 접속의 그물을 떠도는 이러한 유령의 존재론은 어떤 경우에도 자기 존재를 전면적으로 긍정할 수 없는 미분화되고 분열된 '작은 나' 혹은 작은 유형인들의 불안하고 불우한 실존의 풍경, 바로 그것을 환기한다.

4. 생명 성찰의 '나'와 여성적 탐문의 '나'

현실의 속절없는 배리로부터 자유로울 수 없는 '작은 나'들은 종종 한 맺힌 인물로 입상화된다. 운명적 삶의 형식으로부터 지니게 되는 김동리나 한승원의 한, 여성이기에 고스란히 감당해야 하는 최정희의 한, 4·3 사태로 인한 제주도민의 한을 그린 현기영의 「순이삼촌」,

「거룩한 생애」를 비롯한 여러 소설에 등장하는 한, 전쟁과 이데올로기로 인해 아들을 잃은 참척의 고통의 승화를 그린 「장마」의 작가 윤흥길의 한, 역사적 계급적 진실의 위반으로 인해 형성된 조세희의 한, '아비는 남로당이었다'는 태생적 숙명 때문에 곤혹스러웠던 김원일·김성동·이문열의 한, 임철우 등이 그린 광주민주항쟁의 한, 남로당이기는커녕 고작 '아비는 개흘레꾼이었다'는 김소진의 한 등등 이루 헤아릴 수 없을 정도로 많은 한 맺힌 '나'들이 20세기 한국소설사를 가로지른다.

2008년 5월에 타계한 박경리의 『토지』에는 다양한 한의 수맥들이 이리저리 얽히고설켜 있다. 그 같은 한의 물빛과 뿌리들로 하여 『토지』는 다채로운 '나'들을 성격화하면서 매우 중층적이고 입체적인 방식으로 삶의 의미를 탐문하는 크나큰 터전이 된다. 소설에 등장하는 거의 모든 인물들을 한의 인간군상이라 불러도 좋을 정도로, 그들은 한과 관련된 담론으로 삶의 의미론을 풀어가고 있으며, 한에 대한 숙명적인 이끌림과 의지적 버팀김 사이에서 고행하고 있다. 하고 보면 『토지』의 인물치고 한의 인물이 아닌 자 어디 있을까마는, 그중에서 우선 김환이 주목될 만하다. 전설적인 동학군의 장수 김개주가 최참판댁 윤씨부인을 겁탈한 결과 태어난 그는 구천이로 변성명하여 최참판댁에 종으로 들어갔다가 아버지가 다른 형인 최치수의 부인 별당아씨와 통정하여 도망치지만 그녀마저 일찌감치 병사하는 바람에 한이 깊어지는 인물이다. "생명의 배태와 더불어 그의 상실은 예정된 것"이라고 진술되거니와, 그는 대체로 이렇게 표현된다. "김환은 세상에 나오자마자 모친을, 이십 전후하여 부친과 별당아씨를 잃었다. 어느 누구보다 철저하게 대치(代置)가 불가능하였기에 그토록 철저하게 잃은 것이었다. 내세에다 가냘픈 희망의 거미줄을 걸면서, 한 마리 도요새가 되기를 꿈꾸며, 아비 도요새, 어미 도요새, 아아 별당아씨, 그 여자 도요새와 더불어 만경창파 구만리 장천을 나는 것을 꿈꾸며 진달래빛 눈보라, 진달래빛 빗속에서의 처절한 통곡을 거치며 그의 절망적 정열은 그의 불행과 행복과는 상관없이 생동하는 생명의 지속이었던 것이다.” 이처럼 ‘절망적 정열’ 속에서 한과 맞씨름해야 했던 그였으나, 그는 결국 신비적 해한(解恨)의 방식으로 ‘대자대비’의 생명의 바다에 이르게 된다. 이는 인생의 길 끝에서 혹은 벼랑 끝에서 발견한 한과 삶에 대한 근원적 통찰의 결과이다. 막다른 곳까지 인식의 추진축을 밀고 나가보지 않은 이로서는 얻을 수 없는 성질이어서, 김환의 대자대비의 사상에는 상당한 무게중심이 실린다. 인생의 끝 내지 허무의 벼랑에서 신비체험처럼 인식의 벼리로서 해한의 사상과 생명의 심연을 성찰하고 있다는 점에서는 소지감도 같은 경우에 속한다. 최참판댁 종이었다가 주인집 아씨 서희와 결혼하는 길상 역시 한에서 생명 사상에로 이르는 구체적인 경로를 보여준다. 존재 “내부에 숨은 청랑(淸朗)한 오성(悟性)”을 직관할 수 있는 투시안으로 “온통 환희”와 “생명의 부활”을 발견할 수 있었던 길상은 “창조의 능력이 없다는 것은 사랑이 없다는 애길 거”라고 말한다. 길상의 아들 환국은 이를 이어 “창조는 생명”이라고 정리한다. 이처럼 존재하는 모든 것들에 대한 연민의 정조를 바탕으로 진정한 생명을 성찰하는 ‘나’들에 의해 새로운 창조의 궤적이 형성되었음을 짐작해볼 수 있다.

그러나 한 많은 현실에서는 “청랑(淸朗)한 오성(悟性)”을 억압하고 “생명의 부활”을 가로막아 속절없는 작은 인간들의 비극적 삶을 연출하는 경우가 더 많다. 그럴 때 잃어버린 나를, 나는 어떻게 찾아갈 수 있는가. 이런 문제의식을 오정희의 「바람의 넋」은 보여준다. 오정희의 여러 소설에서 여성 인물은 집안에서 거부당한 기아(棄兒) 의식을 지닌다. 이 때문에 종종 집 밖으로 탈출을 감행하여 몽중보행을 하면서 비극적인 자기정체성을 확인한다. 「바람의 넋」에서 은수도 그런 작은 '나'이다. 그녀는 전쟁고아 출신으로 "얻어온 애"였다. 전쟁통에 부모와 쌍둥이 여동생이 도둑들에게 살해되고 만 것이다. 어렸을 적 사촌아이를 통해 이 사실을 알게 된 은수는 줄곧 "이곳은 내 집이 아니다"라는 생각에 강박된다. 이 강박의식은 세계박탈감이기도 하다. 그래서 더더욱 박탈되기 이전의 나의 세계 즉 나의 집은 어디인가, 내지 "나는 누구인가, 나를 낳고 또 버린 사람들은 누구인가"라는 집요한 의식에 빠져든다. 그녀는 결혼하면서 "임시로 머무는 듯한 지긋지긋한 헤매임"을 접고 "새로운 뿌리내림"이 되기를 간절히 열망하지만, 사태는 달라지지 않는다. 여전히 자기 넋은 집 안에 있지 못하고 언제나 집 밖의 바람에 실려 떠돌 뿐이다. '바람의 넋'을 따라 집밖의 몽중보행을 계속하던 은수는 어느 날 자신도 모르게 이끌리게 된 산에서 치한들로부터 윤간을 당하게 되고, 이 사건을 계기로 집 안으로의 귀환을 포기한다. 그러면서 자신의 비극적인 자기정체성을 확인하게 된다. 데려다 키운 친정어머니로부터 "두 짝의 작은 검정 고무신"에 관한 사연을 듣게 된 것이다. 최초의 기억이 현재의 의식 및 존재와 연결되자 자기정체성을 확인하게 되었으나, 그것은 너무나도 참혹하고 비극적인 것이었다. 그녀 자신의 넋은 제자리를 알지 못하고 안타깝게 바람 되어 떠돌고 있었던 것이다. "오라, 나의 어린 넋이여, 바람되어 떠도는 넋이여, 하염없는 그리움 잠재우고 이제는 돌아오라"는 결구가 그 비극적 참상을 웅숭깊게 환기한다. 거칠고 황량한 세계상 내지 폭력적인 남성들에 의해 철저하게 '뿌리뽑힌' 여성적 존재의 근원적 우수와 비극성의 심연을 다룬 소설 「바람의 넋」에서 은수는 물론 한없이 작아지는 인물이다. 그러나 '작은 나'에 의한 여성적 진실 탐문의 도정은 매우 간절하고 깊다.

최윤은 '너는 더 이상 너가 아니다'라고 과감하게 비판한다. 진실의 자리에 기초하지 않은 너와 나의 삶을 근본적으로 반성하고 해체하면서 새로운 '나'를 자리매김해야 함을 여성적 탐문의 시선으로 역설한다. 장편 『너는 더이상 너가 아니다』에서 최윤의 핵심 메시지는 "아비는 고옥 수리자였고, 욕망의 사시(斜視)인 자식은 물질 속으로 사라져 갔다"로 집약된다. 박철수의 부친은 고옥(전통가옥) 수리자였다. 근거없는 민족주의를 내세웠던 부친은 집 그 자체에 대한 본질적인 인식을 하지 못한 채 그저 복원, 수리에만 몰입하다 죽어갔다. 늘 부실했고, 한 번도 온전한 집을 만들 수 없었다. 아들은 아비의 행적을 쫓다가 그 아비가 남긴 것이 어처구니없게도 빚밖에 없음을 알게 된다. 아비의 역사는 늘 뒤틀렸고, 질곡이었고, 그래서 진정성에 이르지 못했다. 그리고 아비의 불행했던 역사를 올곧게 새로 쓰고자 한다. 이는 아비 세대에 대한 철저한 부정을 의미한다. 아비의 의식과 행동으로는 삶의 실체를 동반할 수 없다는 인식이다. 이것이 우리 현대사 1세대 '나늘'에 대한, 그 질곡에 대한 전면적인 비판에 해당된다. 2세대인 자식은 어떠한가? 아들 박철수의 거울 인물인 나영희는 육체적으로나 정신적으로나 욕망의 사시다. 그녀는 현대 일상성의 늪에서 표적 없는 물질의 항해를 하고 있다. 그저 흔들리는 인물이다. 사시인 그녀가 보는 세상이 마구 흔들리고 있듯이, 그녀의 내면 또한 무수히 흔들릴 뿐이다. 흔들림의 끝은 어디인가? 그것은 사라짐이다.

무수한 그리고 의미 없는 분열 속에서 흔들리다 다만 무화되어갈 뿐이다. 소설의 대미를 장식하고 있는 그녀의 자살 장면은 분열과 소진의 절정을 보여준다. 이렇듯 아비는 부질없는 이데올로기에 의해 상징적인 불구였고, 자식은 반이데올로기적 물질 탐닉에 의해 역시 상징적인 불구의 삶을 살다가 스스로 소진되고 만다는 이야기를 통해서 작가 최윤은 엄정한 비판과 반성 위에서 새로운 '나'를 형성해나갈 것을 제안한다.

신경숙에 의한 식물성의 '나'에 관한 탐문도 우리의 관심을 끈다. 『바이올렛』에서 오산이는 세상에서 겨우 존재하는 희미한 '작은 나'이다. 화원에서 같이 근무했던 수애와는 달리 자신의 의지를 제대로 언표화하지 못한다. 식물들이 그러하듯 그저 세상의 물결에 혹은 타인의 요구에 이끌리며 휩쓸리는 인물이다. 말하자면 부성적 의미화 영역의 안정성과 지배적 경향에 휘둘리는 존재이다. 그러기에 억압된 채 희미하게 살아간다. 희미하되 결코 단순한 인물은 아니다. 탈중심화되고 중층적인 주체다. 여러 그림자와 숨결을 지니고 있는 그녀는 자기 안의 코라chora를 일깨우면서 상징적이고 원형적인 귀환에의 열망에 들려 있다. 정서적인 측면에서는 분명치 않은 대상을 향한 아련한 그리움이 전경화된다. 특히 인상적인 것은 오산이가 육신의 고통의 절정에서, 혹은 폭력적 억압의 절정에서 기호적 코라의 언어를 길어올리고자 하는 14장의 마지막 대목이다. 마치 「새야새야」에서 무척 인상 깊었던 장면인 "밑으로 밑으로 한없이 아늑한 웅덩이" 부분을 연상케 하는 '포크레인 무덤' 이미지가 특히 그렇다. "포크레인 무덤 속에서 그녀가 마지막으로 한 일은, 으깨진 팔꿈치를 감싸며 옆구리에 붙어 있는 가방을 열고 꾸물꾸물 노트를 꺼내 아무 장이나 펼치고서 뭔가 꾹꾹 적어넣을 양"을 하는 모습, 바로 그 순간이야말로 기호적 코라에서 언어적 에너지를 끌어내는 순간이다. 크리스테바 식으로라면 '말하는 주체'가 탄생하는 순간이겠고, 신경숙 식으로라면 '작가'가 숨죽인 채 탄생하는 순간일 터이다. 그 말하는 주체의 탄생을 가능케 하는 심층 에너지는 식물성의 영혼에서 비롯된다. 신경숙에게 있어서 여성성을 환기하는 식물성은 양가적이다. 식물성의 성정 때문에 세상에서 상처받기도 하면서, 역설적으로 그것 때문에 폭력적인 현실을 견딜 수 있다.

5. '나'와 '너'의 상호주관성

현실에서 상처받는 것도, 그것을 이런저런 방식으로 견디는 것도 '나' 홀로 가능한 게 아니다. '나'와 '너' 사이의 상호주관성의 지평에서 가능하다. 이 지점에서 '나'와 '너'의 윤리가 개입하기도 한다. 이청준의 『당신들의 천국』에서 조백헌 원장은 선한 의지로 환자들을 위한 천국을 건설하려 했던 '큰 나'였다. 그러나 '너'와 '나'의 상호 발견에 의한 일반의사에 기반하지 않은 천국 건설은 무의미함을 깨닫고 반성한다. 황장로를 비롯한 '너'들과 허심탄회하고 진실한 대화를 나누면서 '큰 나'는 '작은 너'들에 다가가며 '작은 나'로 전신한다. 이 '작은 나'에 황장로를 비롯한 '작은 나'들이 화답한다. 자유를 넘어 사랑의 구현 가능성에 대해 함께 고뇌한다. '나'와 '너' 사이에 진실한 상호주관성의 지평이 형성되는 과정이다. 깨어진 영혼의 상처와 부끄러움이거나 배반이나 가해, 혹은 폭력의 허물 내지 삶과 역사의 한을 위무하고 씻어내기 위한 부단한 헤맴의 역정이었던 이청준의 소설은 대부분 이런 인식론적 상상적 과정의 소산이다. 이청준에게 있어서 소망스런 상호주관성의 지평은 우선 자기반성에서 비롯된다. 역사와 현실의 격랑에서 많은 사람들이 피해자 의식을 가지고 '너'를 대할 때 보복의 악순환만 되풀이될 뿐임을 그는 일찍이 간파한 바 있다. 「가해자의 얼굴」에서 명료하듯 나름의 가해자 의식을 바탕으로 반성할 때 '나-너'의 관계는 진정성의 지평을 알게 된다. 깊은 피해자라 하더라도 '너'의 허물을 덮어주고 용서하는 마음이 중요함을 근작 소설에서 이청준은 새삼 강조한다. 「지하실」, 「이상한 선물」 등에서 묻어 주고, 덮어주고, 잊어주고, 속아주고, 감싸주는 마음의 생태는 '작지만 큰 나'의 인간됨이다. 진정한 반성과 용서, 그 바탕 위에서의 현묘한 대긍정의 세계를 응시하고 실천할 수 있을 때, 존재를 속절없는 역사적 격랑에서 구하고 진정한 의미를 탐문할 수 있다는 생각을 내비친다. 반성하는 나, 감싸주는 나, 용서하는 나의 초상은 이청준 문학의 위의를 알게 하는 대목이며, 나와 너의 소망스런 상호주관성을 위한 실천 윤리이기도 하다.

흔히 '관계의 욕망학' 혹은 '욕망의 관계학'이라 불리는 이인성의 소설 또한 그런 상호주관성 형성을 위한 도저한 서사적 실험의 소산이다. 『낯선 시간 속으로』는 주로 '나-그'의 고통과 방황의 여정이다. '나-그'는 과거라는 긴 상처의 흔적을 지니고 있는 젊은 '나-그'이고, 그런 젊은 '나-그'가 상처를 헤치면서 방황하는 가운데 현존 상황과 어떤 관계 맺기가 가능할 것인가를 묻는다. 연작 『한없이 낮은 숨결』에서 '나'는 '나'를 넘어 '너(당신)' '그' '우리'의 새로운 관계를 찾아가는 상상적 해체 재구성의 여행을 시도한다. '나'를 넘어선 '너/

그' 지향형의 관계 맺기 전략이나 소통 전략은, 그러나 때때로 현실 상황에 구체적으로 관계될 때 '나'는 물론 '너/그' 로부터도 비껴날 수 있는 것이어서, 종종 '나'로 하여금 닫힌 의식에 사로잡히게 하기 십 상이다. 하여 이인성은 중편 「마지막 연애의 상상」을 통해 닫힌 관계 를 풀어낼 수 있는 주체의 자유로운 다중 분열 양상과 그 분열된 여 러 '나'들 사이의 자유로운 넘나듦 내지 몰핑을 보이는 것으로서 경계 를 넘어서는 새로운 상상적 상호주관성의 지평을 제시한다. 『미치고 싶은, 미쳐지지 않는』에서도 작가는 삶의 무게를 가로지르고 검은 죽 음의 심연을 넘나들면서 그 심층에서 모든 것을 '무(無)'로 만들고자 하는 욕망과, 특히 인간으로 하여금 관계 속에 실존하게 하는 욕망 과, 실존적 조건에 부딪치면서 갈등하고 변화를 겪는 욕망, 이리저리 들끓는 욕망, 욕망의 비의를 보다 근원적으로 성찰한다. 이같이 욕망 을 성찰하는 욕망을 반성하기 위해 작가는 인물과 시간, 공간 등 서 사의 제반 요소들의 몰핑 전략을 구사한다. '너'는 과거의 나이고, '나'는 현재를 살아가는 실존적 나이며, '그'는 상상된 미래의 나이다. 이 '너-나-그'의 중층적이고 탄력적인 대화를 통해 나를 탐문하는, 나의 욕망을 탐문하는 욕망은 한없이 깊어진다. 「강 어귀에 섬 하나」 에서도 상호주관적 대화와 욕망의 심연 탐색을 통해, 진정한 나를 발 견할 수 있는 실마리를 마련하기 위한 의식적 무의식적 자맥질을 거 듭한다. 이러한 이인성의 소설은 닫힌 상황, 닫힌 관계로부터 벗어나 열린 '나', 열린 상호주관성을 모색하려는 작가의 서사 욕망과 관련된 다. 그 욕망 속에서 작가는 카오스를 방불케 하는 다이몬과의 고뇌와 방황을 실험한다. '나'를 발견하기란, 잃어버린 나를 찾아 나서기란, 그토록 지난한 작업일 터이기 때문이다.

　그 밖에도 여러 '나'들이 우리 문학사에서 명멸했다. 다채로운 '나-너-그'의 관계들이 있었다. '나' 중심의 인물들도 많았고, 상호주관성의 자장 안에서 반성적으로 존재하는 '나'들도 많았다. 전반적으로 한국현대문학 100년은 다양한 방식으로 '나'를 탐문해온 셈이다. 의미 있는 탐색도 많았고, 진정한 '나'를 성찰하기도 전에, 채 발견되지도 않은 맹아 형태를 서둘러 해체하는 모습도 없지 않았다. '나'의 테마는 근대 이후 가장 핵심적인 주제이며, 여타의 테마들과 긴밀하게 연계된다. 지면 관계상 다루지 않았지만, 새로운 천년을 넘기면서 버추얼리얼리티와 사이보그 시대의 문화적 조류에 조응하여 '나'에 대한 새로운 탐문의 패러다임도 형성되고 있는 형국이다. '나'에 대한 탐문의 역사는 아주 오래된 것이지만, 거의 불가능에 가까운 도전이기에 앞으로도 다양한 방식으로 계속될 것으로 보인다. '내가 누구인지 말할 수 있는 자는 누구인가'라는 도발적 질문에 그 누구라도 섣불리 나설 입장이 못 되기 때문이다. 그래서 또 '나'와 '너'의 이야기는 계속된다.

분열증적 탈주, 혹은 무위(無爲)의 시학

"無爲而無不爲"(『道德經』)

1. '샛길에서 해찰하는' 스키조 키즈처럼

백수들이 탈주하고 있다. 막다른 골목이어도 좋고 막다른 골목이 아니어도 좋다. 혹은 뚫린 골목도 적당하고 막힌 골목도 적당하다. 그들이 달음질하는 골목에는 '백수닷컴' '백수파리' '백수커뮤니티' 따위의 간판들이 공기처럼 떠다닌다. 열세번째 골목에서 탈주하는 그들을 위해 "있는 것은 체력이요, 없는 것은 능력이니"로 시작하여 "지키는 것은 집이요, 곁에 있는 것은 개로구나… 멍!"으로 끝나는 배경 음악까지 울려 퍼진다. 표현된 것과는 달리 그들은 결코 집을 지키지 않는다. 거리로, 골목으로 탈주한다, 내달린다, 치달린다……그들은 때때로 말한다. "백수요? 성인식을 치른 사람 중 국가 경제발전에 도움을 주지 않는 행위를 한 달 이상 하는 자, 아니겠어요?" 어디 인터넷 사이트뿐이랴. 영화 「위대한 유산」에서 임창정이 백수로 탈주하고, 「라이터를 켜라」에서 김승우가 치달리고, 「어바웃 어 보이」에서는 댄디 풍의 백수 휴 그랜트가 내달린다. "삶을 선택하라, 직업을 선택하라. 〔……〕 미래를 선택하고 삶을 선택하라"는 대사로 시작하지만 정작 선택할 수 없었던 우울한 백수의 드라마인 「트레인 스포팅」을 비롯해, 「판타스틱 소녀백서」, 「뮤리엘의 웨딩」, 「해피엔 드」 같은 여러 영화들, 그리고 닐 사이먼의 「2번가의 포로」 같은 여 러 연극들에서도 백수들이 탈주하고 있다. 그 여러 골목에서 일제히 탈주하며 그들은 외치고 싶어 한다. "만국의 백수들이여, 단결하라! 단결하라! 단결하라!"

어느 TV 시트콤에서 반복적으로 연기됨으로써, 유행어가 되기까지 했던 다음 대사가 우리 사회의 그늘진 단면을 서글프게 입증한다. "아시다시피, 장기화된 경기 침체로 인해 청년 실업이 40만 명에 육 박하는 이때, 미래에 대한 철저한 준비 없이 어떻게 살아남을 수 있 겠습니까?" 청년 실업 40만, 신용불량자 400만 명을 육박했다는 이 야기, 그래서 '이제는 다시 경제다'라는 소리도 만만치 않게 얘기되는 시절이다. '이태백'(20대 태반이 백수)이 단순한 희언(戱言)으로만 들리지 않는 청년 실업도 청년 실업이거니와, '삼팔선' '사오정' '오 륙도' 모두가 문제적이다. 실업자만 불안한 게 아니라, 직장이 있는 사람들도 잠재적 실업 의식 때문에 또한 불안하다. 이러다가 모두가 잃어버린 세대, 잃어버린 시대 증후군에 포획되는 게 아닐까 싶다. 자세한 통계 자료를 거론하지 않더라도 우리는 대체로 공감한다. 현 재 우리 사회에서 백수의 문제가 얼마나 중요한가를. 심지어 우리는 가혹할 정도로 공감할 수 있다. 가혹한 공감은 때때로 새로운 성찰을 동반할 수 있는 법. 우리가 비록 사회적 부적응자로 일할 생각이 없 는 집단이며 그에 따르는 욕망의 분출구를 손쉬운 방법으로 확보하려

206

는 경향을 지닌 집단의 행태에 대한 사회학적 보고를 하지는 못한다 하더라도, 혹은 백수 내지 실업 문제의 경제적 해결책을 모색하지는 못한다 하더라도(그럴 수도 있다면 물론 금상첨화겠지만), 문학 상상력으로 빚어낸 백수들의 특징적인 탈주 행로를 통해서 우리가 새롭게 생각할 수 있는 인문적 지혜의 일단을 모색할 수 있었으면 한다. 그러니까 현실의 지도에서 볼 때, 우리는 좁은 샛길에서, 비좁은 틈바구니에서, 아주 사소한 방황을 하는 것인지도 모른다. 혹은 아무 일도 하지 않는 것처럼 비칠지도 알 수 없는 일이다. 예전에 시인 유하는 이렇게 적었다.

아내는 직장에 간 시간
나는 자전거나 타면서 고작 지렁이도 익사를 할까
쑥부쟁이는 쑥과 뭐가 다른가 따위의 사소함을 붙들고 있다
몇 년째 나는 아무 일도 하지 않았다
자전거 위에서 몇 편의 시를 구상했을 뿐
언제나 핵심을 피해왔다
시험 전날 만화방에 앉아 있는,
목적지를 놔두고 샛길에서 해찰하는 아이처럼
아무 일도 하지 않는 자의 가슴엔 늘 쓸모 없는 것들만
다녀간다 가을빛에 젖은 억새풀과 노란 은행잎 몇 개
[……]
세상을 삼킬 것 같았던 어제의 열망은 이제
나의 몸을 알아보지 못한다, 그러나 노는 자여
나는 이미 오래 전에 예감했었는지도 모른다

집으로 저물어 돌아가는 나의 자전거가

텅 빈 가을 하천의 사소한 풍경을 완성시키고 있는 이 순간을

— 유하, 「自畵像」 부분

우리 시대 시인의 자화상으로 썩 인상적인 대목이 아닐 수 없다. 시적 자아는 근대 문명의 바탕이랄 수 있는 편집증적 추진력을 거부하고 탈주하는 자의 형상을 하고 있다. 몇 해 동안 아무 일도 하지 않았다는 것, 특히 "목적지를 놔두고 샛길에서 해찰하는 아이처럼" 그렇게 지냈다는 대목이 전경화된다. 근대 문명은, 자본주의는, 끊임없이 이루라고, 쌓으라고, 성취하라고, 축적하라고, 확대하라고, 성장하라고, 요구하고 명령하고 억압한다. 중도에 그만두거나 샛길로 빠져서는 안 된다고 경고한다. 개인의 삶도 국가 경제도 성장하기 위해서는 어쩔 수 없이 편집증적인 추진력이 필요하다고 강조한다. 그런데 이런 요구의 핵심을 거부한 채, 사소한 열망으로 목적지에서 벗어난 샛길로 도망치다니. 그래서 "샛길에서 해찰하는 아이"가 되다니. 자본주의적 요구를 거스르며 그야말로 '놀고 있는' 형국이 아닐 수 없다. 그러나 '노는 자'가 완성하는 '사소한 풍경', 혹은 샛길로 탈주한 스키조 키즈schizo-kids가 해찰한 쓸모 없는 풍경들 속에서 인간은, 세계는 다시 태어날 수도 있지 않을까. 그 사소한 것의 사소하지 않음을 위하여, 쓸모 없는 것들의 쓸모를 위하여, 나아가 하지 않는 것의 하는 것을 위하여, 백수 문학의 상상력은 탈주하고 있는 것이 아닐까. 다시, 막다른 골목이어도 좋고 막다른 골목이 아니어도 좋다. 혹은 뚫린 골목도 적당하고 막힌 골목도 적당하다.

2. 탈주하는 백수 백태, 혹은 오이디푸스적 가족 넘어서기

밤길 골목을, 골목 위를, 퍽 시끄럽게 하며 노는 아이가 있다. 김영하의 「비상구」에 나오는 스키조 키즈다. 기본적으로 달리는 아이다. 그에겐 막힌 골목도 막힌 것이 아니다. 지붕에서 지붕으로 넘어다니며 새로운 골목을 내고, 치달린다. 비상구가 될지 안 될지 모를 그 탈주 장면의 끝은 이렇다. "나는 창문을 타넘어 옆집 지붕 위로 뛰어내린다. 그리곤 앞만 보고 달렸다. 발 밑으로 기왓장 부서지는 소리들이 들려왔다. 두두두둑. 형사들은 열심히 쫓아오고 있다. 야이 씨팔새끼들아, 내가 니네 형 죽인 것도 아닌데 왜 이렇게 죽어라고 쫓아와? 좆같은 새끼들아. 그렇게 속으로 욕을 해대면서도 내 발은 계속 지붕에서 지붕으로 넘어다녔다. 다행히 타넘을 지붕은 얼마든지 있었다. 니미 씨팔이다."[1] 스무 살의 김우현은 백수 건달이다. 주거 부정에 삐끼질, 뻑치기가 특기다. 게다가 달리기는 주특기다. 노는 인물, 달리는 인물인 그는 텍스트에서 세 번의 달리기 장면을 연출한다. 여자애와 함께 중고 엑셀 승용차를 몰고 밤 11시에 자유로로 나가 속도감지기를 피해 라이트마저 끈 채 전속력으로 폭주하는 것이 그 하나요, 여자애와 싸운 남자를 폭행한 다음에 도망치는 달리기가 그 둘이며, 그 다음 날 경찰이 여관을 덮쳤을 때 이를 피해 창을 타넘고 지붕을 타넘으며 도망치는 앞의 인용 장면이 그 셋이다. 그렇다면 그는 왜 그렇게 달리는가. "오토바이 타고 장난칠 때도 지났고 삐끼

---

1) 김영하, 「비상구」, 『'99현대문학상 수상소설집』, 현대문학, 1999, p. 63.

질할 짬밥도 아니다. 조직에 들어가서 허리 굽히고 살기도 싫다. 집
구석으로 들어가는 건 더 좆같다. 집에 가봐야 눈칫밥밖에 더 먹나"
(p. 50)라고 생각하는 그는 정주할 집도, 이렇다 할 직업도, 그렇다
고 소망스런 꿈도 없는 인물이다. "죽어라고 학교 다녀봐야 대학 갈
팔자도 아니고, 국으로 있는 놈만 병신이다. 선생들은 패지, 애들은
쪼지, 주먹으로 못 잡을 바에야 뜨는 게 장땡이다. 집에 있어봐야 대
학 못 갔다고 어이구 내새끼 하면서 카페 하나 차려줄 재산이 있기를
하나, 그저 밖에서 구르는 게 집도 좋고 지도 좋은 거지"(p. 46). 혹
은 "내가 암스테르담인지 뉴욕인지 지들이 그렇다면 그런 줄 알지,
가보기를 했나, 앞으로 가볼 일이 있나"(p. 50) 같은 발화에서 분명
하듯, 과거에도 그랬듯 미래를 위해 축적해야 할 희망은 이미 거세되
었거나 봉인되었다고 생각한다. 가끔씩 "괜찮은 년 하나 있으면 살림
차리고 씨팔, 이삿짐이라도 날라볼까. 하루 일당 십만 원이면 뺑이야
치지만 삐끼보다는 낫다"고 생각하기도 하지만, 그 또한 확실한 정주
에의 욕망이라 보기 어렵다. 이런저런 이유에서 그는 "니미 씨팔이
다"라며 달리고 또 달린다. 현실의 대로에서 벗어난 골목에서의 희비
극적 질주는 일단 현실을 교란하는 탈주의 풍경으로 보인다. 앞으로
나가는 달리기지만 나가지지 않는 달음박질이라는 점에서 희비극적
이라 할 수 있겠는데, 일단 그 방향 면에서 윤대녕의 '은어'족 백수들
과는 상반된다. 두루 알다시피 윤대녕의 은어족들은 대개 '시원'을 향
해 거슬러 달아나기를 시도하는 인물들인 것이다. 윤대녕의 '시원' 이
미지가 환기하는 신화적 비상구에 비해, 김영하 소설의 비상구는 매
우 비좁은 것처럼 보인다. 경쾌한 어조를 타고 앞으로 달림에도 불구
하고 김영하의 스키조 키즈들이 탈주하는 골목이 황량한 사막을 연상

케 하기 때문인지도 모른다.

결코 비상구를 알지 못하는 「비상구」의 김우현, 이런 백수들의 문학적 실존의 풍경은 어떠할까. 1994년 작 『우리는 사람이 아니었어』에서 임영태는 사회학적 관심의 일환으로 교육과 계층의 문제를 지목했다. 실업계 고등학교를 졸업하고 병역까지 마쳤으나 대학 졸업장이 있는 것도 아니어서 이렇다 할 일자리를 마련하지 못한 채 곤핍한 삶을 사는 젊은이들의 핍절한 초상을 그린 소설이다. 문제적인 노동자도 문제 제기적인 지식인도 아닌 어정쩡한 백수형 인물의 고달픈 세상살이를 실감 있는 세필로 관찰했다는 평가를 받은 이 소설에서, 백수들의 눈에 비친 세상의 색깔은 딱 두 가지다. "어둠과 빛." 그리고 세상에는 두 종류의 사람들만 있다. "실업자와 안실업자."[2] 오랜 실업의 터널에서 그들은 마치 벌레가 되어버린 것 같은 절망감에 사로잡히기도 한다. 다소 감상적으로 느껴지기도 하지만, 그들의 회한, 절망, 분노는 연애에의 상상마저 차단된다고 느껴질 때 새삼 극대화된다.

한 여자와의 연애가 상상에조차 벽으로 다가서 올 때, 우리는 이 사회 속 우리 삶의 위치를 홀연히 절감했던 것이다. 그것은 신분 차이에 대한 절망감이었는데, 이십 세기의 벌건 대낮에 신분에 대한 절망이라니, 아아, 그때 우리는 참혹한 기분이 되어 몸을 떨었다. 여자는 저 높은 귀족이었고, 우리는, 우리는 그냥 벌레였다. 우리는 동시에 그렇게 중얼거렸다.

우린 벌레야…… 그 참담하던 회한, 절망, 분노.

---

2) 임영태, 『우리는 사람이 아니었어』, 민음사, 1994, p. 103.

그러나 누구를 향하여 무엇에 대하여 분노하랴. 그 대상을 알만큼 우리는 깨어 있지 못했다. 우리는 그저 황폐한 유적이 되어 가라앉으며 오래도록 벌레라는 말만 신음처럼 주저리고 있었다. 벌레.[3]

김영현의 운동권 인물이 정치적인 벌레 의식에 사로잡혀 있던 1980년대 후반을 거쳐 1990년대 중반에 임영태의 백수형 인물은 사회적 실존적 벌레 의식 때문에 고통받는다. 임영태의 백수들이 고통스러운 것은 그들이 기본적으로 적분적 사고를 하고 있기 때문이다. 그들은 미분적 차이를 견디지 못하고 적분적 통합을 갈망한다. 주변에서의 탈주를 바라지 않고 중심에의 진입을 원한다. 사막의 사랑에 만족할 만큼 건조하지 않은 그들의 감성은, 사랑의 포로를 갈구하는 듯 젖어 있다. 그러니까 그들은 기본적으로 근대 문명의 기반이었던 편집증형 인간들이라고 할 수 있다. 그들의 벌레 의식의 비극성도 그런 인물의 성격과 작가의식에서 기인할 터이다.

이에 비해 2003년 작 『서울특별시』(김종은)의 경우는 어떠한가. 표제가 시사하는 바처럼 일종의 도시세태소설이다. 서울이 고향인 네 명의 백수 이야기가 해학적 어조 속에서 망상형으로 전개된다. 즉 한 인물을 주인공으로 한 선형적 이야기가 아니고 서울의 변두리 지역을 배경으로 복수 인물의 다형적 이야기가 서로 끊어질 듯 얽히면서 진행된다. 모두 서른이 다 된 인물들임에도 그들이 지금 당장 어떤 경제 행위를 하는지는 보고되지 않는다. 각각의 지난 사연들이 흥미롭게 전개되고, 현재 이야기는 '찰리'를 중심으로 한 이른바 '플랜' 모티

---

3) 앞의 책, p. 217.

프가 주를 이룬다. 그것은 비상한 계획으로 한몫 크게 잡는 일이다. 마을금고나 은행, 혹은 금은방이나 고속도로 휴게소를 완벽하게 털어 일거에 백수 탈출에 성공하기 위한 찰리의 플랜은 게릴라처럼 계속된다. 물론 친구들에 의해 결점이 지적되면서 포기되거나 수정되는 일이 거듭된다. 그러나 그는 끊임없이 새로운 플랜으로 기민하게 탈주한다. 확실히 찰리는 플랜 게릴라다. 특히 버거킹 가게에서 계획되는 새서울 휴게소 습격 사건에 대한 공상에 가까운 찰리의 계획과 토론은 백수들의 경쾌한 몽상의 내용을 대변하기에 족하다. 10여 년 전 임영태의 소설에서 백수들은 주로 막술집이나 포장마차 혹은 심야다방을 이용했는데, 21세기의 백수들은 적어도 버거킹에서 일거에 '왕'이 되기를 몽상한다는 점에서 흥미롭다. 임영태의 소설처럼 축축하지도 감성적이지도 않다. 경험의 질이 다르기 때문이다. 적어도 임영태는 실제 백수들의 구체적인 경험을 보고하는 것 같은 느낌을 주었다. 그 경험은 주로 육체적이고 물리적인 것이었다. 그런데 김종은의 경우 육체적 경험보다는 몽상적 경험 혹은 접속의 경험이 주를 이룬다. 이야기의 대부분이 계획에 관한 이야기라는 점도 주목된다. 실제 일어난 사건이 아니라, 일어날 수도 있는 사건을 계획하느라 골몰하고 몽상하는 이야기이기에 건조하고 경쾌할 수 있다. 해학적일 수도 있다. 아울러 임영태 세대와는 다른 김종은 세대의 감각적 실존의 내용 변화 측면에서도 얘기될 수 있겠다. 접속의 시대를 사는 김종은 세대의 인물들은 확실히 노동 강박보다는 유희 본능에 충실한 것 같다. 노는 스키조 키즈들인 것이다. 가령, 계획 속의 가상 사건으로 처리된 부분이지만, 새서울 휴게소 습격 사건이 들통 나 경찰에 체포된 그들이 하는 말들을 한번 들어보자. "그냥 용돈이나 하려고 그랬습니다."(찰리) "텔레비전 보고 했습니다."(호기) "영화 보고 했습니다. 할 수 있을 것 같았습니다."(유진) "만화 보고 했습니다. 그렇게 살아 보려고요. 되나 안 되나."(중만)[4] 그러니까 『서울특별시』는 만화처럼, 영화처럼, 텔레비전처럼 살고 싶은 스키조 키즈들의 몽상과 접속의 이야기다. 게다가 실제의 사건이 아니라 몽상하는 사건을 핵심 사건으로 하고 있으므로, '아니면 말고!' 하면서 얼마든지 빠져 달아날 수 있는 게릴라적인 서사 전략을, 이 소설에서 어렵지 않게 확인할 수 있다. 10여 년을 격해 있는 이 두 편의 백수 이야기의 차이가 밀레니엄 시기의 감각의 변화 내지 문화적 코드의 변화를 충분히 설명할 수 있는 것은 물론 아니겠지만, 아쉬운 대로 그 변화의 흥미로운 측면을 감지하는 데 나름대로 도움을 주는 것만은 분명한 것 같다.

치고 빠지는 혹은 탈주적인 백수 이야기라고 하더라도, 또는 허구적인 몽상기라 하더라도 백수의 이야기들은 일정하게 동시대의 인간 삶에 대한 존재론적 질문을 던지고 있는 것으로 보인다. 특히 몽상적 성격이 강한 백수담일수록 그런 양상을 보인다. 사실 백수담에 몽상적 성격이 강하다는 것은 상식적인 수준에서도 이해 가능하다. 구체적인 일을 처리하지 않는 동안 돈들이지 않고 할 수 있는 가장 경제적인 행위가 바로 몽상 아닌가. "몽상가인 그는 많은 것을 얻었다./우선, 가장 중요한 게으름을 얻었다./취직하지 않아도 아무도 욕할 수가 없었다./그는 몽상가이기 때문이다./몽상가인 그는 많은 것을 잃었다./우선, 가장 중요한 건강을 잃었다./하루 종일 누워 천장의 형광등 불빛 속에 게으름의 손을 내리고 추억을 집어올렸다./그리고

---

4) 김종은, 『서울특별시』, 민음사, 2003, p. 198.

어느 날 그가 죽었다"[5]고 적었던 시인 박형준의 「몽상가」 시편을 산문으로 옮겨보고 싶었다는 김연경의 「방에 대한 소고(小考) 1」도 그런 경우다. 가령 백수인 주인공 허무영씨는 "잃은 것은 건강이요, 얻은 것은 게으름밖에 없는 몽상가"[6]라고 고백하는 인물이다. 건강이 형편없고 게을러터진 그였지만, 그 역시 사회적·정치적 존재였으므로 이른바 출세와 성공에 대한 욕심도 아주 강하다. 그러나 문제는 그것이 오직 몽상 속에서만 그렇다는 것이다. 공상과 망상보다 더 추한 배설물을 남기는데도 그는 늘 "달콤한 몽상"에 사로잡히게 된다. 그는 결코 몽상을 멈출 수 없는 몽상가, 혹은 몽상적 탈주자다. 그 같은 몽상가 백수지만 외부 세계와 접촉을 해야 될 때는 불가피하게 자기 정체성에 대해 의식하게 된다. 그는 몽상을 위한 방 한 칸이 필요해 복덕방엘 간다. 그런데 복덕방 주인이 주인공의 신분을 묻는다.

　　—학생이신가?

　　—아뇨.

　　—그럼 고시생인가?

　　—아뇨.

　　—그럼 직장에 다니시는가?

　　—아뇨.

　　허무영씨는 '아뇨'를 세 번이나 연발하고 나니 괜히 얼굴이 붉어진다. 아무래도 이 사람은 허무영씨가 '예'라고 할 만한 질문을 해줄 것 같지가 않다. 허무영씨가, 아는 것은 무지하게 많지만 정작 하는 일은

5) 박형준, 『나는 이제 소멸에 대해서 이야기하련다』, 문학과지성사, 1994.
6) 김연경, 『고양이의 고양이에 의한 고양이를 위한 소설』, 문학과지성사, 1997, p. 112.

하나 없는 사람이라는 걸, 주민등록증말고는 어떤 신분증도 가지고 있지 않은 사람이라는 걸, 이 사람이 짐작이나 할까. 허무영씨가 세 번째 아뇨를 말하자, 그는 기어이 이상한 눈초리로, 심지어 흉물을 대하는 듯한 혐오스러운 눈초리로 허무영씨를 바라봤다. (p. 104)

"그래, 무슨 일을 하는가?"라는 질문에 적절한 대답을 할 수 없어서 그는 난감해한다. "자신의 무정체성(無正體性)을 다시금 확인하게 된 순간"(p. 105) 그는 절망감에 사로잡히게 된다. 하는 일 없음, 정체 없음에 대한 절망감 말이다. 그것은 이응준의 표현을 빌리자면 "어딘가에 소속되고자 하는 맹목에서 기인한 애처로운 병리(病理)"[7] 현상의 일환일 수도 있다. 이응준의 인물도 그런 병리에 시달리며 몽상에 젖는 백수이기는 마찬가지다. "난 대학을 졸업한 지 두 해가 넘도록 일자리를 잡지 못하고 있었다. 커다란 세계전도를 펴놓고 그 위에 드러누워, 낯선 나라의 오지(奧地)로 이민가버리는 상상을 하던 줄담배 끝의 내가, 아마도 그 무렵의 한심함을 가장 설득력 있게 대변하는 풍경일 것이다. 막막했다. 낮에는 빛이 두려웠고, 밤에는 어둠이 버거웠다"(p. 121). 이렇게 무정체적인 자신의 존재에 절망하거나 몽상에 빠진 백수들이 보일 수 있는 몇몇 행태들이 있다. 가령 신이현의 『잠자는 숲속의 남자』는 남창에다 몸 파는 게이가 되기도 한다. 이응준이나 김경욱, 김도언, 박형서 등 젊은 작가들의 소설에서는 대중문화적 접속을 통해 몽상을 해결하려 한다. 특히 김경욱의 백수 인물들은 종종 "무(無)를 향해 벌어진, 불길하게 째진 틈"[8]을 응

---

7) 이응준, 「Lemon Tree」, 『'99현대문학상 수상소설집』, p. 121.
8) 김경욱, 「Incert Coin」, 『누가 커트 코베인을 죽였는가』, 문학과지성사, 2003, p. 134.

시한다. 「토니와 사이다」에서 백수형 인물들은 자살 사이트를 운영하거나 그것을 통해 자살에 이른다. 자살업이라는 새로운 업종의 인터넷 네트워크를 통해 지구적 자본주의 방식으로 죽음에 접속한다. 「만리장성 너머 붉은 여인숙」의 백수들은 한강에서 영아 시체를 건져내 중국집 주방에 팔고 그 돈으로 노름을 한다. 「거미의 계략」에서 백수에 가까웠던 소설가 김주은은 아사(餓死)하고 만다. 그런데 그 죽음의 그늘에는 익명의 타인들에 의해 불법적으로 쓰인 신용카드 사용료와 전화 사용료 청구서가 쌓여 있다. 김경욱의 소설에서 백수 담론은 타나토스 테마와 결합되고 자본주의 비판 주제와 관련된다. 말하자면 죽음마저 소비하고, 죽음마저 상업화하는 자본주의에 대한 비판적 전략을 담고 있는 것이다. 자본주의적 욕망하는 기계에 접속한 결과의 소산이긴 하되, 그 욕망하는 기계 자체를 탈 내려는 전복적 탈주 의지를 찾아볼 수 있다.

그런가 하면 김채린의 「나에 대하여」는 자발적 백수의 이야기다. 주인공은 대학을 졸업했지만 취업을 하기 위해서 애쓰지 않는다. 햄버거를 좋아하는 그녀는 패스트푸드점에서 아르바이트를 하며 가끔 번역 일을 한다. 물질적 필요를 해결하기 위해 최소한의 아르바이트를 하면서 그녀는 자발적 백수를 선택한다. 자신이 어렵게 직장을 구하고 거기서 아무리 최선을 다한다 할지라도 그만큼 가치를 인정받거나 만족할 수 없을 것이라는 생각이 그 밑바탕에 깔려 있다. 하루 네 시간 아르바이트를 하고 나면 그녀는 대부분의 시간을 컴퓨터와 함께 한다. 인터넷으로 채팅하고, 그것을 통해 만난 남자 친구와 대화도 하고, 음악을 듣고, 영화도 보며, 섹스까지 예의 사이버 공간에서 나눈다. 그녀에게 있어서 컴퓨터는 일종의 전자 자궁이다. 어쩌면 그녀는 일렉트로닉 마더 신드롬electronic mother syndrome에 젖어 있는지도 모른다. 혹은 일종의 테크노 나르시시즘의 단면을 연출하는 것인지도 모른다.[9] 그것이 테크노 나르시시즘에 젖어 있는 것이건, 테크노 탈주를 단행하는 것이건 간에 김채린의 주인공은 가상 현실시대의 새로운 백수, 자발적이고 능동적인 백수의 상을 보인다는 점에서 이채롭다.[10]

여러 백수 이야기들에서 우선 눈에 띠는 현상 하나는 그것들이 대체로 탈오이디푸스 담론의 성격을 지닌다는 것이다. 백수들이 고통받는 이유 중의 하나는 가족에 대한 부담감이다. 백수 이야기에서 어머니는 자식으로 하여금 합일 욕망만을 부추기게 하는 자애로운 신화적 모성이 아니다. 『우리는 사람이 아니었어』나 『서울특별시』, 『잠자는 숲속의 남자』 등 여러 소설에서 어머니는 아들에게 경제적 심리적 부담을 가중시키는 존재다. 신이나 법을 대리하는 아버지의 존재는 아예 없는 경우가 많다. 또는 이응준이나 김연경, 김영하 소설의 경우처럼 아버지는 물론 어머니도 아예 등장하지 않는 텍스트도 많다. 1980년대 말에 발표된 장정일의 「아담이 눈뜰 때」까지 부성이 거세된 편모 슬하의 글쓰기가 주조를 이루었다면, 1992년 작 박일문의 『살아남은 자의 슬픔』에서부터 부성도 모성도 거세된 이야기가 많이

---

9) 아사다 아키라, 문아영 옮김, 『도주론』, 민음사, 1999, pp. 37~38 참조.

10) 다른 한편에서 보면 신세대 직장인들 사이에서 보이는 다운시프트족의 확산 현상과도 관련되는 듯하다. 다운시프트down shift는 원래 '저속기어로 바꾼다'는 뜻인데, 삶의 속도를 늦추고 여유를 찾으려는 움직임을 지칭한다. 유럽에서 발생하여 일본에서도 유행한 이런 풍조가 국내 젊은 직장인들 사이에서도 확산되고 있다는 보도가 자주 눈에 띤다. '이태백' 현상에 비추어 보면 아이러니컬하기도 하지만, 스키조 키즈의 유희적 시각에서 보면 그리 이상할 것도 없다.

등장했던 사실을 우리는 잘 알고 있다. 어머니가 등장하더라도 합일
욕망의 대상으로서 제시되지 않는다는 것은 이미 근대 이후 가족 신
화가 해체되었음을 상기케 한다. 특히 백수 이야기에서 대지적이고
신화적인 모성은 제자리를 알지 못한다. 간혹 마지막 잔상으로서 신
화적 모성상이 남아 있다 하더라도 그것은 해체를 기다리는 행위항의
일환일 따름이다. 가령 『잠자는 숲속의 남자』의 경우 주인공은 백수
시절 남창의 경험을 거치면서 어머니에 대한 합일 욕망을 동년배 여
성과의 합일 욕망으로 전이시킴으로써 삶의 새로운 국면을 열어 보이
려 한다. 아버지의 자리가 아예 없다는 것은 당연히 탈오이디푸스 담
론 전략의 일환이다. 그러니까 박일문 이후 김영하 등 여러 젊은 작
가들의 소설을 통해 전개되는 아버지도 어머니도 없는 스키조 키즈들
의 이야기는 당연히 탈오이디푸스적이고 탈가족적인 담론 전략인 셈
이다.[11] 그리고 그것들은 오이디푸스적인 가족을 넘어설 뿐만 아니
라, 김경욱의 소설에서 볼 수 있듯이 자본주의 비판 담론을 통해 자

---

11) 소설의 인물 구성에서 어머니, 아버지를 모두 배제한다는 것, 즉 오이디푸스적 가족의
상황을 아예 원천 봉쇄한다는 것은 오이디푸스적 가족이라는 병적 상황에 대한 반작용
혹은 대응 의식의 소산이기도 하다. 어쨌든 가족의 삼각형으로부터 자유로울 때 아이들
은 자유롭게 탈주하는 스키조 키즈가 될 수 있다. 거기에서 새로운 생산적 에너지를 많
이 기대했던 것이 1990년대 문학이었고, 21세기 들어서도 사정은 비슷한 것 같다. 가
령 백수 문제만 하더라도 그렇다. 가족을 부양해야 하는 처지에 있는 인물들은 결코 김
영하를 비롯한 여러 젊은 작가들의 소설에서처럼 그렇게 자유롭게 '놀지' 못한다. 무위
나 권태를 통해 새로운 정체성 발견으로 이어나가기도 쉽지 않은 노릇이다. 이는 또한
1990년대를 전후해 우리 문학 상상력이 집단적 존재의 현실과 전망을 다루는 것에서
개인적 존재의 문제를 주로 탐문하는 것으로 변화된 문학사적 양상과도 깊이 관련된다.
오이디푸스적 가족으로부터 벗어나려 했기 때문에 개인적 존재를 좀더 탐문할 수 있었
을 터이다. 거꾸로 접근할 수도 있겠다. 이전에는 억압되었던 개인적 존재를 귀환시키
고 새롭게 조명하기 위해 오이디푸스적 가족이라는 패턴으로부터 탈주하는 서사 전략
을 고안할 수도 있는 문제이기 때문이다.

본주의를 넘어서려는 상상적 탈주 의지를 묘출하는 것도 사실이다. 오이디푸스적 가족 및 자본주의 넘어서기 담론 전략의 측면에서 볼 때 백수의 이야기는 매우 효과적인 테마가 아닐 수 없다.

3. 분열증적 탈주와 자본주의적 인간형 비판

그런 측면에서 박민규의 『삼미 슈퍼스타즈의 마지막 팬클럽』이 주목된다. 프로야구 원년의 삼미 슈퍼스타즈 팬클럽이었던 주인공은 삼미의 신화적인 패배에 절망한 나머지 프로야구에 대한 관심을 접고 제도적 공부에 치중하여 일류대학 경영학과를 졸업하고 국내 굴지의 회사에 취직한다. 새벽부터 밤늦게까지 회사에서 성공하기 위해, 혹은 도태되지 않기 위해 열심히 일한 그였지만, 결국 3차 구조조정 대상자임을 알리는 메일을 받기에 이른다. 그 순간 그는 "나는 일찍 일어난 새가 아니라, 일찍 잠을 깬 벌레였다는 것을"[12] 알게 된다. 『가정을 버려야 직장에서 살아남는다』를 탐독하며 『외눈박이 물고기의 사랑』을 읽는 아내와 이혼까지 해야 했던 그였으나, 결국 그는 "〈가정을 버리고도, 회사에서 살아남지 못했다.〉 빙산에 갇힌 공룡처럼"(p. 224) 말이다. 이렇게 이혼을 하고 실직을 당한 그는 "마취는 없고, 마비만이 있는 고통"(p. 226)의 시기를 거쳐 역설적인 소생의 계기를 마련한다. 쉽게 생각하기로 발상을 전환한 다음 하늘을 쳐다보며 산보하는 일을 즐기게 되면서, 그는 점점 "낙천적인 인간"(p. 241)

---

12) 박민규, 『삼미 슈퍼스타즈의 마지막 팬클럽』, 한겨레신문사, 2003, p. 224.

으로 변하게 된다.

　백수로서 자유롭고 낙천적인 생활을 하게 되면서 그가 우선 깨닫게 된 사실은 "세계는 구성되어 있는 것이 아니라, 자신이 구성해 나가는 것"(p. 242)이라는 점이다. 이전까지는 이미 구성되어 있는 우등생 집단에, 일류 대학에, 일류 회사에, 승진 대상자에 속하기 위해 무던히도 애쓰던 그였다. 다수가 중심이라고 생각하는 자리에 속하고자 했고, 중심에 정주하면서 축적하고자 했다는 점에서 백수 이전까지 그는 일종의 편집증형 인간이었다고 말해도 크게 잘못이 없을 것이다. 그러다가 실직을 계기로 주변으로 도주하는 분열증형 인간으로 거듭나게 된다. 미분(微分)된 타자의 자리에서의 성찰 결과다. 있는 세계에 통합되거나 있는 자리를 차지하는 것이 아니라, 부단히 생성 변화되는 상황에서 역동적인 계기와 관계망 속에서 새롭게 세계를 구성하고 자신을 형성해나간다는 생각으로 변화하게 된 것이다. 그러면서 프로의 세계에 대해서, 그리고 자본주의 세계에 대해서, 나아가 인간의 진정한 존재론에 대해서 새로운 성찰을 하게 된다.

　그가 어린이 팬클럽 시절 자신을 그토록 매료시켰던 "어린이에겐 꿈을! 젊은이에겐 낭만을!"이란 구호가 실은 "어린이에겐 경쟁을! 젊은이에겐 더 많은 일을!" 시키기 위해 만들어진 것이라는 생각(p. 243), 그때는 절망만을 안겨주었지만 실은 삼미가 예수 그리스도처럼 "프로의 세계에 적응하지 못한 모든 아마추어들을 대표해 그 모진 핍박과 박해를 받았던"(p. 243) 것이라는 생각으로 나아간다. 그러면서 '프로의 슬로건'에 대해 거듭 곱씹는다. "프로의 세계는 냉정하다, 프로는 끝까지 책임을 진다, 프로의 세계는 약육강식이다, 프로의 세계에선 변명이 통하지 않는다. 프로는 약육강식의 세계이다.

프로는 쉬지 않는다. 자기 관리는 프로의 기본이다. 프로는 끝없이 자신을 개발한다. 프로는 능력으로 말한다. 프로는 잠들지 않는다”(p. 247). 그리고 무엇보다 가장 중요한 것은 “프로만이 살아남는다”(p. 247). 그런 프로의 세계에서 삼미 슈퍼스타즈는 “치기 힘든 공은 치지 않고, 잡기 힘든 공은 잡지 않”(p. 251)았는데, 이는 우승을 목표로 했던 다른 팀으로선 절대 완성할 수 없는 삼미만의 자기 야구였다는 것이다. 부단한 ‘야구를 통한 자기 수양’의 결과였다는 것이다. 물론 이런 삼미 슈퍼스타즈 야구론은 일종의 소피스트 수사인 게 틀림없어 보이지만, 이를 통해 작가가 말하고자 한 것은 다름이 아니라 자본주의적 인간형의 종언이 아니었을까 짐작된다.

두말할 필요도 없이 삼미 슈퍼스타즈 야구론은 곧 자신의 인생론과도 관련된다. 지난 5년간 우승을 목표로 야구했던 다른 팀들의 경우처럼 자신이 편집증적으로 팔았던 것은 자기 능력이 아니라 자기 시간, 자기 삶이었다는 성찰을 내비치는데, 이는 곧 자본주의 체제에 충실했던 자기 과거에 대한 반성적 인식의 소산이다. 그런데 백수가 되어 그것을 팔지 않게 되니, “인생의 모든 날은 휴일”(p. 265)일 수도 있다는 얘기를 한다. 휴일 없는 소외된 노동일로만 점철되던 시절을 타의에 의해 마감한 백수 주인공은, 억압적 상황에서 자신의 시간이나 삶을 팔지 않아도 되고 오로지 자기의 요구나 필요에 의해 살아가는 삶의 실체를 삼천포 해수욕장 주변에서 새삼스럽게 발견한다. “변함없이 해가 뜨면 일을 시작하고, 할 만큼의 일을 하고, 먹을 만큼의 밥을 먹고, 해가 지면 잠을 자는 것” “마치 삼미 슈퍼스타즈의 야구”(p. 277) 같은 삶을 말이다. 그러면서 그는 이런 생각의 지평에 이른다.

그저 달리기만 하기에는 우리의 삶도 너무나 아름다운 것이다.

라는 생각을, 했다. 인생의 숙제는 따로 있었다. 나는 비로소 그 숙제가 어떤 것인지를 어렴풋이 느낄 수 있었고, 남아 있는 내 삶이 어떤 방향으로 흘러가야 할지를 희미하게나마 짐작할 수 있었다. 그것은 어떤 공을 치고 던질 것인가와도 같은 문제였고, 어떤 야구를 할 것인가와도 같은 문제였다. 필요 이상으로 바쁘고, 필요 이상으로 일하고, 필요 이상으로 크고, 필요 이상으로 빠르고, 필요 이상으로 모으고, 필요 이상으로 몰려 있는 세계에 인생은 존재하지 않는다. (pp. 278~79)

그가 추구하는 아름다운 삶이 반자본주의적인 것은 틀림없다. 신이현의 『잠자는 숲속의 남자』에 나오는 주인공의 형의 꿈[13] 만큼이나 반자본주의적이다. 요컨대 박민규의 『삼미 슈퍼스타즈의 마지막 팬클럽』은 편집증형 인간과 분열증형 인간, 프로의 세계와 반프로(백수)의 세계, 자본주의의 세계와 반자본주의의 세계 사이의 대조적 구성을 통해 분열증적 탈주 전략을 두드러지게 형상화하면서 자본주의적 인간형에 대한 본질적인 반성을 촉구하고 있는 소설이다. 구성이나 이야기 전개 면에서 만화적 스타일이나 소피스트 수사학이 다소간 눈에 거슬리는 것은 사실이지만, 그 또한 자본주의 비판을 위한 경쾌한

---

13) "그 누렁이를 몰고 들을 나가긴 할거야. 그러나 미안하지만 논일을 하겠다는 것은 아냐. 그 누렁이는 그냥 싱싱한 풀을 뜯게 놔두고 나는 밤이 될 때까지 그 옆에 드러누워 있을 거야. 그것이 내 프로젝트야…… 밤이 되면 하늘에 별이 총총하겠지. 소를 옆에 두고 밤하늘의 별을 보며 인생의 비밀을 푸는 철학자가 되고 싶어."(신이현, 『잠자는 숲속의 남자』, 이가서, 2003, p. 162)

탈주 전략의 일환으로 볼 수 있는 측면이 없지 않다.

4. '가련한 공기족들'의 무위와 권태

박민규의 백수가 삼미 슈퍼스타즈를 통해 발견한 반자본주의적 인간형은 실상 그리 새로운 것이 아니다. 쉽게 말해 그것은 자연 상태에 가장 충실한 인간형에 다름 아니기 때문이다. 흔히 운위되는 노자의 자연관이 그렇지 않았던가. 노자는 누구든지 계급적 요구에서가 아니라 모두 자신의 필요에 따라 자신의 천성을 발전시킬 수 있도록 허락되어야 함을 주장하기 위해서 자연이란 개념을 제시했고, 또 각각 다른 욕구들이 조화와 평형을 이룰 수 있도록 '무위(無爲)'라는 관념을 내놓았다. 자연 상태의 행위 원칙인 '자연 무위'처럼 행위하면 억압도 소외도 사라질 수 있다고 생각한 것 같다. 무위라는 행위는 하는 것이 없는 게 아니다. 역설적으로 말해 하는 것도 없는 듯, 그렇다고 하지 않는 것도 없는 듯 보이면서도 실은 "모든 것을 이뤄주는"("無爲而無不爲" 『道德經』 3章) 엄청난 성공을 가져다주는 방식이기 때문에 노자에게서 그렇게 중요한 것이다.[14] 이런 노자의 무위가 황지우의 '공기족(空氣族)'에 의해 현대적 형상을 얻고 있음을 보게 된다.

나는 오늘 아침에 일어나 세수하고 밥먹고 소파에 앉아서,
아내가 나갔기 때문에 하루종일 집에서 혼자 놀았다.

---

14) 노자에 대한 논의는 최진석의 『노자의 목소리로 듣는 도덕경』(소나무, 2001)을 참고했음.

비계 덩어리인 구석기 시대 어머니상에 푸욱 파묻혀서

괘종시계가 내 여생을 사각사각 갉아먹는 소리를 조용히 들었다.

너무 많이 남아도는 나의 시간들이 누에 똥처럼 떨어졌지만

나는 수락했다, 이것도 삶이며

이제는 그것에 개입하지 않겠다는 걸.

사람이 喜劇이 되는 것처럼 견딜 수 없는 일이 있을까마는

그러므로 無爲는 내가 이 나머지 삶을 견딜 수 있게 하는 格이랄까,

사람이 만화가 되어서는 아니 되기 때문에

비록 사나이 나이 사십 넘어서 "내가 헛, 살았다"는 깨달음이

아무리 비참하고 수치스럽다 할지라도, 격조 있게,

이 삶을 되물릴 길은 내가 아무것도 아니라는 것,

이것 인정하기 조금은 힘들지만

세상에 조금이라도 복수심을 갖고 있는 자들의 어쩔 수 없는 천함보

다야

無爲徒食輩가 낫지 않겠는가! 나는 소파에 앉아서 하루종일,

격조 있게, 놀았다.[15]

— 황지우, 「살찐 소파에 대한 日記」 부분

잘 알려진 황지우의 「살찐 소파에 대한 일기」는 한 살찐 백수 남자
가 아침에 일어나 세수하고 밥 먹고, 하루 종일 집 소파에 앉아서 놀
다가, 아내가 돌아오자, 밥 먹고 TV를 보고 잤다는 일기 형식의 이야
기 시다. 평범한 백수의 사소한 일상을 시인은 사소하지 않은 감각으

---

15) 황지우, 『어느 날 나는 흐린 酒店에 앉아 있을 거다』, 문학과지성사, 1998, pp. 98~99.

로 낯설게 날세워놓고 있는데, 인용한 부분에서 우리는 황지우가 형상화한 '무위'의 현대적 감수성을 어렵지 않게 확인할 수 있다. 백수 주체가 세상에 대해서 흔히 가질 수 있는 적개심이나 복수심을 넘어서 '무위'로 견디고자 하는 것이다. 자신이 아무것도 아니라는 인식을 바탕으로 아무것도 하지 않는 것으로서 하지 않는 것이 없는 격조 있는 삶의 지평을 희극적 역설로 꿈꾼다. 무위로서 자연의 공기처럼 존재하려는 탈자본주의적 존재론 혹은 해방적 존재론의 한 단면이라 할 수 있다. 이럴 때 백수는 사회 경제적 의미망을 넘어 새로운 형이상학적 의미를 획득하게 된다.

이런 황지우의 시에서 소설의 발상을 얻었다는 이치은은 『권태로운 자들, 소파 씨의 아파트에 모이다』에서 무위도식배(백수)들의 권태론을 보여준다. "낮잠 자는 시간과 똥배의 높이는 정비례한다는 아내의 농섞인 핀잔"[16]을 들어야 했던 기억을 지니고 있는 소파 씨, "그 말이 맞을지도 몰라, 하지만 뭐, 어떠랴, 이 몸은 어차피 하루종일 소파에 누워 격조 있게 시간을 죽일 궁리만 하면 되는 몸인걸. 문자 그대로 세련된 **무위도식배**인 셈이지"(p. 35, 고딕 강조는 원작자에 의한 것임)라고 말하는 소파 씨는 분명 황지우의 시에서 온 그대로다. 이런 소파 씨가 살고 있는 15층 아파트에 세계문학의 권태자들(사르트르의 『구토』의 로캉댕, 카프카의 『심판』의 K, 알베르토 모라비아의 『권태』의 디노, 하일지의 『경마장의 오리나무』의 오리나무, 이상의 「날개」의 연심의 남편 등등)을 등장시키고 퇴장시키면서 작가는 소비 자본주의 사회에서 권태의 새로운 의미망을 조망해보려 한다. 주지하다

---

16) 이치은, 『권태로운 자들, 소파 씨의 아파트에 모이다』, 민음사, 1998, p. 35.

시피 세계 문학에서 권태로운 백수형 인물들은 주로 있는 현실을 부정하는 낭만적 성격을 지닌다. 그들은 자본주의 체제가 얽어놓은 그물망으로부터 벗어나 자연 무위의 상태에 이를 수 있기를 흔히 소망한다. 기존 체제를 교란하는 이런 탈주형 권태자들은 체제의 입장에서 보면 매우 성가신 존재들이다. 이치은의 소설에서 '성(城)'은 그런 체제의 기호다. 성에서 보낸 기사에 의해 권태로운 자들은 하나 하나 살해되는 것으로 무대에서, 세계에서 퇴장당한다. 기사들은 권태로운 자들에 대해 이렇게 생각하며 처단한다.

그들, 권태로운 자들은 자신이 하고 싶은 일을 하면서 살아갈 수 없는 그런 사람들이다, 라고 난 생각해. 그들의 문제는 참으로 간단해. 십중팔구 두 가지 중 하나야. 우선, 그들이 하고 싶은 일이라는 게 도무지 터무니없는 것들이라 이거야. 그들의 뇌 구조 어딘가가 좀 잘못된 것만은 틀림없어. 그들은 처음부터 불가능한 일만을 꿈꾸고 소망하지. 그런 편향은 마치 전염병처럼 도시의 밑바닥을 기어기어 번져나가는 법이야. 점점 더 많은 사람들이 현실에서 이룰 수 없는 그런 꿈들만 꾸게 될지 몰라; 아이스크림으로 산을 만들고 싶다든지, 남녀의 구분이 하루아침에 싹 없어져 버렸으면 좋겠다든지, 지구가 폭발해 버렸으면 하고 바란다든지, 정상적인 방법으로 많은 돈을 벌었으면 하고 꿈꾼다든지…… 그런 사람들이 팝콘처럼 불어나는 거야. 어리석은 소리지. 허지만 그들에게 자신을 돌아보고 깊게 생각하기를 바라는 건 무리야. 그들은, 자신이 사회에 맞지 않는다고만 불평하지. 그런 사람들이 개미처럼 불어나는 거야. 물론 백신이 준비되어 있지. 전염병을 퇴치하는 약, 주사바늘; 나.

　그 다음, 그들은 그들이 꿈꾸는 걸 이루기 위해 절대로 노력하지 않아. 그들은 마치 노력하지 않는 일이 무슨 훈장이나 되는 것처럼 대놓고 떠벌리지. (p. 146)

　이렇게 체제의 입장에서 보았을 때 권태로운 자들은 반자본주의적 인간 이외에 다른 것이 아니다. 그도 그럴 것이 세계문학에서 권태의 테마는 흔히 반체제적이었기 때문이다. 체제적 기계적 생활이나 행위의 결과에서 비롯된 종결 사건이자 반기계적, 의식적 운동의 진정한 시작을 알리는 시동 사건이 바로 권태다. 그런 점에서 권태는 단지 비생산적인 것이 아니다. 그러나 권태의 상징적 생산성은 자본주의적 생산성과는 질적으로 다르다. 혹은 자본주의 체제가 인정할 수 없는 다른 종류의 생산성이다. 그러기에 자본주의 체제를 거스르려 했던 권태자들이 그 체제에 의해 제거된다는 것의 의미는 자명하다. 자본주의는 전복될 수 없으며 더욱 확대 재생산되어야 한다는 것, 이를 위해 그만큼 체제는 더욱 정교해졌다는 것, 하여 개인적으로 쉽사리 자연 무위를 꿈꾸지 못하게 한다는 것, 혹은 허허롭게 권태로울 수 있는 자유마저 앗아간다는 것, 그러니까 고도의 관리 사회요 시스템 사회인 이 소비 자본주의 사회에서 무위나 권태는 대단히 위험한 것으로 치부될 수밖에 없다는 것 등을 생각해볼 수 있겠다. 개인의 나른한 권태마저 앗아가는 자본주의의 일상적 권력 시스템을 고려해보면, 이치은의 문제 제기에 적잖은 공감을 하게 된다. 현대의 소비 문화들이 개인의 권태마저 옥죄고 있는 현실을 우리는 늘 체험하기 때문이다. 비록 소설에서는 권태로운 자들이 성에서 보낸 기사에 의해 퇴장되지만, 이토록 권태마저 용납되지 않는 현실에서 권태란, 그리고 무위란 얼마나 소중한 것인가, 하는 역설적 의미는 독서 공간에 긴장을 보태준다. 이 또한 백수 담론의 분열증적 탈주 전략의 일환인 셈이다.

5. 백수의 감각과 무위의 시학

　다시, 백수들이 달린다. 골목으로, 샛길로 내달린다. 그들의 탈주가 소란할 수도 있고, 조용할 수도 있다. 근면과 성실, 그리고 개근상을 강조하던 시절의 감각으로 볼 때, 백수 이야기는 노는 아이들에 의한 한심한, 혹은 놀 수밖에 없는 이들의 측은한 이야기라는 범주를 그리 많이 넘지 못할 것이다. 노동과 놀이의 균형 있는 조합으로 체제의 안정을 도모하려는 자본주의 체제의 시각으로 보아도 사정은 크게 다르지 않다. 확실히 백수는 그런 체제의, 시각의, 중심부에 거한 인간상의 타자들이다. 그러면 이 샛길의 타자들, 대로가 아닌 골목길의 타자들이 탈주하며 내는 목소리는 어떤 의미를 지니는가.

　최근 문학에서 백수의 담론은 개인의 존재론에서 사회 체제론에 이르기까지 폭넓게 문제를 제기한다. 문학 상상력에서 백수 인물들은 축적하고 중심에 정주하고 싶어 하고 다수와 내부의 사고에 익숙하며 순종을 강조하고 적분적 통합적 경향을 보이는 편집증형 인간과는 구별되는 분열증형 인물들이 대부분이다. 그들은 변두리에서 잡종처럼 야성적으로 탈주하기를 바라며 소수와 외부의 사상을 무한대로 즐긴다. 미분적 차이화가 강조되며 섬세한 정신을 쫓는다. 이런 분열증형 인물들은 기존의 오이디푸스 가족을 탈 내면서 그것을 넘어선다. 이에 따라 대부분의 백수 서사에는 신화적 가족은 물론 근대적 가족도 없다. 가족과 가족이라는 병을 넘어선 지점에서 경쾌하게 탈주하기 때문이다. 아울러 편집증형에서 분열증형으로의 패러다임 이동을 현격하게 시도한다는 점에서 자본주의적 인간형에 대한 전복적 비판의 성격도 확인할 수 있다. 요컨대 탈오이디푸스에서 탈자본주의에 이르기까지 탈주의 범역이 상당하다는 것이다. 다양한 미분화의 경향에도 불구하고 여러 백수 담론의 공통 지점에서 자본주의 비판 내지 근대 문명 비판의 메시지를 확인하는 것은 그리 어려운 일이 아니다. 백수야말로 근대 자본주의적 인간형과 맞서는 가장 역동적인 타자다.

　적어도 1990년대 이전의 문학과는 달리 최근 문학 공간에서는 백수 상황에서 백수 탈출을 추구하는 엑소더스형 이야기나, 백수가 아닌 상황에서 백수로 전락하는 비극의 경제적 사회적 원인을 탐문하는 이야기가 주종을 이루지는 않는다. 그러면 편집증형 인물의 이야기가 되기 때문이다. 백수를 꼭 벗어나야 할 상태로 가정하지도 않는다. 수동태의 백수 이야기 시대는 이미 지났다. 바야흐로 능동태의 백수 이야기 시대인 것이다. 샛길에서 백수들은 능동적으로 탈주하면서 생산적인 권태를 발견하고 적극적인 무위의 경지를 지향한다. 하는 것도 없는 듯, 그렇다고 하지 않는 것도 없는 듯 보이면서도 실은 "모든 것을 이뤄주는"(無爲而無不爲) 그런 경지 말이다. 그러나 그것은 대단원이나 결말에서 결과적으로 이루는 상태가 아니다. 행동이나 사건이나 이야기의 과정마다, 시퀀스마다, 매 순간 계기되고 망상(網狀)으로 형성되는 어떤 것이다. 분열증적 인물들이 분열증적 플롯으로 탈주하는 형상이기 때문이다. 백수 담론의 새로운 지평은 문학사적으로 집단적 존재에서 개인적 존재로의 관심 이동 현상과 궤를 같이하는 것이기도 하다.

　그러나 최근 백수 담론에서 보이는 문화적 나르시시즘의 문제는 짚고 넘어가야 한다. 어떤 스키조 키즈들 혹은 백수들은 탈주하다 문득, 나르시시즘에 빠지는 경우를 종종 연출한다. 모성 신화를 대리하는 전자 자궁일 수도 있고, 대중적 문화 자궁일 수도 있다. 거기에 몰입되어 나르시시즘에 빠지는 순간 다시 편집증형 인물로 회귀할 수 있음을 스키조 키즈들은 고려해야 할 것이다. 새로운 탈주의 계기들이 차단될 수 있기 때문이다. 아울러 시학적 정의의 문제와 관련하여 타자로서의 백수 담론이 역(逆)타자성을 낳을 수도 있다는 사실도 생각해볼 필요가 있다. 백수의 분열증적 이데올로기만을 지나치게 강조하다 보면, 어쩔 수 없이 자본주의 체제 속에 붙박인 채 강도 높은 노동을 하며 살아가는 수많은 백수 아닌 존재들을 타자화시키고 소외시킬 수도 있다는 얘기다. '無爲而無不爲'의 경지는 일상적이고 상식적인 수준에서 이룰 수 있는 게 결코 아니다. 그러니 무위의 시학은 어쩌면 아주 '오래된 미래'인지도 모른다. 끊임없이 미끄러지는. 그래서라도 우리는 거듭 탈주해야 한다. 달리지 않는 듯 달리면서 무위의 시학 그 언저리로 다가설 수 있는 상상적 지혜가 요긴하다.

식물성의 상상력, 혹은 신성한 숲

1. 정원일과 상상적 희열

헤르만 헤세는 집을 옮길 때마다 정원을 만들었다고 한다. 허름한 작업복 차림에 밀짚모자를 쓴 헤세는 정원에서 토마토 가지도 묶어주고 해바라기에 물도 주었다. 싱그러운 함박웃음으로 포도를 수확하기도 했다. 적어도 헤세에게 있어서, 정원은 문명으로부터 벗어나 몸을 맡길 수 있는 자연의 리듬이었다. 혼란스럽고 고통에 찬 시대에 영혼의 평화를 누릴 수 있는 안식처였다. 정원일을 하면서 자연과 인생의 비의를 성찰했던 헤세는 이렇게 쓴다. "얼마 안 가서 우중충한 쓰레기와 죽음을 뚫고 새싹들이 솟아오를 것이다. 썩어 분해되었던 것들은 그렇게, 새롭고 아름다우며 다채로운 모습으로 힘차게 다시 되살아난다. 이러한 자연의 순환은 단순하고 명징한 것이다. 그것은 인간을 깊은 생각에 빠뜨리며, 모든 종교는 예감에 가득 차 경배하듯 거창하게 그 의미를 해석해 낸다. 〔……〕 지난해의 죽음에서 양분을

232

얻어 소생하지 않는 여름은 없다. 모든 식물은 흙에서 자라 나올 때 그러했듯, 역시 묵묵하고 단호하게 흙으로 돌아간다"(헤르만 헤세, 「즐거운 정원」, 『정원일의 즐거움』, 두행숙 옮김, 이레, 2001, p. 16). 이런 질서정연한 자연의 순환을 헤세는 내밀하고 아름다운 것으로 받아들인다. 그러면서 땅 위의 모든 피조물 가운데 유독 인간만이 이런 순환 원리에서 제외되어야 한다는 사실을 반성한다. 무정부적 소유 의지를 지닌 인간 행태에 대해 반성적으로 성찰하고 있는 것이다. 신학교 중퇴, 자살 미수 등으로 젊은 날을 방황과 고통 속에서 보냈던 헤세를 살리고, 그의 문학 상상력에 생명을 지핀 것은 정원일이었다고 해도 과언이 아니다. 자연으로 돌아가 상상적 희열에 들뜰 수 있었던 것은 헤세의 행운이자, 그의 독자들의 행운이었던 셈이다.

물론 "자연을 보라. 그리고 자연이 가르치는 길을 따라가라"고, "자연으로 돌아가라"고 설파했던 사회철학자는 J. J. 루소였다. 그가 보기에 가장 바람직한 삶의 모습은 자연 상태에 충실한 것이었다. 그런데 사람들은 자연 상태를 거스르고 파괴하면서 도시를 세우고 문명을 일구며 역사를 기록해왔다. 루소는 이런 흐름에 강력한 제동을 걸고자 했던 사상가였다. 이기적이고 파괴적인 인공 의지를 버리고 자연 상태의 일반 의사를 추구할 것을 강조했다. 자연 상태를 존중했던 이가 어디 루소뿐이랴. 인도의 시성 R. 타고르는 "우리를 둘러싸고 있는 이 대자연은 생명의 샘"이라고 갈파했으며, G. G. 바이런은 "폭풍이 지난 들에도 꽃은 핀다/지진에 무너진 땅에도 맑은 샘은 솟는다/불에 탄 흙에서도 새싹은 난다/우리는 늘 사랑과 빛에 가득 찬 이 자연의 속삭임에 귀를 기울이자"고 노래한 바 있다.

그럼에도 사람들은 여전히 "자연의 속삭임"에 귀를 기울이기는커녕 그것을 훼절시키기에 급급했다. 근대 산업화 이래의 도시 문명의 역사는 곧 반자연의 역사였다. 이런 사태를 일찌감치 간파한 간디는 서구식 산업주의가 머잖아 인류 모두에게 최악의 저주가 될 것이라고 경고했던 것이다. 그의 예언적 경고는 이제 예언이 아니고 현실이 되었다. 인간이 다른 생명체들 및 존재들과의 공동체적 연대를 통해서만이 제대로 생존할 수 있다는 생각을 하지 못한 채 비영성적이고 폭력적인 기술문명을 성장시킨 결과로서의 현실인 셈이다. 인류는 간디의 경고에 좀 일찍부터 귀기울였어야 했다. 또 있다. 전통적으로 살아오던 인디언 부족의 땅을 팔라는 미국 대통령의 제안에 응답한 두아미쉬-수쿠아미쉬족의 추장 시애틀의 저 유명한 '우리는 결국 모두 형제들이다'라는 연설에 귀 기울였어야 했다. 그는 영성적으로 호소했었다.

"그대들은 어떻게 저 하늘이나 땅의 온기를 사고 팔 수 있는가? 공기의 신선함과 반짝이는 물을 우리가 소유하고 있지도 않은데 어떻게 그것들을 팔 수 있다는 말인가? 우리에게는 이 땅의 모든 부분이 거룩하다. 빛나는 솔잎, 모래 기슭, 어두운 숲 속, 맑게 노래하는 온갖 벌레들, 이 모두가 우리의 기억과 경험 속에서는 신성한 것들이다. 우리는 땅의 한 부분이고 땅은 우리의 한 부분이다. 향기로운 꽃은 우리의 자매이다. 사슴, 말, 큰 독수리, 이들은 우리의 형제들이다. 바위산 꼭대기, 풀의 수액, 조랑말과 인간 체온 모두가 한 가족이다. [……] 만물은 서로 맺어져 있다. 만물은 마치 한 가족을 맺어주는 피와도 같이 맺어져 있음을 우리는 알고 있다. 인간은 생명의 그물을 짜는 것이 아니라 다만 그 그물의 한 가닥에 불과하다. 그가 그 그물에 무슨 짓을 하든 그것은 곧 그 자신에게 하는 짓이다."

그럼에도 불구하고 여전히 이른바 약육강식의 논리에 기초한 경쟁력의 문제가 전지구적으로 운위되고 있다. 이때 문제는 끊임없이 생태적인 위기를 조장하고 있으면서도 그 위기에 대해 책임지려 하지 않는다는 점이다. 이런 현실에 대한 반동으로 요즘 들어 폭넓게 환기되고 있는 것이 바로 생태학적 관심이다. 근대 이후의 인간 중심주의, 그리고 경제주의, 기술주의 혹은 계량주의에 입각했던 기존의 지배적인 사유 체계에 대한 반명제적 성격을 생태학적 사고는 담고 있다. 방금 반명제라고 쓴 것은 현 단계의 사정을 드러내기 위한 불가피한 선택이었다. 왜냐하면 생태학적 사유는 최근의 사회경제적 현상의 모순적 성격에서 도출된 것이 아니기 때문이다. 아마도 태초 이래 줄곧 아주 근본적인 사유방식의 하나로 지속되어왔던 것이 바로 생태학적 사유일 터이다. 물론 역사적으로 생태적 관심이나 사유는 늘 신 중심주의나 인간 중심주의, 혹은 경제 중심주의 등 지배적 담론의 뒤안길에서 가늘고 긴 그림자만을 드리우고 있는 형국이었다. 이제 그 뒤안길의 사유가 본격적으로 제 모습을 드러내려고 한다. 자체 내의 오랜 역사적 성격 때문에 가장 보수적이면서도, 우리 시대의 전 지구적 위기 상황에 대한 포괄적인 대안명제를 모색하고 종합하려는 야심만만한 영역이라는 점에서 가장 진보적인 사유 영역이 바로 생태학적 사유라고 해도 좋을 터이다.

2. 식물성의 가능성 혹은 식물성의 저항

시인 성기완은 시집 『쇼핑 갔다 오십니까?』(문학과지성사, 1998)

의 표지글에서 "새로운 세기는 식물성의 가능성을 시험하는 세기가 될 것이다. 나무들이 어떤 식으로 시간을 보내고 있는지 이해하지 않으면 안 된다"고 적었다. 시인이자 다채로운 대중문화 연출자이기도 한 성기완이 묵시록적 종말의 분위기와 고투하면서 식물성의 전언을 찾아낸 것은 퍽 의미심장하다. 디지털 문명과 대중 소비문화의 현장의 틈새에서, 혹은 '비만과 편견'으로 상징될 '문명의 가을'에 서서 식물성의 씨앗을 성찰하고자 한 상상적 노력의 소산이 이 시집에 담겨 있다. 정원일을 하면서 식물성을 성찰한 헤세보다 역설적으로 더 식물적인지도 모르겠다. 헤세는 "내 청춘은 정원의 나라였다./풀숲에선 은빛 샘물이 솟아나고/고목의 짙푸른 그늘은/내 분방한 꿈의 열기를 식혀주었다"(「청춘의 정원」)고 노래한 반면, 성기완은 이렇게 노래한다. "틈과 마디를 다오/빛이 옹이지게 해다오/봄볕 아지랑이처럼/춤추는 그림자를 다오/땅바닥 위로 일렁이는/돋아난 마디를 다오/틈서리 비집고 크는 비밀을/문틈으로 들여다본 어둠 속에서 찰랑이는/너를/내게 다오"(「서시-틈과 마디」). 물론 20세기 초와 말이라는 시간 간격이 있긴 하지만, 식물성의 성찰이란 측면에서 성기완의 자리가 훨씬 가혹하다. 헤세가 청춘의 정원에서 체험할 수 있었던 은빛 샘물도, 짙푸른 그늘도 성기완에게는 허용되지 않는다. 그러니까 성기완은 상상적 의지를 가지고 틈을 내고 틈서리를 비집고 들어가야 한다. 식물성을 위반한 채 문명을 건설해온 인간의 행적을 시인은 고스란히 감당해야 하기에 그만큼 더 고통스럽지 않을 수 없게 되었다.

성기완이 말하는 식물성의 가능성은 현단계 문학의 불우한 존속 가능성을 제기한 것에 다름 아니다. 그것은 비단 성기완만의 생각일 수 없다. 작가 이인성은 이렇게 말한다. "새로운 문화적 상황 속에서,

21세기 작가들은 더 이상 떠돌이가 될 수 없을지 모른다. 아무리 떠
돌려 해도 정교하게 구축된 체제의 회로를 맴돌다 제자리로, 변두리
의 오지로 되돌려질 작가란 존재들. 그들은 마침내 그곳에 뿌리를 내
리고 깊어지며, 들꽃 같은 문학을 피우리라. 외롭고 쓸쓸하게, 어쩌
다 찾아오는 누군가와 색깔과 향기로 대화하며 견디리라. 하지만, 그
식물은 서서히 민들레 꽃씨 같은 자기의 미래를 허공에 날려 이동시
키리라. 그것이 사방으로 날려가 그 기계적인 체제의 녹슨 빈틈에 뿌
리를 내려 꽃의 균열을 만들고, 마침내 동시다발적인 컴퓨터 바이러
스처럼 전조직적 착란을 일으킬 수 있기를 꿈꾸며"(「언어의, 언어에
의한, 언어를 위한─21세기 문학, 또는 식물성의 저항」, 『식물성의 저
항』, 열림원, 2001, p. 186). 성기완이 그랬던 것처럼 이인성에게도
문학은 기계적인 체제의 녹슨 빈틈에 겨우 뿌리를 내려 꽃의 균열을
낼 수 있을 때 비로소 가능성의 지평을 알게 된다. 불우한 생존 방식
임에 틀림없지만, 21세기 문학의 운명은 그럴 것이다.

3. 나무의 사랑과 나무의 언어

로마의 황금기로 일컬어지는 아우구스티누스 시대의 시인인 오비
디우스의 『변신 이야기』에는 표제 그대로 풍부한 변신 이야기들이 무
늬지어 있다. 가령 이오는 암소로 변신하고, 요정 시링크스는 갈대로
변한다. 페네이오스의 딸 다프네는 월계수로 변신한다. 다프네를 사
랑했던 아폴로는 월계수 가지를 끌어안고 입술을 맞추며 이렇게 속삭
인다. "내 아내가 될 수 없게 된 그대여, 대신 내 나무가 되었구나.

내 머리, 내 수금, 내 화살통에 그대의 가지가 꽂히리라. 카피톨리움으로 기나긴 개선 행렬이 지나갈 때, 백성들이 소리 높여 개선의 노래를 부를 때 그대는 로마의 장수들과 함께 할 것이다. 뿐인가? 아우구스투스 궁전 앞에서는 그 문을 지킬 것이며, 거기 걸릴 떡갈나무관을 바라볼 수도 있을 것이다. 이날까지 한번도 잘라본 적 없는, 지금도 싱싱하고 앞으로도 싱싱할 터인 내 머리카락같이, 그대 잎으로 만든 월계관 또한 시들지 않으리라"(오비디우스, 『변신 이야기 1』, 이윤기 옮김, 민음사, 1998, pp. 48~49). 아폴로가 이런 약속을 하자 월계수는 가지를 앞으로 구부리고 잎을 흔든다. 마치 고개를 끄덕이듯이 말이다. 사랑 때문에 나무로 변신한 이야기는 그 이후 세계문학의 여러 군데에서 다른 방식으로 신화적이고 상상적으로 변신하게 된다.

"모든 나무들은 좌절된 사랑의 화신이다"라는 전언을 제출하고 있는 이승우의 『식물들의 사생활』(문학동네, 2000)도 그런 변형 중의 하나다. 이 소설에는 두 개의 좌절한 사랑 이야기가 나무의 신화 위에서 겹으로 전개된다. 어머니의 첫사랑 이야기가 그 하나요, 형(우현)과 순미의 사랑 이야기가 그 둘이다. 어머니는 정치적 이유 때문에 첫사랑을 이루지 못한다. 그러나 그 첫사랑은 두 가지 결과물을 낳는다. 나무의 영혼을 가진 형의 탄생과 사랑의 표징으로 심었던 야자수의 탄생이 그것이다. 형 역시 강제 징집 당한 군대에서 다리를 잃게 되는 불행한 사건, 그리고 탐욕스런 순미 형부의 간계로 인해 순미와의 사랑을 이루지 못한다. 이렇게 좌절한 사랑으로 인해 이 소설에서 나무의 신화는 현묘한 상상력의 불꽃을 지피게 된다.

1) 신화들 속에서 나무들은 흔히 요정이 변신한 것으로 나온다. 요정들은 신들의 욕정과 탐욕을 피해 육체를 버리고 나무가 된다. 신들은 권력을 가진 자이고, 권력을 가진 자들은 한결같이 탐욕스럽다. 그들의 욕망은 도무지 좌절되는 법이 없다. 그들의 절대욕망으로부터 달아나기 위한 유일한 방법이 변신이다. 탐욕스런 권력자인 신들의 욕망으로부터 자신들의 사랑을 지키기 위해 요정들은 어쩔 수 없이 나무가 된다. 나무들마다 이루어지지 않은 아프고 슬픈 사랑의 사연들을 하나씩 가지고 있는 것은 그 때문이다. (p. 221)

2) 순미가 변해서 된 나무는 우현이 변해서 된 나무에 달라붙는다. 가지가 사람의 손처럼 상대방의 줄기를 끌어안고 뿌리가 사람의 발처럼 상대방의 뿌리에 엉킨다. 나무가 된 뒤에도 그들은 욕망과 사랑의 감정을 지워버릴 수 없다. 나무가 된 뒤에도 그들의 욕망과 사랑의 감정은 사라지지 않는다. 아니, 나무가 된 뒤에야 비로소 그들은 그들의 욕망과 사랑의 감정을 스스럼없이 표출할 수 있게 되었다. 나무가 됨으로써 그들은 사람으로 있을 때는 이룰 수 없었던 사랑을 이루었다. 나무는 욕망하고 사랑한다. 나무는 누구보다 더 크게 욕망하고 누구보다 더 간절하게 사랑한다. 큰 욕망과 간절한 사랑이 그들을 나무가 되게 했다. (p. 245)

3) 안타깝게도 나무로 변신을 한 후에도 두 사람의 사랑은 이루어지지 못하는 것처럼 보여요. 그런데 그게 아니에요. 그게 끝이 아니에요. 내 꿈의 마지막은 신비스럽고 경이롭고 기묘해요. 밤이면, 그들이 벌판에서 만나 별을 보며 끝없이 사랑을 맹세했던 그 밤이 오면, 두 그루

의 나무는 놀랄 만큼 민첩하게 움직여요. 온 감각과 에너지가 뿌리로 집중해요. 뿌리는 쏜살같이 빠르게 바다 밑으로 뻗어나가요. 나무의 뿌리는 바다 밑을 가로질러 이쪽에서 저쪽으로, 저쪽에서 이쪽으로 달음질쳐요. 바다 밑을 달려온 두 나무의 뿌리는 바다 한가운데서 만나 서로 엉켜요. 나무의 뿌리는 사랑하는 사람의 손처럼 부드럽게 뻗어 상대방을 애무하고 끌어안아요. 애무는 부드럽고 포옹은 뜨거워요. (p. 219)

순정한 사랑에서 좌절한 형은 자학적인 삶 속에서 이야기를 짓는 다. 1)은 그 이야기의 심층 인식을 드러내는 대목이다. 그가 나무를 꿈꾸는 것은 신화적 사고로 현실을 견디기 위해서다. 사랑을 지키기 위해서 어쩔 수 없이 나무가 될 수밖에 없었던 신화의 이야기들을 통해서만 그는 삶을 유지할 수 있다. 그래서 그는 나무가 되어 신성한 숲을 꾸미고자 한다. 그 이야기가 인용문 2)다. 그가 지은 이야기에서 그와 순미는 나무가 되어 큰 욕망과 간절한 사랑을 이룬다. 이 신화적 열망은 순미에게 꿈으로 변형되어 나타난다. 3)은 순미의 꿈 내용이다. 우현이 상상적으로 지은 이야기에서 그랬듯이, 순미의 꿈속에서 나무가 된 둘은 절대 사랑의 구경(究竟)을 체험한다. 그리고 이 꿈 이야기는 어머니가 이루지 못한 첫사랑의 징표인 남천의 야자수 이야기와 겹쳐지는 것이기도 하다. 순미가 꿈에서 본 나무의 풍경과 남천 야자수 나무의 풍경이 매우 흡사한 것으로 묘사되기 때문이다.
이 소설에서 좌절한 두 사랑의 원인항에는 타락한 현실 권력과 인간의 탐욕이 자리 잡고 있다. 타락한 현실 권력과 신화적 상상력을 대비적으로 성찰하는 것은 작가 이승우의 오랜 장기였다. 이 소설에서도 그 장기가 유현하게 드러난다. 그런 가운데 사랑의 식물성을 성찰한 작가의 상상력이 돋보인다. 사랑은 식물이고, 곧 나무라는 메타포는 썩 인상적이다. 인간과 나무의 내면에서 들끓고 있는 욕망의 유로를 성찰한 결과인 까닭이다. 비평가 김미현의 표현처럼 "나무 자체가 인간이 지닌 욕망의 상형문자"임을 이야기하는 이승우의 소설에서 식물성의 상상력은 욕망의 새로운 자리를 알게 한다. 수성(獸性)적 혹은 동물적 욕망의 악무한(惡無限)으로 점철되고 있는 현실에서 수성(水性)적 혹은 식물적 욕망의 가능 지평을 탐문한 것이기 때문이다. 아내와 아들의 좌절된 사랑을 넉넉한 나무의 영혼으로 감싸안고 있는 아버지의 다음과 같은 전언은 그런 면에서 퍽 시사적이다. "나무를 꿈꾸는 사람은 나무의 영혼을 가진 사람이고, 나무의 영혼을 가진 사람은 이미 나무인 것이다"(p. 254).

식물적 상상력을 기축으로 하여 나무를 꿈꾸는 영혼의 이야기는 최인석의 「모든 나무는 얘기를 한다」(『구렁이들의 집』, 창작과비평사, 2001)에서도 인상적으로 전개된다. 자연적 존재로서의 인간과 사회적 존재로서의 인간에 대한 종합적인 성찰을 보이고 있는 이 소설의 심층에는, 나무의 언어와 인간의 언어 사이의 교감과 대화 가능성이 자리 잡고 있다. 요즘 세계적인 관심사가 되고 있는 생태학적 상상력을 문학적으로 형상화할 때 자칫 놓치기 쉬운 부분이 사회학적 상상력과의 결합 문제이고 실존적 긴장의 문제이다. 그런데 최인석은 이 우려를 훌쩍 넘어서고 있다. 맑스주의자요 노동운동가 전력이 있는 억대 연봉의 광고 카피라이터 장수호, 이런 인물 설정도 이미 문제적이거니와, 여기에 작가는 좀더 복합적인 성격을 부여한다. 그의 아내의 성격이 바로 그것이다. 한국전쟁 때 월북한 숙부가 모종의 임무를 띠고 남파되었다는 것. 이에 공안 당국으로부터 치도곤을 당한다. 이미 광고회사 시절부터 나무와 얘기를 나누고 싶어 하던 장수호는 세상을 등지고 자연적 삶을 구상하지만, 그 역시 사회적 감시의 시선으로부터 자유롭지 못하다. 이런 얘기, 그러니까 마르크시즘이나 광고회사가 암시하는 자본주의라는 문제틀, 월북한 숙부의 남파가 지시하는 분단된 민족의 문제틀, 그리고 나무와 교감하고 얘기하며 자연적 삶을 희원하는 생태학적 문제틀이 교직된 얘기를 작가 최인석은 능란하게 이끌어가고 있다. 나무의 언어와 교감하고 대화를 나누고 싶어 하는 순정한 영혼을 훼손시키는 이데올로기적 언어의 호명 현장과 맞씨름한 결과로 보인다.

4. 식물성의 존재론과 말하는 주체

신경숙의 『바이올렛』(문학동네, 2001)에는 암소로 변신한 이오의 이야기가 나온다. 강의 신 이나코스의 딸 이오에게 제우스가 반한다. 어느 날 이오가 산책을 하고 있을 때, 제우스가 하늘을 먹구름으로 덮어버리고 이오를 덮친다. 질투의 화신인 헤라가 먹구름을 거두면서 가까이 접근하자 제우스는 헤라를 속이려고 이오를 흰 소로 만들어버린다. 사랑했던 이오가 잡초를 뜯어먹는 걸 가엾게 생각한 제우스는 이오의 눈동자를 본뜬 꽃을 이오의 주변에 만발하게 한다. 그게 바로 흰 바이올렛이다. 그래서 서양 사람들은 흰 바이올렛을 '이오의 눈'이라고 부른다는 것이다. 신화 속의 슬픈 이야기처럼 '이오의 눈'을 닮은 한 여자의 이야기를 작가는 이 소설에서 풀어 보인다. 일찍이 단편 「배드민턴 치는 여자」에 인상적으로 등장했던 한 여성을 신경숙은 오산이라는 이름으로 『바이올렛』에서 재현해낸다. 신경숙 소설에 등장하는 많은 인물들이 그렇듯, 여기서 오산이 역시 식물성의 존재다. 컴퓨터 오퍼레이터가 되고 싶었으나 우연한 기회에 화원에서 꽃을 돌보는 사람이 된 오산이. 어린 시절 시골의 미나리 군락지의 기억을 간직하고 있는 그녀는 화원일에 곧 매력을 느낀다. 꽃이며 나무들과의 교감은 퍽 자연스럽게 이루어진다.

　식물을 돌보는 일은 즐거웠다. 식물들의 초록빛은, 그녀에게서 이미 희미해진 꿈 조각이나 실타래같이 엉킨 기억들까지 일깨워주려는 양으로 곧잘 푸르게 웃자라곤 했다. 식물의 뿌리를 분에 심어준 날 밤이면 그녀는 잠을 못 이루기도 했다. 손톱 속에 끼어 있는 흙을 파내고 금방 허리가 짜부라들 것 같은 피로에 휘말려 자리에 누워도 자욱하게 화원 안 풍경이 눈앞을 메우곤 했다. 셔터가 내려진 화원. 어둠 속에서 낮에 분에 옮겨 심어준 식물들의 뿌리들이 새 자리를 잡느라 후, 후, 숨을 내뿜는 소리가 귀에 들려오는 것만 같아 그녀는 수없이 뒤척이곤 했다. (pp. 93~94)

　이렇듯 식물들의 숨결과 호흡하는 식물성의 영혼을 지닌 그녀의 성정에 깊이 자리하고 있는 것은 존재하는 모든 것에 대한 가없는 연민이다. 식물들 때문에 잠을 이루지 못한다거나 "노란 꽃이 애잔하게 매달려 있는 난 화분"(p. 38) 같은 부분에서 감지되는 그것은, 일종의 우주적 연민cosmic pity이라 불러도 좋을 정도다. 이런 마음이야말로 사람 마음의 본바탕이면서 곧 식물적 성정의 심연이리라. 또한 문학 상상력의 밑바탕일 수 있다. 하지만 이런 마음은 세상에서 상처 받기 쉽고, 현실의 폭력에 휘둘리기 쉽다. 오산이 역시 그런 상처와 폭력을 고스란히 체험한다. 그런 과정을 거치면서 그녀가 '말하는 주체'로 거듭나는 과정이 이 소설에서 인상적으로 그려진다.

흔히 신경숙을 일컬어 말해질 수 없는 것들을 말해질 수 있도록 하는 작가라고 할 때, 예의 말해질 수 없는 것들이란 곧 기호적 코라chora이기도 하다(『티마이오스』에서 플라톤은 "모든 것을 수용하며, 다소 신비스런 방법으로 이해할 수 있기는 하지만 이해되지 않는 비가시적인 무정형의 존재"로 코라를 정의한 바 있다. 말하자면 코라는 어머니와 아이가 공유하는 나누어지지 않은 육체적 공간이다. 딱히 뭐라 이름 붙이기도 말하기도 어려운 육체성인 셈인데, 음성적·운동적 리듬을 닮은 어떤 것이다. 이를 바탕으로 불가리아 태생의 문학/문화 이론가 줄리아 크리스테바는 기호적 코라 개념을 제출한 바 있다. 모성을 향한 심리적 에너지인 코라는 비록 억압되어 있지만, 부성을 향한 의미화 영역의 안정성과 지배적 경향에 끊임없이 도전한다는 것이다. 유아의 몸 안에서 혼돈스럽게 꿈틀거리는 의미 생성 이전의 충동과 본능의 집합인 기호계에서 코라의 존재 방식은 매우 흥미롭다. 이런 기호적 코라에 언어적 숨결과 리듬을 가장 잘 부여하는 작가가 바로 신경숙이다).『바이올렛』에서 주인물 오산이는 세상에서 겨우 존재하는 희미한 인물이다. 화원에서 같이 근무했던 수애와는 달리 자신의 의지를 제대로 언표화하지 못한다. 식물들이 그러하듯 그저 세상의 물결에 혹은 타인의 요구에 이끌리며 휩쓸리는 인물이다. 말하자면 부성적 의미화 영역의 안정성과 지배적 경향에 휘둘리는 존재이다. 그러기에 억압된 채 희미하게 살아간다. 희미하되 결코 단순한 인물은 아니다. 탈중심화되고 중층적인 주체다. 여러 그림자와 숨결을 지니고 있는 그녀는 자기 안의 코라를 일깨우면서 상징적이고 원형적인 귀환에의 열망에 들려 있다. 정서적인 측면에서는 분명치 않은 대상을 향한 아련한 그리움이 전경화된다. 특히 인상적인 것은 주인물 오산이가 육체적 고통의 절정에서, 혹은 폭력적 억압의 절정에서 기호적 코라의 언어를 길어올리고자 하는 14장의 마지막 대목이다. 마치 「새야새야」에서 무척 인상 깊었던 장면인 "밑으로 밑으로 한없이 아늑한 웅덩이" 부분을 연상케 하는 '포크레인 무덤' 이미지가 특히 그렇다. "포크레인 무덤 속에서 그녀가 마지막으로 한 일은, 으깨진 팔꿈치를 감싸며 옆구리에 붙어 있는 가방을 열고 꾸물꾸물 노트를 꺼내 아무 장이나 펼치고서 뭔가 꾹꾹 적어넣을 양"(p. 274)을 하는 모습, 바로 그 순간이야말로 기호적 코라에서 언어적 에너지를 끌어내는 순간이다. 크리스테바 식으로라면 '말하는 주체'가 탄생하는 순간이겠고, 신경숙 식으로라면 '작가'가 숨죽인 채 탄생하는 순간일 터이다. 그녀가 찾아낸 언어들은 이를테면 이런 것들이다. "violet. 식물, 제비꽃, 보랏빛, 신경질적인 사람, 수줍어하는 사람/violin. 바이올린, 바이올린 연주자/violence. 격렬, 맹렬, 폭력, 난폭/violator. 위배자, 방해자, 모독자, 능욕자"(pp. 184~85). 이런 언어들을 가로질러 상상적으로 빚어낸 작품이 바로 소설 『바이올렛』이다. 그리고 그 말하는 주체의 탄생을 가능케 하는 심층 에너지는 식물성의 영혼에서 비롯된다. 많은 신경숙 소설에서 그러하듯, 여기서도 식물성은 양가적이다. 식물성의 성정 때문에 세상에서 상처받기도 하면서, 역설적으로 그것 때문에 폭력적인 현실을 견딜 수 있는 존재론을 제시하고 있기 때문이다.

　　몇몇 작품에 국한해서 살펴보았지만 식물적 상상력의 스펙트럼은 넓고도 촘촘하다. "내 고통은 나뭇잎 하나 푸르게 하지 못한다"(이성복)에서 "세상의 나무들은/무슨 일을 하지?/그걸 바라보기 좋아하는 사람,/허구한 날 봐도 나날이 좋아/가슴이 고만 푸르게 두근거리는//그런 사람 땅에 뿌리내려 마지않게 하고/몸에 온몸에 수액 오르게 하고/하늘로 높은 데로 오르게 하고/둥글고 둥글어 탄력의 샘!//하늘에도 땅에도 우리들 가슴에도/들리지 나무들아 날이면 날마다/첫사랑 두근두근 팽창하는 기운을!"(정현종, 「세상의 나무들」)에 이르기까지 매우 다채로운 게 사실이다. 그 어떤 경우든 분명한 것은 "신에게서 버림받은 정신이 물질의 잠을 거부하고 상징의 숲으로 잠적"(이성복)하고자 하는 마음이 이끄는 상상적 지평이라는 것이다. 우리는 모두 그 신성한 숲으로 가고 싶어 한다. 그러므로 여전히 문학으로 꿈꿀 수 있는 세상은 넓고도 깊다.

※ 이 글은 이전의 다른 글 「전위적 장인을 찾아서」(『고독한 공생』, 문학과지성사, 2003) 중 '2-4. 신화적 혹은 생태학적 상상력'(pp. 119~23) 부분을 심화 확대한 것임을 밝혀둔다.)

숨결, 존재의 리듬

1. 소리의 소란

"잃어버릴 수밖에 없었던 낙원"에 관한 이야기들이 여럿 있다. 밀턴의 『실낙원』이 그렇고, 『심청전』을 비롯한 일련의 적강(謫降) 소설들이 그렇다. 이청준의 『당신들의 천국』 역시 이 범주에서 상고할 여지가 많다. 낙원의 상실과 회복에 관한 이야기는 자기동일성의 상실과 회복에 관한 이야기와 상동적이다. 그만큼 원형적 특질을 함유한다. 하늘의 별의 지도, 혹은 신의 뜻에 의해 이야기의 길이 열리던 시절에는 그래도 잃어버린 낙원으로 돌아가는 길이 어렵지만 가능할 듯 보였다. 다만 순명의 예지가 필요할 따름이었다. 그러나 '숨은 신'의 시대 혹은 신이 지상을 떠나면서 마지막 남은 광휘마저 거두어 버린 상황에서는 '복낙원(復樂園)'의 길이 아득하다. 가망 없는 소망처럼 보인다. 『홍수』에서 르 클레지오는 안개와 폐허의 장벽 뒤에서 "잃어버릴 수밖에 없었던 낙원"을 응시한다. 조화롭고 아름다운 공간이었다. 미묘하고도 아련한 희열을 주던 장소였다. 그런데 인간은 결정적이고 급속하게 그 낙원을 상실했다. 실낙원의 증후는 다채롭지만, 그 중 "소리들은 소란으로 변"했다는 대목에 눈길이 오래 머문다. "말〔言語〕들은 그 광란의 무용을 다시 시작했다. 말들은 서로 얽히고 덧붙여지고, 분할되고 하는 것이다." 말의 광란은 매우 심각한 지경이다. 말은 인간의 정신을 넘어서고, 정신은 말을 따라가지 못한다. 소란한 소리로부터 인간의 소외 양상은 깊은 그림자를 드리운다. 말들은 "계속 이어지고 거대해지는데, 정신은 그만 십분의 일 초가 부족하여 정신이 그 의미를 파악할 수 없게 되어 버리고 이윽고 그 말은 수많은 불균형이 폭발한 후에 무(無)의 심연으로 빠져 들어가, 광란(狂亂)과 밤과, 소리가 울려 퍼지는 야수 같은 선풍 속으로 곤두박질치는 것이다." 하여 "한층 더 은밀하고 더 굉장한 말들"은 존재의 리듬을 파열하기에 이른다. "행복과 고통의 전언"도 균열을 벗어나지 못한다. 소리의 소란과 언어학대로 인해 르 클레지오의 주인공은 마침내 실어증에 걸린다. 현대 문명과 인간 삶에 대한 비판과 부정 의지가 남달랐던 작가다운 성찰이다.

소리가 존재의 숨결 혹은 존재의 리듬에서 일탈한 채 소란한 광란으로 치닫는 상황에 대한 절망과 비판이 비단 르 클레지오만의 몫일 수는 없다. 한국의 젊은 작가 한유주 또한 말의 대홍수 시대에 절망한 경우다. 그녀가 보기에 우리는 지금 말의 대홍수 시대를 살고 있다. 소란스러운 말, 거친 말, 폭력적인 말, "어떠한 반성도 회의도 추억도 갖지 못"(「그리고 음악」)한 말들이 횡행하는 부정적인 수사학의 시대를, 한유주는 야만적인 삶이고 문화에 불과하다고 진단한다. 반성적 영혼의 숨결이 거세되었기에, 존재든 말이든 그 고유의 자리를 알지 못한다. 그래서일까. 한유주는 생각한다. "경험은 초라했고, 그래서 가진 것이 없었다"(「지옥은 어디일까」). 세상에 "슬프고 광포한 일들"은 무수히 일어나지만, "슬픈 일들은 어떤 사람들의 기억하지 못하는 꿈과 기억하고 싶지 않은 꿈들을 환영처럼 드리우고 세계의 뒷면으로 숨어들어"(「달로」)가는 형국을 지긋하게 응시한다. 이런 상황에서라면 범어 어원에서 숨결을 뜻하는 리듬, 그 생명의 원천을 보장받을 수 없게 된다. 리듬이 거세된 현실에 대한 도저한 인식이 한유주로 하여금 종종 '음악'의 세계로 이끌리게 한다. 「그리고 음악」, 「암송」 등에서 간파할 수 있는 것처럼 소리의 소란은, 그리고 소리가 소란스럽기 때문에 형성되고 자라난 증오는, 진정한 인간적 리듬을 함축하는 음악에의 동경을 통해서만 겨우 희망의 지렛대를 발견하게 되는 것인지도 모른다.

소란스런 소리로부터 진정한 숨결을 지닌 리듬, 그 역동적이고 발견적인 가치를 모색할 수 있는 음악의 세계로 향한다는 것은, 넓게 보아 문학적 정의의 추구에 동참하는 것이나 한가지다. 여기서 음악의 세계를 지향한다는 것을, 혹은 리듬을 추구한다는 것을, 단지 좁은 의미에서의 음악적 리듬의 구성, 그러니까 선율과 화성의 요소에 국한해서 생각하는 것은 곤란하다. 음악에서의 리듬도 "음 길이와 그 강세만을 가지고 결정하기 어려운 복잡성"(서우석, 『시와 리듬』, 문학과지성사, 1981, p. 11)을 지니고 있거니와, 문학에서도 "단지 언어의 객관적 사실들 속에서 작업하기 위해서, 즉 측정되고 객체화된 선조적 시간 속에 잔류하면서 창조적 시간화의 행위를 무시할 때 리듬의 본질을 놓치고"(김성도, 『기호, 리듬, 우주』, 인간사랑, 2007, p. 8) 말게 될 것이 분명하기 때문이다. 리듬은 단지 미터meter나 박

자의 문제에 귀결되는 것이 아니다. 그것은 안정적이거나 고정적이거
나 비탄력적인 것일 수 없다. 차라리 리듬은 변화무쌍하고 역동적인
불안정성 속에서 존재의 숨결과 기미들을 길어 올린다. 리듬은 "흐름
이자 동시에 과정"(김성도, p. 7)이다. 현재 속에서 주체가 대상과의
구체적인 교섭과 대화 과정을 통해 역동적 의미를 창조적으로 생산해
내는 게 리듬이다. 그러기에 리듬은 숨결이다. 존재의 숨결이다.

2. 소란한 소리와 우울의 리듬: 김도언

"자신의 삶이, 희망이 거세된 뜨내기의 삶 같다고, 뿌리 없이 휩쓸
리는 부초의 삶 같다고" 우울해하는 세속도시의 장삼이사들의 이야기
가 있다. 김도언의 첫 장편『이토록 사소한 멜랑꼴리』는 그런 인물들
이 생산하는 우울한 리듬과 자잘한 기미들을 직조한 소설이다. 첫 소
설집『철제계단이 있는 천변풍경』에서 독특한 접속 환각 속에서 악몽
의 탈주를 리드미컬하고 신선하게 보여주었던 작가가 바로 김도언이
다. 그의 접속의 상상력이 탐문하고자 했던 심연은 불안의 뿌리였다.
현대성과 탈현대성이 잡종 교배되면서 괴물 같은 풍경을 연출하고 있
는 동시대의 산문적 공간에서, 출구를 알지 못할 그 미로 같은 공간
에서, 김도언은 불안의 뿌리를 통해 일종의 아리아드네Ariadne의 실
타래를 풀 수 있는 계기를 마련하고자 했다. 불안의 리좀은 진정한
삶의 리듬에 카오스와도 같은 심한 균열을 내기 일쑤이다. 하여 두번
째 소설집『악취미들』에서 그는 위악적인 태도로 균열된 리듬을 응시
하며 불안의 둥지를 다시 돌아보려 했다. 그 과정에서 권태를 비롯한

다채로운 현대성의 레퍼토리를 극화하면서, 도대체 우리 시대의 산문적 리듬은 왜 이 모양인가, 하는 도저한 질문을 던졌다. 『이토록 사소한 멜랑꼴리』에서 주인물 선재는 고통스런 가족 서사 때문에 우울한 인물이다. "난 문둥병자의 아들이며 파계승의 아들이다"로 요약될 그의 가족 서사는, 초자아의 위험 앞에서 대타자의 목소리에 강박되어 나쁘게 태어났다는 환상 원리를 지닌다는 판타지가 아니다. 그것이 판타지였으면, 차라리 그의 우울은 좀더 경쾌했을 터이다. 그러나 선재의 가족 서사는 환상소가 아니라 실재였다. 세속의 리듬과 단호하게 결별한 채 구도의 리듬을 추구하고자 입산하여 용맹정진하던 한 젊은 스님이, 절집에서 밥을 짓던 미모의 처녀를 사랑하여 파계한 후 선재와 동생 선규를 낳아 세속의 리듬을 따라 산다. 그러던 중 선재의 어머니는 천형과도 같은 한센병에 걸려 소록도로 보내지고, 철저하게 절망한 아버지는 속절없이 가출한다. 이렇게 실재하는 가족 서사는 매우 소란한 소리들로 충돌한다. 조화나 화음과는 거리가 먼 이런 소리들의 소란으로 인해 선재는 어린 시절부터 "철저하리만큼 몸을 숨기고 말을 아"낀다. 혹은 "말을 잃어"간다. "누군가에게 아무런 이유도 없이 지독한 수모를 당한 것 같은 기분"에 사로잡히는 경우가 많다. 그래도 푸른 청춘의 시절에는 문학을 통해 구원을 찾고자 했나. 아버지의 원죄와 어머니의 천형을 깨끗하게 초월하고자 했다. 그러나 거기서도 참혹하게 절망만을 맛본다. 구원에 이르지 못한다. "전복과 부정과 성찰과 전망을 다 아우르며 빛나는 구원은 어쩌면 현실에서는 도저히 성취할 수 없는 환상인지도 모른다"는 좌절감은 깊어만 간다. 소도시 변두리 학원에서 국어 강사를 하며 나날을 소모하고 있는 그는 "신경질과 불만과 짜증만 늘어 가는 속물이 다 된 자신의 초상을" 몹시 서러워한다.

　이런 선재가 밥 먹고, 술 마시고, 자고, 속 쓰려 하고, 출근하고, 화내고, 슬퍼하고, 거짓으로 기뻐하고, 배신당하고, 불안해하고, 당황스러워하는 등 일상적인 삶의 초상들은 곧 현재 세속도시에서의 우울의 리듬을 환기한다. 벗어나고 싶지만 좀처럼 벗어날 수 없는 일종의 늪과도 같은 우울한 리듬이다. 개선의 여지가 좀처럼 보이지 않는 상황에서라면 그와 같은 리듬에서 결코 자유로울 수 없다. 가령 "어제는 오늘이고, 오늘은 내일이고, 내일은 또 어제와 같은 시간일 뿐이다. 움직이지 않고 고정된, 그래서 희망을 기대할 수 없는 삶의 비애"로 가득한 삶, 혹은 "사는 게 다 거기서 거기다 싶"은 삶이기에, 그와 같은 우울의 리듬은 진정한 인간의 영혼을 옥조이고, 생명의 숨결을 가로막을 따름이다. 이 때문에 그는 삶의 리듬에 능동적으로 동참할 수 없게 된다. 그저 있는 우울의 리듬에 자신을 내맡긴 채 부유할 따름이다. 그는 오로지 견딜 뿐이다. "삶은 늘 순간순간을 견디는 것뿐이다. 나도 모르는 사이에 지나가기를, 나도 모르는 사이에 없어지기를 바라는 것이다. 사실 기쁨이나 슬픔이나 노여움이나 행복이나 모두 머무르지 않고 지나가는 것 아니던가. 모두 지나가는 것에 미련을 두고 그것을 부여잡기 위해 삶은 언제나 탕진되어 온 것 아닌가. 그러니 잠시 견디기만 하면 되는 것 아니냔 말이다." 리듬은 현재의 시간에 주체가 능동적으로 대상에 기투하면서 형성하는 에너지다. 그런데 선재는 대상에 속절없이 주체를 위임하고 있다. 혹은 방기하고 있다. 그렇다면 당연하게도 자신의 리듬과는 전혀 상관없는 삶을 살수밖에 없다. 그런데 자신의 고유한 개성적인 리듬을 포기하더라도 그리 문제될 것이 아니라고, 그는 생각한다. '이토록 사소한 멜랑콜리'가 아이러니컬하게 탄생하는 순간이다.

도대체 걱정할 게 뭐란 말인가. 이처럼 먹을 것과 입을 것을 사고 남들처럼 밝은 표정으로 살아가면 되는 것이다. 그게 뭐가 어려운 일인가. 일요일 오전에는 집 앞에서 세차를 하고, 새로 개봉한 영화도 보고 동물원에도 가는 것이다. 그리고 예쁜 여자도 만나는 것이다. 아무것도 책임질 게 없는 삶을 바라고 아무것도 빚진 게 없는 삶을 좇으면 되지 않겠는가. 가혹한 운명에 지레 겁을 먹고 스스로를 구속하지만 않는다면 나라고 행복하게 살지 못할 이유가 뭐냔 말이다. 적당히 외로움만 속인다면, 내 설움의 기원만 속일 수 있다면, 이 한세상 살아내는 게 뭐가 어려우냔 말이다. 업보 같은 것 따윈 아버지한테나 있는 것이란 말이다. (pp. 137~138)

그러니까 '이토록 사소한 멜랑콜리'는, 선재의 경우, 현존의 산문적 리듬에 자아를 위임하기와 내면의 우울한 리듬의 기원으로부터 벗어나기의 복합적 양상이라 할 수 있다. 그야말로 콤플렉스다. 현존의 산문적 리듬이나 내면의 우울한 리듬의 기원을 심각하게 성찰하자면, 그 누구라도 아주 깊은 멜랑콜리 내지 신경증이나 정신증으로 차원으로 나아갈 수도 있다. 그러나 선재는 '사소한 멜랑콜리'로 자신을 소극적이나마 방어하려고 하는 것이다. "단순하게 사는 거야. 단순하게"라는 그의 인생관도 그 같은 방어기제와 관련된다. 이 대목에서 '기원'의 문제는 좀더 상고할 필요가 있다. 거칠게 말하는 것이 허용된다면, 기원의 문제는 1980년대적인 것이다. 현재의 결과는 과거의 원인 혹은 기원을 통해 변증법적으로 탐문되어야 했다. 그러다가

1990년대 이후 특히 2000년대 들어 젊은 작가들의 서사적 상상력에서 기원의 문제는 시대착오적인 어떤 것으로 치부되는 것처럼 보였다. 다만 중요한 것이 현재 시간의 풍경이고 내면이었다. 현재 순간의 리듬이고 기미였다. 그것이 어디에서 왔고 어디로 갈 것인지는 별로 중요하게 취급되지 않았다. 예컨대 1980년대에 이문열이 '아비는 남로당이다'는 명제를 서사적으로 탐문했을 때 기원의 문제는 참을 수 없을 정도로 존재를 무겁게 했다. 1990년대에 김소진이 '아비는 개흘레꾼이었다'고 했을 때, 기원의 문제는 다소간 존재의 무거움으로부터 벗어나는 듯했다. 김소진 이후 그런 기원의 문제는 소진된 듯 보였다. 그런데 김도언이 21세기가 한창인 2008년에 "아비는 파계승이고, 어미는 문둥병자다"라는 중첩적인 기원을, 아비에다 어미까지 보태며 그야말로 근원을 파고들다니. 바로 이 지점이 상당히 문제적이다. 그러나 기원을 천착하는 데 골몰했다면 매우 심각한 우울증에서 결코 벗어날 수 없었을 것이다. 안으로 깊게 침윤하면서 반사적으로 빠져나오기를 통해, 심각한 우울증이 아닌 '사소한 멜랑콜리'를 현상화했다는 것, 이 지점에 이 소설의 문제성이 자리한다. 기원을 외면하지 않으면서도 기원에 얽매이지 않으려 했다는 점이야말로, 요즘 젊은 소설의 풍경을 새롭게 갱신하려는 노력의 일환으로 보인다. 비록 작중 주인물 선재는 어제와 오늘과 내일의 질적 변별성을 거부하고 나른하게 멜랑콜리의 세계를 부유하지만, 사소하나마 차이를 보이는 어제와 오늘과 내일을 복합적으로 중첩시키는 가운데, 오늘의 문제적 리듬을 환기할 수 있었던 것이 아닐까 싶다.

그런 관점에서 볼 때 또 다른 인물인 소라나 미진의 경우도 사정은 비슷하다. 소라는 사고로 어머니를 잃은 후 그 충격으로 아버지마저 쓰러지고 보잘것없는 남자와의 관계로 임신하게 되어 결혼을 하지만, 자신의 이상과는 도무지 화해할 수 없는 현실 때문에 우울한 나날을 산다. 미진은 어머니가 재혼한 후 양아버지에 의해 겁탈당하고 "착한 것은 약한 것이고 약한 것은 착한 것이다"라고 되뇌며 위악적인 삶에 빠져든다. 그녀는 "한없이 불투명한 삶. 희망의 실마리가 보이지 않는 미래. 자신을 옭아매는 상처. 스스로 제어할 수 없을 정도로 단단히 빠져 든 위악 취미. 소모하듯이 가파른 벼랑으로 몰아만 가는 자기 자신의 삶"을 보인다. 이 두 여성 인물은 상대적으로 선재에 비해 기원으로부터 벗어나려는 모습이 미약한 게 사실이다. 기원을 형성한 가족 서사의 그늘에서 자유롭지 못하다. 그럼에도 그녀들마저 눅진하게 비쳐지지 않는 이유는 이 소설 곳곳에 매설된 소리 때문이다. 이 소설에서 선재는 소라의 집에 세 들어 산다. 이사 온 첫날 방음이 제대로 되지 않아 소란스런 소리들이 들리는 것에 선재는 우정 짜증을 낸다. 그러다가 노래 소리를 비롯해 아내 소라가 내는 일련의 자잘한 소리에 관심을 가지게 된다. 소라도 마찬가지다. 그들에게 소리는 거울이 된다. 소리를 통해 서로의 내면에 다가간다. 그러니까 소리는 둘이다. 소란하여 튕겨지는 소리와 내면으로 젖어드는 소리가 그것이다. 이 양쪽의 소리를 개별 시퀀스에 다채롭게 직조하면서 불협화음 속의 화음을 나름대로 시도했다. 현대의 일상적 리듬은 그런 것이다.

　김도언의 『이토록 사소한 멜랑꼴리』가 탐문한 산문적 리듬은 어쩌면 지극히 사소한 것인지도 모른다. 기원으로 들어가면서도 거기에 저항하며 균열을 내고 빠져나오려는 가녀린 숨결의 리듬, 시간의 무차별성에 젖어들면서도 사소한 차별성의 가능성에 갈증을 느끼는 리듬, 자신을 수동적으로 방기하면서도 사소한 버림의 능동성을 응시하려는 리듬, 위악적인 현실에 위악적인 포즈로 대응하면서 그 산문적 현실과 비루한 자아를 동시에 추문화하고 반성하려는 리듬, 소란한 소리 때문에 우울해하면서도 거기서 내면의 소리를 발견하려는 사소한 소망과도 같은 리듬……

3. 존재의 숨결 회복을 위한 엇박자 리듬: 김중혁

『펭귄뉴스』, 『악기들의 도서관』의 작가 김중혁은 예민한 귀를 지녔다. 그의 소설은 소리와 관련한 도저한 공감각이 길어 올리는 관음(觀音)의 서사다. 거기서 청각과 촉각은 매우 예리하게 작동한다. 나날의 삶에서 남들이 감각하지 못하는 소리와 느낌의 리듬을 민감하게 포착한다. 그 청각과 촉각을 시각적으로 장면화하는 관음의 묘사력이 어지간하다. 비트의 세계를 다룬 등단작 「펭귄뉴스」 이래 그는 기억과 소리의 심연으로 내려갔다. 그것은 인간과 세계가 타락하기 이전의 상태, 그러니까 순수 원형질의 상태요, 유년기적 고향의 특성을 함축하고 있는 어떤 것으로 읽힌다. 「무용지물 박물관」이나 「자동피아노」, 「비닐광 시대」, 「에스키모, 여기가 끝이야」, 「발명가 이눅 씨의 설계도」 등 여러 소설에서 원형적 기억과 리듬의 재현 문제는 독특한 상상력의 물길을 낳는다. 현상적으로는 부재하더라도 인류의 집단무의식 속에 각인되어 있는 오래된 미래의 리듬을 천착한다. 김중혁은 동시대의 혼성 감각으로 예외성의 세계 혹은 시원성의 세계를 동경한다. 접속 시대의 풍경을 배경으로 하여 예술, 그 중에서도 특히 음악의 세계를 탐문하면서 시원적 소리 가치와 리듬에 대한 집단 무의식과 환각에 서사의 초점을 맞추었다. 이런 측면에서 접속 시대의 다른 작가들과는 다른 김중혁 소설만의 특징이 발견된다. 그 특유의 관음의 상상력은 차라리 인류학적 연금술이나 고고학적 기억의 문제에 가깝다.

「자동피아노」는 "어째서 소리가 모이면 음악이 되는 것일까, 소리란 저절로 생겨나는 것일까 아니면 창조하는 것일까, 왜 어떤 것은 소리이고 어떤 것은 음악일까"라는 문제를 고민하는 두 피아니스트의 대화를 주조로 하는 소설이다. 여기서 "음악은 생성되는 것이 아니라 소멸되는 것"이라고 비토는 말한다. 세상 어디에나 있는 음을 피아니스트가 자신의 몸으로 육화할 수 있어야 한다고 했다. 그러니까 음, 소리가 선재한다. 피아니스트가 음을 만들어내서도, 만들어낸다고 생각해서도 안 된다는 것이다. 다만 투명한 마음으로 "자신의 몸을 통째로 예술에게 빌려줘야 한다고" 비토는 강조한다. 실제로 비토는 개별의 소리들이 제값을 잃지 않으면서도 음악으로 통합되고, 그 음악이 속한 음악 장(場)에 허심탄회하게 조화를 이루며, 그런가 하면 다시 독립적인·소리로 생명을 지닌 채 세계로 되돌아가는, 그런 리듬의 세계에 자신의 몸을 빌려주고자 한 예술가로 이야기된다. 다음은 그가 연주하는 소리를 전화기를 통해 주인공이 듣는 장면이다.

그의 악보 곳곳에 '아주 멀리서 들려오는 소리인 것처럼'이라는 지시어가 붙어 있는 것 같았다. 작고 가냘픈 소리들이 전화기를 통해 내게로 넘어왔다. 그것은 음악이라기보다 단절된 소리들의 연속이었다. 피아노의 한 음 한 음은 음악의 일부가 아니라 독립적인 개체로 자신을 드러내고 있었다. 예전에 그런 애니메이션을 본 적이 있다. 피아니스트가 피아노 건반을 두드릴 때마다 음표 하나가 생겨나면서 허공으로 날아간다. 허공에 모인 음표들은 음악으로 바뀌었다. 그의 연주를 들으면서 그 장면을 떠올렸다. 눈을 감았더니 정말 음표들이 보이는 듯했다.

독립적인 소리/음이 음악으로 수렴되고 음악을 통해 다시 소리/음들이 확산되는, 수렴과 확산의 원환적 반복과 순환을 통해서 소리와 존재의 숨결을 탐문할 수 있다는 생각을 나눌 수 있는 대목이다. 이때 개별 소리와 전체로서의 음악은 '따로-함께' 공존한다. 나누어지는 듯 어우러지며 공존한다. 연주자와 음악, 수용자의 관계도 그와 흡사하게 행복한 경험을 하게 된다. 근대 이후 인간과 예술을 괴롭히며 숨결의 리듬을 방해하던, 주체와 객체의 험악한 분열과는 거리가 멀다. 그러니까 연주가 이루어지는 현재 시간의 연주 행위는 독주일수 없다. 소리/음, 음악, 연주자, 수용자가 서로 스미고 짜이며 진정한 생명의 리듬을 합주한다. 작가 김중혁이 꿈꾸는 음악적 황홀경은이런 리듬의 바탕 위에서만 가능한 어떤 경지다.

그런데 그 리듬은 계속 창조되는 것인가. 이와 관련하여 「매뉴얼 제너레이션」에서 '발굴' 행위를 강조하는 대목이 주목된다. 물론 매뉴얼 작업의 경우지만 "창작하는 것이 아니라 발굴하는 것은 아닐까"라는 생각을 펼친다. "나는 문장 위에 덮인 먼지를 조심스럽게 툭툭털어내기만 하면 된다. 고고학자가 된 기분이다." 이 소설에서도 역시 이런 발굴 행위는 음악의 세계로 통한다. 공 모양의 오르골 이야기다. "어떤 각도로 비트느냐에 따라 음악이 달라"지는 오르골을 통해, "이 오르골은 하나의 씨앗입니다. 씨앗에서 음악의 나무가 자라납니다"라는 매뉴얼 문장을 길어낸다. 이 문장 역시 "오르골에 쌓여 있던 시간의 먼지를 툭툭 털어내고" 나니 생겨났다고 했다. 시간의 먼지든 공간의 먼지든 먼지를 털어내어, 음악/문학의 리듬을 찾아낸다는 고고학적 발상은 김중혁의 특징적인 창작 방법으로 보이기도 한다. 그리고 그것은 피아니스트의 창조 행위 이전에 소리/음이 선재한다는 「자동피아노」의 인식과 동궤의 것이기도 하다. 선재하는 소리/음에 예민하게 이끌리며 그것들을 고고학적으로 수집하는 구체적 행동이 「악기들의 도서관」에 제시된다. 악기점에서 아르바이트를 하던 중 음색과 리듬의 미묘한 차이에 매료된 주인공은 온갖 악기들의 소리뿐 아니라 일상에서의 갖은 소리들을 녹음하기 시작한다. 그렇게 수장한 (악기) 소리들을 손님들에게 빌려주어 나름대로 각광을 받는다는 이야기다. 그 소리들이란 다른 게 아닐 터이다. 「자동피아노」에서 비토가 언급한 바, 피아니스트가 연주하기 이전에 허공에 두루 편재했으며, 연주 이후에 다시 허공으로 사라진, 그 소리들이 변형 생성된 어떤 흔적, 혹은 생명의 리듬의 원형질에 가까운 어떤 것이 아니었을까. 그러나 그것들은 원형질 혹은 기원으로서, 그 자체의 의미를 산출하는 것이 아니다. 원형질/기원은 먼지 속에 묻혀 있는 무(無)의 상태와 비슷하다. 현재의 시간에 그 먼지를 털어내고 오르골을 비틀든, 피아노 건반을 두드리든 하는 주체의 행위가 수반될 때 숨결을 지닌 리듬 있는 음악으로 새로운 존재를 입증한다. 포스트모던한 문화 지형에서 감각의 실존을 했던 젊은 작가답게 김중혁은, 원본/정전에 대한 회의로 생각을 이어간다. 리믹스하는 디제이의 이야기를 다룬 「비닐광 시대」의 한 대목을 보자.

이건 정말 세상에서 하나뿐인 음악들일까. 이 사람들의 음악은 그저 하늘에서 뚝 떨어진 것일까. 나는 그렇게 생각하지 않는다. 새로운 것은 어디에도 없다. 누군가의 영향을 받은 누군가, 의 영향을 받은 또 누군가, 의 영향을 받은 누군가, 가 그 수많은 밑그림 위에다 자신의 그림을 그려나가는 것이다. 그 누군가의 그림은 또다른 사람의 밑그림이 된다. 우리는 모두 보이지 않는 여러 개의 끈으로 연결돼 있다.

「비닐광 시대」에서 주인공을 자신의 창고에 가둔 사내는 지독한 원본주의자다. 디제이들이 리믹스하는 작업에 대해 "이 노래에서 조금 훔치고, 저 노래에서 조금 훔치고, 심심하면 스크래치 한번 해주고, 뒤섞고 섞고, 베껴서, 자신의 이름으로 음반을" 내는 행위로 단죄한다. "원곡의 느낌을 완전히 망가뜨려놓고는 온갖 기교만 자랑"할 뿐이라고 비판한다. 이런 원본주의자에 대해 주인공은 앞의 인용문처럼 대응하는 것이다. 그가 원본주의자의 지독한 비판을 넘어서고, 영향에 대한 불안을 넘어서, 새롭게 리믹스 작업에 돌입할 수 있었던 것은 현재 시간에 주체의 현동화에 의한 새로운 리듬의 형성 가능성에 대한 신뢰 때문이다. 과연 그는 "두 개의 음악에서 흘러나오는 비트를 하나로 연결"시킨다. "처음에는 어울리지 않을 것 같던 소리들이 내 손끝을 통해 하나가" 된다. 거기서 오랜만에 비트를 느끼게 되고, "이 비트야말로 나다"라는 생각에 이른다.

이런 비트의 힘을 바탕으로 「엇박자 D」의 세계가 형성된다. 음치에 가까워 박자를 제대로 맞출 수 없었던 '엇박자 D'는 학창 시절 합창 공연을 망쳐놓은 상처를 지니고 있는 인물이다. 무성영화 전문가로 성장한 그는 공연 기획자인 '나'와 함께 무성영화와 음악을 리믹스한 공연을 한다. 공연의 끝에 그는 회심의 리믹스 작품을 관객들에게, 특히 학창 시절 합창을 같이 했던 옛 친구들에게 선사한다. "22명의 음치들이 부르는 20년 전 바로 그 노래"라고 '엇박자 D'가 말하고 있거니와, 한 사람의 소리가 둘, 셋, 넷, 다섯 사람의 소리로 바뀌면서 합창이 되는데, 합창이라고 하기에는 서로 음도 박자도 맞지 않지만 잘못 부르고 있다는 느낌도 들지 않는, 그런 노래였다. '나'는 그 노래가 매우 아름답고 절묘하게 어우러졌다고 느낀다. "아마도 엇박자 D의 리믹스 덕분일 것이다. 22명의 노랫소리를 절묘하게 배치했다. 목소리가 겹치지만 절대 서로의 소리를 해치지 않았다. 노래를 망치지 않았다." 각각의 소리가 어느 한 곳으로 귀속되거나 구속되지도 않고, 그렇다고 다른 소리를 해쳐 어설픈 혼돈의 도가니를 만들지도 않은 절묘한 상태가 아닐 수 없다. 각각의 소리가 주체이면서 동시에 객체가 되어 서로 호응하는 상호주관성의 지평에서 상호 생명을 얻을 뿐만 아니라 전체의 생명을 얻는 장관이다. 합창이면서 독창이고, 독창이면서 합창인, 이 세계는 불가능한 듯 보이는 개인과 집단의 조화 가능성을 예술적으로 암시하는 것이기도 하다. 부조화의 리듬을 통해 생명력 있는 리듬의 형성 가능성을 모색하는 과정에서, 그 같은 인류의 오래된 과제는 새삼 환기된다. 특히 합창/집단의 세계에서 '엇박자 D'가 타자화된 소수자의 운명을 벗어날 수 없었던 현실의 사정을 고려한다면, 작가가 탐문한바 '엇박자 D'에 의한 절묘한 리듬의 세계는 매우 웅숭깊은 것이 아닐 수 없겠다.

김중혁의 『악기들의 도서관』에서 소리와 음악의 수렴과 확산 과정은 어지간하다. 유리처럼 투명한 영혼에 의한 소리/음의 고고학적 탐문과 그것들의 절묘한 리믹스 작업을 통해 생의 리듬의 심연으로 내려간다. 주체와 객체가 소란스러운 소리에 의해 분리되기 이전의 생명의 숨결, 그 리듬을 오래된 먼지를 털어가며 재생해내려고 시도한다. 진정한 생명력으로 충일한 인간적 리듬의 회복을 위한 음악적 서사 전략의 독자성이 돋보인다.

4. 존재의 새로운 숨결, 혹은 리듬의 리믹스

다시, 르 클레지오에게 있어서 "잃어버릴 수밖에 없었던 낙원"은 아련하면서도 절묘한 희열을 주던 장소였다. 그러나 실낙원에서는 슬프고 광포한 소리의 소란으로 그런 희열을 만끽하기 곤란하다. 생명의 숨결이 거세되고 진정한 인간적 리듬이 균열된 가운데 인간의 행복한 체험은 줄곧 미끄러지기만 할 뿐이다. 르 클레지오의 절망도, 한유주의 실망도, 김도언의 우울도, 김중혁의 고고학적 탐색도 그런 사정에서 비롯된다. 그것이 산문적 탐문의 대상이 된 지는 매우 오래되었지만, 특별히 21세기 들어 사정은 더욱 절박해진 것 같다. 정치, 경제, 사회, 문화 등 인간 삶의 전 영역에서 소란한 소리들이 존재의 리듬을 어수선하게 훼절시키는 형국이다. 다른 쪽의 리듬은 차치하고라도 문화, 범위를 더 좁혀 문학의 리듬 역시 심각하게 휘청거린다. 동시대의 현실과 문화에 대한 예민한 탐색은 물론 인간 영혼 형성의 골짜기로 독자를 안내하는 몫도 뒷걸음질친다. 어지간히도 일그러져 있다. 현실이나 문학에서 리듬의 일그러짐은 지금, 여기서의 창조적 수행자의 리듬의 일그러짐을 반성케 한다.

그런 상황에서 비교적 그와 같은 반(反)리듬의 시대를 거슬러서 나름대로 리듬 회복을 위한 서사적 수고를 보인 두 작가의 최근 소설을, 우리는 가능하면 긍정적인 측면에서 읽어보려 했다. 김도언은 우울한 리얼리스트이다. 그는 접속 시대의 단절된 리듬을 탐색해온 작가로서, 그 단절과 훼손의 원인을 나름대로 천착하면서, 현재 시점에서 상실한 리듬을 앓는다. 『아주 사소한 멜랑꼴리』가 사소한 시퀀스들의 단절과 결합으로 이루어진 것도 그런 사정에서 말미암은 것이리라. 소리의 소란으로 인해 단절된 리듬, 그 우울의 기미들 속으로 들어가면서 빠져나오려는 과정을 통해서, 반리듬 시대를 반성하고 진정한 리듬의 회복 가능성을 궁리한다. 김중혁은 상대적으로 낭만주의자다. 신이 지상을 떠나면서 마지막으로 남겨둔 희미한 어떤 것이 있다면, 이는 필경 음악일 것이라는 점을 간파하고 그것을 동경하는 작가다. 그렇다고 해서 어설픈 동경의 포즈를 취한다거나, 어설픈 노스텔지어 모드에 빠지지는 않는다. 그는 현실의 절망과 소란스런 소리로 인해 주객이 험악하게 분열되기 이전의 생명의 숨결을 고고학적으로 탐색한다. 소리와 음악이 수렴과 확산을 거듭하면서 모든 존재자들이 소외되거나 타자의 영역으로 밀려나지 않고 개별적이면서도 전체적으로 생명력 있는 리듬을 확보할 수 있는 가능성을 모색한다. 특히 엇박자 리믹스 모티프는 우리 시대의 현실과 문화 상황을 웅숭깊게 성찰하는 의미 있는 기제로 보인다.

기호학자 김성도도 지적했다시피 문화의 생명력은 인간적 리듬의 회복에 달려 있다. 여기서 물론 인간적 리듬이란 인공적 리듬과는 다른 것이다. 자연과의 자유로운 상호주관적 지평에서 인간의 숨결이 황홀하게 소통하고 교감하는 그런 상태를 우리는 꿈꾼다. 그러니 문제는 리듬이다. 존재의 리듬과 문학의 리듬이 내밀한 교감 속에서 더불어 회복의 지평으로 나아가기 위해서는, 더욱 지혜롭고 복합적인 방식으로 수행되는 리듬의 리믹스 작업이 필요할는지도 모른다.

서사도단(敍事道斷)의 서사
─조하형 · 최제훈 소설의 경우

1. 카오스 시대의 질서

문학은 폭력이다. 있는 현상에 균열을 내고, 기존 질서를 의도적으로 위반하고 파괴한다. 혹은 조용한 듯 격렬하게 반란한다. 있는 질서가 불안과 공포의 질서이든, 평화와 안식의 질서이든, 문학은 거기서 탈주하여 새로운, 여전히 불완전하지만 새로운 질서를 향해 게걸음치듯 기어간다. 예의 문학적 폭력 앞에서 현상의 범속한 지속이란 한갓 박물관 구석에 처박힌 박제화된 소품거리에 불과하다. 롤랑 바르트의 어법을 흉내 내자면, 문학한다는 것은 질서에 대한 의도적인 살해 행위를 방불케 한다. 물론 이 살해 행위는 두 방향에서 혹은 그 이상에서, 양가적으로 또는 그 이상으로 진행된다. 우선 문학적 주체 밖의 세계 질서가 의도적 살해의 대상이 된다. 특히 근대 이후의 세계 질서는 썩 그럴듯한 대상이 아닐 수 없다. 그러나 문학은 정녕 문학적이기 위해서 문학적 주체 밖의 세계를 살해함과 동시에, 아니 그것보다도 더 격렬하게 주체 자신을 살해한다. 나―남을 동시에 살해하면서 더불어 살기를 기획한다. 무릇 모든 새로운 이야기와 스타일은 이와 같은 공동 살해를 통한 공동 생존의 전략을 통해 빚어졌다고 해도 과언이 아니다. 물론 그것은 말처럼 쉬운 일이 아니다. 특히 "작가를 재정복하는 것은 또한 지속이다. 왜냐하면 다시 파괴될 수 없는 어떤 질서, 긍정적 예술을 구상하지 않고는 시간 속에서 부정을 펼쳐낸다는 것은 불가능하기 때문"(롤랑 바르트, 『글쓰기의 영도』, 김웅권 옮김, 동문선, 2007, p. 39)이라고 언급한 바르트를 떠올리지 않더라도, 끝내 파괴되거나 살해될 수 없는 모종의 질서를 담보할 수 있어야 문학의 몸이 새롭게 변형 생성될 수 있는 까닭에, 문학이 자신의 몸을 어디까지 살해할 수 있을 것인가의 문제는 매우 곤혹스러운 과제가 아닐 수 없겠다.

리얼리즘 경향이 흥성했던 1980년대에 한국 문학은 상대적으로 세계―살해하기에 관심을 기울였다. 민족 모순과 계급 모순을 혁파하려는 서사적 움직임을 비롯해 신중산층의 허위의식이나 가부장적 남근주의, 이데올로기적 허위성 등 살해의 종목들은 여럿이었다. 자연스럽게 서사의 내용들은 무거웠고 시대의 산문정신과 맞씨름해야 하는 것들이었다. 물론 그런 시대에도 박상륭·이인성·최수철 등의 실험적 시도들은 문학의 안팎을, 나―남을, 동시에 해체하고 살해하려는 몸살의 형상으로 빚어졌다. 1990년대에는 상대적으로 문학적 주체―살해하기에 곤혹스런 몸부림을 펼쳤다. 너가 아닌 나로부터 다시 시작하기, 미시적 일상성으로부터 거대 서사의 새로운 그물코 발견하기, 혹은 문학적 몸을 해체하면서 문학을 장사 지내고 문학적 죽음을 통해 다른 문학으로 거듭나기 위한 시도는 다양하게 진행되었다. 물론 그 시절에도 1980년대적인 세계―살해하기의 서사 역시 지속되기는 했다. 이런 두 방향의 혼류들이 2000년대에 들어 얽히고설키면서, 이제는 제법 양 방향에서의 살해 행위가 완숙해진 느낌이고, 그에 따라 이야기 내용과 스타일 또한 다채로워졌다.

여기, 2000년대 두 신예작가가 있다. 2000년대 소설의 지형을 바꾸어온 여러 작가들 중에 조하형과 최제훈은 그리 자주 언급된 이들은 아니다. 조하형은 두 편의 문제적 장편을 펴냈지만 스타일과 정보, 가독성의 불편함 때문에, 최제훈은 아직 두어 편의 단편만을 발표한 신인 중의 신인이기 때문에 그랬을 것이다. 그러나 이들은 미리 앞질러 말하건대 "언어도단(言語道斷)의 언어"(조하형, 『조립식 보리수나무』, 문학과지성사, 2008, p. 361)로 '서사도단(敍事道斷)의 서사'를 기획하고 실천하는 다분히 '폭력적'인 문학 게릴라들이다. 그들이 마주하고 있는 세계는 크고 작은 재난들로 넘쳐난다. 모든 것이 질서의 자리를 넘어서 카오스로 치닫고, 존재 지속 가능성의 영도에서 휘청거리는 형국이다. 묵시록적 파국을 예감케 하는 카오스를 닮은 재난의 상황은 코스모스의 서사 형식으로 담아내기 곤란하다. 이래저래 그들이 보기에 서사의 길은 끊긴 상태다. 이야기가 되지 않는 상황과 정면 대결하는 일만 남아 있다. 그래서 조하형은 "길이 있어서 움직이는 게 아니라 움직이면서 길을 만든다"(『키메라의 아침』, 열림원, 2004, p. 255)라고 적으면서 "미친, 새로운"(『키메라의 아침』, p. 41) '서사도단의 서사'를 궁리한다. 최제훈 역시 이야기의 "시공을 뒤섞어 한바탕 난장을 벌일 작정"(「퀴르발 남작의 성」, 『문학과사회』 2007년 봄호, p. 452)으로 경쾌하게 서사적 탈주를 단행한다. 그들이 기획하는 '서사도단의 서사'는 다양한 정보와 복합적인 네트워크와 접속하면서 시작도 끝도 없는 이질혼성적 이야기로 변형 생성되는 가운데 우리 시대의 삶과 문화에 매우 의미 있는 성찰을 보인다. 재난의 상상력으로 존재의 근원적 숨결이 위협을 받고 있다는 예리한 인식과 관찰을 보이면서, 재난 상황에 빠진 존재의 리듬을 도대체 어떻게 할 것인가에 골몰하고 있는 것이다. 삶의 리듬, 언어의 리듬, 서사의 리듬에 착목하면서 그들은 단순히 리듬의 복원에 대한 단선적 관심에 머물지 않는다. 그보다 더 복합적인 성찰의 세목들이 요구되는 복잡한 사정이 거기 개재해 있는 까닭이다. '서사도단의 서사'가 결국 리듬의 문제와 호환되는 것은 차라리 자연스럽다.

2. 리얼리티의 사막에서 혼종적 글쓰기

무엇이 보이는가. 문제가 무엇인가. 만일 무엇 혹은 어떤 문제가 있다면, 우리는 그것을 어떻게 보고 알 수 있는가. 이런 사안들은 유사 이래 끊임없이 인간을 곤혹스럽게 한 것이었다. 예의 곤혹스러움을 줄이기 위해 인간들은 과학적 인식 체계를 계발하거나, 측정 도구를 개발하거나, 복잡한 현상을 가늠할 수 있는 나름의 척도를 마련하기 위한 노력을 계속해온 것이 사실이다. 그럼에도 현실은 끊임없이 인간적 인식의 노력을 넘어서는 어떤 방향으로 움직여온 것 또한 무시할 수 없는 사실이다. 어쨌거나 사실임 직한 것, 그럴듯한 것에 대한 곤혹은 언제나 재현의 딜레마에서 으뜸의 자리를 차지했다. 특히 포스트모더니즘 이후 사태는 더욱 험악해졌다. 현상의 리얼리티이든, 인식의 리얼리티이든, 슬라보예 지젝의 비유처럼 사막의 형상을 방불케 하는 것이기에, 리얼리티를 쫓는 여로는 고난의 사막 여정이나 한 가지다.

리얼리티의 사막에서 새로운 작가들의 리얼리티 탐문 전략은 모래의 미로에서 길찾기와 흡사하다. 한없이 작고, 한없이 많은, 모래더미에서 미세한 차이를 드러내면서 새롭게 탈주하기 위해 새로운 작가들은, 기존의 현상과 정보들을 교란하면서 관계없는 것들을 새롭게 짝짓기도 하고, 이질혼성적으로 서사소들을 얽히고설키게 한다. 그들은 영락없이 경쾌한 트릭스터들이다. 가령 조하형의 경우, 정보공학적으로 구성된 "망상의 필터"(『키메라의 아침』, p. 255)로 리얼리티의 사막을 관찰하고 조망하고 교란하고 조립한다. 그가 독창적으로 구성한 "미친, 새로운" "망상의 필터"는 균열과 교란을 통해 있는 리얼리티에 틈을 내고 새로운 생성을 예비한다. 때로는 강력한 토네이도처럼 사막에 없던 새로운 길을 내기도 하고, 있던 길을 파묻어버리기도 한다. 반대와 모순, 대립과 함축의 논리적 틀을 균열내면서 새로운 변형 생성의 지평을 모색한다. 예컨대 이런 풍경이다.

i) 굵은 빗방울들이 아스팔트를 치고, 벼포기처럼 솟아오른다. 추락의 힘이 강할수록 더 세게, 더 빠르게, 더 높이 튀어오르는 흐름들. 다시 한 번만 시킥에보자. 이 깊은 설성에서. (『키메라의 아침』, p. 261)

ii) 박영구는 투항한다. 박제된 비상과 살아 있는 추락 사이에서. (『키메라의 아침』, p. 262)

iii) 빗방울들이 땅으로 비상하고 있었다. 불타는 닭은 하늘로 추락

하고 있었고. (『키메라의 아침』, p. 264)

iv) 비가 스며드는 문틈을 낡은 옷가지로 막고 있었는데, 징소리를 신호로 계단을 뛰어오르기 시작했다. 복사뼈까지 물이 찬 옥상으로 뛰쳐나가는 순간, 남궁여사는 밖으로 나온 게 아니라 거대한 자궁 속으로 빨려 들어간 것만 같았다. 피의 온도로 데워진 공기와 점액처럼 끈적거리는 빗줄기. 아주 오래 전에 적출된 미친, 새로운 세계의 자궁이 부활한다: 초경의 폭발, 팽창과 수축을 반복하는 민무늬근의 진동, 배란과 생리의 리듬, …… 그녀는 자신의 몸이 녹아 내리는 듯한 감각을 느끼기 시작했다—자궁 내벽에서 분비되는 마약물질이 몸뚱어리를 디오니소스 상태로 인도한다. (『키메라의 아침』, p. 279)

"벼포기처럼 솟아오른다."(i), "빗방울들이 땅으로 비상하고 있었다."(iii)의 경우처럼 하강 운동을 하는 빗방울의 역동적 상승 운동으로 뒤집기도 하고, 닭의 추락 방향을 땅이 아닌 하늘로(iii) 전도시키기도 한다. "더 높이 튀어오르는 흐름들"(i)처럼 수직 운동과 수평 운동을 교란하기도 한다. "깊은 절정"(i)도 높이를 깊이로 의미론적 변주를 시도한 경우이겠거니와, "박제된 비상과 살아 있는 추락"(ii) 역시 의미론적 전도가 역력한 대목이다. 안과 밖, 소멸과 생성의 전도를 흥미롭게 구사하면서 디오니소스적 희열과 카오스로 치닫는 iv)에서도, 조하형의 "언어도단의 언어" 전략을 여실히 확인할 수 있다. 때때로 "변역(變易)과 불역(不易)에 관한, 언어화하는 순간 모순에 빠지고 마는 관념적 유희는, 확실히 심오해 보이지만, 확실히 무의미했다"(『조립식 보리수나무』, p. 37) 같은 진술처럼 자기 곤혹을 노출하기도 하지만, 그럴수록 "변역(變易)과 불역(不易)에" 대한 언어화 내지 서사화 의지를 추동해나간다. 그가 구상하는 "언어도단의 언어" 내지 '서사도단의 서사'는 일상적 자연에서는 '도단'이지만 사이보그 자연에서는 리얼리티를 획득할 수 있는 어떤 것이다. 『조립식 보리수나무』에 나오는 다음 본문은 그의 서사 지형의 기본 성격을 알게 해준다. "불연속적 시간들이 무리지어 고여 있는 공간에서, 자신이 어느 시간대에 속하는지 모호하게 되었을 때, 열차 창밖으로 인공수평선이 나타났다: 공중도시의 하부 프레임이, 바다를 수평으로 절단하고 있었다: 가로 길이가 수 킬로미터나 되는 다대포-거대구조물: 낙동정맥-사이보그, 다대포는 폐허 끄트머리에 있는 유리와 금속의 신기루, 과거 속에 있는 미래, 사이보그 자연이었다"(『조립식 보리수나무』, p. 141).

이와 같이 언어의 길, 서사의 맥락이 끊어진 상황을 성찰하고 새롭게 탐문하면서 이채로운 사이보그 자연을 생성해내기 위해 조하형은 매우 폭넓은 담론 지형을 가로지른다. 『키메라의 아침』은 물론 『조립식 보리수나무』에서 그가 동원한 지식 체계는 매우 가공할 만한 것이다. 신화학과 인류학은 물론 기하학, 양자역학, 생물학, 생태학, 물리학, 정보공학, 수학, 지구과학, 건축학, 종교학, 철학, 리좀학 등여러 분야의 지식 체계들을 나름대로 접속하고 조립하여 리얼리티의 사막을 해부하고 해체하고 재조립하는 데 활용한다. 그러다 보니 그의 소설에서는 명사형 사고가 단연 우세종으로 등장한다. 묘사적 관형어나 서술어가 상대적으로 줄어들고 이런저런 명사들이 조립되어 개념들의 난장을 통해, 새로운 인식과 상상력의 틈새를 넓혀나가는 형국이다. 명사적 개념들의 돌연한 병치와 중첩, 모순적 개념 행렬

등 역시 융합의 시대 서사 전략의 일환일 터이다. 그리고 이는 조하형의 재현 체계 혹은 서사적 생성 체계의 독특함을 알리는 것이기도 하다. 아마도 조하형이 신화 시대의 작가이거나 리얼리즘 시대의 소설가였다면 그렇게 하지 않아도 좋았을 것이다. 이카루스의 날개가 거부됨은 물론 이상의 날개마저 찢겨진 지 오래인 시절의 작가이기에, 그는 날개에 의지한 초월과 비상의 상상력을 유예하고 포월과 전복의 상상력에 기투해야 했을 것이다. 따라서 그에게는 이러한 정보공학적 수고로움이 불가피했던 것으로 보인다.

조하형의 소설이 정보공학적이라면 최제훈의 소설은 상대적으로 문화공학적이다. 등단작인 「퀴르발 남작의 성」에서 영화와 소설 등 기존의 문화 지형을 가로지르며 드라큘라 계열 이야기의 문화적 맥락을 의심하고 그 리얼리티에 균열을 내면서 새로운 문화적 리얼리티를 창안하려 했던 그는 「마녀의 스테레오타입에 대한 고찰」에서는 마녀 패션의 이미지와 마녀 사냥과 관련된 세계문화사의 맥락을 전복적으로 재구성한다. 현실과 문화 양쪽에 동시다발적으로 구멍을 내면서 새로운 이야기의 가능성을 유머러스하게 길어 올린다. 정보콘텐츠건, 문화콘텐츠건 간에 새로운 시대의 작가들은 콘텐츠와 맞씨름하며 새로운 서사콘텐츠를 구성해나간다고 보아도 좋을 것이다. 그 과정에서 손쉬운 패스티시나 헐거운 패러디를 넘어서 새로운 탈주선을 격렬하게 혹은 유쾌하게 그리려 했다는 점에서 조하형과 최제훈의 소설이 관심을 끈다.

3. 시작도 끝도 없는 변형 생성

　조하형의 서술자와 인물들은 누구랄 것도 없이 대체로 "되돌아갈 수도 없고 나아갈 수도 없는 자의 불안과 공포"(『키메라의 아침』, p. 199)에 사로잡혀 있다. 그도 그럴 것이 현실은 전면적인 재난 상황에 처해 있고, 그 현실을 넘어서려는 그 어떤 노력도 새로운 비전으로 그 주체자들을 안내하지 못하기 때문이다. 확실히 조하형의 허무혼은 "깊은 절정"을 보인다. "미친, 새로운 현실은 양파처럼 수만 겹의 껍질로 에워싸여 있었다. 정작 모든 것이 드러났을 때, 그곳에 있던 것은 아무것도 아니었다. 그 누구도, 아무것도 얻지 못했다. 그 누구도, 어디로도 가지 못했다"(『키메라의 아침』, p. 200). 사태가 이 지경이라면 그렇지 않을 도리가 없을 터이다. 이런 사태는 『조립식 보리수나무』에서 "링반데룽〔環狀彷徨〕"으로 호명된다. "그는 오직 빛을 쫓아 움직였고, 도달하였으나, 그곳에는 광원(光源)이 없었다. 허무의 빛에 휩싸이는 순간, 점사(占辭)는 그의 몸이 그린 궤적, 그 자체였다: 링반데룽〔環狀彷徨〕. 그는 아주 먼 길을 걸어서 추억의 한 장소로 돌아갔다"(『조립식 보리수나무』, p. 42). 여기서 광원이 없다는 것은 『키메라의 아침』에서 수만 겹의 양파 껍질 속에 아무것도 없었다는 것과 겹쳐진다. 오직 허무의 빛만 있을 따름이다. 변역(變易)도 어렵고 출구도 막막한 링반데룽의 세계에서 그들은 각기 "자기만의 '메타 시뮬레이션'을 돌리는 일에만 미쳐 있"(『조립식 보리수나무』, p. 44)다.

　이런 상황에서 기본 화두는 이런 것이다.: "어떻게 하면, 이 시공간에서 나갈 수 있는가?"(『조립식 보리수나무』, p. 30);"모래시계 속의 개미는 어떻게 밖으로 나갈 수 있는가?"(『조립식 보리수나무』, p. 64). 그 화두는 매우 절박하지만, 『키메라의 아침』에서 닭이 결코 날개를 달고 그 시공간을 벗어날 수 없듯이 『조립식 보리수나무』에서도 모래시계 속의 개미는 결코 밖으로 나갈 길을 마련하지 못한다. 조하형의 비극적 세계 인식은 그만큼 도저하다. 하여 조하형은 존재와 상황, 존재와 시공간 사이의 상호의존성 혹은 서로 삼투하는 모호하면서도 역동적인 역장(力場)을 논리적으로 추론한다. 그 어떤 작가보다도 논증적 글쓰기에 강한 면모를 보이는 조하형은 『키메라의 아침』에서 심장과 태양, 혹은 몸과 시공간이라는 매개 변수를 선택하여 생성적 변역 혹은 변역적 생성의 과정을 다채로운 하이브리드 논거들을 가로지르며 추론하려 한다. 『조립식 보리수나무』에서는 그 추론을 좀 더 치밀하게 밀고나간다. 그에게는 전혀 다른 길, 전혀 다른 논리가 필요했다.

논리-공간은 그 자체가 되어버린 논리-몸, 일종의 주객일치(主客一致) 상태에 도달한 시스템은, 그 즉시, 자신의 존재 자체가 논리적 아포리아로 변해버리는 걸 피할 수 없을 거야. 〔……〕 수정된 논리-공간에 대한 논리적 추론과 판단을 수행해야 하는데, 그것은 또다시, 논리-공간을 수정하게 될 거고, 그래서, 논리-몸은 또다시, ……링반데룽이야. 인공지능 시뮬레이터는 아마, '전체의 역설' 상태에 도달할 뿐만 아니라, 일종의 자기 지시적 순환회로에 갇혀버릴 거야. 빠져나갈 곳은 어디에도 없고, 무한 순환루프에 빠진 채, 무의미한 숫자와 기호들의 행렬만 토해내겠지. 결국, 메타-재난-시뮬레이션을 완전하게 기술하기 위해선, 메타-메타-재난-시뮬레이션이 요청될 거야. 끝이, 없어. 다른 길을 찾아야 돼. (『조립식 보리수나무』, p. 88)

다른 길을 찾기 위해 조하형은 메타-의식에 무척 공들인다. 그의 서술자는 결코 1차 이야기 세계를 따라가지 않는다. 진흙길을 걸으면서 거울을 가져다 비추어보는 스탕달식의 재현을 그는 전적으로 거부한다. 이야기 세계를 끊임없이 반성적으로 성찰할뿐더러 그 성찰적 메타-의식도 거듭, 거듭 반성하고 숙고한다. 하여 메타-의식은 메타-메타-의식으로, 다시 메타-메타-메타-의식으로 게걸음질친다. "자기 지식적 순환회로"에 빠지지 않고 밖으로 나가보고자, 기어이 기어나가 "다른 길을 찾아"보고자 하기 때문이다. 이와 같은 인식 태도나 서사 전략으로 인해 그의 소설은 복잡한 복수 시뮬레이션의 복합체가 된다. 인상적인 등단작 『키메라의 아침』이 종이책으로 된 가장 격렬한 하이퍼텍스트 형상을 하고 있거니와, 복잡성이 좀 완화된 것처럼 보이는 『조립식 보리수나무』의 경우도 비슷한 형상이다. 가령 "컴퓨터로 설계된 시뮬레이션들은, 실제 도시의 이차적 재현이 아니라, 실제 도시보다 선행하는 디지털 형상에 해당했고, 신-도시의 픽처레스크 식 지형이나 합성밀림을 모방하는 지도가 아니라, 수사학적 자연을 생산하는 설계도에 해당했다"(『조립식 보리수나무』, p. 131) 같은 부분에서 시사하는 것처럼, 그의 소설은 재현의 세계를 포월해 전혀 다른 "수사학적 자연"을 생성하는 리좀적 논리 기계처럼 보인다. 따라서 그의 소설에서 아리스토텔레스적인 의미에서 이야기의 처음-중간-끝은 의미가 없다. 핍진성이나 플롯의 인과성, 시간 논리도 과격하게 전복된다. 전혀 새로운 방식으로 조하형식의 새로운 '시학'

을 그는 강력하게 요청한다. 『키메라의 아침』의 경우 하이퍼텍스트적인 구성을 하고 있다고 이미 언급했거니와, 그럼에도 독자들의 독서 과정의 자유도는 상당 부분 제약된다. 작가가 구안한 수사학적 자연의 설계도가 매우 촘촘하기 때문이다. 물론 독자들마다 처음-중간-끝을 나름대로 구성해 새롭게 변형 생성적으로 읽을 수 있지만, 그 과정에서 작가가 설치해놓은 치밀한 논거들을 하나라도 빼면 전체 독서회로는 완성되지 않는다. 어쩌면 그의 소설을 읽기 위해서는 잘 설명된 매뉴얼이 필요할지도 모르겠다. 독자로서는 사뭇 우울한 노릇이지만, 작가는 독자에게 그런 우울한 수고를 요청할 권리가 있다고 생각하는 것 같다. 그만큼 자신의 서사적 시뮬레이션 프로그램에 공들였다고 생각하기 때문일 것이다. 그러므로 읽기에 따라서는 추론과 상상력을 결합하여 끊임없이 변형 생성되는 무한 복수의 이야기 세계에 게임하듯 참여하는 즐거움을 만끽할 수도 있다.

　최제훈 역시 복수의 서사 관점으로 서사도단의 서사를 욕망한다. 얼마든지 해체 재조립이 가능한 서사 형식으로 이야기의 처음-중간-끝을 교란한다. 「퀴르발 남작의 성」은 표제 이야기에 개입하는 복수의 인물과 시점자들이 이야기 향연을 벌이고 있는 형국이다. 1697년 6월 9일(이하 월일은 동일함) 프랑스 크룅리에서 앙리 부부와 딸 카트린느가 경험하는 퀴르발 남작 이야기, 1897년 프랑스 크룅리에서 자네트 페로 할머니가 손주들에게 들려주는 퀴르발 남작 이야기, 1932년 미국 뉴욕에서 작가 미셸 페로와 출판사 편집장이 나누는 소설 퀴르발 남작 이야기, 1951년 미국 할리우드에서 영화 제작자 토마스 브라우닝과 감독 에드워드 피셔의 이야기, 1952년 미국 할리우드 영화배우 로버트 허드슨과 그의 애인 이야기 및 영화배우 제시카 헤이워드와 제작자 토마스 브라우닝 이야기, 1953년 미국 『저널 아메리칸』의 제임스 허스트 기자의 영화 「퀴르발 남작의 성」에 관한 기사, 1993년 한국 서울 K대학교 교양과목 「영화 속의 여성들」 이야기, 2000년 한국 인천 M대학교 인문학부 학생의 리포트, 2004년 일본 동경에서 피셔 감독의 「퀴르발 남작의 성」을 리메이크하여 「도센 남작의 성」을 만든 영화감독 나카자와 사토시의 인터뷰, 2005년 한국 MBC 뉴스데스크 기사, 2006년 네이버 블로그에 컬트소녀가 쓴 영화 에세이 등을 조립식으로, 시간 순서를 교란하고 허구와 실제를 넘나들면서 합성한 소설이다. 물론 그 모든 시퀀스들을 관통하는 것은 퀴르발 남작의 이야기이다. 300여 년의 시간을 격해 같은 이야기가 어떻게 달리 수용되고 변형 생산되는지를 흥미롭게 조감하고 있다는 점이 특징이다. 형식적으로는 이질혼성적 편집의 미학이 돋보이고, 수사학적으로는 은유의 적층 속에서 환유의 미끄러짐을 통해 문화사적 의미망을 재해석하려 한 점이 눈에 띈다.

기고문 형식을 차용한 「마녀의 스테레오타입에 대한 고찰」에서도 다양한 신화적 문화적 질료들을 뒤섞어 혼성적 화학변용을 일으키는 작가의 수완이 어지간하다. 판도라 상자와 관련된 신화를 뒤집어 상상하는 것을 비롯해 마녀 사냥과 관련한 일련의 세계사적 정보들을 역주행하면서 매우 이채로운 세계 문화사를 재구성한다. 삐딱하게 보기, 뒤집어 보기, 물구나무서서 보기와 같은 식으로 사태를 전복하는 과정에서 최제훈은 적당한 위트와 유머를 동원하면서 서사에 윤기를 보태고 있다. 문화의 지도, 생각의 지도 바꾸기는 곧 서사의 지도 바꾸기와 통하는 것이어서, 기존의 서사 문법으로부터 활달하게 벗어나 있기도 하다. 실제와 상상, 환상, 망상 등을 자유롭게 넘나들면서 독자가 상상할 수 있는 범역을 유쾌하게 넓혀준다.

4. 리듬의 재난과 '초록-사이보그'의 진실

시작도 끝도 분명치 않은, 그래서 부단히 변형 생성될 수 있는 서사의 기획은 다양한 맥락을 역동적으로 동원하거나 구성하는 것이어서, 그 맥락의 코드에 제대로 접속하면 퍽 의미심장한 현실 비판의 담론이나 심원한 시대정신을 읽어낼 수도 있다. 최제훈은 「퀴르발 남작의 성」에서 자본주의적 무한 욕망의 성을 비판적으로 견인하기도 한다. 동명의 소설이 나온 시기가 미국이 대공황의 소용돌이에 빠져 있을 때인 1932년이었음을 환기하면서, "미셸 페로의 눈에 자신의 팽창을 주체하지 못하고 터져버린 자본주의 체제는 출구 없는 암흑으로 보였을 것이다. 서로의 이해관계가 뒤얽히며 욕망이 끊임없이 재생산되는 자본주의 체제를 페로는 퀴르발 남작의 성으로 형상화했다"고 적은 다음에, "양상은 바뀌었지만 그 본질은 지금도 마찬가지다. 서서히 다가오는 섬뜩한 존재가 외부의 타자가 아니라 바로 자기 자신이라는 점. 그것이 자본주의의 끝없는 탐욕이 초래하는 공포의 본질이다"(「퀴르발 남작의 성」, 『문학과사회』 77호, p. 452)라는 식으로 자본주의 비판을 단행한다. 신자유주의가 한창 기승을 부리던 무렵에 창작된 소설임을 감안하면, 이 작가가 단순히 유희 본능만으로 소설을 쓰는 작가가 아님을 실감하게 된다. 두번째 소설인 「마녀의 스테레오타입에 대한 고찰」에서도 자본주의 비판은 어지간하다. 자본주의의 광기와 기형적 희생양의 형식에 대해 속 깊은 눈길을 주고 있다.

"만일 우리가 현실에 안주하여 인간들이 기형적으로 만들어낸 마녀 이미지에 맞춰 살아간다면, 그건 상당히 위험한 선택이 될 수 있다. 인간의 광기는 언제든지 또 폭발할 수 있다. 중세 말의 그때처럼 명분도 없는 전쟁이 빈발할 때, 원인 모를 질병과 자연재해가 덮칠 때, 사회가 불안해지고 시기와 차별이 만연할 때, 그들은 또다시 희생양을 찾기 시작할 것이다"(「마녀의 스테레오타입에 대한 고찰」, 『문학과 사회』 80호, p. 167). 특히 자본주의적인 기형적 이미지 혹은 상업적으로 각색된 이미지에 대한 비판적 환기력은 실제와 멀어진 이미지 정치경제로 깊은 불화의 늪에 빠진 자본주의 세계에 시사하는 바가 자못 크다. 요컨대 최제훈은 인간의 마음에 드리워진 재난의 그림자와 인간과 사회 체제에 걸쳐진 재난 상황을 동시에 조감하면서 비판적으로 점검해보려는 의도를, 경쾌한 서사 전략 이면에 매설해놓고 있는 작가라고 말할 수 있겠다.

재난의 상상력은 확실히 조하형의 소설에서 웅숭깊게 형상화된다. 『키메라의 아침』에서도 불안과 공포의 극한까지 치닫는 재난 상황에 조형되고 있거니와, 불과 모래의 재난이 극화되는 『조립식 보리수나무』에서 조하형이 우려하는 극단적 재난 상황이란, "지각변동 이후의 하늘은, 우둘투둘한 타원형이었고, 절벽으로 둘러싸인 수 평방 킬로미터의 땅은, 시커먼 물이 흐르고 불길이 치솟는 포스트-인더스트리얼 폐허, 포스트-포스트모던 지옥, 그 자체"(p. 254)로 요약될 수 있는 것이다. 이는 "일상의 균열을 느끼고, 공허감에 시달리고, 전자도서관에 접속해 철학과 종교와 예술에 관한 책들을 읽는"(p. 230) 자들이 상상할 수 있는 극단적인 형상의 일환이다. 『조립식 보리수나무』에 등장하는 이철민의 시뮬레이터 어법에 따르면, 재난을 이해한다는 것은 "하나의 논리적 메커니즘을 터득하는 것"(p. 79)으로 정리될 수 있다. 앞에서도 거론된 바 있는 논리적 메커니즘에 입각하여 조하형은 "메타-재난-시뮬레이션" 내지 "메타-메타-재난-시뮬레이션"에 몰입한다. 여기서 몸과 시공간의 상호작용은 『키메라의 아침』에서 심장과 태양의 상호작용처럼 중요하다. 조하형은 "모든 몸들은 시공간[空]의 응결에 지나지 않는다"는 명제를 제출하는데, 이는 "모든 몸들이 같으면서도 전부 다른 것은, 피부-몸과 근육-몸, 골격-몸, 순환-몸, 도관-몸, 신경-몸이 조립되는 방식, 상호의존적 발생의 형식, 정보-몸이 다르기 때문"(p. 41)이다. 확실히 그의 소설에서 '몸'의 상상력과 논리는 매우 이채롭고 중요해 보인다. 가령 그는 『도덕경』에 나오는 이런 문장을 지목한다. "귀대환약신(貴大患若身); 재난을 몸처럼 귀하게 여겨라"(p. 80). 이 문장을 "논리-지리적 공상을 위한 전제로" 삼아 '논리-몸'을 넘어 '논리-공간'을 추론해나간다.

재난을 몸처럼 귀하게 여길 것; 사이보그의 형식—재난을 몸의 세포와, 조직과, 기관으로 전화시키면서, 변신하고, 확장할 것. 그리고, 하나의 '논리적 사실'이 존재한다는 걸 잊지 말 것; 자기를 바꾸는 것과 세계를 바꾸는 것, 자기를 긍정하는 것과 세계를 긍정하는 것이 일치하는 지점이 존재할 수 있다는 것—논리-몸이 논리-공간 그 자체가 될 때, 그때. 이해는 아마도 그 지점에서만 가능할 것이다; 재난을 이해하기 위해서는, 이해라는 것이, 논리-몸의 수준이 아니라 논리-공간의 수준, 즉 시스템 레벨에서 발생한다는 걸 볼 수 있어야 했다. (『조립식 보리수나무』, p. 85)

　이런 추론 과정을 거쳐 "'정보-몸'과 '공중-가변-거대구조물'의 교환, '경계 없는 형태'와 '개체-환경 복합체'의 교환"(p. 255) 체계의 가능성을 가늠해본다. 그야말로 총체적 상상력의 총화이며 구성적 추론의 결과이기도 하다. 이런 맥락에서 보면 정치적 재난과 자연적 재난도 둘일 수 없다. "사헬의 대가뭄이 지속되면 사하라 이남 지역에서 물을 둘러싼 분쟁이 발생하고, 산유국에 지진이 발생하면 강대국들이 석유 이권에 개입하면서 이슬람 근본주의자들의 테러가 급증하는 식으로"(p. 56) 말이다.

　'개체-환경 복합체'에서 조하형이 주목하는 핵심 중의 하나는 리듬의 문제이다. "태초에 리듬이 있었"고 태초에 "우주-음악"(『키메라의 아침』, p. 121)이 있었다. 그런데 그 리듬은 점진적으로 혹은 전면적으로 재난 상황에 빠지면서 균열을 일으키고 훼절되고 만다. 재난의 리듬은 음울하기 짝이 없고 존재의 숨결과 거리가 멀다. 개체도, 환경도, 개체-환경 복합체도 공히 리듬을 상실한 채 파국의 절정으로 치닫기 일쑤이다. 조하형 서사의 많은 부분은 여기에 바쳐진다. 새로운 변형 생성의 가능성 또한 리듬이 살아나야 엿볼 수 있다. "리듬을 타기 시작하자, 세포 속의 분자들을 변형시키는 화학반응 같은 게 일어나기 시작했다. 몸이, 변하고 있다"(『키메라의 아침』, p. 306). 『조립식 보리수나무』에서 이는 좀더 선명한 이미지를 얻게 된다.

　태양이 지하로 내려온다, 그 순간.

　죽어가던 나무가 초록의 불길로 타오른다, 그 순간.

　초록이란 언어 코드가 걸러내는 노이즈 전체를 향해, 붕괴된 몸이 반응했다, 그 순간. 관능적이라고 해도 좋을 전류가, 몸 전체를 관통하며 흐르는 걸 느꼈다.

그녀의 날숨CO_2이 사이보그 전나무의 들숨이 되고, 사이보그 전나무의 날숨O_2이 그녀의 들숨이 되는 교환의 리듬이, 절단 불가능한 연속체의 폴리리듬으로 변해간다: 몸의 녹화, 얼굴의 녹화: 초록-사이보그.

탈진한 몸들이, 감각의 과부하 상태에서 경계를 넘어 흐르고, 초록 안에서, 초록이 되어, 초록과 함께 움직일 때, 기묘한 식물성 기쁨이 감전의 느낌으로 밀려왔다.

빛을 인식하고 기쁨으로 떠는, 파이토크롬, 크립토크롬 분자들; 몸을 구성하는 원소들이 변환되고, 새로운 분자들($C_6H_{12}O_6$)이 생성한다: 정오의 광합성: 자립의 화학, 변신의 연금술.

초록-사이보그는 그 순간, 시민의 불안과 공포, 난민의 분노와 절망을 내려놓고, 완전하게 불완전한 건축물을 비로소 이해했다: 논리적 구조물, 윤리적 구조물…… 그리고 초록이 아름답다.

음악이 연주되기 시작한 것은 바로 그때였다. 〔……〕 추상적인 고향의 이미지를 품고 있는 흙냄새가 되고, 거칠고 구불텅하면서도 위안을 주는 식물성 질감의 총체 같은 것이 되어, 울려 퍼졌다. (『조립식 보리수나무』, pp. 337~338)

초현실적인 초록-사이보그의 형상이지만, 조하형이 극단적 재난의 상황에 깊숙이 침윤된 다음 새롭게 길어낸 "변신의 연금술"이기에 무척 값진 대목이다. 그 누구보다도 비극적인 세계 인식을 견지하고 있는 작가이지만, 그의 비극성 탐문이 파국으로 치닫는 세계에서 초록

비전의 마지막 가능성을 모색하려는 의도였음을 확인할 수 있는 부분이다. 물론 이 초록-사이보그를 통해 우리가 "불안과 공포, 난민의 분노와 절망을" 온전히 내려놓을 수 있을지는 달리 더 추론해보아야 하는 문제이다. 그러니까 조하형이 구안하고자 한 세계의 "서바이벌 매뉴얼"(『조립식 보리수나무』, p. 78)은 심층 생태학적 비전과 통하는 것이기도 하다. 아니, 기존의 심층 생태학적 인식이나 비전에다 앞서 언급한바 다른 담론 체계들을 융합하여, 새로운 변형 생성의 가능성을 모색하려고 한 것이다. 이 지점에 조하형 소설의 진실이 담겨 있다. 그리고 그것은 결국 존재 자체의 질문과 상통하는 것이기도 하다. "내가 누구인지. 나는, 가진 것도 없고, 내세울 것도 없고, 잘할 수 있는 것도 없다. 그런 내가, 살아도 될 것인가?"(『조립식 보리수나무』, p. 360).

존재하는 모든 것의 리듬에 숨결을 부여하려는 것은 문학하는 마음의 바탕이기도 하다. 이를 위해 우리 시대의 젊은 작가들은 "색(色)과 형(形)이 다른 어둠들의 각개 전투"(『키메라의 아침』, p. 324)를 벌인다. 리듬의 재난 위기에서 벗어나 새로운 변형 생성을 위한 서사적 탈주 과정에서 그들은 때때로 매우 과격한 위반과 서사도단의 폭력을 감행하기도 한다. 그러나 "앞뒤가 맞지 않는 이야기는 오히려, 사람들의 상상력을 자극하며 흥미를 유발"(『키메라의 아침』, p. 331)할 수 있으며, 구성적 여백 혹은 편집 과정이나 하이퍼링크 과정에서의 침묵의 백지는 독자들과의 역동적 소통을 통해 새로운 변형 생성의 지평을 혁신할 수도 있겠다. 우리가 조하형과 최제훈의 소설을, 그 서사도단의 서사를 주목하는 이유 중의 하나도 바로 여기에 있다. 카오스 시대의 새로운 코스모스는 철저하게 카오스를 앓기 혹은 철저하게 코스모스 살해하기를 통해 새로운 연금술로 탄생할 수 있다. 카오스와 코스모스의 합성어인 카오스모스는 우리 시대의 중심 과제이다. 문학에 "미친, 새로운" 젊은 작가들이 이를 위해 심한 몸살을 앓고 있다.

제4부 불안의 둥지에서 꿈꾸기

소문의 불안, 불안의 소문

1. 소문과 집단 광기

터키의 동부 지역 시골 마을에 매우 아름다운 처녀가 살고 있었다. 알라신이 오랫동안 공들여 빚은 작품이라는 소리를 들을 정도로 미모가 뛰어났다. 자연히 뭇 남성들의 시선을 끌었고 프러포즈도 많이 받았다. 할릴이라는 유력한 남성도 그 중의 하나였다. 그는 여러 차례 공들여 구혼했지만 번번이 거절당한다. 그도 그럴 것이 절세의 미인 에세미에게는 사랑하는 사람이 따로 있었던 것이다. 에세미에 대한 열정과 거절당한 증오와 구애 실패의 불안 등이 뒤섞인 가운데 할릴은 마침내 에세미를 납치하여 폭력적으로 결혼하기에 이른다. 일종의 보쌈처럼 터키에도 원하는 여성을 강제로 납치해 결혼으로 인정받는 이른바 납치혼(크즈 카츠르마) 풍습이 있었던 것이다. 사건은 당연히 거기서 끝나지 않는다. 납치혼 이후에도 에세미와 옛 연인과의 사랑은 끊어질 듯 이어지고, 할릴에 대한 원한을 지닌 연인 압바스는 마

침내 폭력적 보복극을 연출한다. 총을 가지고 할릴의 집으로 쳐들어
가 살해하기에 이른 것이다.

이에 사람들은 할릴을 살해한 압바스를 집단적으로 처단하고, 에세
미에게 마녀 혹은 창녀의 굴레를 덮씌운다. 정작 사건은 여기부터 시
작된다. 할릴을 죽인 것은 분명 압바스였고 그는 이미 처벌받았지만,
할릴의 가족들을 비롯한 동네 사람들은 에세미를 처단하고 싶어 안달
이다. 오랜 세월 유목민으로서 생활했고 혈연 공동체적 삶을 살아왔
던 이슬람 문화권에는 명예죄라 불리는 피의 복수 풍습이 있었다. 혼
외정사가 발각되거나 심지어 성폭행을 당한 경우에도 여성은 그 남편
이나 오빠 등에게 피의 복수를 당해야 했다. 언제나 복수하는 남성의
폭력은 정당화되었고, 복수당하는 여성은 속수무책이었다. 이슬람 문
화에 대해 예찬하는 사람들조차 고개를 절로 흔드는 대목이다.

그러니 에세미가 피의 복수의 대상으로 지목되는 것은 차라리 자연
스럽다. 그녀의 시어머니는 아들의 원수를 갚기 위해 남은 아들들을
닦달한다. 마을 사람들도 언제 피의 복수가 실현될 것인지 흥미롭게
지켜본다. 정작 문제적인 대목은 그 피의 복수의 주체로 가족들과 마
을 사람들이 에세미의 아들 하산을 지목하여 부추긴다는 사실이다.
어린 하산에게 주위 사람들은 자기 생모를 처단할 것을 중요한 과업
으로 부과한다. 어린 아들은 처음엔 거부하고 저항하지만 서서히 마
녀 사냥의 늪에 빠지게 되고, 마침내 어머니를 총으로 쏘고 불에 태
우는 과업을 광기처럼 완수한다.

이미 짐작했겠지만, 터키의 대표적인 작가 야샤르 케말의 소설『독
사를 죽였어야 했는데』(문학과지성사)의 이야기다. 도시 자체가 아름
다운 옥외 박물관으로 불리는 이스탄불과 보스포러스, 그리고 고대

히타이트 문명 유적지, 트로이 문명 유적지, 에페소스의 원형 극장과 성 소피아 성당 등 수많은 역사와 문화 그리고 자연 풍광으로 세계 관광객들로부터 찬사를 받고 있는 터키를 대표하는 작품 중의 하나이다. 터키에 대한 관심 때문에 읽기 시작했지만, 정작 내가 읽은 것은 터키의 숨결이 아니라 인간 일반의 폭력적 야만성이었다. 그리고 소문이라는 불안 기제였다.

어린 아들 하산이 어머니를 쏜 것은 분명 총이었지만, 그 총질은 사실 집단의 광기와 소문의 늪에 의해 강요된 것이었다. 가족들을 비롯한 마을 사람들은 죽은 아버지가 원령이 되어 구렁이로 떠돈다든가, 하얀 소복을 입은 귀신으로 떠돈다든가 하는 소문을 만들고 확대 재생산하는 데 여념이 없다. "소문이란 것은 제멋대로의 추측과 악의가 불어대는 피리"(『헨리4세』)라고 갈파한 이는 셰익스피어였다. 사실이나 진실은 집단적 불안 내지 집단 광기에 들린 소문의 추동자들에게 아무런 상관도 없다. 가련한 에세미의 운명이나 영혼, 혹은 개인의 진실은 적극적으로 외면된다. 오로지 그들의 관심은 정치적 마녀 사냥에 편집적으로 집중되어 있다. "내가 세상 사람들의 풍문을 듣고 그것에 반발하던 무렵, 벌써 그들은 세상 사람들의 풍문대로 나를 그들의 함정 속으로 끌어당기고 있었다"(「고독한 산책자의 몽상」)라고 J. J. 루소가 적은 바 있는데, 『독사를 죽였어야 했는데』에서 에세미는 루소보다 훨씬 가혹한 함정에 빠져 속절없이 죽어간다. 이런 풍경은 비단 터키의 명예죄 심판에 국한되지 않는다. 십자군 전쟁 실패 이후, 그러니까 15세기에서 18세기 초까지 서양의 기독교 국가들에서 파행적으로 전개되었던 마녀 사냥의 풍경에 대해서도 우리는 잘 알고 있다. 그런데 어디 그뿐이랴. 고도로 문명화된 것처럼 보이는 요즘도 야만의 그림자는 여전한 것 같다. 우리는 여러 집단이나 조직에서, 정치의 광장에서, 그리고 인터넷 바다에서 크고 작은 마녀 사냥이 연일 벌어지고 있음을 모르지 않는다. 다만 소문이라는 불안 신호에 대해 애써 외면하거나 둔감하려 할 따름이다. 소문으로 인한 불안과 비극의 탄생은 그칠 줄 모른다. 아니, 탤런트 최진실 씨의 자살 사건에서 명료하게 드러났듯, 인터넷 세상에서 소문으로 인한 불안과 집단적 히스테리는 가중되고 있는 실정이다.

2. 소문이라는 불안한 안개

소문이 많은 세상은 수상하다. 소문으로 넘쳐나는 현실은 불안하다. 소문은 강력한 불안 바이러스이다. 1970년대에 정치적 알레고리 성격이 강한 소설을 썼던 호영송은 소문과 맞씨름하며 서사적으로 고뇌했던 작가이다. 그의 「파하의 안개」는 억압과 불안의 테마를 환상적 리얼리즘 기법으로 구현한 소설이다. 권력의 시대였고, 권력 때문에 언로(言路)가 막힌 채 불안에 떨던 시절이었던 유신 시대에 호영송은 권력과 불안 및 말과 사람의 자유의 문제를 가지고 당대 삶의 실체를 밝히려 했다. 「파하의 안개」에서 파하라는 가상국의 시인 바아몽씨는 수상의 부름을 받고 나라 전체에 안개처럼 번져 있는 소문을 제어하는 일을 맡게 된다. 수상은 '소문'이라는 적으로부터 파하를 지킨다는 명목으로 '침묵'을 요구해왔던 인물이다. 억압적인 대타자의 면목이다. 침묵이란 곧 말의 자유를 박탈당한 상태를 의미한다. 상징적 질서에서 말과 법의 규율을 그는 한 손에 거머쥐고 있다. 그

의 명분은 "끊임없는 비난, 비방, 중상과 모략, 책략의 말, 거짓의
말, 탐욕의 말로 만연"되어 있는 말의 현실을 구원해야 한다는 것이
었다. "말과 삶이 서로 평화"로운 '말의 정통성' 혹은 '진실한 말'에
대한 신뢰에 의탁하여, 이에 응한 주인공은 소문의 양상을 파헤치다
가 환청처럼 또 다른 타자의 목소리를 듣고 불안에 빠진다.

나는 안개의 입이 내게 다가와 내 귀에 대고 속삭이는 소리를 들었
습니다. 〔……〕
"이 애숭이야. 네가 소문을 물리치겠다고? 하하하하." 〔……〕
나는 순간 안개의 입으로부터 멀리 떨어지려고 몸을 홱 돌렸습니다.
그러나 그 입은 내가 비켜난 쪽에서 또 킬킬거리면서 속삭였습니다.
"네가 수상의 개가 됐다면서?"
나는 더 무엇을 생각해 볼 겨를도 없어, 본능적으로 그 소름끼치는
소리로부터 달아나려고 했습니다. 그러나 그 소리는 뒤를 쫓아오면서
불결하게도 귓속을 파고들었습니다.
"너는 꼭두각시, 너는 꼭두각시."
"네가 쇼문을 어쩌고 어쩐다고!"
"너를 소문의 수렁에 빠뜨려 줄까."

소문으로부터 해방된 말의 진실한 지평이라는 명분에 입각하여 대
타자인 수상과 동일시했던 주체는 이 다른 타자의 목소리를 들으면서
대타자의 향락과 욕망에 포획된 자신의 욕망을 반성하게 된다. 진실
로 가 닿는 반성적 자의식은 불안을 낳게 마련이다. 게다가 공보장관
의 억압적인 견제를 받으면서 "문득 내 눈앞이 갑자기 희끄무레해지

면서 가슴이 답답함"을 느낀다. 불안의 증후다. 그러던 주인공은 숲
속을 산책하면서 "숲의, 물의, 바람의 힘을 얻어 다시 생각해야 한
다"는 생각과 함께 "숲에게 나뭇잎들에게 초록들에게 부끄러움을 느
끼"게 된다. 교묘한 명분으로 위장한 대타자인 수상과의 동일시가 오
인(誤認)이었음을 자각한 주인공은 사태를 정시해야겠다는 의지를
다지게 되고, "소문 때문에 옳은 공론이 제대로 서지 못하는 것도 사
실이었지만, 공론이 제대로 설 수 없기 때문에 소문이 만연"한다는
것, 그리고 "수상은 소문을 전염병에 비유하였지만 취약점이 많기 때
문에 병균이 창궐"한다는 사실을 인지하게 된다. 그래서 소문의 실체
와 진원지에 대해 좀 더 근원적으로 탐색해 들어간다. 그 과정에서
그는 불가피하게 장관과 수상의 권력 작용까지 검토하게 된다. 그야
말로 성역 없는 탐색을 계속해나가던 그는 수상에 의해 국외로 추방
된다. 여기서 추방은 곧 말과 법을 좌지우지하는 대타자의 향락에 의
해 거세된 상태를 의미한다. 주인공은 불안 상태에서 거세되고 불구
화될 것이라는 환상소를 지녔었는데, 그렇게 된 것이다.

　소설 「파하의 안개」는 이렇게 인접국으로 추방당해 디아스포라의
운명에 처한 주인공이 술을 마시며 자기 이야기를 진술하는 형식으로
짜여 있다. 주인공의 자기 이야기는 불안을 겪다가 거세된 자의 자기
애도이자, 그가 소망하던 말의 진실, 말과 사람의 평화가 거세된 부
당한 현실에 대한 애도의 비가라고 할 수 있다. 진실한 말이 억압되
어 자유와 평화가 거세된 상태는 영락없이 불안의 정점을 뜻한다. 그
러므로 호영송의 「파하의 안개」는 부당한 권력에 의해 말과 사람의
자유와 평화가 억압되고 거세된 상태에서 가까스로 진술되는 자유와
진실에의 소망을 드러낸 불안의 서사라고 할 수 있다.

3. 「소문의 벽」과 존재의 불안

우리 소설사에서 이청준은 나름의 방식으로 불안의 상상력을 현묘하게 보여준 대표적인 작가에 속한다. 그의 소설에서 불안의 상상력은 자유에의 가능성을 꿈꾸는 정치적 무의식과 관련된다. 불안한 시대에 불안의 상상력을 통해 불안한 현실과 문학적으로 대결하려 한 것이 이청준의 소설 쓰기 작업이고, 그 결과가 그의 소설이다. 이청준 소설에서 불안의 상상력의 원초적 장면은 등단작 「퇴원」의 광속 전짓불 장면이다. 위험 신호로서 전짓불은 불안의 대상이자 원인이 된다. 아버지의 전짓불은 대타자의 응시 권력의 극화된 모습이다. 그것은 현실의 억압적 질서를 환기하기에, 그 응시 권력에 포획된 주체의 시선은 불안한 시대의 실존적 운명을 상징한다. 이 원초적 장면에서 보이는 대타자의 응시와 주체의 시선 사이의 역학은, 이청준 소설에서 인물 구성이나 서사 구성의 주요 원리가 된다. 원초적 장면으로서의 전짓불에 관한 상징적 기억은 이후 거듭 여러 작품에 반복적으로 등장한다. 광속이라는 밀실에서의 원초적 장면은 나중에 광장 불안의 양상으로 극화된다. 「겨울 광장」, 「조만득씨」, 「황홀한 실종」 등에서 주인공들은 광장에서 불안의 풍경을 연출한다. 특히 「황홀한 실종」에서 주인공의 광장 불안은 자궁으로의 회귀라는 환상소와 맞닿는데, 개인의 불안을 가중시키는 대타자의 향락에 저항하는 심리적 전략으로 이해된다. 이청준의 소설에서 불안의 증후는 신경증이나 정신증의 차원 모두 개인과 사회의 관계망을 상징적으로 보여준다. 「소문의 벽」, 『쓰여지지 않은 자서전』, 「전짓불 앞의 傍白―가위 밑 그림의 음화와 양화·2」 등은 전짓불을 앞세운 대타자의 향락에 의해 진술 불안을 느끼는 주체들의 이야기다. 여기서 진술 불안은 진실한 자기 진술을 자유롭게 할 수 없다는 것, 자기 선택의 자유가 박탈되어 있다는 것을 함축한다.

이청준의 「소문의 벽」은 표제가 이미 시사하는 것처럼, 소문으로 인한 존재의 벽에 의해 형성되는 불안 문제를 중층적으로 다룬 작품이다. 이 소설에서 박준은 원초적 장면으로서 전짓불에 포획된 채 불안에 시달리는 인물이다. 전짓불을 앞세운 대타자의 응시와 향락에 저항하기 위해 그는 전짓불 밖의 시선 혹은 전짓불 위의 시선으로 사태를 정시하며, 가장 진실한 자기 진술로서의 소설 쓰기를 하려 하지만, 소설을 쓰는 가운데도 전짓불의 응시는 여전히 위력을 발휘하기에, 그의 불안은 중첩되기만 한다. '전짓불 불안'이 작가로서의 '진술 불안'으로 이어지는 것이다.

나는 요즘 나의 소설 작업 중에도 가끔 그 비슷한 느낌을 경험하곤 한다. 내가 소설을 쓰고 있는 것이 마치 그 얼굴이 보이지 않은 전짓불 앞에서 일방적으로 나의 진술만을 하고 있는 것 같다는 말이다. 문학 행위란 어떻게 보면 가장 성실한 작가의 자기 진술이라고 할 수 있다. 그런데 나는 지금 어떤 전짓불 아래서 나의 진술을 행하고 있는지 때때로 엄청난 공포감을 느낄 때가 많다.

진정한 작가라면 그의 문학적 진술은 문학적 진리 지평을 지향하게 마련이다. 그런데 전짓불로 상징되는 세계의 폭력적 억압은 그 진리를 막고 비진리화를 획책한다. 그 전짓불이 진리에 기초해 있지 않기 때문이다. 진리의 비진리화를 조장하고 획책하는 폭력적 전짓불은 언어의 생명력이나 창조력마저 인정하려 들지 않기 때문에, 적어도 살아 있는 언어로 진술하려는 작가라면 그 전짓불 앞에서 불안이나 공포를 느낄 것은 정한 이치이다. 검열, 금지, 획일화, 어용화 등을 조장하던 1970년대 유신 시절의 언어 풍경을 떠올리면, 주인공의 '진술불안'이 쉽게 이해된다. 박준의 전짓불 불안과 진술 불안은 그가 쓴 소설에서도 상동적으로 드러난다. 서술자에 의해서 소개되는 박준의 소설 속 주인공 G 역시 유년 시절 원초적 장면으로 전짓불을 체험했고 이후 줄곧 그 불안에 시달리는 존재다. 심지어 작가인 G는 정체불명의 신문관으로부터 진술을 강요당하고 있는 형편이다. 그가 진실을 말하면 말할수록 그의 진술은 받아들여지지 않고 혐의만 보태진다. 신문관 사내는 G에게 말한다.

"당신의 전짓불과 나에 대한 두려움, 그것은 이미 스스로 선택한 당신의 수형의 고통이지요. 그리고 당신은 그렇듯 스스로 선택한 수형의 고통 속에 이미 반쯤 미친 사람이 되었거나 앞으로도 계속 미쳐 나갈 게 분명합니다. 당신은 우리들의 심판에 앞서 자신의 형벌을 그렇게 스스로 선고받고 있는 것입니다."

여기서 G의 처지는 곧 소설 속의 작가 박준의 처지이기도 하다. 사정이 그러한즉 "사람은 미친 사람 취급을 받을 때가 가장 편한 것이 아닙니까. 미친 사람은 어떤 세상일로부터도 온통 자유로울 수 있거든요"라고 발화하는 것이다. 현실에서의 불안한 처지로 인해 실제로 불안신경증을 보이는 박준이 소설 속에서 거듭 전짓불 이야기에 강박되어 있는 이유는 무엇일까. 그리고 진술 불안이라는 수형을 스스로 받을 수밖에 없는 이유는 무엇일까. 소설 속의 인터뷰 자료에서 박준은 이렇게 말한다. "그가 만약 정직한 작가라면 자기의 시대를 위기의 시대로 받아들이지 않는 사람은 없다. 하지만 그런 위기의식을 가지고 자기 시대의 문제를 극복해 나가려는 방법은 작가에 따라 얼마든지 달라질 수 있다. 〔……〕 작가는 그가 만약 자기 시대의 요구를 비겁하게 회피하지 않는다면 그것을 성실하게 극복해 나갈 방법을 선택할 권리가 있다는 뜻이다." 바로 자유로운 선택 가능성의 부재 때문에 진술 불안에 빠질 수밖에 없다는 얘기다. 그러니까 자꾸 "처음부터 이쪽을 복수하고 간섭하기 위해서만 존재"하는 전짓불에 강박되는 것이다. 여기서 우리는 이청준 소설에서 보이는 불안의 상상력의 정치적 무의식을 확인하게 된다. 자유롭게 바라보고 선택할 가능성이 닫힌 상황에서 자유를 추구하고자 자유롭지 못한 불안의 이야기를 하고 있는 것이다. 「퇴원」에서 아버지라는 대타자의 전짓불과 응시의 권력, 「소문의 벽」에서 전짓불과 신문관이라는 대타자의 향락 등을 겹쳐놓고 보면, 작가의 자유 지향 의식이 일목요연하게 보인다. 요컨대 이청준 소설에서 불안의 상상력은 자유를 향한, 혹은 자유의 가능성을 향한 간절한 비원이다.

　「소문의 벽」 속에서 중요한 서사 단위가 되고 있는 소설 속의 소설, 그러니까 G의 이야기는 사실 상호텍스트적인 측면에서 보면 「소문의 벽」(1972) 이전에 이청준이 쓴 장편 『쓰여지지 않은 자서전』(1969)의 줄거리와 흡사하다. 여성지 편집자이자 소설가인 주인공은 자기 일에 회의를 느낀 나머지 사직하려 하나 시간을 두고 다시 생각해보라는 국장의 권유를 받고 열흘간의 유예 휴가에 들어간다. 이 휴가

기간 동안 주인공은 정체불명의 신문관을 환상적으로 만나게 되고 자기 진술을 강요받는다. 어린 시절의 허기와 대학 시절의 단식, 전짓불 불안 얘기만을 되풀이하는 주인공의 진술에 신문관은 마침내 "불필요한 사고를 중지시키는 수술"인 "대뇌 기능 제거 수술 형"을 선고한다. 신문관은 "우리들에 대한 부단한 의심과 불복 그리고 당신의 그 끝없는 망설임과 스스로에게마저 정직해질 수 없는 위험한 추상 관념"이 선고 이유라고 말한다. 이에 주인공 이준은 사고 능력을 제거당하느니 차라리 사형을 택하겠다고 한다. 그러나 이준은 자신이 쓴 소설로 인하여 사형 집행의 유예를 받게 된다. 신문관의 배후인 각하가 "소설이라는 것이 가장 성실한 진술의 한 가지 형식"임을 인정하고 이미 쓴 소설을 검토하는 동안 집행을 연기할 것이며 앞으로도 계속 소설을 쓴다면 집행을 계속 연기할 것이라고 결정했기 때문이다. 이 과정을 통해 진짓불 불안과 진술 불안 양상은 앞에서 본 「소문의 벽」의 박준의 경우처럼 매우 심각하게 제시된다. 비록 환상 속의 각하로부터 사형 집행을 유예받긴 했지만 언제라도 정체불명의 신문관, 마치 "사람은 보이지 않고 불빛만 번쩍거리는 그 비정스런 전짓불빛"과도 같은 끔찍한 신문관에게 사형을 집행당할 수도 있는 노릇이기 때문이다. 작가로서 현실을 바로 관찰할 시선의 자유, 진실을 말할 진술의 자유를 박탈당한 자가 느끼는 불안의 요체가 고스란히 이 작품에 담겨 있다.

그런데 흥미롭게도 우리는 『씌어지지 않은 자서전』에서, 이청준 소설이 탐문하는 불안 양상의 정치적 무의식을 확인할 수 있는 또 다른 단서를 발견하게 된다. 소설 속에서 이준은 다음과 같은 진술을 한다. "우린 정말 세상을 좀 더 나은 것으로 만들어보려는 의욕에 불타 있었어요. 그런 의욕의 실현 가능성을 우리는 4·19 혁명 성공에서 얻을 수 있었거든요. 아까도 말했듯이 그 결과는 여하 간에 우리는 그런 가능성과 자부심을 누리고 살았지요. 그런데 그 꿈과 의욕이 5·16으로 좌절을 당하고 말았어요." 4·19 혁명을 통해 자유의 가능성을 얻었던 4·19 세대가 5·16으로 인해 철저한 좌절감을 맛보아야 했던 사정을 확인할 수 있는데, 바로 이 대목에서 4·19 세대 작가로서 이청준의 정치적 무의식이 분명해진다. 그렇다는 것은 소설 속에서 주인공 이준이 10일 동안의 유예 휴가 동안에 자신이 사직을 할 것인가 말 것인가를 선택할 수 있다고 생각했었는데, 나중에 동료인 임갈태에 의해 밝혀지는 바에 따르면 이미 선택이 주어지지 않았다는 사실에서도 확인된다. 임갈태는 말한다. "네가 만약 그 일로 아직까지 머릿속을 굴리고 있었다면 그거야말로 서글픈 코미디잖아? 애초에 주어지지도 않은 선택을 가지고 혼자 고심을 하고 있었다면 말야. 〔……〕어쨌든 마지막 선택은 네가 할 수 있는 게 아니었어." 주인공에게 주어진 선택의 불가능성은 이미 언급한 대로 작가의 자유 지향 의식을 역설적으로 환기하는 세목이다.

청년 시절에 자유의 가능성과 그 좌절을 맛본 이청준은 줄곧 자유롭지 못한 상황에서 억압적인 대타자의 향락과 응시의 권력 앞에서 부단히 진술 불안을 느낀 작가라고 할 수 있다. 이 점에서 「전짓불 앞의 傍白—가위 밑 그림의 음화와 양화·2」(1988)에 나오는 다음과 같은 대목이 주목된다.

그것은 이를테면 내 소설을 감시하는 두 개의 전짓불인 셈이다. 말할 것도 없이 하나는 개인적 진실 쪽에서요. 다른 하나는 사회적 공의

(당국과 독자는 그런 점에서 같은 편의 검열관들이다) 쪽에서다.

나는 소심하게도 그 두 개의 전짓불에 쫓기면서 끊임없이 선택을 강요당하고 있는 꼴인 것이다. 하지만 그것은 이미 선택의 문제가 아니다(보다는 차라리 자신과 세상과의 싸움의 문제이다). '지시된' 선택은 선택이 아니려니와, 양자는 다 같이 소설이나 삶 속에서 선별적 택일의 대상이 될 수가 없기 때문이다. 그것은 선택의 대상이 아니라 필경은 조화와 통합의 대상인 것이다(그것을 끝끝내 대립 관계로 수용하여 전짓불의 감시에 강압당하고 있는 데선 쫓기는 자의 역설적 권리마저 생길 수 있고, 거기 의지하는 이점도 그리 적지 않을 터이기 때문이다).

여기서 이청준은 우리가 줄곧 관찰해온 외적인 전짓불 말고 또 하나의 전짓불을 상정한다. 내면의 전짓불이다. 이 안팎의 전짓불의 갈등 가운데 쫓기면서 불안스럽게 진술할 수밖에 없었는데, 그 전짓불의 감시 때문에 불안하긴 했지만 "쫓기는 자의 역설적인 권리"를 발견할 수도 있었음을 밝히는 대목이 인상적이다. 이청준 특유의 역설적 인식이다. 개인 또는 작가의 존재를 폭력적인 전짓불 신호에 의한 단순한 수동적 피해자, 혹은 불안신경증 환자로 머물게 하지 않는 점이 눈에 띈다. 일차적으로 불안과 공포의 대상인 전짓불 폭력을 역설적으로 성찰하여 문학적 권력 의지를 생산적으로 추동케 하는 기제로 파악하고 있는 것이다. 요컨대 이청준 소설은 전짓불 신호 혹은 대타자의 향락에 의해 불안을 느끼는 주체가 불안하게 그러나 가장 진실한 자기 진술을 하고자 한 의식적 노력의 소산으로 보인다. 진술 불안은 내용이나 형식 양면에서, 전짓불과 '소문의 벽'을 넘어, 진실한 서사를 잉태하게 하는 기제가 된다.

4. 불안의 늪을 건너 운명을 만나는 '광장'

인간은 언제 어디서나 불안한 상황이나 불안의 심리로부터 자유롭기 어렵다. "만일 인간이 동물이나 천사라고 할 것 같으면 불안에 빠지지는 아니할 것이다. 〔……〕 인간은 불안을 가지는 자요, 그가 가지는 불안이 깊으면 깊을수록 그만큼 그 인간은 위대한 것이다"라고 말한 키에르케고르를 굳이 참조하지 않는다 하더라도, 우리는 인간 일반이 체험하는 근본적 심리 현상으로 불안을 주목하게 된다. 불안은 인간이라면 누구나 직면하는 존재론적 근본 조건이다. 모체로부터의 분리가 일어나는 출생 사건에서부터 거세 및 대상 상실의 외상적 경험에 이르기까지, 다양한 사태들에 불안의 계기들이 잠복되어 있다. 매우 근원적인 혹은 숙명적으로 보이기까지 하는 심리 현상이기에 프로이트를 비롯한 여러 정신분석학 논자들은 불안이란 문제 자체를, 장차 정신분석이라는 미로에서 탈출 가능성을 점칠 수 있는 일종의 아리아드네Ariadne의 실타래와 같은 것으로 인식했던 것도 사실이다.

가령 프로이트는 "불안의 문제는 아주 다양하고 중요한 물음들이 서로 만나는 일종의 접합점인 것이 분명"하다면서 "불안의 문제는 수수께끼와 같으며, 이 문제만 해결할 수 있다면 우리의 모든 정신생활의 문제들도 투명하게 밝혀질 수 있"(『정신분석 입문 강의』)다고 언급했고, 라캉도 "불안은 정확히 말하면 내가 이제까지 한 모든 담론이 한 자리에 모이는 집결지점"(『불안』)이라고 했다. 또한 데카르트의 확실성의 철학을 뒤집으면서 "불안, 그것은 속이지 않는 것"이라고 한 라캉의 전언은 널리 알려진 바다. 어쩌면 불안은 인간 경험에서 가장 확실한 것이기도 하다. 그런데 넓게 보아 인간은 불안의 역설로부터 자유롭지 못한 것 같다. 불안이 인간 존재의 근본 조건이지만, 인간을 고통스럽게 하는 병리 현상이기도 한 까닭이다. 인간에게 매우 친숙하면서도 고통스러운 정서가 바로 불안이다. 고통스럽기에 불안을 피하면서도 친숙하기에 불안을 즐기는 측면도 인간에게 없지 않다. 또 삶에서 불안은 사라지지 않고 끊임없이 다른 것으로 대체된다. 즉 한 불안이 사라지면 다른 불안이 다가온다. 홍준기는 "불안은 상징계 속에 존재하는 주체라면 누구도 피할 수 없는 근원적 정서이다. 불안은 '인간의 근원적 유한성의 계시'(하이데거)이며, '자유의 가능성'(키에르케고르)"(「라깡과 프로이트·키에르케고르」)이라고 정리한 바 있다.

다시, 불안의 시대이다. 근본적인 조건으로서의 불안에 보태어 정치 경제 사회 문화 전역에 걸친 불안의 신호와 징후들이 넘쳐난다. 세계적인 경제 위기 때문만이 아니다. 우리네 존재 영역의 많은 것들이 소문과도 같은 거품에 휩쓸리고 있다는 데 위기의 진상이 있다. 파생상품 얘기를 하려는 게 아니다. 허구적 욕망에 기초한 자본주의 체제에 대해 구체적으로 논의하려는 것도 아니다. 촘촘한 그물망으로 엮여 있는 것처럼 보이지만, 실상 속절없는 파편화 추세를 벗어나지 못하는 상황에 대해서도 길게 얘기할 필요가 없다. 광우병 파동이나 멜라민 소동에 대해서도 거칠게 잘라 말하기 어렵다. 실패와 파산에 대한 두려움이나 염려, 가망 없는 난망의 시대를 사는 이들의 훼절된 열정과 빛바랜 희망에 대해 논의하는 것도 진부하다. 자기 삶, 자기 세대의 불안을 고스란히 다음 세대에 전이하면서, 사교육 시장에 올인하는 광풍에 대해 말하는 것도 우세스럽다. 또 이른바 '미네르바 효과'는 어떠한가. 한 시절 인터넷의 경제 대통령으로 군림했던 '미네르바'의 담론과 구속 사태는 우리 사회가 얼마나 불안하고 불우한가를 단적으로 증거한다. 호영송의 「파하의 안개」의 주인공 바아몽의 운명과 얼마나 비슷하고 얼마나 다른가. 바아몽은 소문의 늪을 건너 진실의 광장으로 나아가려다 추방되었다. 또 이청준이 고뇌한바, 진실한 정보의 생산과 소통이 원활한 상태였다면 과연 어떠했을까. 이청준이 염려했던 것보다 인터넷 세상의 전짓불 그물망은 훨씬 가혹하다. 바아몽의 운명보다 지금, 여기의 미네르바의 운명은 훨씬 참혹할지도 모른다.

상황이 그러하기에 젊은 작가 조하형은 불안의 상황을 매우 극단적으로 상상한다. 심층적으로 생태적 위기까지 고려하면 불안은 더욱 고조될 수밖에 없기 때문이다. "벌써 마을버스 배차 간격이 엉망이 되어버렸다. 9시 뉴스도 요즘에는 정각에 시작하지 않는다. 세계 도처에서 전쟁이 벌어지고, 기상이변이 속출하고 있다. 혜성이 지구를 향해 달려오고 있다는 뉴스도 있었다. 저승꽃이 피고 안색이 달라진 태양도 심상찮다. 뭔가가 어긋났고 그 차이가 계속 증폭되는 중이다. 그래서, 수도꼭지에서 지네처럼 생긴 고생대생물들이 국수처럼 쏟아지기도 하고, 맨홀에서 염불이 솟아 나오기도 하고, 해괴망측한 일들이 생기는 거다, …… 알겠소?"(『키메라의 아침』). 이런 불안 때문에 소설에서는 "뇌파를 알파파 상태로 바꿔 불안을 제거해준다는 헬멧"의 효과에 대해 탐문하기도 한다. 그 헬멧이 효과적이라서 모든 것이 해결될 수 있다면 얼마나 다행한 일이겠는가. 그렇지만 사태는 그리 간단하지 않다. 그러니 어떻게 할 것인가. 더 늦기 전에, 더 불안하기 전에, 우리는 더 충분히, 더 한없이, 더 가혹하게 불안해야 한다. 일찍이 헤겔이 갈파했다. "미네르바의 부엉이는 황혼이 내려야 날기 시작한다." 황혼 무렵이면 늦을지도 모른다. 필경 그럴 것이다. 지혜의 신 미네르바도, 이런 불안의 시대에서라면 이른바 '24시간 사회'에 적응할 수 있어야 할 터이다. 소문의 늪과 풍문의 사막을 지혜롭게 건너 진실의 광장으로 나아갈 수 있으면 좋겠다. 나의 '나됨'을 갈고 너의 '너됨'을 닦아, '나-너'의 진실한 소통을 이루는 가운데 화창한 진실의 봄날의 광장을 그려볼 일이다. 『광장』을 열면서 최인훈이 전했던 '오래된 미래'의 메시지가 새삼스럽다. "'메시아'가 왔다는 이천 년래의 풍문이 있습니다. 신이 부활했다는 풍문도 있습니다. 코뮤니즘이 세계를 구원하리라는 풍문도 있었습니다. 우리는 참 많은 풍문 속에 삽니다. 풍문의 지층은 두텁고 무겁습니다. 그것을 역사라고도 부르고 문화라고 부릅니다. 인생을 풍문 듣듯 산다는 건 슬픈 일입니다. 풍문에 만족치 않고 현장을 찾아갈 때 우리는 운명을 만납니다. 운명을 만나는 자리를 광장이라 합시다"(『광장』).

모나드의 창과 불안의 철학시(哲學詩)
─최인훈의 『회색인』 다시 읽기

1. 회색의 불안 의자

　최인훈의 『회색인』은 한국 사회와 문명, 예술, 문학 전반에 걸친 폭넓은 성찰적 논변을 펼치고 있는 매우 이채로운 텍스트이다. 이미 평판작 『광장』에서 이명준이나 정 선생의 발화, 그리고 서술자의 논평을 통해 해방기에서 한국전쟁기에 이르는 시기의 문제적 지점들에 대한 심도 있는 관념적 성찰을 보인 바 있다. 그와 같은 관념적 성찰이야말로 이전의 소설에서는 좀처럼 보기 힘들었던 비판적 산문정신의 소중한 열매이고 그만큼 새로운 소설의 가능성을 암시하는 것이었다. 『회색인』에서는 그러한 관념적 성찰의 폭이 훨씬 넓어지고 정도가 깊어진다. 이명준 중심의 관념 표출이 지배적이었던 『광장』에 비해 『회색인』에서는 주인공인 독고준(獨孤俊)을 중심으로 하되, 그의 친구 김학, 황선생, 오승은, 김소위 등 상대 인물이나 위성 인물들도 나름의 관념적 성찰의 몫을 일정하게 담당하고 있으며, 여성 인물의 경우도 『광장』의 윤애나 은혜에 비해 『회색인』의 김순임과 이유정이 훨씬 성숙한 개성을 보이고 있는 게 사실이다. 정도의 차이는 있지만 『회색인』에 등장하는 여러 인물들은 대부분 자기의 성찰적 관념을 표출할 줄 아는 문제적 개인들이다. 1958년 가을에서 1959년 여름에 이르는 1년여의 시간을 배경으로 하여, 이들은 『광장』에서의 성찰을 포월(包越)하면서 더욱 문제적인 세계사 속의 한국 역사와 사회, 전통과 문화 전반에 걸친 새로운 성찰의 세목을 다각적으로 펼친다. 그들이 끊임없이 관념적 성찰을 시도하는 것은, 일차적으로 그들이 진정한 관념 혹은 이성적 성찰의 지평으로부터 결여를 절감하고 있기 때문이다. 그들이 터 잡고 있는 현실도, 그 현실이 참조할 수 있는 지상의 척도도, 그들 자신의 정신적 성숙도, 모두 한결같이 결여와 허기로부터 자유롭지 못한 까닭이다. 그러한 결여의 체험과 인식으로 말미암아 그들이 처한 실존의 둥지는 곧 불안의 둥지요, 그들이 앉은 의자는 불안한 '회색의 의자'에 다름 아닌 것이다. 그 어느 쪽도 맞춤인 인식의 거울이라고 여겨지지 않는 가운데 '회색의 의자'에 앉은 젊은 영혼들은 대개 이상과 현실, 욕망과 실재, 가능태와 현실태, 이드와 슈퍼에고 사이에서 방황하고 불안해하는, 다시 말해 진정한 에고의 자리를 알지 못하는 에고들이다. 젊지는 않지만 황선생의 경우도 그와 같이 경계선의 불안한 회색 의자에 앉아 있기는 마찬가지로 보인다. 그러한 불안기가 그들로 하여금 더더욱 관념적 성찰의 지평으로 유도한다. 그 결과 소설은 극적인 구성을 넘어서서 관념적 탐문의 담론장이 된 것처럼 보인다.

　『광장』의 이명준과는 달리 『회색인』에서 독고준은 이렇다 할 극적인 행동도 벌이지 않고, 그러므로 인상적인 사건을 극화하지도 않는

다. 그럼에도 독고준은 대단히 인상적이고 특징적인 인물로 독자들의
뇌리에 오래도록 기억된다. 보기에 따라서는 아이러니컬하지 않을 수
없는데, 그렇다는 것은 그의 실존적 조건 자체가 이미 문제적 서사
상황을 연출한다는 점과 관련된다. 독고준은 일제 강점기에 북한에서
출생하여 학교를 다니다가 월남하여 남한에서 대학을 다니는 인물이
다. 어머니와 누이 등 여러 가족은 북한에 남아 생사를 알지 못하고,
함께 월남한 아버지는 남한에서 타계한 상태다. 이렇게 분단된 남북
조시대의 상황으로 인하여 '독고(獨孤)' 상태에 처한 단독자의 초상
인 독고준은 그야말로 고독한 자유인이다. 그는 기존의 경계를 허물
고 기존의 영토를 넘어서 새로운 사유와 인식으로 진정한 삶의 지평
을 열기를 간절히 소망하고 갈구하는 인물이다. 그 자신이 결여로 인
해 매우 불완전한 존재임을 승인하는 인물이기에 결여를 넘어서기 위
한 허심탄회한 보헤미안의 방랑을 서슴지 않는다. 물론 그에게 방랑
이란 관념의 방랑이다. 거기서 끊임없이 새로운 길을 내고 지운다.
관계없는 것들을 짝짓기도 하고 관계있는 것들을 과감히 해체하기도
한다. 그렇게 해서 독고준은 1960년대 소설사에서 매우 독특한 인물
로 호명되기에 이른다. 우리는 독고준을 이렇게 부른다. 남북조시대
를 가로지르며 잃어버린 자기를 찾아서, 혹은 정립된 적이 없는 자기
를 찾아서, 열정적으로 자기 성찰과 세계 인식의 도정을 보인 존재의
연금술사라고 말이다. 그의 존재와 그의 탐문은 비단 『회색인』의 성
공에서 그치지 않고 『서유기』를 거치고 『소설가 구보씨의 일일』을 경
유하고 『태풍』을 지나 『화두』에 이르는 최인훈 소설의 핵심적 자양분
이 아닐 수 없다. 아마도 『회색인』에서 보인 독고준의 관념적 성찰이
란 오래된 자양분이 없었던들, 20세기의 운명과 20세기인들의 지적

자산, 20세기 한국인들의 집단무의식과 20세기 한국인의 성찰을 집약적으로 다룬 『화두』는 탄생되기 어려웠을 것이다.

2. 창 없는 모나드의 창

라이프니츠는 모든 존재의 기본으로서의 실체, 그 단순하고 불가분한 것을 모나드라고 불렀다. 물리적인 원자와는 다른 비물질적 실체인 모나드의 본질적 작용은 표상이다. 외부의 것이 내부의 것에 포함되는 것으로서의 표상은 의식적인 것은 물론 무의식적인 미소표상(微小表象)까지를 포함한다. 이 표상 작용에 의해 모나드는 단순성을 넘어서 외부의 다양성과 관계를 맺을 수 있다. 하여 모나드에 의해 표상되는 다양성은 세계 전체에 육박한다. 모나드를 일컬어 '우주의 살아 있는 거울' 혹은 '소우주'라고 하는 것도 그런 까닭이다. 그런데 모나드들은 각각 독립되어 있고 상호 인과관계를 지니지 않는 것으로 얘기된다. 아울러 모나드는 창(窓)을 가지고 있지 않다고 말한다. 창이 없는 모나드들이 독립적으로 행하는 표상 사이에 조화와 통일이 이루어진다면, 그것은 왜일까? 라이프니츠는 예정조화(豫定調和) 때문이라고 했다. 신이 미리 정한 법칙에 따라 모나드의 작용이 일어나기 때문이라고 보았다.

그러나 라이프니츠와는 달리 독고준은, 그리고 독고준을 통한 최인훈은 신의 뜻에 의한 예정조화를 신뢰하지 못한다. 혹은 신뢰하지 않는다. 그는 자기 시대/세대를 "엉거주춤한 세대. 무슨 일을 해보려해도 다 절벽인 사회. 한두 사람 힘으로는 어쩔 수 없는 시대"(최인훈, 『회색인』, 문학과지성사, 2008, p. 40) 혹은 "격식도 믿음도 없는 시대"(p. 163)로 받아들이는 인물이다. 그리하여 그는 자신을 "투쟁과 체념 사이의 조화를 얻지 못"(p. 163)하는 가운데 "막막한 공간에서 고독을"(p. 80) 견디는 존재로 정위한다. 그렇게 고독을 함께 견디는 사람들끼리의 "우주 감정(宇宙感情)"에 때로 기대를 걸기도 한다. 자신의 에고와 이웃의 에고와의 연대, 다시 말해 "그의 에고와 이웃 에고와 별하늘. 이 세 개의 점을 연결한 삼각형 속에서 그는 외로움과 싸"(p. 81)우기도 한다. 그것은 청년기에 흔히 있을 수 있는 "체계(體系)에의 집념"이기도 하고, "세계를 한 가지 원리로 설명하고 싶다는 욕망"이거나, "가족으로부터 분리되어 소속할 체계를 잃은 에고가 자기 분열을 막기 위해서 환경과의 사이에 벌이는 본능의 싸움"(p. 81)이기도 하다. 그러나 그 싸움이란 결코 쉬운 게 아니어서 그는 "깊은 회의와 권태의 의자에서"(p. 82) 벗어나기 힘들어 한다. "애써도 추켜세울 수 없는 이 허물어진 마음. 회색의 의자에 깊숙이 파묻혀서 몽롱한 눈으로 세상을 바라보기만 하자는 이 몸가짐"(p. 84) 때문에 고통스러워한다. 독고준의 친구인 김학은 '갇힌 세대' 동인이다. 그 동인들은 "집단에서 에고로, 에고에서 집단으로. 인간의 역사는 이 두 극(極) 사이를 오가는 시계추 같은 것. 그 사이에 집단도 아니고 에고도 아닌 중간형을 만"(pp. 114~15)들고자 한다. 그런 그들을 "정체를 알 수 없는 안타까운 마음을 달래기 위하여〔……〕 서툰 논리를 움직여보고 자기에게만 가장 확실한 아포리즘을 상대방에게 던지고 하면서 정신의 줄타기를 희롱하는 한 무리의 광대들"(p. 104)로 여기는 독고준은, 서툰 논리를 경계하면서 예정조화가 거부된 시대의 단자화된 존재의 심연을 성찰하고자 한다. 그러면서 관찰자적 사색가 혹은 성찰적 견자의 입장을 심화한다. 이는 그의 성의 상징처럼 그가 '독고(獨孤) 의식' 혹은 '고아' 의식을 지니고 있는 것과 관련된다. 이런 처지와 의식은 그로 하여금 나름의 자유의 지평으로 나아가게 한다. "혼자라는 생각이 이상한 감동을 주었다. 혼자다. 가족이 없는 나는 자유다. 신은 죽었다. 그러므로 인간은 자유다, 라고 말한 예민한 서양의 선각자들은 느꼈다. 그들에게는 그 말이 옳다. 우리는 이렇다. 가족이 없다. 그러므로 자유다. 이것이 우리의 근대 선언이다"(p. 139).

요컨대 독고준은 서양적인 신도 죽었고, 한국적 가족도 소거된 상황에서 '독고 의식'을 강화하는 인물이다. 그렇게 된 것은 모나드의 창이 없는데다 각각의 모나드들이 제대로 된 표상 작용을 하지 못하는 닫힌 시대이기 때문이다. 바로 그렇기 때문에 독고준은 더욱 창을 내고자 애쓴다. 『광장』에서도 그랬지만 『회색인』에서도 인물들은 자주 창을 응시한다. 또는 "그는 반대편 창으로 내다보았다"(p. 142)의 경우처럼 창을 통한 인식의 소통을 기획한다. 물론 창을 통해 모나드들 사이의 창을 내는 것도 중요하지만, 우선은 자기 안에서 인식의 창, 자기 소통의 창을 내는 게 중요하다고 독고준은 생각한다. 그가 자주 창의 유리를 통해 내면의 대화를 시도하는 것도 이런 사정과 관련된다.

유리에 얼굴이 비쳐 있었다. 그는 찬찬히 들여다보았다. 유리 속의 남자의 눈도 그를 지켜보고 있었다. 그 남자는 그에게 묻고 있었다. 나는 누구냐 너는 그것을 나에게 말해주어야 한다. 나는 모른다 그런 말은 통하지 않는다 나는 너에게서 대답을 들을 때까지 너의 곁에서 떠나지 않는다 무엇 때문에 너를 사랑하기 때문에 사랑하면 이러긴가 나는 그런 사랑을 원치 않는다 네가 원하지 않아도 할 수 없다. 네가 가는 곳이 어디든지 그곳에 나는 있다 나를 잊어버리면 안 된다 네가 가장 열중한 순간에도 너의 등뒤에는 내가 있다 너는 없다 너는 나의 그림자다 그렇지 않은 줄 번연히 알면서 앙탈하지 말라 모든 것이 사랑 때문이다 그것만이 사실이다 당장 대답하라는 것도 아니지 시간은 있다 다만 그 시간들을 허비하면 안 돼 우리는 타협할 수도 있지 않은가 우리만 입을 다물면 아무도 모른다 그렇지 않은가 나도 그 말은 이해할 수 있다 그러나 전례가 있지 않은가 그건 번번이 실패하지 않았는가. (p. 280)

자신과 유리에 비친 이미지와의 부단한 대화, 그것은 자아와 그림자와의 대화이기도 하고, 자아와 이상적 자아와의 대화이기도 하고, 자아와 감시자와의 대화이기도 하다. 또한 그것은 대화이자 대결이기도 하다. 그 대화/대결은 결렬될 듯 이어진다. 그것이 단절되는 순간 존재의 파국을 맞을 것 같은 위기와 불안감이 그 대화를 지속시키는 역동적인 힘이 된다. "나의 감시자가 지켜보는 가운데 나는 나의 일을 한다. 이 대결을 풀어버린다는 것이 불가능하다면 이 길을 끝까지 가는 길뿐이다"(pp. 280~81). 이렇게 끊어질 듯 이어지는 단속(斷續)적인 대화와 대결을 통해 자아의 창을 내고 다른 모나드들과도 역동적인 창을 내려는 의지가 관념적 성찰의 원동력이 된다.

3. 자기 정립을 위한 보헤미안의 방랑, 혹은 새로운 작가의 탄생

　그와 같은 대화와 대결의 과정은 독고준의 메모에서도 여실하게 확인된다. 그의 노트에 메모된 파편들을 몇 가지로 정리하면 이렇다. 먼저 독고준의 실존적 상황을 인지케 하는 파편들이 눈에 띤다. "겨울. 수인. 고문(拷問). 국경. 도시의 사람들. 식민지의 백성. 두 개의 길. 좌와 우. 식민지하 조선 인텔리겐차의 절망. 최소한의 인간. 천재의 밀실. 결핵 병원. 겨울의 분위기"(p. 274, 메모의 파편들을 인용자가 발췌하여 정리한 것임. 이하 같음). 시간적으로 겨울이다. 공간적으로는 결핵 병원과도 같은 천재의 밀실에 고문당하듯 갇혀 있다. 속절없는 식민지 백성의 운명에서 벗어나지 못한다. 또 그가 처한 공간은 국경과 같은 경계, 좌와 우라는 두 개의 길 사이의 회색 지대다. 경계선에서 탈주하면서 진실한 인식 지평을 모색하는 '회색인'은 '최소한의 인간'일 수밖에 없지만, 그가 처한 상황과 정직하게 대결하고자 한다. 그 대결을 위한 주체의 행동을 알리는 지표로 '창'이 전경화된다. 창을 통해 주체는 여러 탐구 내지 인식 대상의 파편들과 만난다. 이를테면 "U. S. A. 점묘법. 추상. 종족의 의미. 우민의 Glory. 서양으로부터의 출애굽. 싸움의 삶과 체념의 삶. 살았다는 행위에서 본전 뽑기. 혁명. 거짓말쟁이들의 순정. 불타는 격정. 영웅의 상. 믿음. 악과 선. 쇼펜하우어와 니체. 모나드. 살고 싶어 하는 자는 산다. (거짓말. 가장 선량한 사람 죽고 악인 생) 세 개의 타입. 신과 인간과 자연. 전쟁과 평화. 로맨스의 핵. 서양의 악덕. 성급한 유토피아에의 욕망. 에고의 문제와 집단의 문제. 무로 들어가는 등신대의 문으로서의 에고. 들어간 후의 무장 해제 불가"(p. 275). 이런 탐구 대상들은 소설 『회색인』 도처에서 각각 크고 작은 비중으로 탐문되는 세목들이다. 이 중에서 특히 '에고의 문제와 집단의 문제' '서양으로부터의 출애굽' '신과 인간과 자연' '성급한 유토피아에의 욕망' 등은 핵심 주제로 성찰되고 토론된다. 그와 같은 세목들을 탐구 대상으로 하는 주체의 지향 의식을 짐작케 하는 파편들도 있다. "탈주. 새로운 인간. monadology. 세계인의 비열에서의 탈출"(p. 275) 등이 그것들이다. 회색의 경계에서 탈주하고 '세계인의 비열에서 탈출'하여 새로운 인간론, 그 monadology를 구상하고자 지향한다. 이런 지향의식이 주체를 더욱 불안하게 하고 갈증 나게 한다. 그래서 무의식의 저층에서는 그런 불안의 기미들이 꿈틀거린다. 가령 "살. 다락방의 욕망. Sex. 왈츠. 카프카의 불알. 죄. 꿈. 목마름"(p. 276) 같은 것들이다. 무의식의 심연에서 불안, 욕망, 향락 등이 얽히고설키며, 닫힌 세계의 억압을 넘어 진정한 삶과 예술에 대한 욕망들이 탈주의 지향 의식을 자극한다. 그리고 모나드 안에서 섬세한 창을 내며 숨결과 리듬을 새롭게 생성해내고 모나드와 밖의 세계 사이의 소통을 위한 창도 내고자 애쓴다.

그래서 독고준은 "저 표표한 보헤미안들. 영혼의 방랑자들"(p. 257)을 욕망한다. 닫힌 시대의 닫힌 세대들은 그런 보헤미안들에 비하면 아직 준비가 덜 되어 있고 여건이 열악하다고 생각한다. "그들의 언어가 수인의 언어여야만 했던 것은 그 언어를 품고 있는 사실(事實)의 세계를 반영한 탓이었다. 젊은 영혼의 세계와 현실의 체계가 비교적 원만한 연속을 가지고 있는 사회였다면 그들은 덜 괴로웠을 것이다. 마음은 높고 현실은 낮았다. 무슨 방법으로든지 착륙하는 것이 필요했으나 그러지 못하는 데 슬픔이 있었다"(p. 105) 같은 부분에서 보이는 것처럼 영혼과 현실 사이에 거리가 자심하고 그 거리를 좁힐 다리도 창도 없는 까닭이다. 창 없는 모나드의 창을 내기 위해 독고준은 독서와 성찰과 소설 쓰기에 주력한다. 그는 어려서부터 상당한 탐독가였다. "외로워서?"였는지 "미친 듯이 읽었"(p. 41)다고 했다. "소년 독고준은 그의 독서를 통해서 눈부시게 다채로운 현상(現象)의 저편에서 울리는 생명의 원(原) 리듬, 혹은 원(原) 데생을 찾아낸 것이었다"(p. 48). 여기서 말하는 "생명의 원(原) 리듬, 혹은 원(原) 데생"은 예정조화가 아니더라도 모나드들이 허심탄회한 소통 속에서 서로에게 창을 낸 소망에 가까운 결과일 터이다. 독서를 통해 얻은 영혼의 자양분을 바탕으로 불안하게 닫힌 시대의 삶과 인간과 예술에 대한 무한 성찰을 수행한다. 누이를 배신한 현호성의 집에서 엉거주춤하게 머물면서도 그것이 용인되는 것은, 오로지 독서와 성찰과 소설 쓰기의 시간을 확보할 수 있기 때문이다. 그에게는 한가롭고 자유로운 "일요일의 시간"이 절실히 필요했다. 그는 이렇게 생각한다. "나는 한가하다 그러므로 나는 존재한다"(p. 255). 결론을 서두를 필요 없는 공상으로" "일요일의 시간"을 보내면서 그는 소설을 쓴다. "위대한 소설을. 위대한? 아니 위대하지 않아도 좋다. 그저 쓴다. 심심할 때면. 소설은 나에게 또 하나의 자유를 줄 것이다. 소설을 쓰고 있는 동안 나는 신이니까. 그렇게 해서 나는 신이 된다"(p. 234). 소설을 쓰는 동안 자신이 신이 된다고 감각하는 것은 신에 의한 예정조화가 아닌 작가에 의한 모나드의 창의 현시와 연관된다. 소설을 통해서 그는 창을 가진 모나드가 될 수 있다고 여긴다.

독고준이 보기에 국내 문단에 횡행하는 모더니즘에는 "무책임한 에피고넨들"(p. 238)만 무성하다. 문화적 문맥을 모른 채 근거 없는 모방과 차용을 하면서 '전위'라고 호들갑을 떠는 것을 신랄하게 비판한다. "우리는 '시지프의 엉덩이 밀기꾼'쯤이다. 그래서 우리들의 괴로움은 시지프의 고결한 고통과 수난의 얼굴을 닮지 않고, 늘 어리둥절하고, 환장할 것 같고, 겸연쩍고, 쑥스럽고, 데데하고, 엉거주춤한 것이다"(p. 245). 또 "정립(定立)이 없는 반(反)정립"(p. 238)이 이루어지는 예술 풍토를 무척 못마땅해한다. 그에 따르면 전위적인 예술은 새로운 시점(視點)과 "체계(體系)에의 욕망"으로 새로운 "존재의 도식을 만"(p. 271)들겠다는 "생산자의 자세"(p. 263)에 의해 탄생을 알게 된다. 생산자의 자세 곧 작가의 에토스를 강조하는 것은 소설 전편에서 전경화되는 에고에의 의지와 관련된다. 창 없는 모나드의 창을 내는 작가의 에토스야말로 진정한 소설과 문학, 예술 형성의 본질적 핵자이다. 최인훈이 보기에 작가는 그렇게 탄생되는 것이다. 그리고 동시대 작가의 윤리란 그러해야 한다고 생각한 것 같다. "보편과 에고의 황홀한 일치. 그것만이 구원이다. 어떠한 이름 아래서도 에고의 포기를 거부하는 것. 현대 사회에서 해체되어가는 에고를 구하는 것, 그것이 오늘을 사는 작가의 임무일 것이다"(p. 271).

4. 드라마 거세 시대의 관념적 성찰

앞에서 언급한 것처럼 『회색인』은 극적인 구성을 넘어 관념적 성찰을 주조로 하고 있는 소설이다. 소설 도처에서 드라마가 없는 시대라고 말하고 있거니와, 그렇다는 것은 독고준이 생각하는 것처럼 "보편과 에고의 황홀한 일치"가 매우 어려운 불안한 시대이기 때문이다. 드라마가 거세된 시대인 까닭에 드라마를 복원하기 위한 성찰적 노력이 요청된다는 작가의 견해를 짐작케 하는 대목이다. 그럼에도 이 소설에 극적인 요소가 전혀 없는 것은 아니다. 독고준에게 "원형"(p. 197)적 체험으로 끊임없이 환기되는 방공호 체험 장면이 바로 그것이다.

그때 부드러운 팔이 그의 몸을 강하게 안았다. 그의 뺨에 와 닿는 뜨거운 뺨을 느꼈다. 준은 놀라움과 흥분으로 숨이 막혔다. 살 냄새. 멀어졌던 폭음이 다시 들려왔다. 준의 고막에 그 소리는 어렴풋했다. 뺨에 닿은 뜨거운 살. 그의 몸을 끌어안은 팔의 힘. 가슴과 어깨로 밀려드는 뭉클한 감촉이 그를 걷잡을 수 없이 헝클어지게 만들었다. 폭격은 계속되었다. 폭탄이 떨어져오는 그 쏴 소리와 쿵, 하는 지동 소리는 한결 더한 것 같았다. 준은 금방 까무러칠 듯한 정신 속에서 점점 심해가는 폭음과 그럴수록 그의 몸을 덮어 누르는 따듯한 살의 압력 속에서 허덕였다. 폭음, 더움 공기. 더운 뺨. 더운 살. 폭음. 갑자기 아주 가까이에서 땅이 울렸다. 어둠 속에서 사람들이 한꺼번에 웅성거렸다. 폭음. 또 한 번 굴이 울렸다. 아우성 소리. 폭음. 살 냄새……
(p. 62)

전쟁이 한창이던 어느 뜨거운 여름날 소년 독고준이 학교에 갔다가 거리로 나섰을 때 마침 공습이 시작된다. 어디선가 누이 또래의 여자가 나타나 어린 그의 손목을 끌고 방공호로 대피한다. 그 방공호 안에서 독고준은 최초의, 치명적인 성적 체험을 하게 된다. 직접 몸으로 겪은 이 체험은 반복적으로 귀환한다. 그 체험 이후 어느 여자를 만나더라도 그 여름날의 여자와 비교해보는 버릇이 생겼고, 심지어 다른 여자를 보면서 그녀로 착각하는 환각에 빠지기도 한다. 이 체험을 통해 어머니와 누이로부터 독립하여 성인의 세계로 입사하는 계기를 마련하는 것처럼 보이기도 한다. 그런데 그 입사식은 양면적이다. "그의 기억의 깊은 바다 밑으로부터 한 마리의 인어가 물결을 헤치고 올라와서 바다 위에서 헤엄치던 다른 한 마리의 인어와 어울려 하나가 되었다"(p. 142) 같은 부분에서 환기되는 것처럼 에로스적 충만의 원형적 체험이라는 것이 그 하나다. 다른 하나는 몸과 혼이 분열되면서 영혼에 의한 육체의 억압이라는 가역반응을 보인다는 점이다. 『광장』, 『회색인』에서 『화두』에 이르기까지 많은 최인훈의 소설에서 대체로 몸의 에로스는 억제된다. 대신 혼의 관념이 몸의 에로스와 그 억제 양상까지 성찰하는 면모를 보인다. 어쩌면 몸이나 혼 양쪽에서 공히 준비되지 않은 상태에서 경험한 방공호 체험은 트라우마에 가까운 것으로 각인되었는지도 모른다.

이와 같은 원형적 입사식의 양면성은 이 소설의 인물 구성에도 구조적으로 관여한다. 주인물 독고준의 상대역으로 여성 인물 둘이 등장한다. 독실한 기독교 신자인 김순임과 미국 유학을 다녀온 화가 이유정이 그들이다. 독고준이 에고를 강조하는 인물임은 이미 살핀 바있다. 그는 에고의 자리에 있다. 이유정은 욕망과 예술을 표상하는 이드의 자리를 차지하는 인물이다. 반면 김순임은 종교나 신 혹은 절대선을 표상하는 슈퍼에고의 자리에 값한다. 이 양자 사이의 역동적 상호작용을 통해서 독고준은 상당한 수준의 성찰적 동력을 얻는다. 무엇보다 에고를 제대로 성찰할 수 있는 구조적 계기를 마련할 뿐만 아니라 욕망과 예술의 문제에서 신의 문제에 이르기까지 다양한 성찰적 세목들을 체계적으로 확보하기에 이른다. 물론 이 두 여성과의 관계에서 독고준은 김순임과 거리를 두면서 이유정에게 가까이 가는 모습을 보인다. 소설의 끝도 그가 이유정의 방으로 들어가는 것으로 처리된다. 이 장면이 내게는 단순한 사랑의 선택으로 보이지 않는다. 신이나 절대선의 문제까지 인식하면서 예술을 선택하는 모습으로 보인다. 그러므로 독고준에게, 그리고 작가 최인훈에게, 예술은 결코 카오스와도 같은 욕망의 대상에 국한되지 않는다. 카오스의 현실에 코스모스의 질서를 체계적으로 부여할 수 있는 로고스의 승화가 그에겐 문학이다. 최인훈의 문학에서 관념적 성찰이 전경화되는 것도 이와 관련된다. 어쩌면 최인훈은 철학을 가로지르며 시를 짓듯 소설을 성찰하고 쓴 것인지도 모른다. 그러기 위해 그토록 험악한 자기와의 싸움을 불안스레 벌였는지도 모른다.

i) 혁명은 남과 나, 타자(他者)와의 싸움이 아니고 내가 나와 싸우는 싸움이야. 그렇기 때문에 혁명에는 그렇게 음산한 피가 흐르면서도 아름다운 거야. 시(詩)가 될 수 있지.(pp. 209~10)

ii) 한 포기 들꽃을 피우기 위하여 얼마나 많은 이슬과 햇빛이 필요했던가를 생각한다면 필경 한 편의 철학시(哲學詩)에 이르고야 말 것이다.(p. 311)

독고준, 김학을 비롯한 젊은 세대들은 드라마가 거세된 시대에 자신들이 할 일이 혁명과 사랑뿐이라고 생각했다. 그런 생각을 지닌 김

학에게 황선생은 i)에서 혁명은 무엇보다 자기와의 싸움임을 강조한
다. 그래서 음산하면서도 아름다운 것이라며, 그래야 혁명이 시가 될
수 있다고 전한다. ii)는 독고준의 생각이다. 가정법으로 진술하고 있
지만 작가 지망생인 독고준, 그리고 작가인 최인훈의 핵심 생각이 들
어 있는 문장이라고 생각한다. 한 포기 들꽃 속에 스며든 이슬과 햇
빛을 성찰하려는 면모는 창 없는 모나드의 창 내기 혹은 체계에의 의
지, 내지 카오스모스의 투시적 성찰이라고 풀어 말할 수 있겠다. 그
렇다면 철학시가 될 수 있겠다고 말했는데, 그것은 소망이자 지향의
식이다. 그리고 『회색인』은 그런 소망에 가까이 간 철학시 모양이 된
것처럼 보인다. 자세히 검토하지는 않았지만 김학과 벌이는 민족주의
논쟁이라든지, 황선생의 발화에서 드러나는 역사의 원우연(原偶然)
론이나 혁명론 및 종교론, 독고준의 에고론이나 예술론 등 철학적 성
찰의 세목들은 퍽 다채롭고 깊은 편이다. 그와 같은 성찰들은 그 자
체로 당대와 동시대인들과 진지한 대화를 요청한 것임과 동시에 자신
의 철학시의 깊이 있는 질료이자 구성 요소가 된다. 이 중 독고준의
에고에 관한 성찰은 별도로 부연할 필요를 느낀다.

5. 불안한 곤경과 가족서사를 넘어서

『회색인』에서 독고준은 실제 작가 최인훈과 상당히 닮아 있지만 자
전적인 측면에서 보았을 때 전적으로 일치하지는 않는다. 실제로 최
인훈은 가족 전체가 월남한 것으로 알려져 있지만, 독고준은 자신과
아버지만 월남한 것으로 그려진다. 이와 같은 허구적 설정은 최인훈

이 문제 삼고자 하는 중요한 산문적 현실 중에 한국의 가족 문제가 의미 있는 자리를 차지하고 있음을 암시한다. 가령 남북조시대라는 상황으로 인해 가족 없는 처지가 된 독고준이 가족에 대해 성찰하는 대목을 보기로 하자.

그런 '가족'이 독고준에게는 제일 아득한 존재가 되어 있다. 이남 땅에 부친을 파묻은 그의 형편으로서는 가족을 생각할 때에도 분열증에 걸린다. 그의 가족의 일부는 W시에 있고 일부는 서울 교외 땅 밑에 누워 있고, 그리고 독고준 나는 여기 셋집 이층에 쭈그리고 누워 있다. 그는 세 개의 점을 연결한 세모꼴을 만들어본다. 그 도형(圖形)은 깨트릴 수 없이 든든하고 빛깔은 진해 보인다. 피와 추억과 사상과 약간의 증오—즉 과거라는 시간이 만들어놓은 허물지 못할 집이다. (p. 125)

자신의 가족 상황을 생각할 때 분열증이 걸린다고 독고준은 진술하고 있지만, 실제로 그 분열증은 타인들이 성찰하지 못하는 가족 문제에 대해 새롭게 성찰할 수 있는 유리한 입지를 제공하는 것이기도 하다. "현대 한국인이 방황하고 자신이 없는 것은 어떤 '연속'의 체계 속에 자기를 자리매김하지 못하고 있으며 또 사실상 불가능하기 때문이다"(p. 126)라고 말하기도 하는 독고준이 보기에, 현대 한국인은 '가족'이라는 과거의 가치 체계로부터 자유롭지 못하다. 이는 '가족' 혹은 '가문'을 대신할 만한 새로운 가치 체계를 발견하지 못했거나 그럴 인식안이 부족하기 때문이다. 하여 독고준은 탈가족주의, 탈국가주의, 탈민족주의에 대한 여러 성찰들을 다채롭게 펼친다.

독고준은 홀로인 자신의 처지 때문에 불안한 곤경을 겪기도 하지만 역설적인 해방감과 자유를 느끼기도 한다. 친구인 김학은 그것을 부러워한다. 예컨대 독고준은 "고향도 없고 믿지도 못하게 어긋나버린 한낱의 짐승일 뿐"이라며 불안기를 노출하기도 하지만, "나의 고향은 나의 속에 있다고 믿게 된 인간. 그리고 그 '속'에서 소리도 없는 바람만을 느끼는 인간"(p. 279)이라는 새로운 성찰을 내세우기도 한다. 지지적인 고향과는 다른 자기 안의 관념적 고향을 지녀가지게 된 독고준은, 저 질기고 끈덕진 지연과 혈연을 넘어서 진정으로 개성적인 에고에서 출발하는 새로운 인간상을 정립하려는 성찰을 계속한다. 그가 보이는 자아에 대한 근대적 성찰은 어지간하다. "특별한 에고란" 없어졌다는 것, "신과 영웅, 여신과 왕녀들의 시대는 갔다"는 것, "우리는 지금 저마다 신인 시대에 살고 있다"는 것. 하여 "나는 신이고 당신은 여신"이고, "나는 아폴로이고 당신은 비너스"인 시대를 살고 있다는 것. "모든 사람이 왕위 계승권(王位繼承權)"을 가지고 있는 시대를 살고 있다는 것. 이렇게 특별한 에고가 사라져버리고 저마다 개성적인 에고로 살아가는 시대이기에 "현대의 에고는 아메바처럼 자기 분열을 한다"(p. 295)는 것. 더 나아가 "외롭고 미친 에고가 깊은 밤 은밀한 밀실에서 자기만이 목격하는 자기의 대관식(戴冠式)을 올리는 시대. 그리고 이튿날 아침에는 가방 속에 점심을 싸들고 회사로 출근하는 환상의 시대"(pp. 295~96)라는 것. 이런 시대이기에 시대와 존재적 불안의 늪을 건너서 에고를 지키고 자기로 살기 위해서는 강해져야 한다고 독고준은 다짐한다. "태연한 낯빛으로 약간 웃음을 띠고 신(神) 없는 고독을 견디어내기만 하면. 족보(族譜) 잃은 외로움을 견디어내기만 하면 새 태양을 볼 수 있을는지도 모른다"(p. 354)고 생각하면서 말이다. 신이 지상을 떠나버린 시대의 불우와 가족 잃은 개인의 불안한 곤경을 넘어서기 위해서, 그는 자신의 에고를 강화하여 '모나드–신(神)'이 되고자 한다. 창 없는 모나드의 창을 내고자 그토록 진력했던 독고준이었다. 그러면서도 자신의 이런저런 곤경 때문에 주저하기도 했던 그였다. 그러나 그는 결국 자신이 내고자 했던 모나드의 창을 통해 전해오는 에피파니와도 같은 신호를 듣게 된다. 그것을 "내가 넘어서기를 주저한 어떤 곳으로부터 보내온 초대장"(p. 384)이라고 생각하며 그 초대에 응하기로 한다.

그렇다. 내가 신(神)이 되는 것. 그 길이 있을 뿐이다. 그러나. 그것은 번역극이 아닌가? 거짓말이다. 유다나 드라큘라의 이름이 아니고 너의 이름으로 하라. 파우스트를 끌어대지 말고 너 독고준의 이름으로 서명하라. 너의 이름을 회피하고 가명을 쓰려는 것, 그것이 네가 겁보인 증거다. 남의 이름으로는 계약하지 않겠다는 깨끗한 체하는 수작은 모험을 회피하자는 심보다. (p. 382)

다른 사람, 다른 존재가 아닌 자신의 이름으로 하겠다는 것, 자신의 이름으로 서명하겠다는 것, 바로 이것이야말로 독고준의 근대 선언이자, 근대 작가 선언인 셈이다. 그리고 그것은 곧 작가 최인훈의 준열한 선언이기도 하다. 이처럼 최인훈의 문학은 자기 인식, 자기 서명 의식, 관념적 예술적 모험 의식과 자기 실험 정신의 소산이다. 그렇게 볼 때『회색인』이후 최인훈 문학의 원류의 상당 부분을『회색인』에서 찾는 것은 결코 무리한 일이 아닐 터이다. 소설『회색인』의 위대성은 바로 이와 같은 문학적 자기 성찰, 자기 정립, 자기 정초에 있다.

백일몽, 그 결여의 존재론

―허윤석의 『구관조』 다시 읽기

1. 백일몽의 서사

"한갑수는 심장병 이외에 또 하나의 딴 병을 지니고 살아왔다. 밤마다 구관조의 꿈을 보는 그런 병이었다"는 문장으로 시작하는 『구관조』는, "낮에 보는 꿈이었다. 그나마 앉아서 꾼 꿈이었다"는 문장으로 끝난다. 이런 시작과 끝의 짜임새를 바탕으로 우리는 이 소설이 낮에 꾸는 꿈, 그러니까 백일몽과 관련되고, 그 꿈이 병적인 어떤 것과 연계된다는 생각을 해볼 수 있다. 과연 『구관조』는 온갖 백일몽들로 일렁이고 각종 질환과 상처의 흔적들로 술렁거린다. 병적인 꿈의 출몰로 현실과 비현실, 혹은 현실과 환상 내지 망상의 경계가 흐릿해지고 이야기의 선조적 진행도 곤혹스럽게 된다. 이야기의 인접성 장애나 유사성 장애 현상도 빈번하게 발생한다. 일그러진 은유나 어긋나는 환유로 독자들의 독서 공간은 교란을 면치 못한다. 작가나 서술자, 텍스트 안의 인물이나 텍스트 밖의 독자 모두 이야기 세계와 관련된 소망 충족의 지연을 경험하게 된다.

　이런 상황에서 한국적 근대의 비극적 주인공 한갑수가 탄생한다. 그는 식민지 조선에서 태어나 정치경제적 질곡과 문화적 혼돈, 그리고 신체적 정신적 질환을 겪는 인물이다. 소설 안에서 작가인 그는 실존적 존재로서는 물론이려니와 예술가로서도 자기 소망 충족의 지연을 부단히 경험해야 하는 인물로 그려진다. 거듭된 지연과 차연 속에서 그는 극도의 불안과 자기 분열을 경험한다. 이런 인물에 대한 심리적 분석을 통해 작가는 대단히 실험적인 소설 한 편을 빚어낸다. 자기 분열의 극한에서 자기 죽임을 통해 순교적 자기 인식의 지평에 이르려는 한 인물의 분열적 이야기를 통해서 존재 탐문과 진실 발견의 곤혹스런 가능성을 탐문하고자 한 것이다.

　『구관조』의 작가 허윤석은 1915년 경기도 김포에서 태어났다. 1935년 『조선문단』(25호)에 「사라진 무지개와 오뉘」를 발표하면서 등단한다. 이때 『조선문단』에는 작품 뒤에 '허윤석군의 영부인'이라는 제목의 기사를 통해 신인의 프로필을 간략히 소개한다. 경성 중동학교에서 수학하고 동경으로 가려다가 집안 형편으로 포기한 다음 와세다대학 문학 강의와 문예춘추사의 문예 강좌 및 세계문학전집을 사다가 문예 연구를 한 신인이라고 했다. 특이한 것은 "김우철 정서죽 등과 같이 기분에 날뛰며 '프로문학' 운운하던 분으로 지금은 모든 것을 청산하고 문학 연구와 창작으로 일삼는"다고 한 대목이다. 그리고 동경의 여자대학과 북경의 대학에서 수학한 바 있는 모던걸인 부인이 문학에 관심이 많아 허윤석과 결혼한 다음 남편의 문학을 위해 정성껏 내조하고 있다고 적었다. 부인의 에피소드는 그렇다 치더라도 프로문학 운운한 대목은 허윤석의 문청 시절의 단면을 짐작케 하는 좋은 자료가 된다. 「유두」「수국(水菊)의 생리」「옛마을」「해녀」「길주막」「해협」 등을 발표하면서 백철 등으로부터 감각적이고 낭만적인 문체로 토속적 서정을 그리는 작가라는 평을 받았다. 해방건국기에는 「하일(夏日)」「감각파(感覺派)」 등의 시를 발표하기도 했다. 그의 대표작으로 알려진 장편 『구관조』는 1966년부터 발표를 시작하여(「구관조」, 『문학』), 1973년 「초인: 『구관조』 2부1장」(『문학사상』), 1974년 「타인을 대행하는 두뇌들: 『구관조』 2부 2장」(『현대문학』)을 발표한 작가가 단편 몇 편을 다시 결합해 모두 12장으로 1979년에 장편으로 간행한 소설이다.

작가의 전기적 정보에 따르면 허윤석은 1951년(37세)에 고혈압으로 발병한 이후 척수간판 탈출증, 중추신경 기능 마비, 퇴행성 질환, 정신분열증 등 심신의 만성 질환으로 고통받다가 결국 1995년에 뇌졸중으로 타계했다. 그러니까 『구관조』는 그런 만성 질환과 싸우며 실존적인 고통과 고뇌를 담아 쓴 소설로 보인다〔소설에서 주인공 한갑수는 “저는 한 십오 년간 시체로 있었습니다”(허윤석, 『구관조』(재판), 문학과지성사, 2009, p. 111)라고 말하는데 이는 곧 작가의 전기적 상황과 호응된다〕. 이 소설을 간행하면서 작가는 “나는 이 작품을 소설을 쓴다고 쓰지 않았다. 더욱 시를 쓴다고 쓰지도 않았다. 야인으로 돌아가서 내 얘기를 내가 쓰는 투로 씀으로 해서 현대문학 습성을 탈피해 봤으면 했다. 작품에 나오는 구관조도 한갑수도 타인이 아니다. 내 체내에서 나와 함께 이단을 모의하고 있는 내 분신들로 돼 있다. 허나 분신 역시 예외는 아니었다. 모든 문학 작품에서 하듯이 언어의 기능 한계선까지만 응해줄 뿐 그 이상은 표현을 해 주지 않았다”(‘후기’, p. 390)라고 적었다. 리얼리즘이 인간의 생리를 너무 무시한다면서 리얼리즘에 대한 염증을 종종 토로하기도 했던 작가가, 분열적인 자신의 이야기를 낯선 방식으로 쓰면서 새로운 문학의 지평으로 나아가고자 했던 것이다. 소설에서 주인공 한갑수는 "육안으로 볼 수 없는 곳에 인간이 깃들어 있다"(p. 178)고 강조하고 있거니와, 작가 허윤석은 자신이 경험하거나 관찰한 세계에 평면적인 거울을 들이대기보다는, 경험과 관찰을 주관하는 의식이 균열되는 비좁은 통로의 심연에서 혼란스런 자의식과 무의식의 오믈렛들을 탈주의 서사로 엮어내고자 했던 것이 아닐까 싶다. 그 탈주는 주로 백일몽을 통해 혼돈스럽게 이루어진다. 그런 면에서 소설 『구관조』는 지독한 백일몽의 서사다.

2. 철의 새장에서 꿈꾸기

주인공 한갑수에게 있어서 꿈은 실존을 위한 절박한 조건이다. "나는 이 꿈으로 산다니까. 낮에는 눈을 뜨고 앉아 잠을 자고, 밤이면 눈을 감고 누워 꿈으로 사는 거라니까"(p. 190)라고 말하는 그의 전언은 결코 위장된 포즈에 그치는 것이 아니다. 또 서술자는 이렇게 전한다. "꿈으로 생활을 영위하다시피 하고 있는 갑수에게 있어서는 꿈이 산소 호흡과 같은 작용을 하고 있는지도 모를 일이었다"(p. 225). 한때 매우 감각적인 소설을 쓰기도 했지만 이제 그는 이렇다 할 소설을 발표하지 못한다. 그래서 소설가이기도 한 젊은 박 기자로부터 힐난을 받기도 한다. 서사적 현재의 시간에 한갑수는 "피부와 신경의 음모에서 오는 퇴화 현상"(p. 50) 때문에 속절없어 하고, 자신의 삶이 "쓰레기 같은 생활"(p. 51)임을 토로하기도 한다. 그리고 그렇게 된 원인을 탐문하는 데 골몰한다. "어디서부터 시작됐을까? 〔……〕 기원을 찾기 위하여 그 많은 분신을 해 왔고 전무후무한 숫자놀이를 하고 있는 것이었다"(p. 51). 이때 그 분신 놀이가 꿈을 통해 이루어지는 것은 물론이다. 그리고 그 꿈은 주로 구관조의 새장이나 감방에서 현시된다. 대부분의 이야기들이 새장이나 감방에서 전개되고 있을 뿐만 아니라, 소설 앞과 뒤에 한갑수의 서재가 공간으로 제시되긴 하지만 그 또한 갇힌 감옥의 이미지로 유추되는 형국이기 때문이다.

일제 말 친일 지주의 아들로 성장한 한갑수는 열여덟 살 무렵 총독부 관료의 여인이었던 아끼꼬와 치명적인 간통을 한다. 이때 아끼꼬로부터 받은 것이 구관조 한 쌍이다. 한갑수의 새장에서 자라던 구관조 수컷이 죽자 암컷은 한갑수를 살해 혐의로 고발한다. 이에 법정에서 재판을 거쳐 한갑수는 27호 감방에 수감된다. 구관조 살해 혐의로 기소되고 수감된다는 설정도 이미 비현실적이거니와, 법정에서 때로는 한의 시체가 피고석에 누워 재판을 받기도 하고, 그 시체와는 별도로 법정의 맨 뒷자리에 앉아 얼굴을 반쯤 가리고 울고 있는 한갑수의 모습이 제시되는가 하면, 때로는 젊은 한갑수가 피고인석에 서기도 하는데, 이렇게 기본적으로 현실과 환상을 넘나들면서 이야기가 진행된다. 젊은 한갑수에서 시체에 이르기까지 다양한 한갑수의 분신이 법정에 선다는 설정은 곧 한갑수의 존재 전체를 법정에 세운다는 것과 같은 의미이다. 전적인 자기 고발, 자기 심문의 형상이다.

그렇다면 왜 한갑수라는 인물은 그토록 도저한 자기 고발과 자기 심문을 단행하는가. 서둘러 대답하자면 자기를 알 수 없기 때문이다. 감방에서 한갑수는 방장에게 "방장님 자신이 누구인지나 알고 계시느냐 그 말입니다. 방장님은 보나마나 나는 나다! 나는 나 자신으로 산다 하고 안이한 생각을 하시겠죠. 그렇죠?"(p. 241)라고 반문한 바 있거니와, 그 자신 매우 절박하게 자기를 알 수 없음을, 자기를 발견할 수 없음을 고백한다. 육십 고개를 넘어서면서도 "저는 제 자신을 발견하지 못했습니다. 내 인간은 고사하고 어리친 개새끼 한 마리 얼씬하지 않더군요. 이번만은 꼭 내 자신을 붙들어 놔야겠다고 생각하면 역시 그놈이 그놈이고, 또 그놈이 그놈 아니겠어요. 인간이 꼭 이래야만 한다는 윤리관의 정설을 주장하는 것은 아닙니다. 허나 제가 만나본 제 자신은 전부가 협잡배뿐이더군요"(p. 241)라고 말한다. 이미 자신의 삶이 "쓰레기 같은 생활"(p. 51)이라고 언급한 바 있거니와, 이와 같이 쓰레기 같은 협잡배 의식은 소망스런 삶의 지평에 다가가지 못한 지난 삶 전체를 병적인 것으로 받아들이게 한다. 혹은 병적 의식에 갇혀 있다. 그러니 그가 수감되어 있는 감옥은 실재하는 감옥이라기보다는 차라리 유폐된 의식의 감옥에 가깝다. 그 감옥은 막스 베버가 언급한바 현대 사회의 온갖 제도들에 의한 철의 새장보다 더 수인을 옥죄는 어떤 것이다. 베버의 철의 새장에서 인간은 좀처럼 빠져나가기 어렵다. 한갑수가 갇혀 있는 유폐된 의식의 새장은 더욱 가혹하다. 자유와 해방의 지평은 그의 편이 아니다. 그는 언제나 배반과 억압만을 체험하고 좌절할 따름이다.

　그런 형상에 대한 좋은 비유로 우리는 「초인」에 제시된 누에고치 삽화를 들 수 있다. 어린 갑수는 월매와 함께 산잠(山蠶) 치는 광경을 본 적이 있다. 뽕을 먹던 누에들이 "머리를 휘휘 내저으면서 명주실을 뽑아 그물코를 잡아 묘한 집을 짓"(p. 242)는 모습을 보면서, 어린 갑수는 그 누에들이 고치 안에 갇혀 영락없이 죽을 것이라고 생각한다. 그런데 놀랍게도 며칠 안 되어 누에고치 속에서 흰나방들이 쏟아져 나오기 시작한다. 이때 그는 이렇게 생각한다. "이거야말로 멋진 승화 아니겠어요. 기어 다니던 버러지가 천사처럼 날아다니니 말입니다. 그뿐입니까. 이번은 나비들이 떡갈잎을 먹는 게 아니었습니다. 꽃술에 앉아 꿀을 빨아먹는 게 아니겠어요"(p. 242). 땅을 기면서 갈잎을 먹는 누에와 하늘을 날면서 꿀을 먹는 나비 사이의 대조가 어린 갑수에게 현묘한 승화처럼 비쳤던 것이다. 그러나 이내 그는 크게 실망하고 만다. 나비가 다시 알을 낳고, 그 알이 다시 성충이 되고, 나비가 되고 다시 성충이 되고 하는 허망한 윤회의 사슬로부터 결코 자유로울 수 없음을 발견한 까닭이다. 이때의 충격이 그의 무의식으로 적층되어 다음과 같은 비극적 세계관의 발화를 낳는다. "승화가 무슨 승화입니까. 버러지는 역시 버러지 그대로 남았습니다. 인간사회도 그런 거 아니겠어요"(p. 243). 승화는 없다! 이것이야말로 한 갑수로 하여금 속절없는 철의 새장에 갇히게 한 본원적인 증후이다. 그러니 어쩌겠는가. 예의 새장 안에서 꿈을 꾸는 수밖에. 그것도 지독한 백일몽을 말이다.

3. 불안의 심연과 분열증

철의 새장에 갇힌 존재의 나날은 불안의 연속으로 점철된다. 이 소설의 근원적인 분위기는 이런 것이다. "새장 안은 무거운 침묵이 깔려 있었다. 구관조의 신음 소리도 들리지 않았다. 어딘지 모르게 모든 문제가 끝장이 났다는 불안감이 안겨왔다"(pp. 70~71). 세계 파국의 불안은 존재의 극한 체험임에 틀림없다. 그만큼 한갑수의 불안의 심연은 깊고도 아득하다. 하고보니 차라리 한갑수에게 불안은 친숙한 체험이다. 피할 수 없는 속절없는 불안 체험의 과정이 피하고 싶은 기괴한 것을 친숙하게 만들었을 터이다. 그렇다면 다시, 그의 불안은 어디에서 오는가. 분리와 분열과 관련된다. 지주의 아들로 태어난 그는 어머니로부터 분리된 채 유모의 젖을 먹고 자랐다. 구강기로부터 분리 불안을 적층했을 터이다. 어머니의 젖과 유모의 젖 사이에서 분열적인 존재로 자란 그는 조모의 시중을 들던 하녀 월매의 가슴에 고착되는 양상을 보이기도 한다. 물론 유아기적 고착에서 성에의 눈뜸으로 성장하는 경로를 약간 보이기도 하지만, 고착적인 성격이 강한 편이다. 「축제」에서 매우 심각한 모성 고착 증세를 보이는 사형수의 모습은 곧 한갑수의 유년기 모성 고착의 분신을 극화한 장면에 다름 아니다. 또 고려장 이야기의 변이 형태이기도 한 산대마을 '곰' 이야기는 모성 고착의 윤리적 승화 가능성을 탐문하기 위해 가져온 삽화처럼 보인다.

유년 시절 월매와의 경험과 청년 시절 아끼꼬와의 경험 사이의 대조도 그로 하여금 분열증을 낳는 기제가 된다. 월매의 가슴은 어머니의 그것을 대치한 것이었다. 가족구조상 아버지를 대리하는 할머니의 규율 때문에 월매와의 관계에서도 어린 갑수는 오이디푸스 콤플렉스를 느낀다. 억압된 리비도는 아끼꼬와의 관계에서 분출된다. 아끼꼬와는 확실하게 육체의 다리를 건너면서 죽음 충동처럼 관계를 맺는다. 그런데 앞에서도 언급했듯이 아끼꼬는 일제 총독부 고위 관료의 여인이다. 아끼꼬가 자신의 아이를 임신했다는 소식을 편지로 전해들은 그는 분열상을 체험한다. "이 자식 일본 군국주의자만 되어 보아

라. 나는 네 못부터 칠 테다"(p. 220)라며 "사명 분석도 발상도 없는 애국 운동"에 휩쓸린다. 때로는 건달패도 되고 때로는 애국자도 되고 했다고 한갑수가 술회하고 있거니와, 영락없는 분열증이다. "갑수가 외국 땅에서 이국 여성의 육체를 깔아뭉개고 나대면서도 『자본론』만은 잊지 않고 읽었으니까 말이다"(p. 227)는 대목에서도 확인할 수 있듯이, 한갑수는 스스로도 받아들이기 어려울 정도로 모순적이고 분열적인 삶의 경로를 거친 것이다. 친일 지주의 아들과 사회주의 사이에서, 혹은 친일 가문의 굴레와 민족주의 사이에서, 그는 분열적인 존재로 불안을 체험할 수밖에 없었던 것으로 보인다.

이와 같은 유년기, 청년기의 체험은 작가가 된 중장년기에도 영향을 미친다. 분열적 근대인의 정치적 무의식을 보이는 그는 혹독한 현대의 악순환 속에서 속절없이 철의 새장에 유폐된다. 그런 측면에서 보면 「증인신립」에서 주인공의 주치의 닥터 우가 하는 말은 매우 의미심장하게 다가온다. "정신분열증도 사회병 아닌가?" 라는 한갑수의 말에 닥터 우는 "시대에 얽혀 있으면서도 안 그런 척하다 생기는 병을 시민 질환(市民疾患)이라고 하는 거야. 〔……〕 자네 인간을 감당해 줄 만한 자신의 신을 발견하지 못하는 데서 온 신경쇠약 같은 거야"(p. 62)라고 말한다. 먼저 시대에 얽혀 있으면서도 안 그런 척하다 생긴 병이라고 했다. 질곡으로 점철된 근현대기를 살아오면서 한갑수는 앞서 살핀 분열적 상황으로 인해 시대와 불화할 수밖에 없었다. 박정수가 전향자의 심리적 외상 증후로 파악한 바 있는데, 그런 외상 때문에 그는 시대나 현실과 정면에서 마주치지 못한 채 불안해야만 했다. 또 자신의 신을 발견하지 못한 데서 온 신경쇠약이라고 닥터 우는 말했다. 누에고치 삽화에서도 보았듯이 비극적인 세계관을 견지할 수밖에 없었던 한갑수에게 '숨은 신'이 지상에 남기고 간 마지막 빛줄기도 비쳐들지 않았던 것이다. 게다가 육체적 질환으로 15년간을 거의 죽어지내다시피 했던 사정까지 고려하면, 한갑수의 불안의 늪을 가늠할 수 있게 된다. 그와 같은 불안 양상은 「무서운 대결」에서 죽음과 마주하며 대결하고 있는 사형수들의 극단적인 불안과 고통으로 극화된다. 아울러 「분신과의 대화」에서 박 기자와의 대화를 통해 드러나는 것처럼 작가로서도 불안하기만 하다. 상업주의 물결 속에서 진정한 문학에 대한 추구가 외면당하는 상황이기 때문이다. 이래저래 한갑수는 불안한 존재이다. 그의 존재론적 결여나 결핍은 깊고도 넓다. 그 결여가 불안을 낳고 또 백일몽을 낳고 나아가 백일몽의 서사를 낳는다.

4. 마음의 열쇠를 찾아서

그러니까 허윤석이 형상화한 한갑수라는 인물은 결여의 공간에 존재한다. 있는 자리에 없고, 없는 자리에 있는, 역설적인 존재이다. 있는 자기를 죽이고, 없는 자기를 살린다. 살아서 죽고, 죽어서 산다. 그가 보이는 온갖 분신 놀이와 백일몽은 그런 형국이다. 자기 죽임을 통해 자기 치유의 가능성을 가까스로 모색하려는 모습이다. 자기 존재 안에, 자기 몸 안에, 타인의 고통을, 타인의 상처를, 세계의 허물을, 중층적으로 껴안고, 앓으면서, 죽음에까지 입사하면서, 웅숭깊게 결여의 존재론을 탐문한다.

이러한 탐문을 위해 그는 온몸을 열어놓는다. 가령 그는 입이나 귀로 대화하는 것이 아니라고 했다. 피부로 대화한다고 했다. "피부였다. 바람이 밀어올리는 물이랑이 일렁이듯 고혈압에 이글대고 있는 피부가 이야기를 주고받았다. 아마 죽음을 직면한 사람이 공포감을 잊기 위한 하나의 수단 방법인지도 모를 일이다"(pp. 49~50). 죽음의 공포와 불안을 넘어서기 위한 방법이라는 설명까지 고려하면, 한 갑수가 시도하는 피부 대화는 매우 도저한 것이다. 온몸으로, 피부로, 대화하면서 그는 양면적인 모든 것을 끌어안는다. 예컨대 "고혈압으로 해서 오는 항거의 세계"와 "저혈압이 될 때의 이완에서 오는 긍정의 세계"(p. 50)를 한 몸으로 체험하는 것이다. 그의 분신 내지 분열 놀이는 이렇게 몸의 작용과도 관련되는데, 그것은 나아가 주체의 해체와 타자로의 분열 놀이와도 연계된다. 「하수인의 변」에서 자기 생각을 드러내는 대목 중에 "인간은 저마다 무엇을 동경하면서 살아왔다. 그 점에 있어서는 한 자신도 마찬가지가 아니겠나!"(pp. 190~91) 같은 경우, 통상적으로는 '나 자신도'라고 해야 하겠으나 자기를 타자화하는 방식으로 '한 자신도'라고 쓰고 있다. 이런 타자화 담론 전략은 여러 군데서 산견되는데, 작가는 그것을 인간의 사유와 언어 및 꿈의 속성과 관련하여 근본적으로 성찰한다. "우리가 사용하고 있는 용어는 곧 타인의 말로 되어 있다 그 말일세. 우리의 두뇌 관리도 마찬가지일세. 나 자신을 행사하는 게 아니고 타인을 대행하고 있는 거야. 인간이 현실을 벗어나지 못한다는 말도 곧 언어의 생활권을 말하는 걸세. 사람은 말의 명령에 의해서만 행동하고 있으니까. 꿈속에서까지도 말의 세계를 벗어나지 못하는 거로 되어 있네"(p. 379). 마지막 장의 제목이 「타인을 대행하는 두뇌들」이기도 하거니와, 주체와 타자 사이의 대화를 통해 "마음의 열쇠"(p. 177)을 찾아보려는 다채로운 수고는『구관조』전편을 통해 상당히 곡진하게 전개되는 편이다. 서술의 측면에서도 "동안으로 되돌아가고 있는 갑수의 눈에는 달무리에 구름이 덮이듯 눈물이 번지고 있었다"(p. 236) 같은 부분에서 확인되는 시간과 인물의 몰핑을 비롯하여 공간적 존재론적 몰핑 등을 다채롭게 전개한다. 다시 말해 시간의 과거와 현재, 공간의 안과 밖 혹은 여기저기, 꿈과 현실을 넘나드는 몰핑 기제를 통해, 다채로운 내적 독백이나 의식의 흐름을 흩뿌려놓고 있는 소설이라는 것이다.

허윤석의『구관조』는 리얼리즘이 중심 경향이던 1970년대 소설 동향을 고려할 때 매우 이채로운 소설임에 틀림없다. 외적으로 주어진 산문적 과제에 대한 대응의 서사가 우세했던 시절에 본격적으로 인간의 내면세계를 탐문한 것은 의미심장한 일이 아닐 수 없다. 현상과 본질, 외적 풍경과 내면 정경, 현실과 소망 사이의 괴리라는 근본적 문제에 착목하여, 내면의 세계를 본격적으로 서사화했다는 점에서 세계문학의 보편적인 의미를 획득한다. 아울러 식민지와 전쟁을 혹독하게 체험한 한국 근대인의 비극적 내면과 심리적 외상을 극화했다는 점에서 한국문학의 특수성을 웅변한다. 20세기 한국인이 왜 그와 같이 고통스런 결여나 결핍을 내면화해야 했으며, 어떻게 그토록 불길한 고통과 불안을 백일몽처럼 견디어야 했으며, 그럼에도 불구하고 그것을 넘어서 마음의 열쇠를 간절하게 응시하지 않으면 안 되었는가, 하는 무거운 질문에 대한 간곡한 서사적 탐문이 바로『구관조』의 세계이다.

불안의 둥지에서 꿈꾸기

— 최인호의 『처세술개론』

1. '견습환자'의 치유의 시선

1945년 해방 직후 서울에서 태어난 최인호는 이미 고등학교 2학년 때(1963년) 문학판을 놀라게 했다. 한국일보 신춘문예에 단편「벽구멍으로」가 입선되자 세상의 눈이 이 '무서운 아이'를 주목하기 시작한 것이다. 그 후 1967년 병원의 권태로우면서도 우울한 풍속을 희화적으로 그린「견습환자」로 조선일보 신춘문예에 당선되었고, 1970년대 이후 본격적인 작품 활동을 왕성하게 전개했다. 그는『현대문학』신인상 수상작인「타인의 방」「처세술 개론」을 비롯해「예행연습」「뭘 잃으신 게 없으십니까」「돌의 초상」「깊고 푸른 밤」「무서운 복수」등과 같은 뛰어난 중단편을 창작하는 한편, 대중들의 폭넓은 사랑을 받은 장편 창작에도 열정적이었다. 약관 26세에 조선일보에 연재하여 선풍적인 인기를 끌었던『별들의 고향』을 비롯하여『고래 사냥』『적도의 꽃』『겨울 나그네』『잃어버린 왕국』『길 없는 길』『상도』『해

신』『영혼의 새벽』『유림』 등으로 이어지는 그의 장편 행진은 장안의
지가를 올리면서 소설 산업의 가능성을 확인시켜주었다.

최인호는 '70년대 작가군의 선두주자'로 꼽혔고, 이른바 '청년 문
화의 기수'로 주목받은 작가다. 그도 그럴 것이 그의 소설은 대체로
발랄하고 청신한 감수성과 능란한 화법으로 젊은 문학의 새로운 가능
지평을 열면서 독자들을 폭넓게 끌어들였기 때문이다. 그렇다고 해서
그가 청년 문화의 확산에만 몰두한 것은 아니다. 청년의 감수성이나
발상법으로 동시대의 산문정신과 적극적으로 대화하면서 산업화 이
후의 물질사회에 대한 비판의 메시지를 비롯한 민감한 현실 인식을
보여주기도 했다. 때때로 그는 환상적 리얼리즘이라 불릴 정도로 환
상성을 통해 현실을 거꾸로 되비춰보고 소설적으로 재구축해내는 기
법을 선보이기도 했다. 현실의 풍속에서 출발한 그는 겨레의 오랜 기
억을 반추하는 『잃어버린 왕국』이나 특히 불교적 구도소설인 『길 없
는 길』 「산문(山門)」 등에서는 삶의 근원을 탐색하는 의식의 깊이를
보여주었다.

특히 등단작 「견습환자」는 최인호 문학의 핵심적 특성을 함축하고
있는 것으로 보인다. 이 소설에서 주인공은 습성 늑막염으로 입원한
환자다. 무릇 병원은 치유자와 환자의 질서가 분명한 공간이다. 치유
자의 권력이 엄존하여 환자는 그 질서에 복속되기 일쑤이다. 하나
더. 병원에서는 치유/피치유 행위가 반복적으로 진행된다. 그 반복
과정을 주인공은 "금붕어 같은 생활"로 인지하고 "권태"를 느끼게 된
다. 그런 가운데 그는 병원의 치유자들(의사, 간호사)의 "얼굴에서
웃음을 발견치 못했다는 중대한 사실"을 "불쑥" 발견하고 그것을 "참
으로 이상한 일"이라고 느낀다. 이 발견의 감각이 기성의 병원 질서

를 뒤집는다. 치유자/피치유자 혹은 의사/환자의 경계를 넘어서고 흩뜨린다. 피치유자였던 환자가 역으로 의사의 입장이 되어 '웃음을 잃은 환자들'(기존의 의사와 간호사들)을 치유하겠다고 나서는 것이다. "그들을 웃기기 위해서 고용된 사설 코미디언 같은 무거운 책임 의식"을 가지고 그들이 웃음을 회복할 수 있도록 각종 아이디어를 궁리하고 수행한다.

그러나 그들에게 웃음을 찾아주는 일은 결코 쉬운 게 아니었다. 그들은 좀처럼 웃지 않고 웃기려 하는 본인만 허탈한 웃음을 짓게 된다. 임상적으로는 정상이되 웃음을 잃은 치유자들, 그러니까 의사와 간호사들은 일종의 난해한 '견습환자'였던 셈이다. 그들만이 아니다. 그 자신 환자이면서도 경계를 넘어서 웃음을 치유하는 '견습의사'가 되고자 했지만 여의치 않은 주인공 역시 '견습환자'의 범주를 넘어서지 못한다. 그러니까 최인호는 육체의 환자, 현상적 환부에 관심을 가진 게 아니다. 그보다는 정신적인 환부 혹은 생의 구경(究竟)에 이르지 못한 상처에 미리부터 관심을 가졌던 셈이다. 그런 측면에서 보면 현상적인 환자는 물론 치유자인 의사 역시 '견습환자'이긴 마찬가지다. '견습환자' 연습을 통해 환자의 고통의 심연으로 내려가 삶의 진면목을 발견하고자 한 점이 등단작 「견습환자」에서 주목되며, 이 점이야말로 최인호 문학의 근원 정서라고 보아도 큰 잘못은 없을 터이다. 다시 말해 최인호의 소설은 '웃음'으로 상징될 삶의 진정성이 거세된 인간과 현실에 웃음을 되돌려주고자 한 문학적 치유 의지의 소산이다. 그것은 때로는 희비극적으로, 때로는 비극적으로, 때로는 냉소적이면서도 위악적으로 전개된다. 더불어 아프면서 치유의 지평을 모색하는 과정은 곧 웃음의 상실과 회복 과정 내지 자기동일성의 상실과

회복의 과정과 긴밀하게 호응된다. 요컨대 최인호는 감각의 실존을
바탕으로 한 독특한 이야기 치유사다.

2. '자기만의 방'과 '타인의 방'

이야기 치유가 필요한 것은 동시대의 많은 사람들이 실존적으로 불
안의 둥지로부터 좀처럼 헤어날 수 없는 사정과 관련된다. 흔히 불안
은 존재의 근원성과 관련되는 것으로 논의되기도 하지만, 실존의 불
안은 정치경제적이고 사회문화적인 다양한 심급에서의 복합적인 원
인들과 연계되어 증폭되거나 줄어들 수 있다. 우리는 더 불안한 시대
/사회와 덜 불안한 시대/사회를 나누어 사려 깊은 생각들을 전개해나
갈 수 있다. 그런데 이야기 치유사로서 최인호가 우선 관심을 가진
것은 외부로부터 오는 위험 신호와 관련되는 불안의 외인(外因)들이
아니었다. 그보다는 주체 안의 내인(內因) 내지 책임의 윤리에 대해
반성적으로 성찰한다. 가령 「2와 1/2」에서 그런 양상은 뚜렷하다. 이
소설의 주인공은 가난한 출판사 직원이다. 장티푸스 예방주사를 맞은
날 슬럼가와도 같은 자기 방으로 돌아가 같은 집에 사는 색정적인 술
집 여급의 유혹을 뿌리치고 잠을 잔다. 그런데 그날 밤 그 여성이 변
사체로 발견되고, 그 집에 사는 몇몇 남성들이 용의자로 경찰에 연행
되어 불안스런 취조를 받는다. 이때 주인공이 보이는 심리적 반응이
우리의 눈길을 끈다. 그가 내비친 것은 억울하게 의심받은 것에 대한
분풀이가 아니었다. "내 눈앞엔 홀로 죽어간 그 갈색의 계집애가 떠
올랐고, 나는 그것이 나의, 우리의 책임인 것 같은 생각이 들었다."

왜 주인공은, 그녀가 그렇게 살다가 죽어간 데 대한 공동의 책임을 느끼는가. 심연의 파괴 욕망과 살해 충동에 대한 반성적 자각 때문이다. "그 갈색의 계집애는 지금 우리 시대, 나이 서른 이상 먹은 자식들이라면 내가 아니더라도 누구든 망가뜨리고, 학대하고, 울리고, 때리고, 죽일 수 있는 여인이라고 고백하는 편이 더 홀가분하리라 생각들었다." 주인공은 고백하고 싶어 한다. 물론 그것은 법적으로 볼 때 거짓 고백에 해당된다. 그러나 주인공은 영혼의 고해를 하고 싶은 것이다. 더불어 사는 이웃을 상대로 한 보이지 않는 악령의 충동질에 대해 고해하고 대속하고 싶어 하는 것이다. 치유자의 의미심장한 윤리 감각이 아닐 수 없다.

최인호의 소설 쓰기, 이야기하기가 치유 의지나 역설적 대속 행위와 관련된다는 것은 「처세술개론」에서도 감지된다. 이 소설에는 남녀 두 어린이가 등장한다. 일찍이 사진결혼 방식으로 하와이로 떠났던 할머니(어머니의 이모)가 자식도 없는 상태에서 돈을 많이 가지고 귀국한다. 이에 그녀의 이질이 되는 어머니와 주인공 소년의 이모는 미래의 '막대한 유산'을 노리고 그녀의 환심을 사고자 애쓰며 경쟁한다. 그 경쟁의 대리 전사가 주인공과 이종사촌 소녀다. 주인공은 매우 순진한 어린이로 제시된다. 이에 반해 소녀는 노회한 애늙은이처럼 그려진다. 풍파가 심한 환경에서 동물적인 생존의 감각 내지 처세술을 터득해온 탓이다. 작가는 이 여자아이의 위선적인 처세술을 가능하면 위악적으로 그린다. 악령의 장난은 어린이마저도 비켜가지 않는다. 그것이 읽는이로 하여금 연민을 자아내게 한다. 그 누구도 함부로 그 아이에게 돌을 던질 수 없다. 오죽하면 어린아이가 그럴 수밖에 없었을까, 생각하면서 그런 상황을 축조한 공동체 전체에 대한 반성적 성찰로 이어나가게 되는 것이다.

　이런 감각으로 인해 그는 동시대에 불안하게 고통받는 사람들을 향해 그윽하면서도 결코 무겁지만은 않은 눈길을 준다. 최인호의 장기 중 하나는 분명 견딜 수 없는 존재의 무거움을 결코 무겁지 않게 다루면서 성찰의 흥미로운 지평을 마련한다는 점에 있다. 동인문학상 수상작인 「이 지상에서 가장 큰 집」은 평생 지상에서 온전한 자신의 집을 지닐 수 없었던 가여운 영혼의 이야기를 동화적인 시선으로 다룬 작품이다. 「포플러」「침묵은 금이다」「닭이 먼저냐 달걀이 먼저냐」와 더불어 '이상한 사람들' 연작의 일환인 이 텍스트에서 주인공 작은 노마는 평생 자기 집 짓기를 시도하지만, 결국 추방당하고, 지상에서 육신을 거두어간다. 존재 근거를 박탈당한 채 피투성이처럼 살아가는 피투성(被投性)의 존재인 인간이 집으로 상징될 자기만의 존재 둥지를 마련하려는 간절한 열망을 담고 있는 이 이야기는 단순한 도시빈민의 서사를 넘어선다. 아버지 노마도 그랬지만 작은 노마에게도 안온한 둥지는 끝내 제공되지 않았다. 늘 불안의 둥지에서 거주할 따름이었다. 그 불안의 둥지에서의 간절한 꿈이 훼절될 수밖에 없는 안타까운 상황을 최인호는 동화적인 감각으로 그려냈다. 지상에 자기 집을 마련하지 못한 작은 노마들만이 불안의 둥지의 주민들인 것은 아니다. 자기 집을 마련한 사람들이라 하더라도 이런저런 사정으로 말미암아 불안의 둥지에 주민등록을 하게 되는 수가 많다. '자기만의 방'에서 소외된 채 '타인의 방'이라는 불안의 둥지에 사는 사람들이 많음을 작가는 매우 흥미로운 시선으로 묘파한다.

　최인호의 평판작 중 하나인 「타인의 방」은 도시적 삶에서의 공간 소외 양상과 불안 의식을 매우 극적으로 다룬 작품이다. 주인공은 출장 일정을 하루 앞당겨 귀가했는데, 집에 아무도 없어 열쇠를 열고 들어가 심한 고독감과 아내에 대한 배신감 속에서 자신의 '방'이 안주의 공간이 아니라 불안한 '타인의 방'에 불과함을 환각적으로 절감하는 이야기다. '타인의 방'에서는 모든 사물들이 그를 향해 일제히 반란을 일으킨다. 그가 원하는 것은 아무것도 없거나 돌아서 있다. 신문, 목욕탕 욕조, 면도기, 물, 전축 등 모든 것들이 자기를 배반한다. 가령 면도기는 자기 얼굴을 두어 군데 베어 상처를 입히고 피를 흘리게 한다. 그 와중에 갑자기 노래를 부르기도 하고 휘파람을 불어보기도 한다. 그러다가 "역시 집이란 즐겁고 아늑한 곳이군"이라고 무심코 중얼거려보기도 하지만, 그 목소리가 타인의 소리처럼 들릴 따름이다. 아내의 기만을 서서히 인지하게 되면서 사물들의 반란은 더 심해진다. 잠근 샤워꼭지에서 물이 쏟아져 내리고, 켜지도 않은 곤로에서 불이 붙고, 재떨이에서는 생담배가 불탄다. 주인공은 보고 싶은 것을 보지 못하고 볼 수 없거나 보지 않아도 될 것을 보아야 하는 상황, 또 알고 싶은 것을 알지 못하고 알 수 없거나 알지 않아도 될 것을 알게 되면서 당황하게 되고 불쾌의 감정에 빠지게 된다. 불안은 서서히 전면적인 전개를 보인다. 모든 게 반란하는 주위를 둘러보며 그는 엄청난 불안감을 느끼며 "누구요" 하고 소리 지른다. 그러나 그 소리는 벽에 부딪쳐 멀리 가지 못한 채 차단된다. 순간 그는 자신이 갇혀 있음을 절감한다. 일제히 반란하는 사물들에 갇힌 사내는 더욱 심한 환각 속에서 고통스런 불안 체험을 한다.

　여기서 주인공의 불안 의식은 대타자의 응시gaze와 주체의 시선eye 사이의 역학 관계 속에서 부풀어 오른다. 사물들의 반란은 그가 볼 수 없는 자리에서 그를 응시하는 대타자에 의해서 연출되는 것이다. 그래서 그는 사물들을 노려본다. "어둠 속에서 눈을 부릅뜬다." 그러나 그의 시선은 무기력하기만 하다. 응시의 정체를 알 수 없는 주체의 시선을 희롱하기라도 하는 듯 사물들은 "일제히 흔들거리면서 흥을 돋우기 시작"한다. 대타자의 기획에 의해 사물들은 "무방비" 상태의 주체를 매우 가혹하게 포획한다. "감히 다가와 그의 얼굴을 슬쩍슬쩍 건드려보기도" 한다. 이렇게 불안의 어둠에 갇힌 사내는 순간적으로 황홀한 우주를 떠올려보기도 하지만, 이내 황홀한 우주가 아닌 검은 우주, 블랙홀에 빠지고 만다. 사내는 불안한 검은 구멍으로부터 벗어나기 위해 스위치를 찾는다. 스위치는 빛의 상징, 밝고 황홀한 우주의 상징이다. 그러나 그는 스위치에 이르지 못한다. 사물이, 어둠이, 불안이, 끊임없이 그를 옥죄고 있는 까닭이다. 불안의 절정에서 그의 신체는 경직되고 석화(石化)되기에 이른다.

그때였다. 그는 서서히 다리 부분이 경직되어오는 것을 느꼈다. 그것은 우연히 느낀 것이었다. 처음에 그는 이 방에서 도망가리라 생각했었기 때문에, 될 수 있는 한 소리를 내지 않고 살금살금 움직이리라고 마음먹고 천천히 몸을 움직이려 했을 때였다. 그러나 그는 다리를 움직일 수 없었다. 이상한 일이었다. 그래서 그는 손을 내려 다리를 만져보았는데 다리는 이미 굳어 석고처럼 딱딱하고 감촉이 없었으므로 별수 없이 손에 힘을 주어 기어서라도 스위치 있는 쪽으로 가리라고 결심했다. 〔……〕 그러나 그는 채 못 미쳐 이미 온몸이 굳어오는 것을 발견하였다. 그래서 그는 숫제 체념해버렸다. 참 이상한 일이라고 생각하면서 그는 조용히 다리를 모으고 직립하였다. 그는 마치 부활하는 것처럼 보였다. (「타인의 방」, 최인호, 『처세술개론』, 푸르메, 2008, p. 74)

주인공은 안식을 위해 자기 방에 들어갔으되, 타인의 방에 갇힌 채 석화되고 해체되고 만다. 대타자의 기획에 의한 사물들의 반란과 이에 따른 주체의 불안이 결국의 주체의 사물화로 결과된 것이다. 이때 부활하는 것처럼 보였다는 것은 곧 존재의 죽음을 환기한다. 그의 존재는 해체되고 마침내 페니스와도 같은 일개 '물건'으로 부활된다. 그렇다는 것은 소설의 결미에서 이 방에 들어온 아내의 삽화에서 확인된다. 사물화된 물건은 이내 "소용이 닿지 않는 물건"으로 치부되고 잡동사니 속으로 버려진다. 한 존재가 본인의 욕망과 상관없이 대타자의 기만적 기획에 의해 상징계를 이탈해 실재계로 버려지는 순간인데, 그럼에도 아내는 여전히 사태를 간파하지 못하고, 새롭게 기만적인 쪽지를 남긴 다음 이 방에서 외출한다.

요컨대 「타인의 방」은 현대적 삶에서 실존적 소외와 불안이 낳을 수 있는 최대치의 비극을 가늠해본 소설이다. 사물들의 반란과 인간(아내)의 배신을 중층적으로 겹쳐놓으면서 소외와 불안의 벼랑을 보여준다. 여기서 불안은 현대적 실존의 근본 심리임을 환기한다. 아울러 불안이 깊어지면 인간이 주인으로 살 수 없고 노예화될 것임을 암시한다는 점에서, '주인과 노예의 변증법'이라는 고전적 주제를 현대적 우의적 실험으로 풀어본 작품으로 보인다. 불안의 상상력으로 주체의 불안과 해체를 극적으로 점묘한 이 소설은, 현대 사회에서 주체의 상징적 악몽을 잘 보여준다.

3. 불안과 허무의 여로

　「깊고 푸른 밤」은 일종의 길찾기 소설이다. 주인공 '그'와 준호가 동행하여 자동차로 샌프란시스코에서 로스앤젤레스로 가는 여로를 중심축으로 플롯이 형성된다. 1980년 가을 그는 "절박한 분노와 자포자기적 울분이 용암처럼 끓어오르"는 가운데 김포공항을 떠나 미국으로 향했다. 텍스트 안에서 직접적으로 언명되고 있지는 않지만, 그의 분노는 필경 그해 5월 광주항쟁과 관련된 것으로 추측된다. 그가 공할 폭력에 분노하다 못해 "상한 짐승처럼 이를 악물고" 지내다가 마치 도망치는 심정으로 한국을 벗어났다고 술회하고 있다. 그와 동행이 된 준호는 70년대의 대중가수였는데 대마초 사건으로 사회적으로 매장을 당한 다음 이런저런 사업에 손댔으나 모두 실패하자 가족을 버리고 미국으로 떠나가 현재는 불법체류자가 된 인물이다. 정치적 이유든, 개인적 이유든 할 것 없이 그들은 현실과 화해할 수 없거나 실패한 자들이라는 점에서 공통적이다. 온통 허무 의식에 젖어 있는 그들이기에, 그들의 삶의 길에는 뚜렷한 이정표가 존재할 리 만무하다. 당연히 그들의 하늘에는 별의 지도가 새겨져 있지 않다. 간밤에 깊이 폭음하고 마리화나를 피우고 싸우던 무리들이 아무렇게나 잠들어 있는 모습이 그의 눈에는 이렇게 비친다. "그들은 모두 가면을 쓴 사람처럼 보였다. 몸은 지치고 피로해서 쓰러질 것만 같았다. 그들은 이제 막 임종을 한 뒤 영혼이 육신을 빠져나가 거칠고 황량한 어두운 벌판을 이리저리 배회하다 우연히 만난 아직 이승에서 방황하는 죽은 자들의 혼령들처럼 보였다." 이 시선의 주인은 그러나 정작 자신이 그 시선의 대상일 수 있음을 자각하지 못한다. 분열되어 있고 실존적 위기 상황에 빠져 있음에도 불구하고, 그 위기의 정체나 이유 따위에 대해서 제대로 이해할 수 없기에 그들의 허무 의식은 더욱 깊어만 간다.

어쨌든 그들은 자동차를 몰고 길을 떠난다. 길을 떠나는 최소 이유를 우리는 준호의 이런 발화에서 확인할 수 있다. "형. 왜 우리가 이곳에 있을까. 우린 왜 이곳에 있지. 그건 참 이상한 일이야." 존재의 정체성에 대한 근본적 질문이다. 그들이 단순한 "몽유병 환자"만은 아니라는 것을 알 수 있다. 그러나 이야기는 준호의 질문을 정면에서 탐사하지 않는다. 그런 질문을 던져야 하는 상태에서의 위악적 포즈들이 좀더 전경화된다. 길을 가는 과정에서 준호의 과거사가 끼어들곤 하지만 그들의 허무 의식의 근인(根因)은 여전히 오리무중이다. 그들은 로스앤젤레스로 가는 1번 도로를 제대로 찾지 못하고 한없이 헤매기만 한다. 1번 도로를 달리고 있는 줄 알았는데, 알고 보니 246번 도로다. 길은 좀처럼 찾아지지 않는다. 길 없는 길에서, 찾아지지 않는 길 위에서 성난 그가 울화통을 터뜨린다. "그 지도는 엉터리야. 우린 속았어. 우린 엉뚱한 길을 지금까지 달려온 거야." 엉뚱한 길을 달렸다는 분노와 허탈감은 더욱 깊어진다. "난 알구 있어. 처음부터 1번 도로는 로스앤젤레스로 가는 도로는 아니었어. 로스앤젤레스는 2번 도로나 3번 도로로 달려간다 해도 영원히 도착할 수 없을 거야. 왜냐하면 로스앤젤레스란 도시는 이 세상에 존재하지도 않으니까. 그건 지도 위에만 씌어 있는 가공의 도시 이름일 뿐이야. 되돌아가 봐, 넌 1번 도로를 영원히 만날 수 없을 테니까." 이쯤 되면 매우 근본적인 지경에 이른 것이다. 1번 도로는 없다는 것, 아니 로스앤젤레스는 없다는 이 인식은 매우 도저하다. 그러니까 1번 도로나 로스앤젤레스는 지상에 존재하는 공간이 아니었던 셈이다. 다시 말해 로스앤젤레스로 향하는 1번 도로란 그들에게 있어선 삶의 구경(究竟)을 탐사하는 길[道]이었던 셈이다. 그러나 지상에서 어찌 구경적 길을 발견할 수 있으랴. 그들이 그 1번 도로를 찾지 못하는 것은, 그런 면에서 보면 차라리 자연스럽다. 그 어떤 지상의 척도도, 지도도, 또 어떤 지상의 양식도 그들에겐 우호적이지 않다. 길을 못 찾고 헤매며 분통을 터뜨리는 상황에서 자동차마저 고장 나 움직일 수조차 없는 상태가 된다. 이미 밤은 깊었고 주변에서 구원을 요청할 수도 없는 고립무원의 상태에서 말이다. 실존적 위기 상황은 대단히 극적으로 펼쳐진다. 삶의 벼랑 끝까지 몰린 상태에서, 존재의 극한으로 밀려난 지경에서, 주인공은 마침내 현실에서의 패배를 승인하고 만다.

그는 거센 파도에 의해서 바다를 건너 밀려온 죽은 시체처럼 바위 위에 쓰러져 누웠다. 그를 낯선 땅으로 유배해 온 파도들은 서둘러 물러가고 갓 도착한 빈손의 파도들만 그를 사로잡기 위해서 그물을 던지고 있었다. 그제야 줄곧 그의 마음속에 끓어오르던 분노의 불길이 서서히 꺼져가는 것을 보았다. 파도에 의해서 밀려온 낯선 뭍으로의 망명이 그의 분노를 잠재운 것은 아니었다. 그는 그가 살아온 모든 인생, 그가 보고 듣고 느꼈던 모든 삶들, 그가 소유하고 잃어버리고 허비했던 명예와 허영, 그가 옳다고 믿었던 정의와 법(法), 때로는 성공하고 때로는 배반당했던 그의 욕망, 끊임없이 추구하던 쾌락과 성욕, 그가 한때 가졌다 버렸던 숱한 여인들, 그 모든 것들로부터 무참히 얻어맞고 마침내 처절하게 패배당한 것 같은 느낌을 받았다. 처절하게 패배

당했다는 사실을 깨달았을 때 그의 분노는 참다랗게 재를 보이며 소멸
되었다.

　이제는 원한도, 증오도, 적의도, 미움도, 아무것도 가질 이유가 없
었다. 그는 딱딱한 바위의 표면 위에 입을 맞추며 그를 굴복시킨 모든
승리자들에게 용서를 빌었다. 그리고 이젠 정말 돌아가야 한다고 다짐
했다. 그는 너무 지쳐 있었으므로 그 누구에게든 위로받고 싶었다.
(「깊고 푸른 밤」, p. 164)

길 없는 길 위에서 허무 의식에 젖어 방황하던 주인공이 현실의 상
징적 악몽을 그대로 수긍하고 현실에서 새로운 길찾기의 패배를 승인
하면서 그 현실로 돌아가겠다고 다짐하는 대목이다. 낭만적 패배주의
자의 미학을 짐작케 한다. 그러나 이 결구가 "왜 우리가 이곳에 있을
까. 우린 왜 이곳에 있지. 그건 참 이상한 일이야"라고 했던 이 서사
의 근본 질문에 대한 답을 찾는 데 아무런 실마리도 제공할 수 없다
는 것은 정녕 문제다. 그것은 질문의 근원성과도 관련되고, 현실의
근원적 포악성과도 상관될 것이며, 또한 그것들을 다루는 작가의 현
실 인식 태도와도 연관될 터이다. 불안의 둥지와도 같은 현실에서 의
미심장한 '지상의 척도'를 마련할 수 없어 골몰하던 최인호는 다른 방
식으로 새로운 길찾기, 혹은 다른 방식의 꿈꾸기를 시도한다. 오래된
겨레의 기억과 원형적 신화소를 탐문하는 서사적 도정이 전개되는 것
이다.

4. 타자의 '몽유도원도'

1980년대 중반 이후 최인호는 오래된 기억의 적층에 파묻혀 있던 옛 이야기를 파헤치며 오늘의 새로운 이야기로 재생해내는 작업에 공들였다. 『잃어버린 왕국』 『왕도의 비밀』 등 여러 장편들이 그런 사례들이다. 이는 상고주의에서 그치는 것이 아니라 현재의 구체적 전신으로서 과거를 복원하고 새로운 생명의 불꽃을 지피는 상상적 수고에 값하는 어떤 것이다. 「몽유도원도」 역시 이런 맥락에서 우리의 관심을 끈다. 백제 시절의 '도미 설화'를 새롭게 풀어 쓴 이 소설에서 작가는 낭만적 황홀경이 거세된 근대 이후의 삶을 숙고하게 하는 몽유록적 거울을 마련한다. 백제 21대 개로왕(여경)은 어느 날 낮잠의 짧은 꿈속에서 절세의 미인과 황홀하게 해후한다. 그 몽유(夢遊)의 여인 즉 꿈속에서 만났던 천상의 여인을 현실 세계 속에서 찾으려고 여경은 온갖 방법을 동원한다. 낭만적 꿈의 현실화를 위해 그는 권력을 부정하게 악용하는 일도 서슴지 않는다. 여경이 발견한 현실 속의 몽유 여인은 도미의 아내 아랑이었다. 그녀를 취하기 위해 도미의 눈을 빼내 장님을 만들고 배에 태워 강물에 띄워 보낸다. 그런 다음 아랑을 데려 가려 했으나, 여경은 끝내 뜻을 이루지 못한다. 도미와 아랑에게 천우신조가 있었던 것이다. 도미가 타고 갔던 빈 배가 아랑이 통곡하고 있는 지점으로 가서 그녀를 태우고 도미가 있는 곳으로 인도한다는 것이 천우신조의 내용이다. 그들은 나중에 고구려로 피신해 걸인처럼 힘들게 살지만, 이 세상에서 가장 아름다운 피리 소리와 사랑의 노래와 황홀경의 춤을 남긴다. 반면 "한갓 꿈속에서 본 도원경

(桃源境)을 현실에서 찾기 위해 헤매는 몽유병(夢遊病)” 환자와도 같았던 여경, 도미의 눈을 빼어 소경을 만들고 남의 아내를 탐했던 여경은 고구려의 공격을 받고 비참한 최후를 맞게 된다.

여기서 권력을 지닌 대타자인 여경의 ‘몽유도원도’는 그 주체에게 는 낭만적 황홀경에 값하는 것이지만, 그것을 위해 힘없는 작은 타자 들을 억압하고 세계의 벼랑으로 몰아내는 부정성의 형질을 함축하는 어떤 것이다. 그로 말미암아 도미와 아랑 같은 변두리 사람들은 속절 없이 세계를 박탈당하고 실존의 근거를 빼앗기며 타자화된다. 낭만적 황홀경의 추구 내지 욕망 그 자체가 지탄의 대상은 아니지만, 그 과 정의 부정성은 분명히 비판의 대상이 될 수밖에 없다. 그도 그럴 것 이 여경의 욕망으로 인해 도미와 아랑의 삶이 전적으로 거세를 경험 하기 때문이다. 말하자면 대타자의 파천황적 욕망으로 말미암아 타자 화된 ‘작은 사람’들은 상징적 악몽을 실제적으로 겪어야 하는 것이다. 이때 그 작은 타자들 역시 상징적 악몽과 실제적 고통을 넘어서기 위 한 상상적 열망으로서 나름의 ‘몽유도원도’를 꿈꾼다. 그런데 그것은 현실에서 이루는 것이 아니라 오직 예술의 세계 속에서만 꿈꿀 수 있 는 어떤 것이다. 그들이 피리 소리와 노래와 춤을 통해 황홀경의 세 계에 입사했다는 것도 그런 사정 때문일 것이다. 어쨌든 대타자는 황 홀경의 세계에 이르지 못하고 작은 타자들은 나름의 황홀경의 세계에 이른다. 이것은 분명 낭만적 전략의 일환이다. 또한 권선징악이라는 오래된 옛 이야기 패턴에 기댄 서사 전략이기도 하다. “인간은 자신 이 뿌린 만큼 그대로 거두게 되는 법. 이 세상에 있는 모든 만물은 이 진리를 벗어날 수 없다”는 진술에서 확인할 수 있는 것처럼, 타자의 ‘몽유도원도’를 위한, 혹은 문학적 정의의 추구를 위한 작가의 의지는 분명해 보인다. 현실에서는 다양한 방식으로 자행되는 대타자들의 억압에 의해 작은 타자들이 그 오래된 진리로부터 소외당할 수밖에 없는 사정을 작가가 누구보다도 잘 알고 있기 때문이다. 최인호의 문학적 윤리 감각을 거듭 확인할 수 있는 대목이기도 하다.

그러니까 최인호에게 있어서 소설 쓰기란 곧 불안의 둥지에서 꿈꾸기와 통한다. 진정한 자기동일성을 상실하고 방황하는 영혼들, 육체적 정신적 고통과 상처로 곤란을 겪는 각종 환자들, '자기만의 방'에서 축출당한 채 '타인의 방'에서 소외의 절정을 경험하는 소시민들, 현실에서 패배하여 상처받고 좌절하여 불안과 소외의 늪에 빠진 문제적 군상들 등등 무수한 작은 타자들의 영혼을 위무하고 치유하기 위한 서사적 꿈이 곧 최인호 소설의 심연이다. 개성적인 감각의 실존을 바탕으로 불안의 둥지를 견디거나 불안의 늪을 건너려는 상상적 의지는 세계와 존재의 치유 의지와 상통한다. 새로운 길트기와 통한다. 상한 영혼들을 치유하기 위한 이야기가 계속되는 한 불안의 극한은 어느 정도 유예될 수 있다. 그래서 삶은 종말의 파국을 가까스로 모면하면서 계속된다.

'나쁜 피'의 불안과 고통의 뿌리
—이창동의 「소지」 다시 읽기

1

"존재는 고통이요, 고통이 곧 존재란 말씀이다." 이창동의 등단작 전리(戰利)(1983)의 핵심 인물인 김장수는 그런 말을 남기고 지상을 등진다. 세상살이의 험난한 곡절이 있을 때마다 나올 법한, 그래서 어쩌면 흔하기 짝이 없는, 신파조 같은 말이긴 하지만, 적어도 이 소설에서만큼은 김장수라는 인물이 온몸을 걸고 그런 말을 하고 있는 것처럼 보인다. 벌써 출생 이력부터 그렇다. 휴전이 되기 얼마 전 그의 아버지는 부역자로 몰려 피살된다. 피투성이가 되어 실려온 남편의 시체를 보고 임신 중이던 그의 어머니는 유산을 하고 만다. 사람들이 그 핏덩이를 갖다 버리려고 두 다리를 쳐들자, 그 핏덩이가 꼼지락거리며 울어댄다. 사람들은 태어나자마자 죽을 뻔한 이 핏덩이에게 오래 살라고 길 장자, 목숨 수자 이름을 붙여준다. 그래서 김장수다. 그런데 이름과는 달리 스물아홉의 나이에 간경변으로 죽어간다.

의사는 간경변의 원인으로 유아기의 영양실조를 지목한다. 그의 연인이었던 오미자는 처음부터 예정되었던 죽음이라는 반응을 보인다. 죽기 전에 그는 무엇을 했던가. 사회의 불의에 맞서 실천 행동을 하다 감옥까지 가야 했던 운동권 투사였다. 그가 왜 운동권 투사가 되었는지는 자세하게 서술되어 있지 않다. 다만 그가 평소에 지녔던 '나쁜 피'에 대한 인식만큼은 분명하게 전경화되어 있다. "난 유복자였어. 내가 우리 어머니 뱃속에 있을 때 아버지는 빨갱이 짓을 했다고 맞아 죽었지. 그러니 그 애비에 그 아들"이라는 의식, 혹은 "빨갱이 귀신이 씌었다는" 의식 말이다. 물론 여기서 오해가 있으면 곤란하다. 빨갱이 귀신이 씌었으니 빨갱이 의식을 가지고, 그가 운동권 행보를 한 것이라는 따위의 천박한 속류 의식 같은 것 말이다. 그가 빨갱이의 자식이라는 가족사적 조건은 물론 빨갱이 귀신이 씌었을 것으로 추정하는 의식적 조건 또한 그의 자아와는 무관한 선험적인 조건이기 때문이다. 다만 그는 분단 이데올로기라는 일그러진 대타자와의 관계에서 나쁜 피를 가지고 태어났다는 환상 원리를 지닌 채 고통받은 인물일 뿐이다. 그리고 이 나쁜 피라는 환상 원리가 그 나름의 가족 서사를 추동케 한다. 아울러 그 가족 서사를 넘어서려고 한 행위가 바로 운동권 행동이 아니었을까 짐작된다. 그러나 그의 운동권 이상은 실재할 수 없었던 것이었기에, 그가 존재 자체를 고통으로 받아들이게 된 것이 아닐까.

이 같은 김장수의 삶과 죽음은 이창동 소설의 서사적 특성을 이해하는 데 필요한 몇 가지 실마리를 제공한다. 먼저 '아비는 빨갱이였다'는 의식. 나쁜 피와 관련되는 이런 의식은 가족사적 구성의 질료가 되면서 동시에 역사적 존재론적 인물 구성의 조건이 되기도 한다. 물

론 한 세대 이전의 김원일 같은 작가들이 남로당이었던 아버지 세대
에 대한 서사적 탐문에 집중했던 것과는 달리, 이창동은 그런 아비를
둔 2세대의 삶의 생태에 초점을 맞춘다는 점에서 이전의 분단문학과
는 구별된다. 아울러 한 세대 후의 김소진 같은 작가가 '아비는 남로
당이었다'고 말할 수 없음을, 고작 '아비는 개흘레꾼이었다'고 말해야
하는 사정을 서사화했을 때와도 또 다른 국면이다. 과연 등단작인
「전리(戰利)」를 비롯하여 「친기(親忌)」, 「소지(燒紙)」, 「끈」 등 여러
작품들에서 이런 사정은 되풀이된다. 서둘러 말하자면 전후 세대의
나쁜 피 의식이 불안한 둥지로서의 가족 서사와 이데올로기 서사를
잉태하는 것이다.

이창동의 소설에서 분단 2세대들은 대개 신산하고 고통스런 삶을
피하지 못한다. 특히 가난이란 질곡으로부터 잠시도 자유롭지 못하
다. 그럼에도 이창동은 단지 가난에 대한 세태적 탐문으로 서사의 방
향을 유도하지 않는다. 물론 가난이란 실존적 조건이 소설에서 갈등
을 야기하고 증폭시키는 경우도 있지만, 대개 그것은 역사적 현실에
처한 인물의 존재론 탐색을 위한 배경막의 구실을 한다. 이창동의 서
사적 관심의 핵심은 존재를 불안케 하는 고통의 뿌리로 내려가는 데
있다. 그것을 성찰하는 주체의 시선은 대개 서늘할 정도의 평형감각
에 입각해 있다. 이창동이 보이는 평형감각은 갈등의 진정성을 알게
할 뿐만 아니라, 그것을 통해 거짓된 실존을 파헤친다. 그러면서 역
사적이고 선험적인 조건들에 균열을 낸다. 현존의 문제성을 던져놓
고, 우리 모두가 그 문제 상황의 공범임을 환기한다. 그러므로 우리
가 이창동의 소설을 읽는다는 것은 반성적 공범의식을 가지고 발본적
성찰 의례에 동참하는 일이 된다.

등단작인 「전리」 때부터 이창동은 분단 상황을 전후 세대의 새로운 감각으로 형상화한 80년대 작가로 꼽혔다. 여기서 새로움이란 무엇이었던가. 무엇보다 분단이라는 역사적 상황과 동시대의 민중적 상황을 결합하는 복수의 이야기 줄기를 만들었다는 점, 그런 이야기들을 만드는 과정에서 역사적이고 현실적인 사실들뿐만 아니라 심리적 사실들을 정교하게 교직하여 생생하게 실감 나는 이야기를 구성했다는 점 등이 주목된다. 「전리」에서 표제로 등장한 전리품이란 다른 것이 아니다. 나쁜 피 의식을 지녔던 김장수, 운동권으로 살면서 고통을 겪다가 아프게 죽어간 김장수, 그를 화장하고 나눠 지닌 유골 조각이 바로 그것이다. 전리품 치고는 사뭇 섬뜩한 것이 아닐 수 없다. "딱딱하긴 하나 가볍고, 타다 만 무슨 고체연료처럼 아직 식지 않은 온기가 남은 조그마한 고형 물질"인 그것을 '전리'로 표현한 것부터가 썩 낯설거니와, 이를 지닌 '나'(구본수)의 심리 또한 매우 낯선 것으로 전경화된다.

"내 호주머니에 들어와 내 손끝에서 만지작거릴 물건이 아니"라는 사실을 잘 알면서도 구본수는 "손끝으로 그 딱딱한 각질의 표면을 만지작거"린다. 그 다음이 문제적이다. "뜻하지 않게 주착없이 몸을 일으켜 세우고 있는 성욕"을 고백하고 있기 때문이다. "김장수는 죽었고, 나는 아직 그것을 실감할 수 없었다. 슬픔과 고통을 느끼기 이전에 그의 죽음에 대한 나의 첫 반응은 엉뚱하게도 오미자에 대한 까닭 모를 성욕인 셈이었다." 소설은 이렇게 김장수의 옛 연인이었던 오미자에게 성욕을 느끼는 구본수가, 오미자에게 전화를 걸어 만나고, 술 마시고, 호텔에 들어갔다가 헤어지는 이야기를 현재 서사로 하고 있다. 이런 구본수와 오미자의 리비도 서사를 현재 이야기로 하여, 과거 이야기인 김장수 서사를 끼워 넣어 그것을 더욱 돌올하게 부각시키는 기법을 채택하고 있는 것이다. 구본수의 전화를 받고 나온 오미자는 "상복처럼 아래위 검정옷"을 입고 있었다. 그러나 "상복으로 보기엔 목언저리가 지나치게 깊게 패인 그 옷"을 보면서 구본수는, "기묘하게도 육욕과 금욕을 동시에 연상시켜주는 것"이라 느낀다. 이렇게 "육욕과 금욕"이 공존하는 복합 심리를 설정한 것, 그리고 그 복합 심리의 시선과 응시의 상호작용을 교묘하게 포착한 것이 매우 인상적이다. 복합 심리의 시선은 "그녀의 옷 바깥으로 눈부시게 드러난 팽팽한 맨살을 훔쳐보"면서 "가슴 밑바닥에서부터 차츰 커오는 초조감"을 느낀다. 이 초조감 혹은 불안은 어디서 오는가. 단순히 내부의 리비도 불안은 아닐 터이다. 그렇다면 외부로부터 오는 불안의 신호는 명확한가. 물론 그 또한 분명치 않다. 이 때문에 단순한 듯 보이는 서사도 퍽 복잡하게 느껴진다. 일단 우리는 죽어 떠난 자가 살아남은 자에게 보내는 불안 신호를 하나 포착할 수 있을지 모른다. 전리의 표상처럼 김장수의 삶과 죽음이 환기하는 역사성과 현실성이 그 불안 신호를 구성한다. 오미자에 따르면, 김장수는 "욕심은 있었지만 힘은 없었"던 인물이었다. 언제나 그렇듯 욕망과 능력의 거리 내지 괴리는 현존을 불안케 하고 고통에 빠뜨린다. 욕망이 실재에 가 닿을 수 없기 때문에 인간은 자신이 처한 상황에서 불안을 느끼는 것이지만, 김장수가 느꼈던 불안은 그런 보편적인 성격으로만 얘기해서는 안 된다. 그가 지녔던 도저한 '나쁜 피' 의식과 그로부터의 탈 '피' 의식 사이의 길항을 간과해서는 안 되기 때문이다. 그 길항이 이미 살핀 바 있는 "존재는 곧 고통이요, 고통이 곧 존재란 말씀이다"라는 전언을 좀더 실감나게 하는 요인이 된다. 죽은 자의 불안 의식은 전리처럼 산 자에게 감염된다. 살아남은 자들은 외부로부터 온 역사적 현실적 불안 요인을 현실적으로 어찌하지 못한다. 그러기에 리비도 불안으로 위장하는 것이다. 분명한 트릭이요, 흐리기 어법이다. 그러나 그것은 효과적인 아이러니다. 흐리기 어법에 의해 현실의 문제성은 더욱 분명하게 떠오르는 까닭이다. 단순한 역사적 이데올로기적 상처를 넘어서 그런 상처를 안고 모순 속에서 곰삭고 있는 현실과 인간 삶 전체에 대한 의미 있는 통찰로 이끌어간다. 밖에서 오는 현실적 신호(전리) 불안과 안에서 오는 리비도 불안이라는 복합 불안에 처했던 구본수와 오미자는 호텔에서 리비도를 해소하려 하다가 '전리'가 끼어드는 바람에 리비도를 전적으로 철회한다. 오미자가 떠난 호텔 방에서 구본수가 본 세상의 모습은 이렇다. "시가지는 어둠에 덮여 있었다. 나는 오랫동안 그 죽음 같은 어둠을 내려다보고 있었다. 어디선가 사람이 죽어갈 것이고, 무엇인가 썩어서 냄새를 풍길 것이고, 쥐새끼가 숨어서 썩은 가구를 갉아먹고 있듯이 잿더미 속에서 살아난 불씨가 차츰 커지며 무엇인가를 태우고 있을 것이다." 불안한 실존을 해소하지 못하고 썩어가는 현상에 대한 그로테스크한 보고다. 이런 현실을 증거하기 위해 이창동은 상당히 우회해야 했던 것이다. 우회로에서 발견한 "잿더미 속에서 살아난 불씨"를 어떻게 키워나갈 것인가, 하는 문제를 이창동은 이후에도 계속 문학적으로 골몰한다.

그 불씨를 위해 작가는 「친기」「소지」「끈」 등을 계속해서 발표한다. 「친기」는 실패한 빨갱이임을 고백하면서 반성적 자의식을 보이는 아버지의 이야기와 그런 아버지를 둔 나(정우)와 이복형 덕수가 화해하게 된다는 이야기를 중심으로 전개된다. 한국전쟁 당시 빨갱이였던 아버지는 정우의 외삼촌과 함께 붙잡히는 몸이 된다. 그런데 외삼촌만 처형되고 아버지는 목숨을 건진다. 누군가 경찰에 밀고한 것인데, 아버지는 자신을 살리기 위해 덕수 어머니 쪽에서 그랬으리라 짐작하고 아내를 친정으로 내친다. 이데올로기 동지에 대한 의리와 의무감 때문에 죽은 동지의 동생을 새로 아내로 맞는다. 그래서 '나'(정우)가 태어나게 되었고, 이복형인 덕수는 어머니와 함께 애면글면 살게 된다. 물론 월남전쟁도 참전하고 사우디도 다녀온 덕수는 그런 사정을 알 리 없다. 양쪽에서 이해는 불통되고 오해는 소통된다. 서로 응어리 진 가슴만을 지닌 채 살아가던 이들은 아버지가 뇌졸중으로 쓰러진 상태에서 조우하게 된다. 덕수가 자기 어머니의 기일에 맞추어 찾아든 것이다. 옛 아들을 오랜만에 만난 아버지는 당시에는 어머니가 착한 것도 봉건적인 것도 미웠고, 자신을 이해하지 못하는 어머니의 무식도 미웠다며 회한 어린 반성적 담론을 힘겹게 펼친다. "사, 사, 사…… 사이비였다. 하, 하, 한 여자도 사, 사, 사, 사랑하지 모, 모, 못하면서…… 우, 우째 이, 이, 인민을 사, 사, 사, 사랑한다꼬…… 그…… 그거 버, 벌써 자, 자, 잘못된 기…… 라……" 이데올로기에 대한 아버지의 인간적 반성과 함께 자식들은 숙연해지고, 함께 덕수 어머니의 제사를 지낸다. 그러면서 이복 형제들 사이의 갈등을 좁히고 이해의 지평을 넓혀나간다. 분단 2세대의 현실 윤리를 보여주는 대목이다.

「소지」의 갈등 상황은 훨씬 더 복잡하다. 역시 아버지는 빨갱이였다. 전쟁 중 불안에 쫓기던 아버지는 경찰이었던 매부에게 속아 붙잡혀 간 다음에 소식을 모른다. 어머니는 시누이의 소개로 어렵게 돈을 마련해 아버지를 만나러 갔다가, 만나기는커녕 오히려 다른 빨갱이에게 겁탈을 당한다. 그 결과 낳은 아들이 둘째 성호다. 겁탈을 당한 어머니를 작가는 치통 환자로 점묘한다. "마치 다른 모든 감각은 죽어버린 듯 그저 이빨의 미친 듯한 통증만을 느끼고 있었다. 그런 끔찍한 일을 당하면 아프던 것도 잊어버려야 할 텐데 참으로 알 수 없는 일이었다. 아마도 그 무서움에서 도망치고 싶었는지 몰랐다. 믿을 수 없는 현실에서 도망쳐 차라리 그 이빨의 아픔에나 매달리고 싶었는지도 모를 일이었다." 이후 어머니는 계속 치통에 시달리면서 아버지가 환생하기만을 기다린다. 반면 시누이는 아버지의 혼백이 보인다면서 이제는 아버지의 죽음을 인정하고 제사를 지내주자고 종용한다. 첫째 아들 성국은 어렵게 자라 말단 공무원으로 있으면서 소시민적으로 가정을 꾸려나간다. 씨 다른 동생 성호는 운동권 대학생이다. 이 설정은 다소 작위적으로 보이기도 하지만 상당히 극적인 효과를 발휘하는 것이 사실이다. 동생 문제로 형사가 집을 다녀간 다음에 들어온 동생에게 형은 이렇게 소리친다. "똑똑히 알아둬. 난 너 같은 놈을 제일 미워해, 알았냐? 너같이 말 잘하는 놈. 말로는 뭣이든 다 하겠다는 놈들. 제 부모형제 제 새끼에게 피해를 주고 못 살게 하면서 입으로는 온갖 고상한 소리를 다하는 놈들. 무엇을 위해 죽겠다는 놈들. 그런 놈들은 무엇을 위해서 남을 죽일 수 있는 놈이야. 니들은 한마디로 빨갱이야." 이제껏 빨갱이였던 아버지 때문에 고통스런 삶을 살아야 했던 형이었다. 그 형의 레드 콤플렉스가 운동권 동생에게도 드러나는 대목이다. 레드 콤플렉스와 관련한 분단 2세대의 갈등은 1980년대까지만 하더라도 매우 중차대한 문제였다. 물론 동생 성호가 빨갱이와 즉각적으로 동일시될 수는 없다. 그러나 그렇게 토해낼 수밖에 없었던 형의 입장도 이해되지 않는 것이 아니다. 이 골 깊은 갈등을 어찌할 것인가. 소설의 결미에서 어머니는 손자와 더불어 둘째 아들의 운동권 문헌 및 책들을 불태우며 눈물을 흘린다.

어디선가 바람이 불어와 불길은 몸을 일렁이며 타고 있는 종이들을 허공으로 밀어올렸다. 하얗게 형해(形骸)만 남은 종이들은 허공으로 빨리듯 떠오르다가 바람결에 바스라져 흩어지고 말았다.

더 올라래이. 높이높이 올라래이. 그녀는 문득 자신이 그렇게 되뇌이고 있는 것을 깨달았다. 고향에서 당제(堂祭)를 할 때는 이렇게 종이를 태웠다. 죽은 혼백의 명복을 빌기도 하고 소원을 빌기도 했는데, 종이가 잘 살라져서 높이 올라갈수록 좋다고 했다. 헛거를 보고 있는 사람은 내가 아니라 바로 형님이요. 언제까지 자식을 속이고 자기 자신까지 속이미 살라능고. 시누이의 목소리가 귓전을 두들겼다. 갑자기 그녀는 오랜 세월 두 눈을 덮씌우고 있던 바늘이 떨어져 나간 것 같았다. 그래, 인자는 모든 거를 털어놓아야 될 끼다, 성국이도 성호도 앉혀놓고 저그들 아부지에 대해서 이야기할 끼다. 더 이상 숨기고만 있을 수도 속여서도 안 된다는 생각을 곰곰 다지고 있었다. (「소지」, p. 128)

따온 부분에서 명료하듯, 어머니의 소지 의식은 모든 이들과 관련된다. 남편의 죽음을 받아들이고 그 명복을 비는 것이 그 하나요, 자식들에게 진실을 밝히는 것이 그 둘이며, 이를 통해 남편의 업을 넘고 자신의 한을 넘고 자식들의 갈등을 넘어서 새로운 삶의 '불씨'를 지필 수 있기를 소망하는 것이 그 셋이다. 그러니까 이창동의 소지의식은 역사적 상처를 위무하는 것이면서 새로운 세대들의 신생의 기획을 위한 일종의 축원 행사라 할 수 있다. 물론 신생의 기획은 그리 쉬운 게 아니다. 이를 위해 「끈」에서는 "당신의 삶을 괴롭히는 모든 것은 공산당이고 빨갱이"라고 생각하는 어머니를 위무하며 화해를 시도한다. 가출한 어머니를 향해 "맞아요, 어머니. 그 줄을 끊으세요. 어머니와 절 잇고 있는 그 피비린내 나는 줄을 끊어버리세요"라고 간구하는 행위에서 구체화된다. "피비린내 나는 줄"은 물론 이데올로기적 상처의 끈이다. 그것을 끊는 것이 신생을 위한 출발점일 수 있다고 생각한다. "삼십여 년 전 몹시도 춥던 어느 겨울날, 이 세상에 한 생명을 내보내기 위해 당신 혼자 힘으로 몸을 풀던 밤"에 어머니가 "무섭고 고통스러운 어둠 속에서 그 목숨만큼이나 질긴 끈을 끊으려 애"썼던 것처럼, 다시 고통 속에서 끈을 끊으면서 신생의 "한 생명"을 내보낼 수 있기를 소망하는 것이다. 작가는 이후에도 「녹천에는 똥이 많다」 시절까지 이 문제를 계속 고뇌한다.

3

　이창동 소설에서 분단 2세대 인물들은 대개 자의식이 강하다. 「눈 오는 날」에서 "소질은 없고 자의식만 강한 배우처럼 그는 도무지 그 연극을 제대로 해낼 수가 없었다"라고 서술되는 김영민 일병처럼 「전리」의 구본수, 「소지」의 성국, 「친기」의 정우, 「끈」의 김대식 등 여러 인물들이 그러하다. 「전리」에서 오미자가 김장수를 두고 한 표현을 다시 환기하자면, "욕심은 있지만 힘은 없"는 인물의 범주에 속한다.

그들은 한결같이 가난한 삶을 산다. 「춤」에서 고학으로 어렵게 지방 대학을 나온 상철이나 그의 아내도 그런 인물이다. 그들은 현실에서 "쾌락과 욕망의 향유"를 억압해야만 하는 생활을 한다. 그것을 향유하는 무리로부터 "외롭게 떨어져서, 거대한 군무(群舞) 속에서 끈이 풀어진 인형처럼 무모하고 허망한 춤을 추고 있는" 형상이다. 특히 아내의 삶이 그렇다. 아내는 "하루하루를 싸움하듯 살아가는 여자, 열 평 전세 아파트를 탈출하고 오로지 내집 마련이 소원인 여자, 일당 오천 원의 파출부도 마다않는, 한달 곗돈 십오만 원에 매달리는 여자, 입술 연지 한 번 바르길 인색해하는, 작고 고집스런 여자"다. 그런 그들이 오랜만에 대천 해수욕장으로 피서를 다녀오는 이야기가 소설의 줄거리다. 그들의 가난한 피서 행각도 연민을 자아내거니와, 돌아와서 집에 도둑이 들었음을 확인하는 장면 또한 매우 인상적이다. 그들에겐 도둑이 탐낼 만한 물건이 없었던 것이다. "도둑이 들어도 집어갈 것 하나 없이 가난하다는 사실이 엉뚱하게도 누구엔가 극적인 복수라도 한 것처럼 통쾌"해 하며 그들은 역설적인 춤을 춘다. "그것은 길고도 힘든 싸움에서 돌아와 승리를 자축하는 원시인들이 그러하듯, 도둑들의 노략질이 지나간 이 끔찍스런 잔해들 위에서 아내와 그가 함께 벌이는 한바탕 신명들린 춤이었다." 이 허망한 신명기에 대한 예리한 포착은 이창동의 장기 중 하나다. 이후 「초록 물고기」 「박하 사탕」 「오아시스」 등의 영화 작업에서도 이런 장기는 유현하게 발휘된다. 현실적 가난과 고통을 넘어설 수 있는 정서적 지혜로 허망한 신명을 주목한 것은 고단한 삶의 생태를 심층적으로 직관한 결과로 보인다.

그렇지만 허망한 신명을 지피기도 어디 그리 쉬운 일인가. 역설적인 힘과 지혜 없이는 그것 역시 난망에 가깝다. 그래서 "소질은 없고 자의식만 강한 배우처럼" 이창동의 인물들은 불안에 빠진다. 「빈 집」의 상수도 그렇다. 공장의 생산주임인 그는 본사 부장의 주선으로 시가 수억 원을 호가하는 집에 싸게 전세 들어 산다. 그리고 그 대가로 현장에서 노동운동을 시도하는 박용팔 등을 제지하는 임무를 떠맡는다. 박용팔이 회사에서 쫓겨나면서 상수는 심한 불안기에 시달린다. 본사 부장과 박용팔 사이에 낀 난처한 처지가 그 불안기를 점증시킨다.

상수는 회사에서도 까닭 모를 불안에 쫓기고 있었다. 사무실에서 전화벨 소리에도 깜짝 깜짝 놀라곤 했다. 만원버스 속에서나 사무실에 앉아 창문으로 비껴들어온 오후의 햇살 속에 공장에서 날아온 먼지들이 어지럽게 부유하고 있는 것을 보고 있으면서 멍청하게 생각을 놓고 있을 때가 많았다. 무슨 생각의 실마리를 열심히 따라가고 있다가도 막상 정신을 차리면 그동안 무슨 생각을 하고 있었는지 감쪽같이 꼬리를 감추어버리는 것이었다. (「빈 집」, p. 226)

뭔가 속여놓고 속고 있음을 눈치 채지 못한 상수의 우둔함을 비웃는 것 같았다. 공장으로 돌아가는 시내버스 속에서도 그는 예의 그 까닭 모를 불안감을 느끼고 있었다. 자신은 지금 까맣게 모르고 있으나 세계 전체가 공모하여 미구에 무엇인가 엄청나게 두려운 일이 벌어지고 말 것 같은 느낌이 가슴속에 점점 커져가는 것을 막을 수가 없었다. (같은 글, p. 234)

"까닭 모를 불안"이라 표현되고 있긴 하지만, 그것은 "뭔가 속여놓고 속고 있음을 눈치 채지 못한 상수의 우둔함을 비웃는" 외부로부터 오는 신호 때문이다. 그 신호는 매우 강력하다. "세계 전체가 공모" 한 결과로 받아들여지기도 하는 까닭이다. 이쯤 되면 불안을 넘어선 공포의 상태가 되기도 한다. 그러기에 상수는 "이 모든 것이 어처구니없는 연극"인 것 같은 느낌 속에서, "이제 이 연극의 끝을 낼 때가 된 것 같"다는 생각을 하게 된다. 그러나 그가 끝내고 싶다고 해서 세계 전체가 공모한 연극이 쉬 끝날 리는 만무하다. 한밤에 허망한 방망이질을 하다 경찰에 연행되었다가 돌아와 아내의 부재 상태를 확인한 상수는 마치 "적막과 어둠을 바라보는 것 외에는 할 일이 없는 것처럼 망연하게" 앉아서 "지금까지 한번도 경험한 적이 없는 두려움"을 느낀다. 「빈 집」에서 개인의 능력은 비어 있고, 그 자리에 불안과 공포의 심리만이 자리 잡고 있다. 그 심리들은 종종 생명력을 거세하게 마련이다. 산업화 시대의 도시적 삶에서 그 심리의 주인들은 종종 뿌리뽑히는 경험을 한다. 「꿈꾸는 짐승」에서 죽은 노새는 그런 뿌리 뽑힌 삶의 대리 표상이다. 도시에서 뿌리 내릴 수 없었던 대기가 고향으로 돌아가고 싶어 하는 것도 그 때문이다. 그렇다고 해서 황석영의 「삼포 가는 길」에서 영달의 처지처럼, 대기에게 돌아갈 제대로 된 고향이 있는 것도 아니다. 뿌리 뽑힌 자들의 우수와 비극성이 더 깊어지는 대목이다.

이런 인물들의 처지와 상황을 작가 이창동은 매우 웅숭깊게 형상화한다. 아울러 이런 인물들과 세계 사이의 구체적인 맥락을 파헤치면서 문제에 대한 발본적 인식을 펼치고자 한다. 현실에서 이런 인물들의 고통스런 삶이 계속되는데도 불구하고 세속의 쾌락과 욕망만을 이기적으로 향유하며 군무에 젖어 있는 인간군상들이 많은 것을 비판적으로 조망하는 것도 그런 이유 때문이다. 「여러분의 안전을 위해서」에서 주인공은 어려운 처지의 노파나 그 손녀딸과 취재하러 가는 여배우 사이에서 퍽 곤혹스러워한다. "이 두 개의, 상호 아무 관련이 없어 보이는 존재가 양쪽에서 자신을 함정으로 밀어넣은 것 같"은 느낌 때문에 두려워한다. 그는 그 두려움 때문에 "눈을 감고 노파의 몸에서 아직도 풍기는 그 낯익은 냄새를 기억해내려고 애를" 쓰지만 버스 안에서 노파의 실제 고난을 현실적으로 돕지는 못한다. 버스 안에서의 소동으로 인해 기절한 노파를 내버려둔 채 도착지에서 사람들이 서둘러 내리려 하자 주인공은 그들을 향해 이런 항변을 하고 싶어 한다. "기다려요! 아무도 내릴 수 없어요. 〔……〕 할머니를 병원으로 보내고 적어도 무사하다는 이야기를 들을 때까지 한 사람도 차에서 내려서는 안 됩니다. 왜냐하면 할머니가 저렇게 된 건 우리 모두의 책임이니까요. 생각해 보세요. 우리들은 다 똑같은 사람들 아닙니까." 그렇지만 끝내 입 밖으로 발화되지 않는다. 이 발화되지 않은 발화, 즉 트릭의 언술로 작가는 아이러니컬한 주제 제시 효과를 노린다. 발화된 것보다 더 효과적인 수법이다. 세계에 의해 억압당한 자아가 억압하지 않으면서 반성적 인식을 유도하고 있기 때문이다. 일찍이 능단작인 「전리」에서 오미자도 강조한 바 있는 이런 공범의식에 대한 반성적 촉구는 「여러분의 안전을 위해서」에 이르기까지 여러 차례 변주 반복된다.

여기서 개인의 고통과 집단의 속물적이고 이기적인 행태를 관찰하는 중도적 인물의 시선이 주목된다. 이창동의 중도적 인물은 서로 다른 이차성(異次性)의 타자들이 얽어놓은 억압의 굴레 한복판에서 근원적인 갈등을 보여준다. 두번째 작품집인 『녹천에는 똥이 많다』에 수록된 「하늘등」에서 신혜 같은 인물을 작가가 빚어낼 수 있었던 것도 이런 맥락에서다. 신혜는 이차성의 타자들에 의해 일방적으로 억압되었을 뿐만 아니라, 자신 또한 자유 없는 허위적 욕망에 감염되었던 상황에 대한 전본질적 반성을 통한 주체 형성 노력을 보이는 인물이다. 그녀는 결국 "날이 밝으면 스러질 운명에도 아랑곳하지 않고 제 자리를 지키며 말긋말긋 빛나고" 있는 "하늘등"을 보면서 "내 마음속에도 어떤 세상의 힘으로도 빼앗지 못할 별 하나 있으리라"는 소신을 지니게 된다. 등단작 「전리」에서 발견한 "잿더미 속에서 살아난 불씨"는 훗날 「하늘등」에서 "별"이 되었다. '나쁜 피'를 넘어, 불씨에서 별까지 이르는 동안 작가는 갈등의 진정성을 통해 진정한 인간적 가치를 지향하고, 문학적 촉기를 구현하고자 노력한 것으로 보인다. 그 과정에서 종종 표출했던 허무혼은 거짓된 기존 형상을 해체할 만한 건강성을 지닌 것이었다. 또 그것은 소설의 육체성을 살찌우는 것이기도 했다. 아울러 이데올로기적 편향을 넘어 평형 감각으로 이데올로기나 현실과 정직하게 정면 대결하면서 이 땅에서 새로운 신생의 지평을 문학적으로 모색했다는 점도 이창동 소설의 진면목에 속한다.

제 5 부 '로테크 문학'의 역설

하이테크 시대와 로테크 문학의 역설
—문학 위기론을 넘어선 생산적 대화를 위하여

1. 지금, 우리 문학은 위기인가

지금, 우리 문학은 위기인가?

이런 질문은 퍽 진부하다. 벌써 10여 년 넘게 던져진 물음이기에 그러하다. 하긴 어디 10여 년 뿐이겠는가. 당대의 문학에 대해서 예민한 감각과 촉수로 위기의식을 느꼈던 것은 비단 근자의 일만은 아니지 싶다. 동서고금을 막론하고 가장 예민하고 섬세한 작가나 문학인들이라면 누구나 자기 시대의 현실과 문학에서 위기의 징후를 느꼈고, 또 그런 느낌들이 담론화되었던 것이 사실이다. 굳이 시몬느 베이유의 말을 참조하지 않더라도 진정한 작가라면 언제나 자기 시대를 위기의 시대, 위험한 사회로 느끼는 법이다. 하물며 그런 상황에서 하는 문학임에랴.

그렇다고 해서 우리가 일반론에 의거하여 작금의 위기 담론에 무관심한 것 또한 올바른 처사가 아닐 터이다. 해서 최근, 그러니까 밀레

니엄을 전후로 한 10여 년 동안의 문학 상황과 문학 위기 담론을 발본적으로 성찰하면서, 다시, 지금, 우리 문학은 위기인가? 라는 질문에 새로운 응답을 제출하고자 한다.

2. 문학 위기론의 배경과 증후군

먼저 문학의 위기 담론이 혼돈처럼 떠돌게 된 작금의 배경을 현실, 작가, 독자, 문학 텍스트의 상황 등 넷으로 나누어 살펴보자. 그 넷이 서로 연관되어 있음은 물론이다. 먼저 가장 문제적인 상황은 현실의 변화이다.

지난 10여 년 동안 우리는 현실 맥락의 엄청난 변화와 생활 세계의 구체적 변화를 체험해온 게 사실이다. 80년대 말과 90년대 초반에 걸쳐 진행되었던 세계사적 지각 변동은 이데올로기 문제에 새로운 성찰을 요구했다. 이데올로기의 종언까지는 아니더라도 거대 담론으로서의 이데올로기는 확실히 쇠퇴한 것 같은 느낌이다. 이 문제는 역사의 종언 혹은 쇠퇴 문제와 관련되는 것이면서 동시에 문학에서 특히 서사의 구성에 적잖은 영향력을 행사하게 마련이다. 앤서니 기든스 류의 이른바 '제3의 길'에 대한 탐문 노력이 없었던 것은 아니지만, 대안 이데올로기의 현실적 훼손으로 말미암아 사회정치적인 분위기는 보수 편향이 심해졌고, 일상성의 늪에 빠지는 경향이 농후해졌다. 그 와중에 신자유주의의 기치 아래 자본주의는 세계적으로 대단한 위력을 발휘했다. 거칠 것 없이 전 지구적으로 스미고 짜이는 자본주의적 일상은 세계에 대한 전체적 인식의 감각과 비판적 판단력을 마비시키는 일종의 '보이지 않는 손'이다. 이데올로기 쇠퇴와 전체성 감각의 상실을 더욱 조장하면서 예사롭지 않은 위력을 발휘하고 있는 자본주의는 이제 대중들을 거의 완전히 장악하고 자본주의적으로 길들이며 재구성한다. 하여 마침내 대중으로부터 자본주의적 권력의 원천이 나오는 것처럼 보이는, 그러나 실제로는 자본 그 자체가 대중을 조작하고 재구성하는 형태의 대중 자본주의가 만개한다.

이런 대중 자본주의의 상황은 정치적 소신이나 경제적 윤리 문제뿐만 아니라 전반적인 문화 상황에도 영향을 미친다. 특히 대중 자본주의가 소비 자본주의와 겹쳐질 때 문화는 문제적이다. 노동 시간의 저하에 반비례하는 여가 시간의 증진에 따라 문화 수요층, 즉 문화 대중이 폭발적으로 증가하는 것은 자연스런 일이다. 문제는 새롭게 문화 수요층에 진입한 신문화대중들의 문화적 선택이 문화적이지 않다는 데서 발생한다. 문화 상품의 속악한 마케팅 전략과 대대적인 광고 전략에 휩쓸리면서 신문화대중들은 주체적인 문화 선택에 곤란을 느낄 뿐만 아니라, 문화를 향수의 대상이라기보다는 순간적인 퍼포먼스의 대상이거나 일상적인 소비 혹은 과시 소비의 대상으로 여기는 경향이 늘어감에 따라, 문화의 환류 체계는 와해되고 매우 빠른 속도로 많은 문화들이 생산되고 소비되고 폐기되기에 이르렀다는 것이다. 사정이 그렇다 보니 빠른 속노보다는 전체성에 대한 통찰이나 깊이 있는 심연의 탐색을 주로 했던 진지한 문화 작품들은, 얼핏 보기에, 그레샴의 법칙대로 악화(惡貨)에 의해 구축되는 양화(良貨)의 신세처럼 되고 말았다. 여기서 전통적인 진지한 문화와 새로운 속도의 문화, 진지한 문화 소중(小衆)과 속도감을 소비하는 새로운 문화 대중(大衆) 사이의 갈등과 경쟁 혹은 상호 침투의 양상이 발생한다. 뿐만 아니라 거대 규모의 신문화대중의 출현은 문화 지형 내부에서 장르 경쟁도 촉발시킨다. 그들은 속성상 직접적이고 접촉 코드가 단순하며, 과학기술혁명에 힘입어 빠른 속도로 변형 생성될 수 있는 장르를 원한다. 이런 추세에 따라 기존에 문화 영역에서 우세종을 차지했던 문자 문화인 문학이 뉴미디어의 전폭적인 지원을 받는 영상 문화에 비해 상대적으로 현격하게 퇴조를 보이기 시작한 것이다. 아마 문학의 위기론을 설파했던 논자들이 가장 많이 신경 썼던 부분도 바로 이 대목일 것이다.

요컨대 정보 자본주의와 소비 자본주의의 전지구적 위력 앞에서 그 누구라도 자유로울 수 없게 되었다. 불연속적인 것과 연속적인 것인 얽히고설킨 나날의 삶은 존재의 불확정성을 가중시키고 있으며, 파시스트적인 속도로 질주하는 문화 변동은 문화 지체라는 말조차 무색하게 여겨질 정도다. 공유하는 인간 경험과 문화 체험의 정도는 날이 갈수록 줄어들고, 그에 따라 개개인의 삶과 의식은 더더욱 분편화, 파편화되는 경향을 보이는 실정이다. 공통 경험의 상실, 조각 난 기억들은 우리 시대의 새로운 문제틀을 제공하는 주요 코드이다. 경제적 측면에서든 문화적 측면에서든 적어도 겉보기에는 이전보다 풍요롭고 화려하고 다채로와 보이지만, 정작 인간의 내면적 행복 지수나 문화적 감동 지수는 하향 곡선을 그리고 있는 게 아닐까 싶다. 작은 인간, 왜소한 인간들의 불안감이나 존재 박탈감은 새 천 년의 외면적 활력의 이면에 길고 짙은 그림자를 드리우고 있다. 수많은 작은 인간들은 나날이 상품을 소비하며 살지만, 소비의 주체인 자신마저 더 큰 타자에 의해 소비되거나 소진되는 게 아닌가 하는 우수 역시 만만치 않다.

두번째는 작가의 문제이다. 변화의 속도가 빠를수록 중견작가들은 그 변화하는 현실을 따라잡기가 어려워진다. 기존의 세계관이라는 프리즘으로 새로운 현실을 포착하기란 여간 어려운 일이 아닌 것이다. 그래서 대체로 자아편향적인 경향이 우세하다. 그런데 이것이 새로운 세대의 독자들과 소통상의 문제를 야기시킬 수 있고, 이를 필요 이상으로 신경쓰면 이른바 새것 콤플렉스나 신세대 콤플렉스에 사로잡힐 수도 있다. 반면 새로운 세대는 어떠한가. 대체로 발 빠르게 현실의 변화를 따라가지만, 현실에 대한 나름의 자기 인식에 정초한다기보다는 현실적인 대상 그 자체에 이끌리는 경향이 농후하다. 대상편향적인 경향이라 부름 직하다. 이 경우 사상성의 빈곤에 이르기 쉬우며, 대중성과 결탁할 가능성도 농후하다. 자아편향도 대상편향도 문제이긴 마찬가지다. 상호 주관적인 세계 인식 지평이 요구된다. 어쨌든 그들은 가벼운 유목민들이며 혼돈을 즐길 수 있는 세대들이다. 재래식 인과 논리에 기초한 시간 감각이나 공간 감각도 그들에겐 별로 문제가 되지 않는다. 이런저런 가능성과 새로운 가능세계를 향해 그들은 경쾌하게 탈주한다. 때때로 문학의 새로운 세대들은 제 살을 후벼내고 제 몸에 구멍을 내는 모험까지 즐길 줄 안다. 출판 자본의 활성화와 인터넷 등 복합매체의 등장에 따라 기존의 문학 제도 밖에서 얼마든지 직접적으로 독자와 만날 수 있게 된 새로운 상황도 상황이지만, 무엇보다 많은 신세대 작가들은 기존의 작가주의를 거부하는 것 같다. 한편으로는 전업 작가들이 전례 없이 많이 출현하지만, 다른 한편으로는 작가로서의 자의식과 멀어지고 작가의 아우라를 훼손시키는 사례들이 빈발한다. 아울러 대중과 상품의 경제학에 휩쓸리는 작가들의 태도 또한 지적되어야 한다. 미적 혁신과 새로운 세계관의 발견에 몰입하기보다는 대중 자본주의 시대의 판세를 추수하면서 광고 등 이미지 조작을 통해 스타로 부상하려는 비본질적 노력들이 많아진 것도 요즘의 추세이다.

세번째, 독자 측면에서의 상황에 대해서는 이미 현실의 변화를 말하면서도 언급한 바 있거니와, 즉흥적이고 단편적인 감각에 충동적으로 이끌리는 경향이 증폭되는 것이 문제적이다. 특히 새롭게 문화 상품에 대한 구매력을 지니게 된 신문학대중의 선택 경향은 진정한 문학의 미래를 어둡게 한다. 그들은 대중 자본주의의 경박성에 편승하면서 좋은 작품과 좋지 않은 작품을 구분하지 못하고 거칠게 소비한다. 물론 여기에는 문학 교육의 문제가 폭넓게 자리 잡고 있는 것이기도 하다. 문학은 창작 과정이든 독서 과정이든 간에 본래 반성적 기능을 내장하고 있는 예술 양식이다. 그런데 새로운 문학 대중은 예의 반성적 기능을 무시한 채 눈앞의 감각적인 스펙터클만을 소비하려든다. 그럴 때 문학 읽기를 통한 영혼의 신장이나 진정한 감각의 계발, 혹은 새로운 세계관의 발견은 아득한 먼 나라의 이야기가 되고만다.

네번째, 문학 텍스트 그 자체의 문제점에 대해서도 이미 많은 논의들이 있었다. 정전 해체, 서사의 와해, 재현 불가능성 등의 포스트모던한 논의들을 알리바이 삼아 이리저리 휘청거리고 있는 상황이다. 이야기가 되지 않는 무수한 소설들, 파편화된 이미지들의 난립이거나 감정의 조악한 배설로 몸살을 앓고 있는 시편들…… 많은 텍스트들이 진정한 세계 인식이나 구성화된 형상의 미학과는 먼 거리에서 떠돌고 있다. 세계가 인식할 수 없을 뿐만 아니라 표현할 수도 없는 대상이라 여겨진다고 하더라도 인식할 수 있는 만큼, 표현할 수 있는 만큼 표현하고자 노력해왔던 것이 저간의 사정이었다. 그런데 최근에는 그런 노력을 방기한 채 인식할 수 없고 표현할 수 없다는 사실만을 중뿔나게 강조하려는 듯 엄살을 떨고 있는 작가의 모습을 직접적으로 작품에 노출시킨다든가 혹은 타자와의 관계를 외면한 채 나르시시즘의 우물에 빠져 있는 형상의 작품들이 많은 실정이다. 무엇보다 현금의 텍스트들에서 우리는 언어 혹은 언어의식의 빈곤 양상을 손쉽게 발견한다. 소리나 그림으로 표현될 수 있는 것 이상을 표현하겠다는 자부심을 지닌 이들을 일컬어 작가, 혹은 시인이라고 우리는 불러왔다. 그런데 요즘은 그 같은 표현 매체로서의 언어에 대한 자부심이 현저하게 약화된 것 같다. 문제는 여기서부터 새롭게 출발된다. 이밖에도 여러 군데서 문학 진정성의 위기를 알리는 증후군들이 많이 산견된다.

3. 위기론을 넘어선 생산적 대화를 위하여

이렇게 보면 현실을 비롯한 여러 측면에서의 변화는 엄청난 것이고 그에 따라 문학은 정말 위기에 빠질 수도 있겠구나 하는 생각이 들지도 모른다. 문학 위기론을 직접 서론한 것은 아니지만, 최근 한 잡지의 문학 대담 제목이 눈에 띈다. 「공급 과잉 시대의 한국 문학」이라 했다. 말하자면 공급은 많은데, 수요는 줄어드는 것 같고, 게다가 양의 과잉에 비해 질적 충실성은 덜하다는 진단이다. 물론 이런 진단은 비교적 적확하다. 그러나 그렇다고 해서 단정적으로 문학의 위기를 말하는 것은 그리 생산적인 방식이 못된다. 그 이유는 세 가지다.

첫째, 동서고금을 막론하고 문학은 고정된 실체가 아니라 늘 변화하고 새롭게 생성되는 실체였다는 것, 즉 문학의 역사성 측면이다. 앞에서도 언급했지만, 세계문학사에는 늘 '어떤' 문학의 위기가 있었고, 그 순간에도 '다른 어떤' 문학은 위기를 기회 삼아 새로운 문학사적 전기를 마련하곤 했다는 사실을, 그 자명한 사실을, 새삼 떠올릴 필요가 있다. 혹시 우리가 현재 불안해하는 것은 어쩌면 근대 이후의 문학에 대한 관념과 형상이 현저하게 변화되고 훼손되는 양상이 아닐까. 고전의 아우라 속에서 정전 개념을 척도 삼아 오늘의 '어떤' 문학들에 대해 위기 진단 혹은 사망 선고를 내리는 것은 아닌지, 심각하게 숙고할 필요가 있다고 본다. 지금, 여기에서의 문학 텍스트 현실 역시, 끊임없이 새로운 문학으로 변화해가는 도정, 즉 새로운 문학사를 열어가는 과정에서의 이행기적 몸살일 수도 있다는 것이다. 그렇다. 반복이 되겠지만, 문학이 위기가 아니었던 적이 있었던가? 어쩌면 문학은 위기의 효모에서 발아되어온 게 아니었을까? 그게 문학을 포함한 예술 일반의 운명이 아닐까? 문학은 혹은 이야기는 그 형태를 달리하면서 늘 있어왔다. 다만 '어떤' 문학만이 위기가 있었고 또 명멸하는 운명의 궤적을 그렸다. 즉 문학은 문학의 죽음을 통해 거듭 문학으로 살아왔다는 것이다.

둘째로 하이테크high-tech 시대에 로테크low-tech적인 문학의 본질적 속성이 역설적으로 문학을 위기에서 구해줄 것이라는 점이다. 앞에서도 충분히 검토한 대로 오늘날 문학을 둘러싼 상황은 매우 좋지 않은 게 사실이다. 어쩌면 오늘의 대중문화, 복합매체문화 상황에서 문학은 변두리로 밀리다 못해, 그 자립적 존속을 포기하고 다른 장르의 소프트웨어로 전락할지도 모른다. 이는 내가 보기에 장기 예측이다. 장기적으로 그런 상황이 온다 하더라도, 문학은 여전히 그 나름의 생존 방식을 탄력적으로 바꾸어가며 위기를 넘어갈 것(새로운 방식의 역사적 생존)이라고 예단한다면 지나치게 나이브한 생각일까. 아울러 10년 이내의 단기적, 혹은 20~30년 정도의 중기적 변화 모형을 생각해보았을 경우, 나는 여전히 문학이 다른 복합매체의 소프트웨어로 전락하여 독자 생존이 불가능한 상황은 오지 않을 것으로 생각한다. 영상 등 일련의 복합매체 예술들의 경우 '하이테크'는 예술 창작의 원인이자 대상이 되는 이중적 속성을 보인다. 하이테크로 인해 새로운 창작 기법과 스타일에 도전할 수 있고, 또 그것을 대상화할 수 있다는 얘기다. 반면 문학은 좀 사정이 다르다. 가령 작가 샐먼 루시디는 하이테크 시대의 뉴미디어에 의해 문학이 위기에 빠질 수 있다는 의견에 대해서 나름대로 비판하며 소설을 옹호한 적이 있다. "나는 이러한 좀더 새롭고, 좀더 하이테크적인 형식이 소설을 향해 드러낸다고 하는 위협을 〔……〕 염려하지 않는다. 아마 글쓰기라는 예술이 갖는 로테크low-tech적인 본질이 소설을 구제하게 될 것이다. 대량 자본과 세련된 기술을 요청하는 예술적 표현 수단(영화, 연극, 음반 등)은 바로 그러한 의존성 때문에 훨씬 더 검열받고 통제되기 쉽다. 그러나 한 사람의 작가가 방 한 칸의 고독 속에서 만들어내는 것은 그 어떤 힘으로도 쉽게 파괴할 수 없는 것이다."[1] 나는 이런 루시디의 견해에 적극 동의한다. 그리고 이런 역설로 위기를 견딜 수 있는 속성을 지니고 있는 것이기에 문학은 그 위의를 지닐 수 있다고 생각한다.

---

1) 샐먼 루시디, 「언제 소설이 위기가 아닌 적이 있었던가: 소설의 옹호, 그렇지만 또다시」, 『세계의 문학』 82, 1996년 겨울호, 민음사, p. 245.

셋째, 문화 예술적으로 격동기건 안정기건 간에 항상 좋은 문학은 소수에 불과했고 또 소수의 관심사였다는 사실을 상기할 필요가 있다. 언제 어느 시대에도 95퍼센트의 잡석 더미 속에서 5퍼센트 미만의 옥같은 진정한 작품들이 고통스럽게 제 모습을 드러냈다는 사실은 우리에게 언제나 위안이 된다. 그렇다면 늘 있어왔던 95퍼센트의 잡석 더미를 한탄하고 걱정할 게 아니라 5퍼센트의 진정한 경향과 문학 작품을 찾아내고 올바로 가치 평가하고 해석하고, 또 많은 신문학대중들에게 그것을 즐길 수 있도록 하는 방법적 전략이 더 온당할 터이다. 아울러 '이야기하는 동물'인 인간의 능동적 의미 생산 체계로서의 "이야기의 바깥은 없다"는 도정일의 지적도 문학 위기론의 우려를 덜어주는 사례다.

넷째, 다른 자리에서도 언급한 바 있지만 동물의 상상력과 구별되는 인간 상상력의 에너지는 엄청나다는 사실이다. 미국의 문예학자 그레고리 교수는 동물의 상상력과 구별되는 인간의 상상력의 특징을 이렇게 정리한 바 있다. "1) 이미지들을 조건 반사의 결과가 아닌 지속적인 응시와 자의식적인 반성의 대상으로서 무한대로 머릿속에 보유할 수 있는 능력, 2) 이미 일어났던 것(과거 사건에 대한 기억)에서부터, 일어남 직한 일(어떤 사람의 현재 행동이나 상황에 대한 대안으로 상상된), 앞으로 일어날 법한 일(미래 사건에 대한 예상), 결코 일어나지 않을 일(환상이나 속이기 위해 만들어진 거짓)에 이르기까지 광범위한 경험들에 관련된 이미지들을 구성하는 능력, 3) 이미지들을 서사를 구성하는 시퀀스대로 모두 함께 일렬로 배열하는 능력"[2]

---

2) Marshall Gregory, "The Sound of Story: Narrative, Memory, and Selfhood", *Narrative* vol. 3. no. 1, 1995, p. 38.

이런 인간 상상력의 바탕을 구현하는 예술이 문학이라고 할 때 문학의 위기론은 더욱 차연될 것이다. 아울러 힐리스 밀러가 강조한 대로 여전히 인간들은 소설을 통해서 자연 상태를 배우고자 하며, 가능한 자아들을 가늠해보고 실제 세계 속에 자리를 잡아 거기서 인간적인 것의 일부를 구현해보고자 애쓸 것이다. 소설을 통해 인간들은 인간 삶의 의미를 찾아내는, 아니 아마도 창안해내는 일에 매력을 느끼기 때문이다.[3]

다섯째, 이런 사실들을 신뢰하는 진정한 작가들의 창조적 작업은 고통 속에서도 계속될 것이라는 사실을 우리는 믿는다. 위기와 죽음을 살아내면서 새로운 문학의 삶으로 나아가려는 아방가르드적 열정을 지닌 작가들의 존재가 결국 문학의 위기론을 넘어서 문학의 생산적 창조 지평과 미래를 알게 할 것이다.

4. 위기의 역설

앞에서 나는 문학 위기론의 배경과 조건을 살펴보고, 그런 상황에서도 문학이 위기를 넘어설 수 있는 조건들에 대해 생각해보았다. 현실의 엄혹함에 비해 좀 나이브한 생각을 펼친 것이 아닌가 하는 반성적 생각이 드는 것도 사실이다. 그러나 나는 여전히 위기란 곧 위험한 기회라는 역설, 그리고 문학 자체가 역설의 힘으로 생존하는 예술이라는 점을 강조하고 싶고, 또 거기에 기대고 싶다. 말하자면 나는

---

3) J. Hillis Miller, "Narrative", in *Critical Terms for Literary Study*, edited by Frank Lentricchia & Thomas McLaughlin(Chicago : Univ. of Chicago Press, 1990), p. 69 참조.

여전히 현실에서 일어나는 경험 세계나 일어날 수 있는 가능 세계를 보통 사람들과는 다른 방식으로 보고 이야기하는 존재인 작가의 상상의 눈을 신뢰하고 싶은 것이다.

『그리스인 조르바』를 쓴 그리스 작가 니코스 카잔차키스의 이야기에서 그 상상의 눈은 이렇게 작동된다. 처음에는 '사람들과 새들, 물과 돌'을 보던 눈이 '생각과 꿈, 환상과 번쩍거리는 섬광'을 보고, 또 '죽음처럼 무서운 침묵의 밤'을 응시한다. 그러다가 더 이상 '어둠의 벽'을 뚫을 수 없다고 절망하기도 한다. 그 절망과 응시의 반복으로 상상의 눈은 더욱 빛나고 깊어진다. 21세기 들어 작가들이 마주선 '어둠의 벽'은 매우 어둡고 두터운 것이 사실이다. 어쩌면 그것은 20세기 경험의 한계를 넘어서는 것인지도 모른다. 확실히 20세기적 몸과 21세기의 현실 사이의 균열 양상은 심각한 것 같다. 그러나 이런 상황에서도 여전히 작가들은 예의 상상의 눈을 빛내려고 애쓴다. 세상·인간·문학의 변화와 지속을 동시에 중층적으로 통찰하고자 하는 눈으로 곤혹스런 '어둠의 벽'을 투시하고자 하는 수고의 구체를 열거하기에 이 지면은 턱없이 부족하다.

대체로 그 수고는 두 방향에서 동시에 진행되는 것 같다. 하나는 우리네 사람살이와 문학살이의 전통에서 체화된 몸의 에너지를 바탕으로 한다. 가령 인문적 가치의 진실함이나 진정성 탐색, 세상과 사람에 대한 우주적 연민이나 관용의 정서, 언어를 통한 내면 탐색의 구체적 실천, 고요한 응시와 성찰 태도 등은 오랫동안 우리 몸과 마음에 새겨진 지속적 가치들이다.[4] 변화된 21세기에도 여전히 인간과

---

4) 이와 관련한 구체적 논의는 이남호의 「문학에는 무엇이 필요한가」, 『문학인』 창간호 (2002년 여름호, 시공사, pp. 182~98)를 참조하기 바람.

문학이 포기할 수 없는 덕목들을 내장한 상상의 눈이 문학을 위기로부터 구해낼 수 있는 '오래된' 조건이 될 수 있을 것이라는 얘기다. 다른 한편, 지속적 가치들을 추구하긴 하되, 변화된 형상으로 추구할 수 있어야 21세기 문학의 생존은 가능할 것이라는 사실을 간파한 상상의 눈들의 수고를 확인할 수 있다. 변화된 환경에서 지속적 가치를 새로운 스타일로 추구할 수 있는 방안에 상상력을 집중하는 사례들을 떠올려볼 수 있겠다. 새로운 시대의 변화나 독자층들의 감수성 변화를 민감하게 포착하면서 선도할 수 있는 스타일의 변화 추구 같은 것 말이다.

결국 21세기에도 문학은 인식과 스타일 양면의 아름다운 조화를 통해 위기를 넘어선 생존을 거듭해갈 것이다. 변화와 지속을 동시에 중층적으로 성찰할 수 있는 인식의 눈과 그것을 새로운 감각의 스타일로 창조할 수 있는 예지의 종합, 바로 이것을 통해 21세기 문학은 새로운 진로를 알게 될 것이다. 말하자면 나는 '전위적 장인'을 강조하고 있는 것이다. 전위적 감각 및 인식안과 장인적 문학정신 내지 형상적 노력이 어우러진 작가들과 더불어 문학의 위기를 넘어서려고 하는 것이다. 물론 감각의 전위성과 형상의 장인성의 행복한 결합이 그리 쉬운 일은 아니다. 그러니까 더욱 기대해 마지않는 것이다. 이 기대와 기대의 실천을 위해 우리 문학은 좀더 웅숭깊게 '어둠의 벽'을 응시할 필요가 있다. 어둠 속에서 고요하게, 그러나 격렬한 소망과 감각으로 새로운 21세기 문학지도를 상상해야 한다. 그것은 아마도 카잔차키스가 그랬듯이 절망과 응시, 혼돈과 성찰의 반복이 될 것이다.[5]

---

5) 졸고, 「전위적 장인을 찾아서」, 『고독한 공생』, 문학과지성사, 2003, pp. 124~26 참조.

그러니까, 지금 우리 문학은 위기다. 위기에 처해 있으므로, 우리 문학은 위기를 넘어선다. 위기의 역설로, 문학의 역설로, 거듭 새로운 문학적 삶의 창조적 지평을 열어나갈 것이다.

인식과 스타일의 전위, 혹은 혼돈의 미학을 위하여

1. 문학의 현실, 그 대화적 성격

수사학적 소통의 측면에서 볼 때 문학의 현실은 셋이다. 그 셋은 서로 얽히고설켜 있다. 작가의 현실, 작품의 현실, 독자의 현실 등이 바로 그것이다. 이 세 현실은 주어져 고정된 실체가 아니다. 차라리 형성적 실체이며 구성적 실체다. 그것들은 각각의 구체적인 맥락이나 규약, 관습, 욕망, 기호, 동기, 문법 등에 의해 발원되고 형성된다. 물론 이는 육체를 지닌 작가 개인적인 차원에 국한되는 문제가 아니다. 개인을 넘어서는 일반적 생산양식이나 생활양식, 그리고 문화생산양식, 일반적 이데올로기와 심미적 이데올로기 등등 여타의 심급과 중층적으로 관여하면서 구성된다고 볼 수 있다. 즉 한 개인으로서 작가는 자기가 살고 있는 시공의 여러 심급들과 교섭하고 대화하면서 인간과 세상의 처지를 이해하고 성찰하게 되는데, 그것을 통해 작가의 현실은 구성된다. 이렇게 구성된 현실일 경우에야 비로소 의미 있는 현실이 된다. 여기서 중요한 것은 두말할 필요도 없이 대화적 관계이고, 대화의 진정성이다. 대화의 진정성을 통해 구성된 작가의 현실은 문학적 언어와 규약, 형식적 실험을 거쳐 문학 작품 속의 현실로 형상화된다.

독자 또한 세계와 대화적 관계를 유지하면서 자신의 현실을 구성하고, 그것을 통해 작품 속의 현실을 읽으며 새로운 단계의 대화를 시도하는데, 이 과정에는 작품 속의 현실에 구성된 작가의 현실과의 대화가 다시 중첩되게 마련이다. 이러한 세 겹의 대화 과정을 통해 문학의 소통은 이루어진다. 이 과정이란 무수한 사람과 사람, 사람과 사물, 사물과 사물끼리의 다채로운 관계망으로 이루어져 있으며, 수많은 맥락들이 상호 교차하면서 고갈되지 않는 의미를 산출할 수 있는 모호한 가능성을 내포하고 있는 것이다. 아울러 그것은 문학의 존재 이유이며 꿈이다. 행복한 대화의 둥근 원, 그것이야말로 문학의 고갈될 수 없는 몽상이다.

2. 현실 변화의 혼돈과 혼돈의 현실

원론적으로 그렇다는 얘기다. 그러나 그와 같은 행복한 문학의 소통 혹은 대화는 그리 흔하지 않다. 현실은 여기저기에서 늘 뒤틀리게 마련이다. 무엇보다도 실제 현실의 변화가 작가의 현실 구성에 곤혹스러움을 가중하는 측면이 많다. 많이 거론된 것처럼 20세기를 보내고 21세기를 맞으면서 현실은 매우 빠르고 다채롭게 변했다. 일찍이 비평가 김병익이 적절하게 정리한 것처럼 "컴퓨터와 인터넷, 멀티미디어가 주도하는 삶의 방식의 변모, 세계화와 지식 정보화 사회의 도래, 생명공학이 초래하는 삶의 질의 변화, 이에 따른 기존 윤리와 사유, 풍속과 가치관의 변질, 탈산업 경제와 금융자본주의의 심화, 문화의 탈근대성과 아날로그 문화로부터 디지털 문명으로의 전이 등 인류사에서 근원적인 패러다임의 전환"이 파격적으로 이루어지는 시기를 우리가 살고 있는 것이다. 거시적인 맥락에서 볼 때 이런 변화들은 매우 급격하게 옛것을 물리치면서 새것들을 견인해내고 있지만, 역설적으로 미시적 무차별성 또한 주목에 값한다. 두 가지 측면에서 그렇다. 변화가 항상적이면 변화를 느끼기 곤란하다. 변화하는 것이 변화하지 않기 때문이다. 또 미시적으로 보면 삶의 질적 변화 내지 차이를 알지 못하게 된다. 어제 같은 오늘, 오늘 같은 내일이 지루하게 반복될 따름이다. 일상성은 항상 되풀이된다. 이렇게 변화의 차별성과 무차별성은 공존한다. 그 이중성 혹은 역설적 상황이 현실의 혼돈을 가중시킨다.

현실 사회와 문화의 변화는 곧 문학 담당층의 변화를 가져온다. 영상·게임 등 시각 문화 및 엔터테인먼트 문화의 약진, 그리고 위락 문화 산업의 급증으로 인해 문자 문화 형태로 존재했던 기존의 문학 존재 방식은 적잖이 위협받게 되었다. 게다가 컴퓨터와 인터넷 환경으로 문학의 창작과 수용 방식도 달라졌다. 특히 사이버 공간에서 전통적 '저자의 죽음'은 앞당겨 실현되기에 이르렀다. 내용이나 감각의 측면에서도 전통적 농경 정서나 지방 정서 내지 인간적 가치 추구 경향 등은 제대로 이해되지 못한 상태에서 뒷걸음치기 일쑤다. 이런 모든 것들이 오늘날 작가들을 곤혹스럽게 혹은 혼돈스럽게 하는 대목들이다.

3. 역설적 전위, 전위의 역설

그러니까 현실의 혼돈을 가로지르며 작가의 현실을 구성할 수 있는 작가의 눈이 더더욱 중요한 것은 두말할 나위도 없겠다. 같은 혼돈이라고 하더라도 독자들은 작가의 예지의 눈을 통해 질적으로 다른 혼돈을 체험하고 싶은 것이다. 무엇보다 중요한 것은 세상·인간·문학의 변화와 지속을 동시에 중층적으로 통찰할 수 있는 눈이다. 변화의 질적 변별성을 간파하여 새로운 의미의 자장을 확보할 수 있는 눈, 개악을 닮은 변화들을 비판할 수 있는 눈, 느린 변화를 빠르게 추동시킬 수 있는 눈, 그러면서도 변화하지 않고 지속되거나 혹은 지속되면 좋지만 지속되지 못하는 옛것을 바로 볼 수 있는 눈, 그런 눈들이야말로 지속과 변화를 조감하면서 전위적 인식의 눈그물을 보일 수 있는 것이 아닐까 생각한다. 그 눈을 통해서만이 의미심장한 사건이며 매력적인 이야기를 만들 수 있을 것이고 전위적인 이미지나 상징 감각을 웅숭깊게 형상화할 수 있을 것이기 때문이다. 요컨대 새로운 변화의 물결에 대한 창의적 대응 감각으로 충일한 그 눈은 새로운 문학적 현실 발견의 알파에 해당한다.

물론 그 눈들은 변화하는 현실의 현상만을 발견하거나 추체험하는 데서 그치지 않을 것이다. 피상적 현상에서마저 의미심장한 영혼의 사건을 만들 수 있는 그 눈들은 가치의 문제를 인식하는 측면에서도 게으르지 않을 터이다. 많은 것이 변하고 있지만 그럼에도 여전히 지속되고 있거나 지속되면 좋을 가치들도 많다는 것을 그 눈의 혼은 충분히 인지하고 있을 것이다. 가령 인문적 가치의 진실함이나 진정성 탐색, 세상과 사람에 대한 우주적 연민이나 관용의 정서, 자기를 이롭게 하는 것과 남을 이롭게 하는 것이 둘이 아님〔自利利他同事〕을 자연스럽게 아는 마음, 모든 중심주의로부터 자연스럽게 벗어날 수 있는 예지, 언어를 통한 내면 탐색의 구체적 실천, 고요한 응시와 성찰 태도 등은 오랫동안 문학의 몸과 마음에 새겨진 지속적 가치들이다. 이런 것들은 새로운 21세기에도 여전히 인간과 문학이 포기할 수 없는 덕목들이다. 이런 것들을 지속적으로 추구하되, 변화된 형상으로 추구할 수 있어야 21세기 문학의 생존은 가능할 터이다.

 말하자면 문학적 가치의 측면에서도 전위성이 중요하다는 사실을 강조하고 싶은 것이다. 프로이트가 무의식을 학문적으로 체계화하기 이전에 이미 도스토예프스키가 무의식의 존재론적 사건을 심층적으로 형상화했듯이, 레비나스가 타자의 윤리학을 강조하기 훨씬 전부터 존 스타인벡을 비롯한 많은 작가들이 타자애(他者愛)의 감동적인 장면을 그려냈듯이 말이다. 엽기적인 하위 문화가 범람하고 고급한 가치들이 곤두박질치고 있는 게 오늘의 현실이다. 작가가 문학이란 이름으로 추구하는 가치의 중요성은 두말할 나위도 없겠다. 그런데 그것을 문학적인 방식으로, 그야말로 전위적 창조성을 갖추어 추구해야 하니 작가의 수고로움은 더욱 가중될 수밖에 없다. 그러니까 변화로 인해 새로운 것은 당연히 새롭게, 오래되었으되 여전히 중요한 사건이나 가치들도 새롭게 문학적 인식안으로 포착할 수 있는 눈이 바로 작가의 눈이다. 이런 역설적 전위의 눈들이 지금까지 세계문학사의 새로운 물굽이를 조성했거니와 앞으로도 여전히 그러할 것이다. 전위들의 역설적 에너지를 우리는 소망한다.

4. 스타일 혁신과 열린 가능 세계

변화된 환경에서 새로운 가치든 지속적 가치든 그것을 효과적으로
추구하기 위해서는 당연히 새로운 스타일이 요구된다. 그러니 결국
문제는 스타일이다. 새로운 스타일을 추구할 수 있는 방안에 상상력
을 집중하는 게 좋을 것으로 보인다. 스타일의 변화 추구는 새로운
시대의 변화나 독자층들의 감수성 변화를 민감하게 포착하면서 선도
할 수 있는 것이어야 한다. 당연한 얘기가 되겠으나 인식과 스타일
양면의 전위적이면서도 행복한, 그리고 아름답기까지 한 조화를 우리
는 몽상한다. 변화와 지속을 동시에 중층적으로 성찰할 수 있는 인식
의 눈과 그것을 새로운 감각의 스타일로 창조할 수 있는 예지의 종합,
바로 이것을 통해 21세기 문학은 새로운 진로를 알게 될 것이기 때문
이다.

어쩌면 굳이 21세기 문학 운운할 필요도 없을지도 모른다. 스타일
이 없는 문학은 이미 문학일 수 없다. 자기 스타일, 자기 문체, 자기
문채가 없는 작가는 이미 작가일 수 없고, 시인일 수 없다. 다시 말하
자면 우리는 평균적인 작가, 시인을 작가나 시인이라고 부르고 싶지
않은 것이다. 저자의 이름을 가리더라도 그 작품이 누구의 것인지 짐
작할 수 있을 때, 독자와 작가는 행복하게 만날 수 있다. 그렇다고 해
서 한번 이룬 스타일에 안주해서는 곤란하다. 굳이 『도덕경』을 들추
어보지 않더라도 우리는 짐작할 수 있다. 자기가 이룬 공에 머무는
게 아니다. 혹은 공이 이루어져도 그 이룬 공 위에 자리 잡지 않는 법
이다〔功成而弗居〕. 고여 있는 스타일은 썩기 쉽다. 동어반복의 패턴

화는 지양되어야 한다. 부단히 의미 있는 스타일 혁신으로 탈주할 수 있는 활달함을 나는 선호한다. 스타일 혁신을 위해서는 아마도 작가 자신이 인식과 스타일 양면에서 매우 격렬한 혼돈을 전위적으로 체험 하지 않으면 안 될 것이다. 흙탕물을 가만히 두면 가라앉는 데 시간 이 오래 걸리지만, 막대기로 마구 휘저으면 오히려 빨리 가라앉는다. 그렇게 소용돌이치듯 혼돈의 물살을 거스르며 새로운 스타일 혁신의 길트기를 했으면 하는 것이다.

한 작가가 어떤 작품을 완성했을 때, 적어도 자기 자신의 이전 성 취보다는 좀더 나아간 어떤 측면이 있음을 확인할 수 있을 때, 그것 은 그 작가뿐만 아니라 문학을 사랑하는 모든 이들에게 내려진 은총 과도 같은 사건일 터이다. 그런 은총 속에서라면 아마도 재미도 넘치 고, 의미도 충만하며, 문학적 탐색의 진실도 어지간하고, 개연성이나 핍진성도 의심받지 않을 것이며, 나아가 감동과 감화로 이어지는 행 복한 문학 현실이 용솟음칠 것이다. 왜 그렇지 않겠는가. 또한 서사 적 인과논리를 결여한 사건의 억지 나열도 없을 것이며, 원인 없는 갈등의 스펙터클들만 부나비들처럼 부황하게 떠돌지 않을 것이다. 사 건이 제대로 연결되지 않아 이야기의 형성 자체에 실패하는 비극도 없을 터이며, 사이비 은유의 천국, 환유의 지옥 현상에서도 자유로울 수 있을 것으로 보인다. 혹은 사건의 거짓 해결, 사이비 해결 양상도 사라질 것이다. 거짓과 사이비 포즈가 아닌 진정성 있는 이야기들과 허심탄회한 대화를 나눌 수 있을 터이다.

요컨대 스타일 혁신은 단지 기술적인 문제에서 그치는 것이 아니 다. 스타일과 문학혼은 결코 분리될 수 없다. 끝으로 거듭 스타일을 강조하는 진짜 이유를 밝히기로 한다. 어떤 경우라도 문학은 무엇보다도 언어로 만들어가는 문화적 상징적 사건이다. 언어가 중심 매질이 되어 창조된 경우가 아니라면 우리는 문학이 아닌 다른 사건에 대해 논의해야 할지 모른다. 그러니 어떤 웹디자이너도 디자인할 수 없고, 어떤 카메라 감독도 쉽게 영상화할 수 없는 그런 이미지, 상징, 사건을 오로지 현묘한 언어로 창조해내겠다는 다부진 언어에의 자부심만이 문학의 처음이요 끝이다. 어설픈 중간치의 언어 감각으로는 문학이 되지 않는다. 언어의 신성동맹이라도 촉구하고 싶은 심정이다. 가장 치열하고 정교한 언어 감각을 바탕으로 한 스타일 혁신만이 문학의 죽음이 아닌 문학의 혁신이란 사건을 창출할 수 있을 것이다. 이를 위해 우리는 좀더 절망하고 거센 혼돈의 격랑 속에서 더욱 몸부림쳐야 할 필요가 있다.

철의 새장을 넘어서

—소설의 예술성과 상업성 문제

1

소설 장르를 중심으로 예술성과 상업성의 상충 문제를 검토해달라는 것이 편집진의 주문이다. 방금 아무 생각 없이 '주문'이라는 말을 쓰고 보니 '상업적'(?)인 용어를 썼다는 느낌이 든다. 원래 주문이란 말은 상품 구매 요청을 하는 행위에 쓰이기 이전에도 두루 쓰였던 말이겠지만, 요즘은 워낙 상품 사회라서 그런지 압도적으로 그런 느낌이 많은 게 사실이다. 어쨌든 이 주문을 받고 잠시 이런 생각을 떠올렸다. 예술성과 상업성의 상충이라고? 둘은 꼭 상충하는 것인가? 가장 높은 예술성의 경지에 상업성도 있다면, 이 자본주의 사회에서 금상첨화 아닐까? 그런데 우리는 왜 상업성 문제에 대해서는 특별한 알레르기 반응을 일으키는 것일까? 우리가 아직도 「공방전」의 그림자를 벗어나지 못하고 있는 것일까?

주지하다시피 「공방전」에서 돈과 상업 행위는 처단 받아 마땅한 사회악으로 단죄된다. 공방(돈)은 처음엔 교활한 성격으로 조정에 중용되지만 마침내 욕심 많고 더럽고 염치없는 본색을 드러낸다. 본전과 이자를 다루는 법을 좋아하고, 부국안민(富國安民)이 생산의 기술에 있는 것이 아니라고 말하여, 백성들이 분리(分厘)의 이익을 다투고 물건 값을 낮추어 곡식을 천하게 하고, 돈만 중하게 하여 농사에 방해를 끼치는 간신으로 묘사되고 있다. 무엇보다도 임춘은 「공방전」을 통하여 진정한 인간관계를 타락하게 하고 인간성을 상실케 하는 돈의 부정적 악성을 일종의 계몽의 훈시로써 통렬하게 비판했다. 농본주의 문화에 입각한 공동체적 인격적 관계가 돈의 상업주의에 의거한 주물적 관계로 변질되고 있음을 크게 경계한 것이다. 마치 헤시오도스의 서사시 「노동의 나날」이 보여주었던 것처럼, 자연과 직접적인 교호를 통한 진정한 노동의 창조적 생산 행위 내지 농업을 중시하고 이윤만 추구하며 타락을 조장하는 상업을 경계한 것은, 기본적으로 사농공상이라는 당대 사회구조의 체제내적 상상력과 윤리 의식의 결과였을 터이다.

바로 이런 금전관이나 상업관의 뿌리는 매우 깊은 것 같다. 특히 문학 예술 판에서 상업성 논의는 언제나 불편한 것으로 여겨졌다. 혹은 예술성과 대척적인 자리로 폄훼되는 대상이기도 했다. 몇 년 전 문단에서 꽤나 고평받는 중견 시인의 시집이 대형 베스트셀러가 된 적이 있다. 어느 흐린 날 저녁 주막에서 술을 마시다가 그 시인은 주정처럼 이렇게 농담했다. "내가 삼류인가 봐. 이렇게 많이 팔리는 걸 보면." 물론 농담이었지만, 쓸쓸한 농담이 아닐 수 없었다. 문학이나 예술 하는 사람 치고 인정 욕망으로부터 초연한 사람은 없을 것이다. 탁월한 작품으로 인정받고 싶어 하는 욕망 말이다. 더 밀고 나가면 작품성 혹은 예술성의 측면에서도 탁월함을 인정받고 싶고, 또 기왕이면 상업적으로도 성공하고 싶은 욕망이 없지 않을 것이다. 물론 상업적인 측면을 먼저 고려하여 예술성을 망치는 경우가 너무 많아 문제지만, 그렇다고 하여 외곬으로 예술성만을 고집하라고 주문하려는 분위기도 전적으로 현실적인 것만은 아니지 싶다.

2

이 자본주의 사회에서는 제아무리 고고한 예술가라고 하더라도 상업적 거래로부터 자유로울 수 없다. 후원자들의 전적인 지원으로 예술을 하던 전근대와는 달리 상품 생산과 교환 행위라는 시장의 질서에 편입된 근대 자본주의 사회 이후 예술가의 존재 방식에 대해서 우리는 잘 알고 있다. 문학에서는 특히 근대의 서사시라 일컬어지는 소설이 가장 자본주의적인 장르이기도 하다. 물론 그 이전에도 이야기는 있었다. 사람 사는 세상에서 이야기의 바깥은 없었다. 그 이야기들은 대체로 신들의 이야기에서 영웅들의 이야기로, 다시 범인들의 이야기로 이행해온 게 사실이다. 영웅 서사시와 다르게 인간들의 이야기는 좀 잡스러운 게 사실이었다. 예로부터 동서를 막론하고 길거리에 떠도는 이야기 혹은 저잣거리나 항간에 떠도는 자질구레한 이야기들, 예컨대 가담항어(街談巷語), 패설(稗說), 도청도설(道聽塗說) 따위가 소설의 선조 격인 이야기였다. 그런 까닭에 소설은 귀족이나 양반 등 상층 신분으로부터 종종 멸시를 받기도 했다. 조선시대에 「춘향전」도 그랬으며, 서구의 중세 로망들도 그랬다. 근대 이전의 작가들이 대개 익명이나 가명을 사용했던 것도 이런 사정과 무관하지 않다. 그런데 소설은 근대 시민사회로 이행하는 과정에서 스스로 자질구레하고 잡스러운 성격을 더 강화하면서(예컨대 주인공을 귀족이나 양반에서 중산층 이하 서민들로 대체한다든지 하는 식으로) 그 본래의 이야기 성격을 분명히한다.

　방금 소설을 일러 저잣거리에 떠도는 자질구레한 이야기라 했다. 근대 이후 소설을 일러 중산층의 문학이라고 부르는 것도 이와 유관하다. 그렇다고 자질구레한 이야기를 아무렇게나 늘어놓는다고 해서 곧 소설이 되지는 않는다. 소설이 되기 위해서는 내용과 형식 양면에서 공히 예술적 가치를 획득할 수 있어야 한다. 재미있고 가치 있는 이야기가 그럴듯하게 전개되어 독자들의 감동을 자아낼 수 있는 경우를 우리는 좋은 소설이라고 말한다. 소설이 예술적인 이유는 잡스러운 이야기를 심미적 이성의 대상으로 변용한다는 데 있을 것이다. 그렇게 되면 소설의 가치는 퍽 고양되기 마련이다. 이를 위해 소설은 ‘있는’ 정치 경제 사회 문화적 사실들과 그 안에서 인간의 여러 행동들을 예리하게 관찰하고 탐색하면서, ‘있어야 할’ 삶의 의미 있는 가치와 진실을 추구해나간다. 자질구레하게 보이는 이야깃감들을 가공하는 과정에서 작가의 상상력과 허구적 구조 원리를 통해, 소설은 삶과 죽음, 사랑과 이별, 평화와 전쟁, 부유와 가난, 희망과 좌절, 기쁨과 슬픔 등 삶의 의미 있는 국면들을 새롭게 발견하고 거기서 작가나름의 개성적인 진실을 획득하여 독자들과 감동적인 공감대를 마련하기를 바란다. 그런 점에서 소설은 단순한 흥밋거리 이야기가 아니라 인생에 대한 의미심장한 탐색의 드라마이다. 소설의 바다를 헤엄치면서 독자들이 저마다의 방식으로 지상의 척도를 발견하게 되는 것은 이런 까닭이다.

　이렇듯 소설이 나름의 예술성을 바탕으로 제 가치를 구유할 때, 오래전부터 언어를 통해 인간의 가능성 및 존재의 위엄과 영광을 추구하려는 창조적 노력의 소산이었던 문학의 전통에서 제 자리를 확보하게 된다. 키츠의 표현을 빌자면, 문학은 오랜 옛적부터 인간 '영혼 형성의 골짜기'가 아니었던가. 문학이라는 이름의 영혼 형성의 골짜기에서 인간은 내면적인 자기 완성과 타자와의 교류를 통해 바람직한 시민적 덕성을 갖출 수 있었다. 또 얼굴 없는 존재의 익명성의 늪에서 벗어나 자기를 발견해나가는 과정에서 아주 중요한 정신의 환기 장치 구실을 해왔다.

3

　원론적으로 그렇다는 얘기다. 그런데 오늘날 소설의 현실은 어떠한가. 과연 영혼 형성의 골짜기로서 충분한 자기 역할을 수행하고 있는가. 새로운 문화 대중의 포괄적 출현과 영상문화가 선도하는 새로운 문화 상황의 비속한 흐름 속에서 예전처럼 차분하게 영혼 형성의 골짜기가 되기는 쉽지 않은 것 같다. 우선 출판 상업제도와 광고 메커니즘에 의해 많은 작가들과 독자들이 휘둘리는 것으로 보인다. 선정적이고 자극적인 광고에 휘둘린 나머지 정당한 판단력은 소실되고 통속적이고 단말마적인 순간 유희의 값싼 감각만이 이리저리 부유하고 있다. 대형 서점에 나가보라. 고전이나 고전의 반열에 들 만한 좋은 문학 작품들은 뒷전에 밀려 먼지만 뒤집어쓰고 있는데, 저자의 정당성도 글결도 글체도 세계관도 뒤죽박죽인 책들이 소설이라는 이름으로 전면에서 잘 팔리고 있다. 좋은 작품이 많이 팔리고 읽히는 것은 얼마든지 환영할 만한 일이지만, 좋지 않은 작품이 그렇다면 좀 곤란한 일이 아닌가. 좋지 않은 작품을 쫓아 아름다운 영혼의 골짜기를 찾으려 한다면 그것은 연목구어나 한가지다.

그러기에 우리 시대의 소설 독자들의 역할이 아주 중요한 것 같다. 한편으로는 영상문화의 유혹과 길항하면서 다른 한편에서 좋지 않은 소설들을 적극적으로 경계할 수 있어야 하기 때문이다. 특히 감동적이고 행복한 독서 경험을 위해서 좋은 소설과 거짓 이야기를 가릴 수 있는 지혜로운 감식안이 요구된다. 거짓 이야기란 무엇인가. 타자의 얼굴을 고려하지 않음으로써 정당한 인간관계를 왜곡시키는 이야기는 좋지 않다. 가령 '람보' 시리즈 같은 이야기가 있다고 치자. 람보는 정상 이상의 초능력을 행사한다. 그는 언제나 이긴다. 그러나 실제로 그럴 수는 없는 노릇이다. 상대역들의 존재를 깡그리 무시하지 않는다면 가능한 일이 아니다. 독선, 아집, 파시즘적인 전제의 논리가 뒷받침되지 않는다면 이루어질 수 없다. 그런데 우리는 람보의 경쾌한 승리에 쉽게 쾌감을 느낄 수 있다. 하지만 그 쾌감 뒤에 독선과 아집, 파시즘적인 논리가 우리의 숨결에 스며들지도 모른다는 사실을 신중히 경계해야 한다. 또, 문제 해결 과정이 진실하지 않은 이야기는 좋지 않다. 대부분의 통속문학의 경우 진실하지 못한 문제 해결로 인간 삶을 호도하는 수가 많다. 아울러 주인공이나 화자의 반성적 사유가 결여된 이야기, 이것저것 남의 것을 흉내 내고 베긴 이야기, 엉성한 문장이나 정련되지 못한 문체로 황당하게 쓰여진 이야기 등등 좋지 않은 이야기들이 많다. 이런 이야기들에 대해 엄정한 판단력으로 비판하고 경계해야 한다.

아무래도 시장에서 소설 소비자보다는 공급자인 작가 쪽의 책임과 권한이 선행적으로 중요한 문제일 것이다. 전위적인 감각과 산문정신으로, 그리고 오로지 자신만의 스타일로 새로운 문학의 세계 지도를 만들겠다는 다부진 자부심을 지닌 작가들만이 존재한다면, 사실 상업성 문제 따위는 논의할 필요도 없을 터이다. 그런데 소수의 진정한 작가들이 고통스럽게 지켜온 소설 문학의 영광을 다른 부류의 '일종의 작가'들이 훼손하는 것이 아닌가 싶어 안타깝다. 자기 스타일도 제대로 갖추지 못한 상태에서 스테레오타입 같은 멜로물을 써서 저급의 감각을 더욱 미혹시키거나, 영상시대를 속절없이 추수하면서 영상 이미지를 번역하는 데 급급해한다든지, 소설의 내적 미학성보다는 매스컴의 반응이나 광고 물량에 더 신경을 쓴다든지, 일종의 평균 작가들이 보이는 이런저런 행태들은 마치 상업 제도라는 철의 새장에 갇힌 채 푸드덕거리는 안타까운 새의 날갯짓을 방불케 한다. 그 결과 이야기가 되지 않는 무수한 소설들, 파편화된 이미지들의 난립이거나 감정의 조악한 배설로 몸살을 앓고 있는 이야기들, 조악하고 경직된 이분법적 인물 구성으로 인간 이해의 지평을 현저하게 저해하는 이야기들…… 많은 텍스트들이 진정한 세계 인식이나 구성화된 형상의 미학과는 먼 거리에서, 단지 쇼윈도에서 떠돌고 있다.

4

처음에 「공방전」의 그늘에서 벗어나기를 소망했으면서도 막상 요즘의 현실을 살피면서 여전히 그 그늘로부터 자유롭지 못했던 것 같은 느낌이다. 그런데 다시 생각해 보면 문제는 비교적 간단한 것 같다. 소설의 경우 예술성과 상업성은 때때로 상충하지만, 그렇다고 해서 일정하게 함수관계를 설정하기는 곤란하다. 즉 양자의 비례 혹은 반비례 관계를 우격다짐처럼 말할 수 없다는 것이다. 우리가 말할 수 있는 것은 예술성의 문제이고 또 문학정신과 관련된 태도다. 혹은 문학사회학적 측면에서 상업적 성공의 정치경제학에 대해 거론할 수도 있을 것이다. 그런데 폭발적인 베스트셀러의 경우 문학적 사건이라기보다는 사회학적 사건인 경우가 더 많으므로, 우리의 관심은 자연스럽게 문학적 사건을 묘출하는 예술성 측면에 집중되기 마련이다.

그럴 경우 동서고금을 막론하고, 또 문화 예술적으로 퇴락했던 시기에는 물론 흥성했던 시기에도, 항상 좋은 문학은 소수에 불과했고 또 소수의 관심사였다는 사실을 상기할 필요가 있다. 언제 어느 시대이건 극히 소수의 진정한 작품들이 어렵사리 영혼 형성의 골짜기를 형성해온 것이 아니겠는가. 그렇다면 대다수의 평균적 작품들을 놓고 상업성 운운하는 것보다는 극소수의 작품들이 보이는 걸출한 예술성을 제대로 발굴해내어 그 상업적 가치마저 고양시켜주는 일이 좀더 생산적일 것이다. 그런 측면에서 본다면 이 글 역시 그다지 생산적인 글은 못 된 것 같다.

부족한 대로 이제 결론을 말한다. 문학/문화의 상업성 담론에서 좀더 필요한 것은 부정적 담론이 아니라 적극적이고 긍정적 담론이다. 예술성이 미약한 채 상업적 전략만 앙상한 작품들을 비판적으로 경계하는 논의도 중요하지만 그보다는 예술성이 뛰어난 작품들을 찾아내어 그에 걸맞은 이름을 붙여주고 향기를 보태주어 시장에서 상업적

힘을 보탤 수 있는 에너지를 제공하는 일이 긍정적이다. 그것은 독서 공간에 영혼 형성의 골짜기를 보태주는 일이 된다. 악화가 양화를 구축한다는 그레샴의 법칙이 소설 시장에서 현저하게 관철되게 해서는 안 된다. 소설의 양화를 살릴 수 있는 지혜가 필요하다. 철의 새장을 벗어나 영혼 형성의 골짜기에서 행복한 이야기 체험을 하고 싶은 것이다, 우리는.

※ 보유: 이 글을 나는 2003년 여름에 썼다. 그 무렵만 해도 우리 문학과 비평에 거는 기대가 제법 컸던 것 같다. 우리 문학이 상업성의 울타리 혹은 시장의 우상을 넘어서, 정녕 의미 있는 영혼 형성의 골짜기로 울창해지기를 소망했던 것이다. 그러나 7년이 지난 지금은 조금 비관적인 입장이 되고 말았다. 상업적인, 너무나도 상업적인 문학 출판 시장의 무한 경쟁 분위기 속에서, 시장도 작가도 피차 휘둘리고 있는 형국이다. 신춘문예로 갓 등단한 소설가가 6개월만에 소설집 및 장편소설 4권 이상을 계약하는 사태가 속출한다. 문예지나 각종 포탈 사이트 등을 통해 장편소설 연재 지면은 늘 넘쳐난다. 이래저래 비평도 속수무책이다. 그런 가운데 평균적인 작가들에 의한 평균적인 소설들이 시장에 과잉 공급된다. 평균은 점점 내려가고, 문학의(소설의) 시장 가격이나 가치는 하락한다. 그만큼 '철의 새장'은 더욱 견고해진다. 아무래도 이 주제에 대해서는 발본적인 성찰이 필요할 것으로 보인다.

‘이태백 세대’의 윤리 감각과 상상력

1. 먹고사는 문제에 대하여

베르톨트 브레히트의 시집 제목이기도 한 『살아남은 자의 슬픔』으로 작가 박일문이 제16회 ‘오늘의 문학상’을 수상한 것은 1992년의 일이었다. 5·18세대에게 바친다는 헌사가 있는 이 작품은 1980년대 운동권이었던 인물의 1990년대적 고뇌를 그린 일종의 후일담 소설이었다. 당시는 ’386세대’라는 용어가 없었지만, 요즘 식으로 하면 ’386세대’의 이야기다. 그런데 당시에 한 사회학자가 이 소설을 읽은 다음에 내게 물었다. “요즘 소설에는 왜 먹고사는 문제가 빠져 있지요?” 그의 말인즉, 대학을 졸업한 서른 전후의 인물들이 등장하는데 그들의 이야기에서 경제 활동에 관한 언급이 전혀 없다는 것이다. 먹고사는 현실적인 문제를 도외시한 사회적 정치적 고민이어서 실감이 덜하다는 것이었다. 사회학자다운 독법이었음에 틀림없지만, 사태를 정확히 꿰뚫은 나름의 혜안에 나는 놀라지 않을 수 없었다.

1980년대의 민중소설이나 노동소설들은 먹고사는 문제에 대한 간절한 절규를 담고 있었다. 정화진이나 방현석의 노동소설에 등장하는 노동자들이 자신의 생존 조건을 마련하기 위해서, 혹은 최소한의 돈을 마련하기 위해서 얼마나 가혹한 노고를 아끼지 않아야 했던가를 생각하면 지금도 마음이 시리다. 그런데 1990년대를 맞으면서 옛 소련 해체와 동구 변혁이라는 세계사적 지각변동과 포스트모더니즘 사조의 광범한 유포 등과 더불어 작가들은 먹고사는 문제와는 다른 지평의 문학적 질문에 몰입하기 시작했다. 그동안 억압되었던 인간 욕망의 귀환 장정이라든지, 여성적인 것 혹은 페미니티의 정치성, 오이디푸스 콤플렉스와 안티오이디푸스 콤플렉스, 일상생활의 정치성 등에 대한 미시적 눈그물을 드리웠던 것이다. 이에 따라 먹고사는 문제 또는 하부구조의 유령은 멀찌감치 밀려나야 했던 것이 1990년대의 소설적 풍경이었다.

2. 2000년대 소설의 새로운 윤리 감각

2000년을 전후해 등단한 젊은 작가들의 최근 작업을 보면 그와 같은 1990년대적인 것과는 다른, 그렇다고 1980년대적인 것과도 확실히 다른 문학적 풍경을 발견하게 된다. 편혜영의 『사육장 쪽으로』(문학동네), 백가흠의 『조대리의 트렁크』(창비), 김미월의 『서울 동굴 가이드』(문학과지성사), 김애란의 『침이 고인다』(문학과지성사), 윤이형의 『셋을 위한 왈츠』(문학과지성사), 정한아의 『달의 바다』(문학동네) 등등 올 여름에서 가을까지 나온 여러 소설집과 장편소설들이 그 대상들이다. 이 작가들은 이른바 IMF 외환위기 시절에 대학을 다 녔거나 소설을 쓰기 시작했다는 공통점을 지닌다. 그들은 대개 그 시 절의 취업 실패기라든지, 사업 파산기 등을 통해 먹고사는 문제를 새 로운 방식으로 서사화하면서 삶의 윤리와 문학적 윤리의 21세기적 접 목 방식을 모색하고 있는 것처럼 보인다.

우리 문단에서 가장 젊은 작가에 속하는 정한아(1982년생)의 장편 『달의 바다』는 촉망받던 엘리트 소녀가 취업재수생 처녀로 전락했다 가 미주 여행을 다녀온 후 갈빗집 처녀로 거듭나는 이야기다. 신문사 입사 시험에 거듭 실패한 스물여섯의 주인공 '나'(은미)가 미국 여행 을 간다고 할 때 갈빗집을 운영하는 할아버지는 펄쩍 뛴다. "희망이 보이지 않으면 다른 사람들처럼 먹고살 일을 배우기 시작해야지. 미 국은 무슨 얼어 죽을 미국이야?" 그러나 손녀에 대한 연민과 동정을 지닌 할머니는 다르다. "쟤는 취직에 잠깐 실패한 것뿐이지, 인생 전 부에 실패한 건 아니라구요." "한평생 책 보는 일밖에 안 했던 애예 요. 어떻게 식당 일을 시켜요?"라며 손녀를 감싼다. 이와 같은 현실 적 윤리와 낭만적 윤리 사이에서의 길항 작용을 이 작품은 예민하게 다룬다.

정한아보다 두 살 위인 김애란(1980년생)은 '이태백 세대'의 탄생 과 확산의 분위기를 좀더 구체적으로 실감 있게 형상화한다. 시골 소 읍에서의 어린 시절을 보낸(「칼자국」「도도한 생활」) 여주인공은 서울 로 상경(「도도한 생활」)하여 재수를 하거나 대학에 진학한다. 어렵사 리 대학 생활(「네모난 자리들」)을 하고 졸업을 하지만 원하는 직장을 얻지 못한 취업예비군이거나 원하지 않는 직장에서 소외된 노동에 시달리고 있다(「침이 고인다」「기도」「성탄 특선」). 물론 그들의 삶이 노숙자들의 그것처럼 매우 혹독한 풍경인 것은 아니지만, 외환위기 시절의 중하층 젊은이들의 표정을 짐작하게 한다는 점에서 의미심장하다. 그들이 어떻게 살아야 했던가. "나는 학교 시간표와 겹치지 않고 집에서 너무 멀지 않은 곳을 찾기 위해, 고만고만한 보습 학원 중 차악(次惡)을 골라야 했다. 학원에 늦지 않기 위해 저녁을 굶기 일쑤였고, 지하철역에서 풍겨오는 달콤한 '델리만쥬' 냄새에 다리가 푸들거리기도 했다. 여름엔 덥고 겨울엔 추운 국철. 자고 나면 돌아오는 아이들의 중간고사와 기말고사. 배차 시간이 긴 국철을 놓치지 않기 위해 한 손에 토스트를 들고 지하에서부터 숨이 막히게 뛸 때면, 구두코에 머스터드소스와 케첩이 묻어 있곤 했다. 그리고 속절없이 멀어져가는 도시의 풍경을 바라보며—대체 나아진다는 게 무엇일까 생각했다"(「자오선을 지나갈 때」). 김애란의 소설에서 탈것의 대표 기호가 지하철이라는 점도 인상적이다. 그녀의 소설에는 렉서스는 고사하고 소나타도 등장하지 않는다. 소비사회의 풍속과는 일정한 거리를 유지한다. 신산한 분위기 속에서 고단한 삶을 영위함에도 불구하고 김애란의 인물들은 비슷하거나 더 어려운 처지에 있는 타인들을 따스하게 환대하고 배려한다. 불안한 시대의 '이태백 세대'가 내장하고 있는 건강한 윤리 감각을 표상하고 있는 셈이다.

김미월의 소설 또한 비슷한 시기에 속절없이 '동굴'에 갇힌 젊은이들의 내면 정경을 웅숭깊게 형상화한다. 2004년 등단작 「정원에 길을 묻다」의 주인공은 인터넷 해결사 사이트를 통해 남의 글을 대필해주는 사람이다. "이름도 모르는 아빠, 이름만 기억나는 엄마는 내게 그런 사랑을 주지 않았다. 어느 누구도. 나 또한 누구에게도 그런 사랑을 준 적이 없었다"는 진술에서 분명하듯 그녀는 사랑이 결여된 삶을 살 수밖에 없었던 인물이다. 그런 그녀가 "내가 나에게 사랑을 베풀고, 내가 나에게 사랑을 받"기 위한 매개 공간으로 "황량한 시멘트 바닥 위에" 옥상 정원을 만들게 되면서 자기를 사랑하고 남을 사랑할 수 있는 새로운 발판을 마련하고자 한다. 그러나 출구가 어디 그리 쉽게 열리는 것이던가. 출구인가 싶다가도 여전히 동굴 상태인 경우가 많은 까닭이다. 「서울 동굴 가이드」에서 김미월은 동굴 가이드인 작중 주인공의 의식을 빌어 "동굴을 통과하고 나면 들어왔던 곳과는 다른, 새로운 어딘가가 나오리라 기대하는 것일까"라고 질문한다. 그러나 그 기대는 늘 배반을 경험하기 일쑤다. 그러기에 그녀는 "지금의 꿈은, 그저 평범하게 사는 것이다. 길을 잃지 않고, 예상할 수 있는 일들만을 겪으면서 무난하게 사는 것"이라며 자위한다. 왜냐하면 세상이란 동굴은 길을 잃기 쉬운 곳이기 때문이다. 그래서 "누군가 정답을 가르쳐주는 사람이, 길을 안내해주는 사람이 있으면 좋겠다고 나는 생각했다"는 소망이 담긴 문장으로 소설이 끝난다. 그러니 소설이 끝나도 길은 새로 출발되는 격이 된다. 삶의 길을 안내해줄 '인생 동굴 가이드'가 없는 탓이다. 세상에서 사람들은 자주 '황사주의보'에 시달려야 하며, '해피데이'란 현진건의 「운수좋은 날」보다 더한 아이러니에 불과하기 때문이다. 다만 김미월은 그런 세상에서 자기 소설이 희미하나마 '인생 동굴 가이드' 역할을 할 수 있기를 소망하는 것 같다.

21세기 들어 가장 인상적인 그로테스크 리얼리즘을 구사하고 있는 편혜영은 「사육장 쪽으로」에서 정한아나 김애란, 김미월보다 한 세대 앞선 인물의 이야기를 통해 비슷한 시기의 고난상을 극화한다. 「사육장 쪽으로」의 주인공은 소극적이고 순응적인 소시민 가장이다. 전형

적인 도시인이라 여겼던 그는 어느 날 남의 부추김에 이끌려 교외의
전원주택을 마련한다. 그런데 빚을 감당하기가 어려워져 급기야 파산
상태에 이르게 된다. 존재의 둥지에서 내몰리게 되는 불안감은, 근처
에 있는 사육장에서 개 짖는 소리와 더불어 점증된다. 물론 개 짖는
소리는 그를 쫓아내고자 하는 외부 세계의 상징이다. 그런 와중에 아
이가 개들에 물어뜯기는 사태가 발생한다. 개들로부터 아이를 겨우
떼어내 병원을 찾는데, 사육장 근처에 있다는 병원은 끝내 찾아지지
않는다. 압류를 알리는 경고장, 고속도로에서 폭력적인 대형 트럭들
의 질주, 사육장의 개 짖는 소리 등의 기호들을 유기적으로 구성하면
서 범상한 일상 속에 드리워진 존재의 위기 상황을 유려하게 형상화
한 작품이다.

3. 고통의 절규와 포스트리얼리즘의 신개지

  첫 소설집 『귀뚜라미가 온다』에서도 가학적 도착 상태에서 늙은 노
모를 사정없이 구타하는 패악한 아들의 이야기를 비롯한 끔찍한 서사
를 다루었던 백가흠은 『조대리의 트렁크』에서도 매우 가혹한 상황을
연출한다. 아이를 방치하여 치사게 하는 절무지 어미가 있는가 하면
(「웰컴, 마미!」), 아무런 죄의식 없이 아이를 낳아 유기하는 룸펜 부
모가 있고(「웰컴, 베이비」), 사업 실패와 인생에 비관하여 아내를 살
해하고 노모를 유기한 다음 자살하는 사내가 있다(「조대리의 트렁
크」). 혹은 어려운 처지에 놓인 자신을 진심으로 도와주는 사람을 향
해 가혹한 배신을 자행한다(「매일 기다려」). 그런가 하면 알몸 비디오

촬영 등으로 협박하며 두 여자에게 동시에 가학적 폭력을 가하는 남자의 이야기(「굿바이 투 로맨스」)도 있다. 이렇듯 일상적으로 벌어지는 위악적 폭력의 이야기의 이면에는 대개 경제적인 하부구조가 문제로 작용한다. 물론 전적으로 경제결정론에 의지하는 것은 결코 아니지만, 먹고사는 문제를 제대로 해결하기 어려운 난민들의 처지를 극적인 방식으로 환기한다. 그럼에도 작가는 「매일 기다려」의 노인이나 「조대리의 트렁크」의 조대리 같은 인물을 통해 그런 폭력성을 감싸안고 위무하면서 난세에 요구되는 배려의 윤리를 반성적으로 성찰하게 한다.

IMF 시절에 대학을 다닌 윤이형이 보이는 비극적 세계관 역시 주목된다. 그녀의 소설에서 젊은 주인공들은 대개 현실에서 제 자리를 알지 못하거나 마련하지 못한 채 고독과 소외에 빠져 있다(「DJ 론리니스」). 대신 가상현실에 접속하여 가상의 존재 둥지를 마련하고자 한다(「피의 일요일」, 「안개의 섬」, 「판도라의 여름」 등). 상황이 이러하기에 이들은 종종 현실에 대해 절규를 토하고 싶은 심정에 휘말린다(「절규」). 「절규」에서 '절규하는 여자'는 현실에서 고통받는 자들을 대신해 절규를 대행해주는 것으로 치유를 돕고자 하는 일종의 퍼포먼스 치료사이다. 그밖에도 상담사(「검은 불가사리」), 음악 치료사(「셋을 위한 왈츠」)가 등장하는데, 이는 비극적 현실에서 고통에의 절규를 통해 고통에서 치유로 탈주하려는 상상적 의지의 소설적 의장으로 보인다. 이야기를 통한 고통 치유의 지평을 위해 공들이는 작가의 내면에서, 난세를 탈주하려는 소설가의 윤리 감각을 어렵지 않게 짐작하게 된다.

작가들의 이야기가 자기 해방에서 그치지 않고 남과 더불어 해방될 수 있는 가능성을 응시할 때, 상상력과 서사 윤리는 진정성의 지평을 환기하게 마련이다. IMF 외환위기 시절에 대학을 다녔거나 새롭게 소설 쓰기를 시작한 일련의 2000년대 작가들에 의해 포스트리얼리즘의 신천지가 열릴지도 모르겠다는 예단을 하게 하는 것도 이런 사정과 맥락을 함께한다. '이태백 세대'의 새로운 윤리 감각과 서사적 상상력으로 소설도, 삶도 공히 위기를 넘어서고 고통에서 탈주할 수 있는 의미 있는 계기를 마련할 수 있으면 좋겠다.

'작은 인간'의 문학, 혹은 수인의 딜레마
—2008년 신춘문예 소설 경향

작은 인간. 우리는 점점 더 작은 인간이 되고 있는가. "나는 생각한다, 고로 존재한다"라고 말할 수 있는 이성적 존재로서의 자기에 대한 확신도 의심스러운 것으로 치부된 지 이미 오래다. 그렇다고 해서 내가 생각하지 않는 곳에서 존재한다고 말하는 것도 쉽지 않다. 어떤 경우이든 존재감은 희미해져만 가는가. 뿐만 아니라 "내가 누구인지 말할 수 있는 자는 누구인가"라고 외쳤던 리어왕의 절규처럼, 정열적인 자기 탐문에의 열정도 사위어져가는 것만 같다. 그러니 어찌 희망을 쉽게 말할 수 있으며, 더욱이 사회적 전망에 대한 탐색 의지를 보이거나 실천 행동을 할 수 있겠는가. 작은 인간은 작은 사회로 움츠러든다. 아니 탈사회로 탈주하는지도 모른다. 섣부른 느낌일지 모르지만, 2008년 신춘문예 소설을 읽으면서, 이제는 사회적 전망, 혹은 사회적 광장을 상실한 잃어버린 세대의 문학이 중심 경향을 이룬다는 생각을 하게 된다.

신춘문예의 특성 때문이기도 하겠지만, 전반적으로 실험적인 경향은 많이 줄어들었다. 그리고 현실 탐사보다는 현실과 환상과의 스밈과 짜임 혹은 SF적인 상상력에 빚지고 있는 작품들이 많다. 현실은 주체에게 탐문하기 어려운 곤혹스러운 대상이거나, 아니면 탐문의 가치가 별로 없는 허황한 어떤 것으로 받아들여지는 경향처럼 보인다. 소설 담론의 측면에서 볼 때 '독백'적인 어조가 지배적이다. 1인칭소설(양진채, 정소현, 진연주 등)이 지배적인데, 자기성찰적인 1인칭이라기보다는 자기 안에 갇힌 1인칭이 많다. 그것은 경우에 따라 자기 유폐적 욕망의 발현으로 보이기도 하고, 자기 유희적 욕망의 놀이처럼 보이기도 한다. 혹은 의미 없는 세계에서의 의미 없는 주체의 절규처럼 받아들여질 수도 있다. 그렇다는 것은 내가 나의 이야기를 제대로 할 수 있는 주체가 될 수 없다는 위기의식에서 비롯된다.

가령 「방」(진연주, 한국일보)에서 대상인 방이 커질수록 나의 의식은 줄어든다. 반비례 관계이다. "방은 그렇게 조금씩, 그림자 지듯 소리 없이 자리를 넓혀갔다. 그리고 개미가 몰려들기 시작했다." 방이 자리를 넓혀가고 개미가 몰려들면서 나의 자리는 점점 줄어든다. 논술 답안지 첨삭 지도 아르바이트를 하는 주인공은 현실에서 자기 삶의 정당한 근거를 찾지 못한다. 타인에게 말도 건네지 못한다. 혹은 건네지 않는다. "말을 나눈다는 건 관계를 시작하겠다는 의지이고, 시작은 그게 무엇이든 변화라는 대가를 요구한다"고 생각하기 때문이다. 말뿐만 아니라 시선의 교환도 제대로 수행하지 않는다. 소통은 차단되거나 차연된다. "당신은 왜 늘 쭈뼛거리고, 망설이고, 서성이고, 생각하나요? 당신을 빨아들이는 것들에 대한 두려움 때문인가요?"란 질문에 답을 할 수 없는 존재다. 그러는 동안에 "방은 계속 자라나고, 그러나 그것을 확인해 줄 사람은, 내가 꿈꾸고 있거나 미친 게 아니라는 걸 확인해 줄 사람은 아무도 없다.” 그녀가 첨삭 지도하는 원고 내용의 일부인 '수인의 딜레마'와 비슷하면서도 다른 맥락까지 포괄하여 엄혹한 '수인의 딜레마'를 겪고 있다. 동시대의 삶에 대한 불안과 두려움을 갇힌 수인의 딜레마로 주제화하고 있는 형국이다.

세계에 포획된 존재라는 수인 의식은 「나스카라인」(양진채, 조선일보)에서도 드러난다. 세계와의 관계에서 퇴행하여 소포 박스 안으로 유폐될 수밖에 없는 상황의 실존적 문제성을 형상화했다. 현대의 일상을 잔잔하게 그리면서 근원적 상실감과 고독감을 고아 형상으로 빚어냈다. 일상의 비루함에 갇힌 주인공에게 이상적 동경의 대상은 페루의 오래된 나스카 그림이다. 신비한 나스카 그림을 그리면서 그 세계를 동경한다는 것은 지금, 여기에서의 속절없는 절망의 그림자를 암시한다. 흔히 짐작할 수 있는 것처럼 우체국은 소통의 공간이다. 그런 우체국이 공간적 배경인데 거기서 일하는 주인공은 전혀 남과 소통을 이루지 못한다. “아니, 정말 핸드폰 없어”라며 얼굴이 굳어지는 그의 표정을 보면서 “휴대전화가 없는 나는 이 세계에서 다시 외계인 취급을 당할지도 모른다는 생각이 들었다”는 대목에서 보는 것처럼, 그녀는 현실에서 외계인으로 타자화될 수밖에 없는 상황이다. 그래서 그녀는 떠나야 하는데 그 또한 현실에서 구체적이고 합리적인 방법을 찾지 못한다. 국제특급소포에 몸을 가둘 수밖에 없는 것은 그 때문이다. 소포에 갇힌다는 것, 그것은 현실에서 정처를 알지 못하는 작은 인간들의 장례식이자, 현대적 소외자들을 위한 희생제의이다. 혹은 진혼곡이다.

「양장제본서 전기」(정소현, 문화일보)에서도 1인칭 주인공은 자신의 정체성을 발견하지도, 현실에서 실존의 근거도 마련하지 못한 채 환상적으로 '양장제본서' 안에 갇히고 만다. 이 소설에서 주인공은 자기정체성을 확인할 수 없어 무척 곤혹스러워한다. "내가 어디서 태어나 어떻게 여기까지 오게 됐는지 알고" 싶어 하지만 좀처럼 알 수 없다. 그렇다고 그녀가 백일몽을 꾸기 때문인 것은 결코 아니다. 그와는 달리 철저하게 버림받은 기아(棄兒) 의식에 시달린다. 어머니도 어머니됨과 딸됨을 가혹하게 부정할뿐더러, 어머니와 이혼한 아버지 역시 엄혹하게 아버지됨을 부정하기 때문이다. 하여 그녀는 자신의 출생년도 부근에 신생아 유기 사건이 있었는지를 확인하기 위해 도서관을 찾는다. 자기정체성에 대한 갈망이 매우 컸기에 어렵사리 얻은 직장마저 포기한 채 도서관에서 자료 찾기에 매달리지만 이내 실패하고, 대신 "합법적으로 사라지고 싶은 사람들을 위한 무료 서비스"라고 하는 이른바 '양장제본서' 서비스를 접하게 된다. 기억만을 저장해 양장 제본서에 담은 다음 몸을 사라지게 하는 프로젝트다. 현실에서 자기 찾기에 실패한 주인공이 그 서비스에 응해 양장으로 제본된다는 조금 환상적인 이야기지만, 그만큼 사정은 절박해 보인다.

「종이냅킨에 대한 우아한 철학」(조현, 동아일보)에서 특별히 문제되는 것은 서사 주체의 위기다. 여기서는 행위 주체도 서술 주체도 정당한 자리를 확보하지 못한다. 고전적인 서사 미학을 보이는 전통적인 소설과는 달리, 이 소설에서는 서사적 공간 위에서 일정한 시간 동안 일정하게 낯선 행동이 일어나거나 모종의 사건이 발생하지 않는다. 다만 편집자적 패러디 주체가 두드러지면서 허구의 허구화를 수행하는 과정만이 희미하게 겨우 존재할 따름이다. 그럼에도 불구하고 허구적 상상력에 입각해 다채로운 허구적 재료들을 직조하여 흥미로운 생각거리를 많이 제공하는 인상적인 소설을 만들었다. 언뜻 사소하게 보이는 종이냅킨의 존재방식에서 시작하였으되, 인간의 허영과 자존심, 욕망과 그 그늘, 마음의 황무지와 윤리적 재생 가능성, 현대 문명의 묵시록적 황폐함과 그 갱생 가능성 등과 관련한 여러 성찰의 세목은 세심한 주목의 대상이 된다. 이 작품이 단순한 패러디나 패스티시 소설이 아니라는 점은 다음과 같은 결구에서도 분명하게 확인된다.

"종이냅킨을 우아하게 접는 것만큼이나 상대에게 머플러를 세심하게 둘러 주는 것이 필요하다. 즉 하나의 상징은 하나의 행동으로 연결될 때 우아하게 빛난다. 마치 그것은 우리가 런던 뒷골목에서 삼일을 굶고 있는 어린이를 보고 측은한 마음을 가지는 것과, 그 아이와 함께 검게 굳은 빵을 갈라 반 조각씩 나누어 먹는 것과는 천국과 연옥처럼 거리가 먼 것처럼 말이다. 내가 템스 강가에서 허리를 숙여 한 컵의 물을 뜨고 그리고 그 물이 새카맣게 죽는 것을 본다면, 그것은 곧 이 한 컵의 물에 의해 세상의 모든 물이 죽는 것과 같다. 그러나 내가 뜬 한 컵의 물이 생의 약동으로 펄떡인다면, 온 우주의 물 또한 그러하리라. 다야드밤(Dayadhvam · 공감하라), 우리의 문명은 상징보다는 항상 재생(再生)하는 행동에 의해 종말을 유예(猶豫)할 수 있다. 나는 이것을 '종이냅킨 혹은 종이냅킨 접기에 대한 우아한 철학'이라고 부른다."

결국 조현의 「종이냅킨에 대한 우아한 철학」은 사소하고 흥미로운 발상에서 시작하였지만, 허구의 허구를 직조하는 과정에서 이야기 가치를 십분 높인 소설이라고 할 수 있다. 작가가 인용하기도 한 T. S. 엘리엇의 「황무지」에서도 핵심 메시지의 하나였듯이, 이 소설에서도 공감을 통해 현대 문명과 인간 삶의 재생 가능성에 대한 의미심장한 메시지가 잘 형상화되어 있기 때문이다.

앞에서도 언급했듯이 2008년 신춘문예 소설 당선작들의 중심 경향은 '작은 인간'들에 의한 '작은 서사'다. 예전처럼 전쟁과 평화를 이야기하고, 사랑과 운명을 탐문하거나, 민족과 계급 해방을 논하면서 목소리를 높이지 않는다. 최인훈의 『광장』의 어법을 빌리자면, 지금 우리는 '사회적 광장에서 개인의 밀실'로 퇴행한 시기의 문학 현상을 보고 있다. 지상의 척도에 대한 현저한 회의, 공동선의 부재, 원활한 커뮤니케이션의 부재(첨단 소통 매체의 진보와 반비례하는 인간 사이의 소통의 단절 현상), 실존적 불안, 존재론적 위기의식(열심히 공부하더라도 의미 있는 사회 참여를 통해 자아를 실현할 수 있다는 생각을 제대로 할 수 없는 이태백 세대들의 불안과 위기의식) 등이 그 원인이라고 할 수 있겠다. 이때 개인의 밀실 안에서 벌어지는 이런저런 사건들의 속성에 대해서는 좀더 숙고할 여지가 많다. 앞에서는 자기 유폐적 욕망에서 자기 유희적 욕망까지 폭넓은 스펙트럼을 보이고 있음을 지적했는데, 그것들은 대개 이질혼성적으로 섞여 있는 것처럼 보인다. 사회적 광장에서 멀어져 개인의 밀실로 퇴행했다고 해서, 거대 서사에서 멀어져 '작은 서사'로 강림했다고 해서, 이야기 가치의 퇴행을 직접적으로 의미하는 것은 아닐 터이다.

하기에 따라서는 '작은 서사'에서 깊은 울림과 감동을 자아낼 수 있는 가능성이 얼마든지 열려 있다. 예컨대 작은 서사가 사회적 거대 담론을 진지하게 반성하고, 우리 문학에서 상대적으로 취약했던 발본적 존재 탐구 혹은 새로운 인간 탐구를 가능케 할 새로운 성격을 창조하고, 미세한 주제들을 탐문하는 웅숭깊은 계기들을 만들어간다면,

한국문학의 새로운 상상적 탈주에 의미심장한 전위적 궤적을 그려나 갈 수도 있겠다. 이를 위해서는 서사적 발상법에 대한 다채로운 성찰 뿐만 아니라 이야기 구성의 형식적 실험적 방법론에 대한 탐문도 심원하게 전개되어야 할 것이다. 문학예술에 대한 전위적 충동과 열정에 입각하여 내용과 형식에 대한 전면적인 성찰을 시도할 때, 크든 작든 새로운 문학은 탄생하게 마련이다. (사족: 이번에 신춘문예로 등단한 작가들이 부디 '처음처럼' 좋은 소설을 오래 쓸 수 있기를 바란다. 최근 10여 년 동안 우리 문단에서 작가들은 너무 빨리 대가(?)가 된 감이 없지 않다. 신춘문예로 등단한 직후거나 한두 편쯤 발표하고 나면 바로 출판 계약을 하고, 한두 권 책을 서둘러 내고 나면 금세 대접받는 대가가 된다. 글 쓰는 기계가 아닌 다음에야 놀라운 속도다. 세계문학사의 오랜 경험 중의 하나는 오랫동안 절차탁마하며 공들인 작가, 전위적 충동과 열정으로 출판자본의 유혹과 타협하지 않은 작가들이 결과적으로 세계문학사의 새로운 물꼬를 터왔다는 사실이다. 한때의 어줍잖은 대가로 남을 것인지, '처음처럼' 준열하게 작품을 써서 '오래된 미래'의 작가로 남을 것인지, 지금 결단하고 다짐하는 것이 좋지 않을까 생각한다. 역량 있는 신진 작가들의 문도에 고된 영광이 있길 빈다.)

수록 평론 발표 지면

제1부 접속하는 프로테우스
접속하는 프로테우스의 경험과 상상력 『동서문학』 2003년 봄호
접속 시대의 사회와 탈(脫)사회 『문예중앙』 2006년 봄호
접속 시대의 최소주의 서사 『문학과사회』 2006년 봄호

제2부 접속 프리즘
접속 시대의 그물과 유령의 존재론 『문화예술』 2006년 겨울호
한없이 미끄러지는 접속 김경욱, 『장국영이 죽었다고?』, 문학과지성사, 2005
소비 사회의 접속과 천의 목소리 『문학과사회』 2003년 겨울호
접속의 상상력과 단속의 수사학 김도언, 『철제계단이 있는 천변 풍경』, 이룸, 2004
탄탈로스의 기갈과 프로테우스의 탈주 『문화예술』 2007년 봄호
눈의 작란(作亂), 그 고통의 탈주 윤이형, 『셋을 위한 왈츠』, 문학과지성사, 2007

제3부 존재의 숨결과 서사의 리듬
내가 누구인지 말할 수 있는 자는 누구인가 『문학과사회』 2008년 여름호
분열증적 탈주, 혹은 무위(無爲)의 시학 『문학과사회』 2004년 봄호
식물성의 상상력, 혹은 신성한 숲 『문화예술』 2001년 10월호
숨결, 존재의 리듬 『세계의 문학』 2008년 여름호
서사도단(敍事道斷)의 서사 『문학과사회』 2009년 봄호

제4부 불안의 둥지에서 꿈꾸기
소문의 불안, 불안의 소문 『문학과사회』 2009년 봄호
모나드의 창과 불안의 철학시(哲學詩) 최인훈, 『회색인』, 문학과지성사, 2008
백일몽, 그 결여의 존재론 허윤석, 『구관조』, 문학과지성사, 2009
불안의 둥지에서 꿈꾸기 최인호, 『처세술개론』, 푸르메, 2008
'나쁜 피'의 불안과 고통의 뿌리 이창동, 『소지』, 문학과지성사, 2003

제5부 '로테크 문학'의 역설
하이테크 시대와 로테크 문학의 역설 『문화예술』 2002년 12월호
인식과 스타일의 전위, 혹은 혼돈의 미학을 위하여 『파라21』 2004년 가을호
철의 새장을 넘어서 『문학수첩』 2003년 가을호
'이태백 세대'의 윤리 감각과 상상력 『문화예술』 2007년 겨울호
'작은 인간'의 문학, 혹은 수인의 딜레마 『문화예술』 2008년 봄호